尧山壁文存

卷六 散文

域外游记

河北出版传媒集团
河北教育出版社

目录

步量欧罗巴

美利坚之旅

探秘南美洲

韩国之旅

步量
欧罗巴

巴黎女人

巴黎一向有花都之誉，街头巷尾、河滨湖畔、楼台亭院，到处繁花似锦，香气袭人。第一国花是香根鸢尾，貌似百合，传说是上帝赐给法兰西第一国王克洛维受洗的礼物，曾被当作国徽的图案。第二国花是玫瑰，拿破仑王后约瑟芬酷爱此花，苦心经营了一个玫瑰园，广集世界名品，中国玫瑰就有22种。英法战争时，为了海运中国玫瑰到岸，交战双方达成停火协议。至今巴黎举办玫瑰花展，公认最珍贵的一种，二尺高，花期长，艳若朝阳，取名“巴黎之梦”。

和花一样众多而美丽的是巴黎的女人。我在巴黎生活了一些时日，眼界大开，赞叹之余，渴望有一本巴黎女人欣赏词典。

朱自清先生说过：“巴黎人谁身上大概都长着一两根雅骨吧。”巴黎女人更是天生丽质。纯种的巴黎女人皮肤白皙细腻，陶瓷一般，金发碧眼，朱唇皓齿，高鼻梁。少女面若桃花，像洋娃娃。年轻女人容光焕发，光彩照人。中年妇人风韵犹存，60岁也不显老，外来人很难看出她们的芳龄。一个个似曾相识，好像达·芬奇、伦布朗油画里的人物。

巴黎女人亭亭玉立，脖子细长，特别是一双玉腿修长笔直。为了充分展现两腿的美丽，她们一般都不穿袜子，光脚穿高跟鞋。冬天长筒丝袜，似有若无。不管天气如何，出门总带一柄大伞。阴雨时候，圆圆的花伞和修长的玉腿非常协调，让人联想起草地上的蘑菇。

我问朋友的妻子，过去中国女人讲裹小脚，从小缠出来的。

法国女人的直腿，是否也是自幼捆出来的？她说不是，天然生成，但是注重体形倒是真的。一般拒绝大鱼大肉，筵席上专挑素食沙拉，经常来个蔬菜餐、水果日。中产阶级妇女一般身材苗条，发福的多是穷人。

巴黎女人是上帝的掌上明珠，对她们偏爱有加。巴黎是公认的世界时装中心，服饰给女人们锦上添花，形式与内容完美结合。优越的地理位置，使法国成为意大利和西班牙艺术的汇合点，早在15世纪法语中便出现“时尚”一词。17世纪50年代，法国在政治和文化上崛起，吸引了世界各地的艺术家，包括时装设计师，高层次的文化环境造就了高水平的时装艺术。

拿破仑制定了服饰法条例，各种礼仪对服饰要求严格。约瑟芬皇后加冕时的长裙成为全国的样板，达官显贵不惜重金制备时装，新颖式样不断地涌现，宫廷贵妇主持时装沙龙，形成以沙龙为中心的时装潮流。企业家按照社会需求组织生产。1858年，查理·沃斯突发奇想，让自己时装店的姑娘穿上花花绿绿的服装走来走去，成为世界上第一次时装表演。

原来法国女人包裹在皮毛、丝绒、绸缎、轻纱之中，变化出新，无非在宽、大、肥、窄、小、紧之间变来变去。第二次世界大战后来了个服装革命，打破了上流社会享乐之风，妇女走出家庭，抛弃繁缛装饰，追求美观大方。克里斯蒂安·迪奥尔的“新面貌”女装应运而生，主调是圆肩紧腰宽下摆。20世纪60年代巴黎时装界群星灿烂，涌现了皮尔·卡丹、亨利·顾莱、古·拉罗什等一批时装设计大师，各领风骚。70年代，裤子进入流行女装，牛仔裤配上了T恤衫风靡世界。80年代民俗风兴起，中国、日本民族服饰元素被借鉴到时装艺术中来，巴黎沉醉于高田贤三和中国旗袍的艺术风采中。90年代科技日新月异，高科技现象在时装设计上显形，新材料、新花纹层出不穷。

朋友夫妇不无遗憾地说，如果你赶上春秋两季时装表演会就好了。从香榭丽舍大街到协和广场，从凡尔赛宫到杜伊勒里公园，到处像中国春节庙会民间社火一样，别出心裁、标新立异，新色彩、新面料、新款式、新图案，让你眼花缭乱、目不暇接。巴黎女人近水楼台，得风气之先，几乎人人都变成了时装模特。

上帝赐予巴黎女人的第二个特殊待遇是香水。香气弥漫巴黎，有女人的地方就有香气缭绕。办公室里，有一个女士就有一株玫瑰；巴士地铁，上来几位女士就吹来了一阵春风；舞厅剧院，就像春天的花园。

初到巴黎，嗅到的只是庄重、优雅，感到的只是瞬间陶醉。像朋友被他的妻子嘲讽："在北京留学几年，就知道茅台酒和鱼香肉丝，鼻子都聋了。"朋友反唇相讥："你把香水看得比面包重要，可饭是自己吃的，香水是给别人闻的。"住久了，才发现香水原来是一个很大的国度，包含了许多种族，分香精水、花露水、古龙水三大类。以浓度分，有浓香水、淡香水。浓香水又分花草香水、香料香水。以香型分，有花香、清香、木香、动物香。花香又细分为茉莉花、玫瑰花、晚香玉等。动物香又分为麝香、龙涎香等。以商品计算有200种，每个品牌都有数十种香型。世界上有8000多种香料，排列组合，可以有无限多品种。万种香水，就有万种个性、万种风情。最著名的品牌是1921年问世的"香奈儿5号"，玛丽莲·梦露说，她夜间不穿睡衣，只搽几点"香奈儿5号"。之后有1925年的"萨丽玛"，1977年的"鸦片"，1983年的"毒药"，以及"禁忌之花""淡毒药"等，广告公司的命名也费尽心思，颇有创意。

法国香水年产值500亿法郎，多半出口，占据40%的世界市场份额，是第三大贸易顺差行业。香精原料来自鲜花、麝香、龙涎香等。地中海边的小城格拉斯是鲜花基地，这个阿尔卑斯山的小山坳，风和日丽，气候适宜，一年四季都有鲜花可采。1至3月紫罗兰，4月水仙花、长寿花，5月玫瑰花，7至9月茉莉花、欧薄荷、晚香玉，11 月薄荷叶和香草。一个熟练花姑一天采下 5000 朵玫瑰，仅重 2 公斤，1 吨玫瑰花才能提炼 1 公斤香精，1 吨茉莉花提炼 2 公斤。1 公斤玫瑰香精价值 2.8 万法郎，1 公斤茉莉香精 13.5 万法郎，40 头麝的腺囊才采 1 公斤麝香，价值 30 万法郎，可见巴黎女人的美丽也是很昂贵的。

香水业的发达，造就了一种特殊的职业，香味辨别师，类似中国的品酒员。歌唱家凭嗓子吃饭，他们靠鼻子挣大钱。凭嗅觉可以鉴定五六千种不同香味，一闻即可辨别真伪。格拉斯的亚费利温，因为给戴安娜王妃配制香水而名噪天下，身价倍增。这种“神鼻子”妖气十足，平时远离饭馆酒肆、公园花市，偶尔动用一次，用多就不灵了。

巴黎女人不仅外表雅丽，更有溢于言表的精神魅力，她们不再依靠“骑士风度”的庇护，家庭和社会地位大大提高，女权运动一浪高过一浪。1949 年女权斗士西蒙娜·德·波伏娃写了《第二性》，是妇女解放的宣言，1965 年从《拿破仑法典》中删除了歧视妇女的条文，1967 年通过自愿终止妊娠以及禁止在雇佣人员中的性别歧视，1983 年通过《平等就业法》……如今巴黎妇女就业率达到 87%，不再被传统婚姻束缚，爱情上拿得起放得下。1996 年以米歇尔·巴尔扎赫夫人为首，发表了《十妇女宣言》，呼吁“妇女平等参政”，提出“在政党、政府中给妇女一定地位”。欧洲议会议员西蒙娜·维耶夫人在《妇女时代》一书中宣布“法国人做好了选举一位妇女当共和国总统的准备”。

巴黎女人，真正的巴黎之梦。

1999.10

悠闲的法国人

第二次到巴黎，朋友要陪我游卡瓦尔河谷，说那里才是法国的西安，有数以百计的古堡。我于心不忍，知道他正逢公务员考核，须臾不可离开，怎好耽误。朋友笑说，中国人看重名誉地位，学而优则仕，齐家治国平天下，现代法国人可不这样，享乐第一，工作第二。给我看报纸上一幅狗的漫画：周一疲惫不堪，周二无精打采，周三无所适从，周四摩拳擦掌，周五眉飞色舞，到了周六、周日张牙舞爪、神采飞扬，这就是当前法国人的生活写照。法国人一年四季都在玩，习惯说春天是娱乐的季节，夏天是度假的季节，秋天是罢工的季节，冬天属于圣诞节。

法国是节假日最多的国家，除了正常的周六、周日外，每年还有带薪节日 36.5 天，宗教节日有耶稣升天节、圣母升天节、诸圣节、圣灵降临节、四旬节、圣三节、圣诞节等。民众节日有国庆节、劳动节、停战节、狂欢节等。如果节日赶上周六、周日，或两节只隔一两天，还可以捎带放假。碰上节日在周二、周四，那么周一、周五也可以搭上，称之为“搭桥”。扣除节日和周末重复因素，每年节假日至少也在一百四五十天以上。法国是实行每周 35 小时工作日最早的国家，算一算还有多少工作时间。他们说，工作只是一种生活方式，工作就是自由自在的生活，而并非我们理解的那样，是生活的目的和手段。

即便如此，法国人仍不满足，动辄就闹起罢工来，罢工成为他们的家常便饭。一个地方、一个行业罢工，大家都浑水摸鱼歇起来，造成大面积瘫痪。有一次还叫我赶上了，从波哥大回国，在戴高乐机场转机，所有的飞机都趴了窝，害得我滞留两天。听人说由于频繁罢工，法航损失巨大，与规模类似的英航、德航相比，人家每年都有三四十亿法郎的盈利，法航却每年亏损一二十个亿。

法国人以文化、体育消遣为时尚。家家有书橱，1/3 的家庭有高级组合音响，1/10 的人善操乐器。全国有 2800 个交响乐团，100 多所音乐学院，7000 多个舞蹈学校，4000 多处博物馆。巴黎市有 130 家博物馆、7 家国家歌剧院、29 个戏剧中心，每年举办几十个艺术节，许多人一年到头都泡在文化艺术的海洋里。买一张博物馆卡，便可随意参观巴黎和法兰西大区内 65 处博物馆和名胜古迹。此时巴黎正在举办为时 12 天的中国文化周，1750 辆公交车上画着广告，标志性图案埃菲尔铁塔变形为汉语“文”字，华夏之风吹拂香榭丽舍。

豪华的文艺殿堂之外，还有形形色色的街头艺术。蒙马特高地的小山广场上，数以百计的画摊排列成行，好像中国的集贸市场。有油画、水粉画，还有用彩色粉笔在水泥地上作画。大部分是肖像，一二十分钟完成，不满意分文不取。地上的粉笔画像带不走，供游人欣赏，看中的扔一点法郎。画家多半是中老年人，不为报酬，只求一种艺术享受。

在街头、广场、地铁，经常传来阵阵悠扬的琴声，口琴、手风琴、小提琴、巴西排笛、中国二胡，偶尔还能见到一种古老的手摇风琴。不见键盘，不用手弹，一支曲子是一套折叠的卡片，上有大大小小的洞眼，展开长可数米。摇起手把，卡片从音箱一面递进去，另一面就传出悦耳的旋律。时不时从你身旁走过一两个杂技、哑剧小丑，平添一阵笑声。一次参观圣心教堂，石阶基座上一座雕塑，造型逼真，线条流畅，结构比例无可挑剔。我从它面前过来过去，还拍了照。想不到听见午时钟响，那雕塑突然活了，从基座上跳下，给大家招手，蹦蹦跳跳走了。原来是一个真人，一动不动地在那儿站了3个小时，该回家吃饭了。这些街头艺人，有的乐于此道，有的偶尔为之，不为名利，重在参与，追求一种心理满足。

比起娱乐消遣，健康消费毫不逊色。全法有18000个足球俱乐部，130万登记的足球运动员。是法国人儒勒斯·雷米特创立了世界杯，是无数个法国球迷创造了普拉蒂尼，他们被视为民族英雄。近些年，连续夺得欧锦赛、世界杯、奥运冠军，法国足球达到了巅峰时期。1903年创始的环法自行车赛经久不衰，每届都有1/3的法国人赶来围观。沿线支起帐篷，铺开了桌子，又吃又喝。有个体育记者风趣地说，如果开赛期间，发生外星人入侵，政府垮台，法国人爱吃的鸡蛋黄油调味汁配方宣告失传，国民也不去理会，仍然专心致志地目送风驰电掣的自行车队。

法国人尤其热衷滑雪，全国有2400个滑雪俱乐部，700多万名爱好者。初冬到仲春4个月，身着彩色滑雪服的男女老少，像一群群蝴蝶一样在阿尔卑斯山、比利牛斯山翩翩起舞。冰化雪消之后，他们滑旱冰，一些人把旱冰鞋当成一种新的交通工具，同川流不息的汽车并肩而驰。1995年冬天，人民对政府的社会保障制度改革不满，交通大罢工，就有不少人穿上旱冰鞋上学、上班。有个名叫安妮的律师从家门到单位只用了45分钟，与往常乘地铁的时间相同，既锻炼了身体，又省了车票钱，她在报纸上洋洋得意地大谈特谈，从此滑旱冰上班蔚然成风。我在新区拉德芳斯还看到了一件新鲜事，一群小伙子滑旱冰鞋跳高，竟然有人飞越了两米的横竿。

法国人最热衷的消费是享受阳光。有人统计，平均每人每天阳光浴200分钟，旅游度假期间多达四五个小时。在法国有个奇怪现象，有钱人皮肤发黑，像莫尔人，因为有条件晒太阳；穷人没钱旅游度假，才保持了高卢人的天然本色，白白胖胖。

一年内，旅游度假一浪接着一浪。12月20日到1月5日圣诞节，2 月学校寒假两周，3 月复活节放假一周，5 月三个节日加上周末可以凑 10 天长假，到了 8 月更是全民度假了。不像其他欧美国家的人度假，夏天几个月分期分批，法国人都像商量好了似的，8 月一齐出游。75% 巴黎市民出游，70% 企业停工，大批店铺关门，摆下了一场空城计。偏偏小偷们不是司马懿，夹杂在蜂拥而至的数百万外国游客中，大显身手，令守门的老弱残兵叫苦不迭。世人称之为“8 月病”。

我在从巴黎北去比利时的路上，感受到了一次“全民大迁徙”。车流决堤般涌出巴黎，四车道的高速公路显得河床太窄，流动缓慢，常常堵塞，因此也得到一次观察形形色色度假车辆的机会。他们是倾巢而出，有的轿车上顶着行李；有的小汽车牵一个行李车斗；有的好像是特制的大篷车，内有床铺、厨房，还有小孩子的课桌、台灯。天晚了汽车下路，少数人投奔旅馆，多数露宿街头广场或者郊区闲地，接上电源、水管支锅做饭，有兴趣时还搞个篝火晚会，形同吉卜赛人。好在有个申根协定，免办签证，通用货币，和在自己家中一样方便。

法国旅游资源丰富。这个六角形国家三面临海，两面靠山，有四种不同的气候，孕育了大量的自然风景和人文景观。全国有 7 个国家自然保护区、27 个地区自然保护区、100 多个专门自然保护区、14000 多座名胜古迹，潮水般的度假大军无序流动，旅游风向标变幻无常。忽而白色的阿尔卑斯山，忽而蓝色的地中海，忽而惊涛拍岸的大西洋。适应形势，全国约有 20 万个协会和旅行社，经营方式花样翻新，除全国旅游业联合会外，还有徒步野营、自行车、骑马、飞行、独木舟、爬山、乡游等协会。拥有 5800 万人的法国，有 1000 万人出境观光，更有 6000 万外国人入境旅游，年收入 300 亿美元，成为世界头号旅游大国。

夹杂在法国游乐队伍中，我有点儿乐不起来，也许是东方观念作怪，为洋人担忧。优越的自然条件和辉煌的传统文化，使法国人沉湎于历史，对当今世界的变化缺乏应有的热忱。价值观念传递危机，年轻人对未来缺乏憧憬。享乐至上和消极情绪对社会生产力发展造成一定程度的削弱，这个曾经的工业大国的竞争力已经退后到世界十几位，国际上许多研究报告、统计数字表明，法国早已沦为中等国家。不知不觉中法国人的口袋瘪了。许多欧美国家人均收入超越过去，可年轻的法国人收入低于他们的父辈，近百万户40岁以下的家庭、1200万人口处在生活贫困线以下。而还有这样多的法国人不思进取，及时行乐，今朝有酒今朝醉。

1999.10

品尝巴黎

法国人不轻易请客，让·理尔什是例外。从机场接我回来的路上，他第一句话就问："你还记得我的口头禅吗？"我说："我永远不会忘记你的口头禅，世界上最好吃的，一是中国菜，一是法国菜。"那时他还在北京语言学院学习，跟着我吃遍了北京，直吃得"乐不思法"，几乎连刀叉都不会用了。

离别五年后巴黎重逢，他恳求我千万不要让他食言："到巴黎看我的，一定让你吃个够。"他如数家珍地介绍巴黎名吃，法国四大菜系、诺曼底的乳制品、波尔多的葡萄酒、里昂的肉类、地中海的海鲜。从上衣口袋里掏出一张反复斟酌、几易其稿的食谱给我看。让·理尔什在中国热衷孔孟之道，信奉礼尚往来，言必行，行必果，我们把他的姓名翻过来，叫他礼让士。法国是美食大国，谁不想过把瘾，只是我在巴黎停留时间有限，他安排了四次，一天品尝一个菜系，必须压缩一下。让·理尔什急得抓耳挠腮，要哭的样子。我了解他是想好好尽地主之谊，表现一下自己，也表现一下法国大菜。我又想起他在北京常常重复的那句法国古老的谚语：人活着不是为了吃饭，而吃饭是为了活着。他自己又加了一句，吃不好不是生活。

法国人早点简单，午饭一般在办公大楼吃，晚餐才是一天最重要的生活内容。第一天晚上安排在最负盛名的银塔饭店，金碧辉煌，异常豪华，位于巴黎圣母院附近，抬头就可以看见塔楼的双尖。

法国人吃饭重形式。让·理尔什夫妇等在门口，夫人发话之后才入席。虽然只有三人，让·理尔什还是订了最好的位置。他在长桌一边中央正襟危坐，面朝门口，夫人和我分坐左右，桌上酒具、餐具明晃晃，银灿灿。服务生穿燕尾服，风度翩翩，让我想到好像是在参加一个宗教仪式。先上开胃酒，甜酒罗姆。接着是大蒜浓汤，白豌豆，青菜，加蒜汁、橄榄汁，色香味均可。其后是冷盘，勃艮第火腿，切得薄如蝉翼，连盘子底上的图案都可以看清，周边衬以菜叶、果仁，加在一起也不够我一大口。主人不好意思起来，说法国大菜其实只是大盘子而已。

主菜是闻名已久的肥鹅肝，属于烤肉一类。紫红带白，多半是脂肪。北京填鸭，巴黎填鹅。用特殊方法催肥，长成脂肪肝，每个重一千克多，每千克 1000 法郎。肥鹅肝外焦里嫩，吃得我满嘴流油。法国菜本来主菜只有一道。怕我吃不好，又加了一道同样名贵的黑松露，形似四川西部山区的黑蘑菇，每千克 2500 法郎。此物生长在法国南部林区，也是用特殊方法种植，连采收都不许动手，由猪嘴一个个拱出来。主人们像天津人吃螃蟹那样小心翼翼，那样细致入微。我吃着却淡而无味，还不如川西黑蘑味道好，可惜了那么大的价钱。

吃肥鹅肝要配以索泰尔纳白葡萄酒，法国人讲菜酒“婚配”，才能和谐美满。喝酒也有规矩和程序，开启瓶塞，先吸一口气，暂时不动，让酒与空气接触，完成氧化过程。女主人先倒一杯，尝一口，然后大家再斟。先用眼看，清澈透明；再用鼻嗅，芳香醇厚；然后全神贯注呷一小口，清冽甘甜，最后啧啧称赞。我说怪不得波德莱尔和现代诗出在法国，你们早就具备了通感的工夫啊！让·理尔什说普通法国人不比中国的品酒员水平低，喝下去一杯就可以说出它是什么品牌，存放几年。夫人说吃一块牛排就可以辨别牛的公母、年龄，甚至可以猜出它是吃青草还是干草长大的。

第二顿晚餐在协和广场旁边的马克西姆餐厅，这是著名时装大师皮尔·卡丹经营的。与北京崇文门它的分店风格一样，布置得淡雅而新奇，像他的服装设计。先上盘素菜，青菜煮得其烂如泥，绿色全无。而后上的“达达牛排”正好相反，半生不熟，还带血色，是用诺曼底牛犊肉剁碎，用蛋清和洋葱拌成馅状。他们夫妻俩吃得津津有味，我送到嘴里难以下咽。法国人习惯第一道菜吃光了才上第二道，他们突击吃完后，上了“烤蜗牛”。这种蜗牛生长在里昂湖区，以薄荷、麝香草和蔬菜为食，每只成品有二三两重。吃前用清水浸泡几天，待到腹内杂物排清才上案，与葱、蒜一起粉碎，拌上黄油、蒜汁重新放回壳内，送入烤箱。烤好后趁热吃，还吱吱作响。吃蜗牛用一种小巧的叉子和弧形钳，像掏耳碎一样一点点挖着吃，味道极为鲜美。

吃这两种菜要喝干邑白兰地，可以帮助消化。这种白兰地好比中国的白酒，不过也是葡萄酿的。将葡萄酒经过两次蜕变之后放大窑内，存放若干年，用不同年份的酒互相勾兑而成。著名品牌有路易十四、人头马、拿破仑等，他们给我点的轩尼诗，因为我是诗人。“达达牛排”在胃里腻歪，蜗牛又多吃了几只，想借酒冲一冲，我一口喝下去多半杯。让·理尔什知道中国人喝酒的习惯，夫人没见过，掩面而笑。他们喝酒文明得多，一小口一小口地抿，一瓶酒我们喝了两小时五十分钟。

最后一顿晚餐是在德郎赛纳剧院13街普罗高波餐馆，空间不大，古朴典雅。让·理尔什说你来巴黎品尝了古典，品尝了现代，今晚让你吃吃文学，秀色可餐，文学会更有滋味。这里最早是一位意大利人普罗高庇欧1686年开的咖啡馆，三年后法国喜剧院建在附近。因为他用草药和香料调制的酒水出了名，许多人都来光顾。当时的拉封丹、拉辛、莫里哀，后来的卢梭、伏尔泰、狄德罗都是常客，大家在一起谈天说地，讨论学术，议论时政，店主普罗高庇欧自诩该店为百科全书派的摇篮。这里至今还流传着许多名人轶事。比如拿破仑·波拿马在此消磨时光，伏尔泰玩扑克，每天喝40杯加巧克力的咖啡，缪斯塞经常用手撣他的海狸帽，富兰克要逝世时，大厅内外挂满挽幛。巴尔扎克欣赏室内吊灯，并把细枝末节写进他的《人间喜剧》里。孟德斯鸠说："大家喜欢这里的咖啡，它给人以灵感。"

让·理尔什问我找到灵感了吗？我说肚子空空的。于是一边喝咖啡，一边吃点心。闻名于世的油酥月牙面包，是用黄油和面加上奶酪烤成，酥软香甜。配以法国沙拉，这种沙拉并非土豆做成，而是把莴苣叶、苦菜心、生菜、西红柿切碎，浇以橄榄油、柠檬汁，再加上胡椒面、精盐、白糖，吃起来鲜美爽口。

席间，从餐桌上的烹饪艺术谈到法国古老的饮食文化。让·理尔什笑笑说，正如一名法国厨师所言，烹饪是文明的无名先锋。一部法兰西的历史就是一个吃风劲吹的过程。他们先祖高卢人食欲旺盛，餐桌上是整头的鹿和野猪。那时也有"套菜"，鸨腹中塞天鹅，天鹅肚里装家鹅，家鹅腹中填鸡，鸡肚中还有百灵，整个地放在火上烤。14世纪国王查理五世的厨师出了一本书《食品供应》，介绍名菜做法。16世纪从佛罗伦萨嫁来的亨利二世王后，带来了意大利的餐饮风格——礼仪和优雅。18世纪路易十四有厨师300人，招待外宾的一个菜谱包括22道大汤，66道小汤，24道主菜，44种烤肉，63种小菜，36种沙拉和12种调味汁。路易十六听到死刑宣判后，当天还吃下36块肉排、多半只鸡，喝了两杯葡萄酒、一杯西班牙酒。拿破仑时期，出了一个“厨师的国王、国王的厨师”克莱姆，把流行菜谱编集成册，制定技术规范，连今天厨师们头上戴的高帽都是他的创造。至此，一个铺张、奢华、复杂到荒谬程度的法国菜系便形成了。

此外，法国大菜有今日这声誉，还与法国千百年来不懈追求、精益求精的尚食态度有关，17世纪上蒂雷城堡贵族瓦尔泰勒宴请路易十四，因为准备的烤肉数量不足而蒙羞，当场拔剑自刎。20世纪60年代，巴黎有个厨师，因为技艺欠精，职称考评时，从二星级降为一星级，没脸见人，开枪自杀，追逐瓦尔泰勒去了。他们都把餐饮的声誉看作生命一样重要。

从普罗高波餐厅出来，巴黎街上灯火通明，饭店鳞次栉比，让·理尔什说有几万家呢。我晕晕乎乎，摇摇晃晃，并非喝多了，而是吃醉了，陶醉于浓郁醇厚的法国饮食文化里去了。忽然想出一句话，泰山归来不看岳，巴黎回去不言吃。

1999.10

巴黎之门

走进凯旋门就走进了巴黎，就走进了法国的历史。

凯旋门耸立在戴高乐广场中央环岛上，脚下就是沙佑山的制高点，显得高大雄伟。它是拿破仑1806年下令兴建的，纪念法军在奥斯特利茨打败俄奥联军，为自己树碑立传。凯旋门由建筑工程师夏格朗设计，历时30年建成。高50米，宽45米，厚22米，一个拱洞，四面开门，按拿破仑的脾气，规模超过了罗马的君士坦丁凯旋门。外墙有巨幅浮雕，面向香榭丽舍大街的一幅表现 1792 年义勇军出征的场面，一位左手持剑振臂高呼的女战士，是浪漫主义大师弗朗索瓦·吕德的不朽之作《马赛曲》。内墙有宣扬 6 个胜利战役的浮雕，刻有跟随拿破仑远征的 386 位将军的名字。1840 年拿破仑的灵车从门下缓缓驶过，终于圆了一个魂归故国的梦。1920 年 11 月 10 日，拱洞下又建成一座无名烈士墓，每逢节日，一面 10 米长的红白蓝国旗自拱顶垂下，许多法国人欢呼雀跃。

在杜乐丽公园旁边的卡鲁塞尔广场还有一座凯旋门，是为了庆祝 1805 年拿破仑·波拿巴的一系列胜仗而建的，看起来很别致。4 根大理石柱中间有 3 个拱门，上方布满了表现拿破仑战绩的浮雕。但是光彩的事办得并不光彩，建筑结构及其饰物都是对罗马塞蒂米奥·塞维罗凯旋门的仿造，连门楣上 4 匹镀金奔马，都是在拿破仑授意下从威尼斯的圣马可大教堂偷来的。原物于 1815 年归还意大利，现在的 4 匹马是复制品，两边增加了两个和平女神。文字介绍上没有这一段，许多法国青年人并不清楚。

埃菲尔铁塔可以看作是另一座巴黎之门。这个庞然大物一层有东南西北 4 个钢铁的拱门，天天车水马龙。这地方原来是战士广场，为庆祝法国大革命 100 周年在巴黎举办国际博览会而建。当时世界正处于产业革命，向科学进军，需要艺术适应社会发展的方向，与时代的新思潮相适应。工程师古斯塔夫·埃菲尔不是在纸上，而是在空中独树一帜。塔高 324 米，不是用传统的砖石木料，而是用 1.2 万个金属体焊接在一起，7000 吨重量靠 4 根铁柱和钢筋水泥平台支撑，拔地而起，君临巴黎一切建筑之上，预示着向未来新的征服。

巴黎原本是塞纳河上的一个小渔村，公元 10 世纪定都，14 世纪成为法国政治经济文化中心。纵观法国历史，文治武功并无辉煌可言，拿破仑全盛时期仅仅 10 年。真正的辉煌倒是在文学和艺术方面。令人神往的卢浮宫、奥赛博物馆、罗丹博物馆，叹为观止的巴黎圣母院、埃及方尖碑、多姆旺柱。恩格斯在《从巴黎到伯尔尼》中赞叹：“只有法国这样的国家才能创建巴黎。”海明威、马尔克斯都曾经久久流连忘返，称巴黎是个流动的圣节。

有人说在巴黎随便拣个砖头都是文物，的确如此。雨果称赞巴黎是中世纪建筑艺术和中世纪历史的产物，是凝聚为石头的编年史。这座罗马和哥特双层结构的城市，到处是罗马式开阔穹窿、希腊式圆柱、哥特式低矮圆拱。蔓藤花纹和莨菪叶饰精美超俗，而哥特式当代建筑艺术又是那样富于异教情调。

在纽约住几天就够了，摩天大楼是粗俗的商业文化。而在巴黎越住越不想走，一切都奥妙无穷。正因为如此，政府对市政和旧城的改建规定十分严格，所有的建筑物都编号在册，任何改建和装修都不准触动临街的墙面，为的是保持一个原汁原味的巴黎。

从卢浮宫、协和广场、香榭丽舍大街到凯旋门，是巴黎城市建设多年形成的一条黄金轴线。它是繁华热闹的一根水银柱，每百年向西延伸一段。如今西端出现了一个大拱门，它由好大喜功的密特朗总统主持，由丹麦艺术家奥都·冯·斯波莱克尔森设计，1989 年完成。两座 105 米的高塔，上部由一个桥楣相连，形成一座世界最大的门。门洞里悬浮一片叫作云的天幕。整个建筑表面用卡拉拉大理石和玻璃覆盖，当晨曦和晚霞透过门洞时，整个拱门与大自然融为一体，节日里灯光变幻，灿如龙宫。有 4 部电梯直达门顶，半城楼台半城树，成为巴黎一景，号称“新凯旋门”。

走进大拱门就走进了巴黎，走进了法国的今天。

战后的巴黎既要保持古朴典雅又要发展现代化文明，就必须防止雨果警告的“美观方面的损失远远超过宏大方面的收获”。巴黎市政府决定在老区西边开辟一个拉德芳斯新区，策划者是凡尔赛花园的设计者勒诺特。二三十年中在 1 平方公里的土地上兴建了 45 座现代化办公大楼，集中了 1200 家企业。法国企业前 20 名中的 15 家总部设在这里，全世界 50 家最大公司有 13 家在这里设有子公司，营业额相当于法国政府 1 年的预算。在巴黎老区无用武之地的艺术家们大显身手，每座大楼都标新立异，柱形、球形、菱形、塔形、贝壳形，红、橙、黄、绿、青、蓝、紫。全世界第一座音乐喷泉，12 米高的黄铜大拇指翘到天上，充分表现了法国人不可一世的心态。

但是，法国政治家们并没有大拱门一样的胸怀和目光。他们沉湎于昔日帝国的光环里，对当今世界变化缺少热情，习惯于国家干预保护主义，经济在高失业和低增长中故步自封。公民缺乏热情和纪律，每年 130 多天假期还嫌少，动辄罢工。在法国人心目中自己还是世界 4 强，殊不知人均收入和竞争力都已退居 15 位之后。

大拱门之后巴黎的门在哪里？会是什么样子？

1999.10

美的画廊

法国人说巴黎是塞纳河的女儿，它原本是河中小洲上一个小渔村，居民是巴黎西人，因而得名。尽管时间过了 1000 年，小渔村发展成国际大都会，它始终没有离开母亲的怀抱。

塞纳河发源于法国东部朗格勒高原，注入大西洋，全程 700 多公里，半数可以通航。在巴黎市区一段蜿蜒几十里，是世界著名的旅游热线。乘船游塞纳河是一种美的享受，那感觉只有阳朔至桂林的一段山水可以媲美。不过漓江两岸的奇山秀峰是自然风光，而塞纳河上则是满眼悠久典雅的人文景观。法国人把王宫、教堂和艺术殿堂都修在河边，使塞纳河成为一个华丽的艺术长廊。比如：享誉世界的巴黎圣母院，坐落在河中西岱岛上，已经有 800 多年历史。这是一座综合罗马式、哥特式和文艺复兴风格的复合建筑，正面尖顶拱门，飞檐浮花刻镂，顶部两座塔楼，后堂尖塔兀立屋脊，顶尖十字架与天相接。整个建筑用一色巴黎石砌成，肃穆安详，庄严华丽。大诗人雨果说它是“巨大石头的交响乐”，“每一块石头都千姿百态，彰显着艺术家的天才和工匠的奇想”。电影片中卡西莫多敲打的那口大钟——玛丽钟，就在塔楼上，看一眼就让人心跳，那钟声在心里久久轰鸣。

卢浮宫是世界四大博物馆之一，从 1204 年兴建以来馆藏文物多达 40 万件。1783 年开辟的 900 英尺（274 米）画廊已经收藏了 162 件 17 世纪及文艺复兴期间的艺术珍品，拿破仑时期缴获了更多的“战利品”。其中有米开朗基罗的《胜利女神》《恋爱之神》，达·芬奇的《蒙娜丽莎》《岩间圣母》以及司爱和美的维纳斯女神雕像等闻名世界的稀世珍宝。密特朗时期华人建筑师贝聿铭大胆地在方形庭院中增加了大小玻璃金字塔，又成为卢浮宫画龙点睛之笔。

奥赛博物馆被称作“欧洲最美的博物馆”，位于塞纳河南岸，远看像个大的城堡。原来是为迎接 1900 年万国博览会兴建的火车站大厅，后来改为国家博物馆，陈列着各个画派包括莫奈、米勒、凡·高、毕加索、塞尚等人的作品 4000 多件。蓬皮杜艺术文化中心则是现代艺术博物馆，外表像一台“城市机器”，大楼外部一条条管线按功能漆成不同的颜色，本身就是一件现代主义作品。从卢浮宫、奥赛到美镇是一部完成的西方美术史。

对于巴黎来说，塞纳河是它的灵魂又是形体，灵魂与形体的结合点就是桥。出门就是河，有河就有桥，塞纳河上共有 36 座桥，像昆虫的花纹、竹子的节，标志着城市的成长和壮大。

横跨河中西岱岛的新桥，其实最古旧，1578 年动工，长 232

米，分 12 拱，中间两拱有平台伸向河心，像一叶小舟。桥面宽 22 米，曾经是巴黎的闹市和娱乐中心。桥拱上面一排数不清的石雕头像，如同卢沟桥上的狮子，喜怒哀乐、千姿百态，阅尽巴黎数百年人间沧桑。

王桥是 17 世纪末路易十四国王自己掏腰包建的，后来成为巴黎群众聚会的场所。当年伊丽莎白公主嫁给西班牙菲利普王子，大婚盛典就在桥上举行，50 万人参加，抛撒的鲜花把整个塞纳河染成红色，如今还被称作情人桥，从早到晚对对情人浓妆艳抹来桥上拍婚纱照。情人多了就像集体婚礼，王桥成了红男绿女的大舞台，有数不清的“王子”和“公主”。

王桥与新桥之间有巴黎第一座钢铁大桥，把北岸的卢浮宫与南岸的法兰西学院连接起来。桥面两边摆放着五颜六色的盆花，随着季节变换品种，这桥就变成一条花径，有河上花园之美誉。桥东有亨利四世骑马的雕像和被他称作“雅致的绿色”的雅绿园，所以巴黎人习惯称它为“艺术桥”。

华丽无比的是亚历山大三世桥，一座 107 米长的单拱铁桥，建于 1896 年到 1900 年，以沙皇名字命名。他不记拿破仑火烧莫斯科的仇恨，化干戈为玉帛捐赠了这座桥，并派王子尼古拉二世亲往参加落成典礼。大桥由香榭丽舍大街通往安葬拿破仑灵柩的荣军院。桥上华饰和灯具由展翅的爱神手托，两端桥头 4 个大理石座上各有镀金奔马雕像，分别有古代、现代、文艺复兴和路易十四 4 个时期法兰西的标志，还有两个石柱分别装有塞纳河和涅瓦河的寓意装饰图。

塞纳河碧水涟涟，岸树成荫，经常是帆樯如林、游船鱼贯，白天风景如画，夜里妖媚动人。整个巴黎是座不夜城，办公大楼、商店人去楼空依然灯火通明。从船上望去处处火树银花，灯山逶迤。埃菲尔铁塔通体透明，像一枚正在点火升空的火箭，凯旋门五彩斑斓，像神话中的洞府龙门，红磨坊转动的风车像一只美丽的花蝴蝶。再看塞纳河也变成灯的河，岸灯连成美妙的曲线，河心的波澜流光溢彩。36 座桥 36 座彩虹，36 道张灯结彩的凯旋门。画船遍体灯光像一条鳞光闪闪的游鱼，探照灯摇曳，向岸上泼洒着水光一样的灯光。当船和桥交会成一个彩色的十字时，便溅起水花一样的欢呼，互相呼叫、互相问候、互相抛撒鲜花、抛洒饮料啤酒，大家高兴得淋漓尽致。

1999.10

巴黎的广场

法兰西并非文明古国，可是最懂得艺术，建造了一个完美的巴黎。这个世界上最漂亮的城市，不仅有如诗如画的塞纳河，还有无与伦比的名胜古迹，精心设计的街道住宅，还有数不清的大大小小星罗棋布的广场。这些广场绝非可有可无，而是像绘画里的留白、乐曲里的休止符，是城市的重要组成部分。

巴黎的广场数以百计，名见经传的也有几十个。它们不像北京天安门广场和莫斯科红场那样，慷慨大方地展示国土，而是经过艺术家精心设计，在经济和美学两方面都恰到好处，使土地和空间更显示其价值。

巴黎的广场大致可分为四类，第一类以文物古迹为核心，如凯旋门所在的星星戴高乐广场。此外还有协和广场，位于塞纳河北岸，始建于 1757 年，曾被叫作路易十五广场，大革命时改为刑场，搭起了断头台，把挥霍无度的国王路易十六和王后玛丽·安托瓦内特按在铡刀下处死。1795 年改为协和广场，后来，从埃及卢克索神庙抢来一块方尖碑立在中央。此碑已有 3400 年历史，高

23 米，刻满歌颂古埃及十八王朝法老拉美西斯二世功绩的象形文字。法国人说是埃及总督穆罕默德·阿里送给法王路易·菲利普的礼物。我问一位阿拉伯青年是这样吗，青年愤恨地说，哪有那么便宜的事！是武力抢劫，你看这方尖碑不正像一柄剑吗？一直向非洲挥舞了几百年。据说在最近召开的法语国家会议上，这根指挥棒已经失灵了。

市中心的旺多姆广场被看作巴黎精神和风格统一的典范。八角形，周围环立三层哥特式群楼，底层拱门连环相通，顶层为圆拱相间的窗户，隔不远有个三角形檐饰，整体建筑庄重朴实。广场中央矗立着一幢仿罗马的陶立克式铜柱，是 1806 年至 1810 年为纪念拿破仑在奥斯特利兹战胜俄奥联军而建，又名凯旋柱。高 43.3 米，直径 3.96 米，用法军缴获的 1200 门大炮冶炼浇铸而成，柱身镌刻着战场的浮雕，庆祝拿破仑帝国的赫赫战功。柱顶原有一尊拿破仑的雕像，1814 年毁掉代之以亨利四世形象，1863 年又把亨利四世换成拿破仑，1871 年巴黎公社以“野蛮行为的纪念”和“对军国主义的赞扬”罪名明令再次废除拿破仑，并将它更名国际广场。又过了 3 年，资产阶级政权复辟，拿破仑又在柱顶复出，并且牢固地久立至今。这个有争议的人物盖棺也难以定论，在高高的柱顶三起三落。是红脸还是白脸，全由后来的人任意涂抹。

第二种广场以人物为中心。胜利广场小得像个打谷场，原来有一个路易十四骑马石雕像，1792 年法国大革命时期被捣毁，30 年后又换上这个青铜雕像。民族广场原先叫御座广场，因为迎接路易十四和王后玛丽亚·特蕾丝进入巴黎，曾在这里设立宝座。大革命期间设立断头台，广场也改名被推翻的御座广场，1880 年又改为民族广场。但是路易十四在民族和胜利方面并无多大作为，身后寂寞，也没有多少人光顾。

倒是金字塔广场因为有个巾帼英雄贞德，来瞻仰者络绎不绝。

这是一个长方形园地，三面楼房，底层柱廊相通。中央一尊雕像，圣女贞德一身戎装，手擎国旗，胯下骏马腾空。许多小女孩都要爬上基座，学着英雄的姿势照相。

第三种以绿地花圃为主。雅绿园在塞纳河中西岱岛的一端，走上去好像船上的甲板，甚至有点晃晃悠悠的感觉。树丛中两块椭圆形草地好像两块地毯，许多人横七竖八躺在上面晒太阳。杜乐丽公园在协和广场和卡鲁塞尔凯旋门之间，绵延 1 公里，周围是花圃，中间是草地，一簇簇小家庭打着花伞，闲聊或者吃野餐，远远望去分不清哪是鲜花哪是伞花。沃日广场是个巨大的正方形，长和宽都是 108 米，四周 36 座阁楼，底层是长长柱廊，中层两排窄窗，顶层是屋脊和方方的檐窗。墙面白石红砖相间，一派古色古香。广场树木成行，绿草如茵，中间的喷水池怒放着大朵大朵的雪莲花，内外相映成趣，成为巴黎时髦生活中心之一。花枝招展的游人列队在甬路上散步，阵势如俄罗斯民族舞蹈。人们离开广场时总要到南楼 6 号驻足一下，那是大诗人维克多·雨果的故居。

第四种广场只有一个，在一座小山岗上，自然而然地叫起了小丘广场。既没有文物雕塑，也不见绿地花圃，而是一排排早支晚撤的画架，纵横成行，数以百计，好像是画家们的集贸市场，或者说是画家们的集体表演。头发长长、穿花衬衫、不男不女的艺术家们，或坐或立，都眯缝着眼睛。有的画油画，有的画水粉画，有铅笔画，也有粉笔画，也有人物素描。他们专心致志，一丝不苟。有的精益求精，也有的现画现卖。不少人不论刮风下雨天天来，为寻找灵感和激情，或者为表达他们对艺术的虔诚、对巴黎的热恋。一个数百年的信条不改，画家们以画家的身份活着，而且只能为绘画活着，他们是流动着的、活生生的艺术纪念碑。

所以，这些广场并非空旷虚无，而是有着无形建筑、精神建筑，丰富多彩千姿百态，甚至是永垂不朽的。不过不是由艺术家们设计制作的，而是由来到广场上的游人驰骋想象来完成的。

1999.10

巴黎的墓地

法国人重生轻死，对历代帝王也是如此。保留于世供后人观瞻的多是行宫和城堡，如凡尔赛宫、枫丹白露宫、卢瓦尔河谷的大小 30 座古堡。但是很少有中国那样的帝王陵寝，唯一例外的是拿破仑，他的墓在著名的荣军院圆顶大厦内，皇冠一样形状的教堂是纪念拿破仑的圣殿。

拿破仑 1821 年 5 月 5 日在圣赫勒拿岛上病逝，19 年之后英国才允许把这位法国皇帝的灵柩运回故土。1840 年 9 月一艘法国船驶向勒阿弗尔，然后沿塞纳河缓缓溯行抵达巴黎。9 月 15 日漫天大雪，万人空巷，灵车穿过凯旋门，驶过香榭丽舍大街，开进圆顶大厦，至此这位传奇人物漫长的放逐生涯才宣告结束。他的骨灰分装在 6 个棺材里，分别由锡、红木、铅、黑檀、橡木制成，一齐装进一个特大的红色花岗岩石椁中，安放在地下墓室里。12 尊胜利女神像环立四周上方，守护着这位昔日叱咤风云的皇帝。走出大厦，周围许多常青树和环形花圃，像几个硕大的花圈。

茶花女墓位于巴黎北部克利希广场附近，是普通人坟墓的典型。花岗岩基座，正方形墓体，白大理石碑，正面茶花女姓名的缩写 A · P 由雕刻的纷纷坠落的花瓣图案组成，两侧刻着:“阿尔封西娜 · 普莱西于此长眠，生于 1824 年 1 月 19 日，卒于 1847 年 2 月 3 日，安息吧。” 墓前陶制花篮里放着一束淡粉色的茶花，花束下一页折角白色信纸上大书一个法文“恕”字，凝聚着一个真实的悲剧故事。茶花女生在法国北部奥尔纳省，14岁只身到巴黎以卖花为生，后来成为一个达官贵人的情妇，因为喜欢茶花而得名。1844年9月的一天，在剧院与青年作家小仲马邂逅，一见钟情。小仲马因热恋而债台高筑，恍惚间写信要求中止关系，茶花女因此郁郁而死。小仲马悔恨交加，奋笔疾书，一个月写成了传世之作《茶花女》。这时，在我眼前正有一对情人默默地向墓前献上红、白茶花，女的大大方方，男的有点不好意思。

巴黎最大的拉雪兹神父公墓在市东北，正式名字叫东部公墓。1804年建墓前是路易十四的忏悔师拉雪兹神父的住地，所以通常这样称呼。公墓占地44公顷，比我见到的莫斯科新圣母公墓还要大。除了松柏以外，形形色色的墓碑如同大片庄稼地。因为面积太大，划分为几十个小区，标有街道门牌，其中200位名人墓有导游路线图。我们首先拜访了雨果墓，黑色的大理石墓碑有一种悲惨世界的气氛。巴尔扎克的墓地不大，身后和生前一样拮据。《追忆逝水年华》作者普鲁斯特则显得轻松些，墓地的布局也有意识流的味道。无意中发现了肖邦墓，在一个小坡上，碑上有个小女孩的塑像，怀抱小提琴，满脸忧郁。这位波兰音乐大师亡国后只身逃到巴黎，遇到乔治·桑，同居了9年，1849年病逝。巴黎市政府专门划给他一块永久墓地。

在拉雪兹神父墓地东北角，我们找到了著名的“巴黎公社社员墙”。1871年5月28日凡尔赛军队包围了公社最后一个据点，公社社员终因寡不敌众，被逼至这段十几米的夏洛纳墙下，147名公社社员高呼“公社万岁”流尽最后一滴血，从此这里被称作“巴黎公社社员墙”。1908年5月21日来自法国各地的群众在墙上镶嵌了一块大理石碑，上刻金色大字：“献给公社的死难者，1871年5月21—28日。”《国际歌》作者、诗人欧仁·鲍狄埃的墓地在公墓西南角，与巴黎公社社员墙遥相呼应。

在巴黎14区还有一个很大的地下墓地，建于1786年。当时巴黎人口爆满，坟场拥挤不堪，许多人死无葬身之地。路易十六命令将公共墓地移至地下，国会选中了一个废置的地下白垩矿场，每晚有不少载满尸体的车子开进去，到 19 世纪末已有 600 万尸体葬于巴黎城市地下。对此不少人产生浓厚兴趣。

历年来人们像游地府一样摸进地下墓道，入口处一个醒目的广告牌：请停步，你正要踏进死人的天地。看后令人毛骨悚然，胆战心惊。地下墓道长 285 公里，尸体一具具罗列，常常叠到 30 多米高。尸体的保护墙用骨头建成，骷髅成了装饰品，墙上挂着牌子，注明尸体来自哪个坟场和移置日期，层层相加仿佛楼房和窑洞。这个阴森恐怖、地下迷宫一样的墓道，二战期间曾经成为法军抗战的地道，同时也是德军的避难所。有时两方相距几百米而没有察觉对方的存在。地下墓地有公开的也有没被发现的，吸引了不少"地下坟地爱好者"，下来寻求刺激或者现代化大都市的另一种生活。更有甚者，它还成为吸毒者的避风港，因为屡屡发生失踪、抢劫、受伤甚至淹死事件，1989 年官方关闭了 280 个非法入口，只留下一个，以防止更多的人涌入地下。

1999.10

凡尔赛随想

未到巴黎凡尔赛宫之前，我总以为北京的故宫是世界上最为辉煌的古建筑群和文物宝库。看了凡尔赛宫才知道天外有天，比之故宫它并不逊色，至少是各有千秋。西方的艺术在教堂里，东方的艺术在寺庙中，故宫是扩大化的寺庙，凡尔赛宫是教堂艺术的极致。

故宫始建于1406年，即明永乐四年，其中的太和殿（金銮殿）建于1420年，即明永乐八年。凡尔赛宫兴建于1661年，即清顺治十八年，相差不过200余年。之后，欧洲出现了文艺复兴，法国出现了启蒙运动。法国社会有了大踏步的前进。那时的国人如果走出国门看欧洲，该是后来我们习惯说的一句话，1天等于20年的“大跃进”了。

故宫与凡尔赛宫比较，不仅有文化的差异，也有时代的差异。故宫平面呈长方形，南北为轴，东西对称。主体三大殿建于8米高的汉白玉基石上，长9间深5间（九五之尊，高高在上），重檐斗拱，金瓦朱门。外表雄浑威严，内部雕梁画栋，但光线不好。凡尔赛宫平面是多种几何形，东西为轴，南北对称。宫殿是两层楼加一层阁楼，下层粗琢石拱，上层壁柱大窗。外表端庄典雅，内部金嵌玉砌，光线充足。最具代表性的是一个名叫镜廊的大厅，面朝西部的园林，有17扇拱形高窗，对面墙上有17块斜磨巨镜，每块由400个镜片组成，相映成趣。白天反射满院春色，夜晚映出满院烛光，虚无缥缈，如临仙境。据说罗丹那句名言“艺术就是反映人间的大自然，所以最要紧的事情是擦镜子”，最初，就是在这里悟出来的。

刘邦以后的中国皇帝自称真龙天子，宫廷内外上下到处雕刻绘画的都是龙，以及与龙有关的云、海、藻井。每日早朝烛烟缭绕，天子也便有了腾云驾雾的感觉。兴建凡尔赛宫的法兰西国王路易十四，自称太阳之子，正殿以7个行星的名字命名7个厅。他相信上帝，宫里便到处是希腊神话和圣经故事（那些神都以人的形象出现），甚至是国王的日常生活。正殿、寝宫以及镜廊、战厅等重要地方，从天花板上的油画、墙壁上的浮雕，到壁炉、盾牌上的装饰，歌功颂德的主体都是戴假发穿高跟鞋的国王自己。明故宫修建历时15年，动用民工200万，工匠10万，都没留下他们的名字，唯一的记载是砖上刻有“山东临清”字样。凡尔赛宫主体工程修建 28 年，建筑师勒沃、芒萨尔，设计师勒诺特，装饰家加里布里埃尔，画家弗郎索瓦、勒布伦的名字载入史册，家喻户晓，知名度不亚于国王路易十四。正如法国作家罗曼·罗兰所说，艺术是生命的帝王。

中国皇帝置自己于万民之上，称孤道寡，把皇宫叫紫禁城。前朝与后宫分开，除了皇帝和皇子外，宫中的男人都要阉割。王公大臣六部九卿都住在城外，在午门外的朝房待召。法国国王不完全是孤家寡人，宫殿三大院中设有朝臣大宅、将领室、侍卫队长套间，可以朝夕相见，国王也当众进餐。宫中还设有 5 个教堂，国王与大家一同望弥撒。为了增加文学和音乐气氛，经常举办皇家音乐会和舞会，两个歌剧院经常上演莫里哀等人的剧本。

故宫最初的选址和规划者刘基，是一位易经大师，讲究八卦风水，不大注意环境绿化。故宫占地 72 万平方米，建筑面积 15 万平方米，大约 5 ：1。其余为广场、甬路、曲廊，御花园不大，池馆水榭、花坛盆景均小巧玲珑。路易十四和他的建设者们受卢梭的影响，讲究“纯自然状态”。全部占地 110 万平方米，建筑面积 10 万平方米，为 11 ：1，100 万平方米的园林成为整个凡尔赛宫的有机组成部分和恰如其分的补充。广阔的西部，大小树丛，古木参天，绿绿的草坪，蓝蓝的水池，多彩的花圃。各式各样的喷泉可以射向任何角落，成为凡尔赛宫的一大特色。全部设计按严格的几何原则，喷泉都位于几何中心。著名的拉朵娜水坛是整个园林的中心，洁白如玉的女神站在五个不同半径的同心圆的高处，身后半月形平台向绿色草坪敞开，大面积的绿地、花坛、树丛成为她颀大的披风。北面的七层喷泉像一座银色的金字塔，南面阶梯假山上，慢坡滚下的清水成为壮阔的瀑布。每个水坛都点缀着四个卧式雕像，象征着法国的四大河流。每组景点都与寓意空气、水、中午、夜晚、春天、秋天的六尊雕塑相呼应。一个八角形的秋池上，酒神陶醉于葡萄丰收的季节，大把往瓶里装葡萄。

羊腿人身的儿童，一个酩酊大醉，一个还在继续劝酒。所有的喷泉水都来自一条2公里的水渠，水渠的水又引自塞纳河，流水、花径、林带把整个凡尔赛宫连在一起，形成一个法国新古典主义建筑艺术的经典。正如歌德所说，大自然创造了花卉，把它编成花环的是艺术。凡尔赛宫建成后数百年里，成为许多国家、王家宫苑竞相仿效的样板，凡尔赛宫成为欧洲人梦寐以求的地方。

1871年法国被德国军队占领，德皇威廉一世指名要在这里举行加冕仪式。1875年法兰西共和国在这里宣告成立。第一次世界大战之后，法国人又指定战败国德意志在这儿签署了《凡尔赛条约》。

凡尔赛从1682年取代巴黎成为法国首都后，有100多年的黄金时期。在这里，王室终日沉迷于浮华排场之中，摆不完的狩猎宴会，吃不尽的豪华宴席，全不顾人民已渐渐陷于水深火热之中。1789年10月6日，一群巴黎妇女游行示威闯进了凡尔赛宫，进行声势浩大的抗议请愿。国王路易十六不得已撤回巴黎，那辆镀金的马车再也没有回来。此时正是乾隆五十四年，故宫门前还算平静，北京那最后一个封建王朝延长了100多年。

1999.10

枫丹白露

巴黎朋友叮嘱，慎莫独行南郊。那里地广林深，古堡幽深，劫匪出没，很不安全。可枫丹白露是我向往已久不可不去的地方，越是二游巴黎，越是恐难再三，越怕留下终生遗憾。遂耿耿于怀，逢人便问，恰好周末咖啡馆里碰到一位志愿者，愿驱车同行。此人马丁·米歇尔，四十开外，并无恶相，于是决心次日同游，买单时我故意坦露钱包，示意并无多少银两。

汽车出市不远，就一头扎进了林海。9 月的卡瓦尔河谷，早已秋意盎然，落叶成金，不时有松鼠跳跃，野鸡飞翔。米歇尔说我吉人天相，赶上了法国的黄金季节。

车行一小时，前方森林冒出一群建筑物的尖顶，好似海市蜃楼。再往前，出现一大块草坪，草坪上淌着一条小河，小河连着池塘，米歇尔说这就是枫丹白露了。由于草坪和池塘平阔，衬得古堡高大巍峨。古堡为意大利建筑风格，拱形门洞上面是金字塔和柱群，外形质朴而庄重，内部豪华典雅。教堂、舞厅、居室之间有长廊连接，装饰大量绘画、雕塑、瓷盘。漫步其间，如游览历史长河。

12 世纪以前，这里原是一处猎人小屋。随着法国的日益强盛而红火起来。16 世纪初，弗朗索瓦访问佛罗伦萨，对文艺复兴造就的意大利艺术惊羡不已。不惜重金把包括达·芬奇在内的一批建筑师、画家请过来，参与枫丹白露的建设。使这里的建筑和雕塑体现了第一次文艺复兴的风格，白色石灰岩代替了红砖，蝾螈代替了豪猪，形成了著名的“枫丹白露画派”。达·芬奇在这里度过了他生命的最后 4 年，骨灰和艺术永远地留在了法国。

枫丹白露二次辉煌是 18 世纪末，做了拿破仑的行宫。米歇尔像一名熟练的导游，领我参观拿破仑一世纪念馆。厅堂奢华，陈设和绘画雕塑精美；居室简约，只有军事地图和行军床。代表着他性格的两方面，野心勃勃、好大喜功，又胆大心细、勤奋务实。展橱里还有拿破仑的遗物，绣着红白徽章的军帽、银灰色战袍、镶着水晶的宝剑、闪着寒光的手枪，如果把他们组装起来，就是一个完整的一代枭雄，叱咤风云，做梦都想征服欧洲。

枫丹白露记载着拿破仑传奇般的经历。1769 年 8 月 15 日，科西嘉岛上，随着一阵突如其来的暴风雨，一个哭声如雷的男婴呱呱坠地，他就是拿破仑。15 岁当兵，20 岁投身法国革命，24 岁晋升少将。因为粉碎王党复辟，受到大资产阶级欢迎，进入上层社会，觥筹交错中结识了年轻寡妇约瑟芬。此人高挑身材，高雅迷人，天生丽质外加一种媚态，便如炭上升起火苗，灯上冒出光焰，珠宝放出光芒，具备了倾国倾城的魅力。因为历史巨人生得矮小，他们成了一对地道的高女人矮丈夫，但是拿破仑气质非凡，英雄美人，传为佳话。雾月政变成功，枫丹白露成了总督府，灯红酒绿，衣香鬓影，金屋藏娇，情同鹣鲽，“回眸一笑百媚生，六宫粉黛无颜色”。

约瑟芬生性奢侈，挥金如土。每天换五六次衣服，柜里有 600 套礼服，只有帝王之家才养得起。拿破仑像中国皇帝一样喜欢黄色，居室家具帐幔一片金黄。约瑟芬偏爱玫瑰红，从地毯到天花板，从床铺到家具一色玫瑰红。她的玛尔梅森玫瑰园奇花荟萃，中国玫瑰就有 20 多种。名花美女，国色天香，堪称一绝。她听说英国从印度引进 4 种中国名贵花卉，就唆使拿破仑占为己有。当时英法正在交战，为了确保这批中国玫瑰安全到达，拿破仑出面交涉，双方竟然同意暂时停火。

拿破仑毕竟大英雄，并不迷恋女色，新婚燕尔即披挂上阵，东伐意大利，南征埃及，打败奥地利和英国，成为欧洲霸主。1804 年称帝，教皇亲自在巴黎圣母院为他加冕。约瑟芬被册封皇后，极尽恩宠。可惜红颜薄命，婚后 15 年也没能生下儿子继承皇位。出于政治原因，拿破仑忍痛割爱，与奥地利公主结婚，辞旧迎新仪式都在枫丹白露举行。作为补偿，赠予约瑟芬一座古堡，约瑟芬非常珍惜与拿破仑的甜蜜生活，室内原封不动地保留着原来的样子，空守古堡，睹物思人，终日以泪洗面。拿破仑也深深思恋着约瑟芬，即便新皇后为他生下麟儿也难以移情。1814 年约瑟芬郁郁而死，拿破仑一把鼻涕一把泪地举行了厚葬，并偿还了她 300 万法郎的债务，但是无法偿还心里的愧疚。也许为此或多或少地导致了兵败滑铁卢，被迫于枫丹白露逊位，踏上流放南大西洋圣赫勒拿岛的英雄末路前，在这里举行了告别仪式。

1821年5月5日，同51年前降生时一样，又一场暴风雨降临，拿破仑辞世，被埋葬在两棵大柳树旁。19年后，英国政府才允许他的遗体回国。当灵柩溯塞纳河缓缓而上，到达巴黎时，万人空巷，大雪纷飞。灵车穿过凯旋门，驶过香榭丽舍大街，到达荣军院，结束了他长期放逐生涯。据说那一天，约瑟芬的古堡暗云低垂，大雨滂沱，一阵风挟着女人的哭声向北狂奔。

米歇尔是拿破仑的崇拜者，不断用手帕擦着泪水。走出枫丹白露时，天公也像受到传染，一阵雨点落在宫女般婀娜成行的法国梧桐上。灵机一动我想起了一段曲子："惊我来的，又不是楼头过雁，砌下寒蛩，檐前玉马，架上金鸡；是兀那窗儿外梧桐上雨潇潇。一声声洒残叶，一点点滴寒梢，会把愁人定虐。"（元杂剧《唐明皇秋夜梧桐雨》）想起了1200多年前长安那场秋夜梧桐雨。米歇尔不懂，我说等你到西安，我当导游，讲中国的枫丹白露。

1999.10

巴尔扎克故居

初秋一天，我来参观位于巴黎第十六区莱努合大街47号的巴尔扎克故居。

巴尔扎克在这座城市居住30年，因为穷困潦倒，躲避债务，经常像老鼠一样搬家。最初曾栖身于莱斯提居尔街9号顶层楼梯间，门窗腐朽，四面透风，冬天没有火炉。为了节省衣服，他常常闭门不出。不得已时，才下五层楼梯到六条街以外去汲水。

比起莱斯提居尔街 9 号，这所房子要阔气得多。从莱努合大街看它是一所平房，进去方知是一座三层小楼。走下长长石梯，是一座小院，覆盖在浓荫之下，巴尔扎克当时很满意，称之为“绿色小岛”。小院后还有一个隐蔽后门，外面是塞纳河，这种格局好像专为逃债而设。为了对付随时可能造访的债主和税警，巴尔扎克和他的老仆定了暗号：听到“开门！西桑”，仆人才开门。听到“我从比利时带来花边”，才允许引进客厅。听到“柏尔斯兰夫人很健康”，才可以引进书房。

参观三楼客厅开始，迎门是巴尔扎克的半身塑像。肥头大耳，阔嘴唇厚下巴，坚实的胸膛，像个憨厚的农民。无怪乎书上说他有牛一样的胃口，一顿饭能吞下 36 个牡蛎、1 只烤鸡、1 块牛排。唯有那一双小眼睛才透露出稀世的智慧。

巴尔扎克的确是个农家子弟，1799 年 5 月 20 日生于杜尔世代为农的巴尔萨氏家庭。由于时代的原因，他患了一种渴望做贵族的荒谬的精神病，宣布自己的姓名不是巴尔扎克，而是奥诺雷·德·巴尔扎克。在欧洲，“德”是贵族的象征。塑像旁边摆着一条棒子一样粗的手杖，曾经是巴尔扎克先生的笑柄。当年他曾手持这镶着蓝宝石的手杖，身穿系着金扣子的蓝色外套，出入歌剧院的老虎包厢，顺着马路浏览一家家店铺招牌，为自己书中的人物寻觅姓名。为此，德·吉拉尔丹夫人还写了一部小说：《德·巴尔扎克先生的手杖》。

通过小小走廊来到巴尔扎克的书房，面积不大，也很简陋。我很想知道这座斗室是如何造就一位文学泰斗的。答案很快就出来了，首先是这张朴素的书桌。巴尔扎克一向家徒四壁，只有它是能搬的“家”。巴尔扎克自称“笔墨苦役”：“我像炼丹师投入金子一样，把我的生命投入这个坩埚中。它知道我的一切计划，曾见过我所有的窘困，曾经偷听了我的思想，当我的笔奔驰在纸上时，我的臂膀几乎粗鲁地压迫着它。”巴尔扎克一生不曾有过朝夕相伴的女人，只有这张桌子分享了作家那一个个最有价值的夜晚。还有桌子上那块表，一位巴尔扎克真实生命的缄默的见证人。150年前，它曾无时无刻不发着牢骚，埋怨主人忽视它的存在，颠倒了白天黑夜，像一个野蛮人一样每天工作16到20个小时，3天用完一瓶墨水，磨秃两打笔管。更有这把咖啡壶，专门为巴尔扎克这架写作机器提供润滑油。巴尔扎克用3种咖啡豆制作“成了河的黑咖啡”，来刺激他不知疲倦的脑神经，而且随着时间增长剂量不断加大。有人统计巴尔扎克一生共喝下去5万杯浓咖啡，使本来铜钟一样的心脏加速老化。

最让人感动不已的是巴尔扎克的手稿校样。为了预支稿费，巴尔扎克像批发商一样出卖自己的书稿。但是等到校对时他又像首饰匠一样一丝不苟，精益求精。每次都是把排印出来的校样当初稿，不厌其烦地改来改去。按照他的设计，校样用纸又长又宽，四周留很大空白，可以任意勾抹增删。独出心裁的符号，勾画得密密麻麻，最后变成一块块小黑板。他还常常借助剪刀糨糊，把原文肢解拼凑，长出许多“眉毛”“胡子”。这样一来，破译巴尔扎克的校样就成了天书。不仅如此，二校时他仍要大刀阔斧，随心所欲地改动。一部书稿要修改六七次，直到满意为止。一部200页的书，校样合起来都在2000页以上，他自己戏称“文艺烹调工作”。巴尔扎克这样每一道“法国大菜”代价颇高，校费常常占用稿费的一半。这满屋满墙书稿和校样都是证人，说明这位苦行僧式的人类灵魂工程师，是怎样把自己的每一幢艺术宫殿建设得十全十美的。

正像任何天才都不会一帆风顺一样，巴尔扎克一生遭受了许多磨难。中学时期是差等生，大学三年级弃学想当作家，搞创作又连连失败。他当过出版商，开过印刷馆，办过铸字厂，建果园，开矿，无不以失败告终。青年时就定下生活目标：一笔财产、一个女人。但是奋斗十年反倒背下10万法郎的债务，只能给比他大 20 岁、生过 9 个孩子的富婆当情夫。好在他不知气馁，生活中有个拿破仑做偶像，所到之处包括这间书房壁炉架上，都供着那位法国一代枭雄的石膏像。他觉得这位伟大的征服者时刻凝视着自己，对他发出战斗的命令。巴尔扎克在一张纸条上写道："他用宝剑战斗，并没有完成自己的事业，我将用我的笔尖完成我的事业。"这纸条粘在拿破仑塑像底座上，时刻在巴尔扎克眼前飘动，作为一种驱动自己奋发向上的动力。

巴尔扎克从 1840 年移居这座住所，一直住到 1847 年。这一段正是他人生的壮年，创作的金秋。无数失败的苦难使他亲历了形形色色的人和事，认识了奇形怪状的巴黎，了解了贫困的残酷，卑鄙的丑恶和金钱的魔力，懂得了人间社会的因果关系，获得了远比同时代作家更多、更深刻的人生体验。他失去了梦一般的幻想，却得到了艺术的想象力。而想象力与现实的结合，正是巴尔扎克批判现实主义的本质。在这座小楼上他的文学创作达到巅峰状态，写出了《幻灭》《高老头》《打水姑娘》《妓女盛衰史》等不朽名篇。在这里他受但丁《神圣喜剧》(即《神曲》)的启发，把自己的全集定名《人间喜剧》，并发表了著名的《序言》，一位批判现实主义作家的纲领和宣言。从此他登上了批判现实主义的顶峰，高尔基称巴尔扎克、托尔斯泰和莎士比亚是人类自身荣耀的丰碑。

1847 年巴尔扎克从这儿迁居于凯旋门附近的幸福街，准备迎娶他苦苦追求了 18 年的乌克兰寡妇韩斯加夫人。但是幸福街没有给予他幸福，他拖着疲惫不堪的身体三下乌克兰，在那儿勉强举行了秘密婚礼。回到巴黎时不是凯旋英雄，而已经是一个气息奄奄的病人了。多年超负荷的运转使这架写作机器零件严重磨损，那双洞察过世界的眼睛失明了，那只写过 97 部小说、塑造过 2500 个人物的手瘫痪了。昏迷中他呼唤《人间喜剧》中用来创造科学奇迹的人物毕洛安·霍拉斯的名字："假如毕洛安在这儿的话，他一定会救我的！”1850年8月18日，一代文豪巴尔扎克的心脏停止了跳动，时年51岁，结婚仅5个月。死前已被家人抛弃，妻子不肯过来看他一眼，在他灵魂出窍时，正在隔壁房中与情人私通。面对自己的人间悲剧他不去多想了，胎死腹中，随它而去。

弥留之际，雨果是最后一位探访者，亲送他的遗体到拉雪兹神父公墓下葬，悼词中沉痛地说：“巴黎由于他的去世已经昏倒了。”

1999.11

雨果故居

沃日广场，看上去好像一座巨大的修道院，方方正正，长宽均为108米。36栋古色古香的三层阁楼围在四周，底层柱式回廊，供人悠闲散步。廊外两行绿树，中间两块草坪，各有一座喷泉，像两盏白蜡烛台。法国人说，一个是拿破仑，一个是雨果，照亮了法兰西的天空。维克多·雨果1832年至1848年住在这里，那回廊和草坪上留着这位文化巨人许多脚印。

雨果故居是6号楼，在西南拐角处。参观由上而下进行，3楼的一间大厅，有大量图片和文字解说着他不平凡的一生。

维克多·雨果生于1802年2月26日，比巴尔扎克小3岁，可走的是一条完全不同的道路。他出身将门，天资聪慧，16岁因诗名当选卢兹学院青年院士，23岁被授予国家骑士级荣誉勋位，39岁当选法兰西研究院院士，44岁又当选院长，位列贵族院议员、制宪议会议员，是上流社会风云人物。另一方面，雨果自幼熟读卢梭、伏尔泰，追求自由、民主、博爱，诗人的个性又使他政治倾向十分显明。法国19世纪三四十年代，一次次阴谋、政变，一次次起义、失败，使他的共和国梦想破灭，走上反对党领袖的位置。墙上图片保留着雨果许多珍贵的镜头，二月革命站在人民队伍中，栗色长发成为一面飘扬的旗帜；临时共和国成立，为自由之树剪彩；反对小拿破仑，身披议员肩带，行进在枪林弹雨中。被反动派视为眼中钉，花2.5万法郎悬赏他的头颅。不得已他亡命国外，把满腔怒火化为战斗的檄文。又被比利时、英国两次驱逐出境，最后落脚在大西洋一个名叫格恩济的荒凉小岛上。直到1870年普法战争爆发，才返回阔别19年的祖国，投入保卫巴黎的战斗，捐献稿费制成两门大炮，被誉为“法兰西的老家长”。

二楼是雨果书房。比起那些精美家具和雕刻，一张书桌更引人注目。旧桌子很高，是自己设计制作的，他和歌德一样喜欢站着写作。槐木桌面上，依稀看到他龙飞凤舞的字迹。这位积极浪漫主义的旗手，在这不足一平方米的阵地上，布下了多少闪电和雷声：剧本《克伦威尔》《欧那尼》《国王取乐》，诗歌《心声集》《秋叶集》《东方诗集》，评论《小拿破仑》《惩罚集》《凶年集》，小说《巴黎圣母院》《悲惨世界》《九三年》。一块块坚实的基石，奠定了他在世界文坛的崇高地位。

写《巴黎圣母院》时，雨果的住所抬头就可以望见那大教堂的塔尖。他经常顺着教堂螺旋楼梯爬上爬下，驻足每一间神秘的石室，寻觅古老的传说。有一天偶然在两座楼梯间发现墙上刻着一个词:“ANARKH”（希腊文的“命运”）。雨果眼前一亮，找到了灵感。最先想到的人物是一个驼子，他在马德里贵族学校时的一位校工，两颊绯红、乱发如草，人很善良。孩子们常常拿他取笑，也包括雨果自己。为此他很内疚，那校工的梆子不时敲打着自己的心灵。由此引起关于灵与肉的思考，酝酿出几个人物形象：脸丑心美的敲钟人卡西莫多，脸美心丑的弓箭队队长菲比斯，面心都美的吉卜赛美女郎爱思美拉达，面心俱丑的副主教克洛德。此书 1831 年出版，一鸣惊人，被称作“莎士比亚式的中世纪史诗”。

雨果于 1845 年着手写《悲惨世界》，二月革命后忙于如火如荼的斗争而停笔，即使流亡途中也把手稿带在身边。经过长期残酷的斗争，他对社会生活有了新的认识，决定重写，革命时期“一个圣徒、一个男人、一个女人和一个孩子的故事”。为了真实地反映历史背景，他数度考察圣约翰山，凭吊滑铁卢，并在附近旅馆租住，窗外就是古战场。亲历的斗争生活，使他写起来得心应手。铺开稿纸，林立的街垒，愤怒的人群历历在目。拿起笔来，就像重新披起肩带、举起拳头。仿佛高呼“共和国万岁”的不是主人公马吕斯，而是作家自己。经过多次修改扩充，1861 年 6 月 30 日雨果在最后一页写下一个“完”字。镜子中栗色的头发已经雪白，宽宽的额头刻满深深年轮。全书出版后，巴黎洛阳纸贵，大街小巷都在谈论着卞福汝、冉·阿让、马吕斯和芳汀等人物。人说，在马吕斯身上不止一次看到雨果本人的影子。

一楼展室有许多雕刻、绘画，大多出自雨果自己手笔，奇怪的是这些作品或多或少地带有中国特色。一组梅兰竹菊，用的是工笔；还有公鸡和马，用的是写意，完全不同于西洋画法。据说，流亡格恩济岛时，他还自制了八仙桌和太师椅。难怪英法联军火烧圆明园时，雨果站出来仗义执言：“两个强盗闯进圆明园，一个抢劫，一个放火。我们全部古教堂所有的宝藏加起来，也比不上这座灿烂惊人的东方博物馆呀！”“一个塞满腰包，一个装满箱箧，然后，他们手挽着手哈哈大笑着回到欧洲，这就是两个强盗的历史。”

在雨果的卧室，有一张旧床，1885 年 5 月 22 日，83 岁的雨果奔波操劳一生后，在它怀里永远沉睡了。闭眼时只有孙子孙女守在身旁，两子两女、结发妻子、相依为命的情人，一个个先他而去。妻子阿黛尔是指腹为婚，青梅竹马，搬进这所房子时因为雨果埋头写作而红杏出墙，第三者恰恰是雨果的朋友，一位评论家。因为情有别恋，阿黛尔失去往日的温柔，连雨果对她诵诗都无动于衷。那女演员朱丽叶，因为主演雨果的剧本而与他结缘，而且一爱就是50年。在颠沛流离的生活中，像一个影子一样，跟着他，隔楼相望。每天早晨采集带露玫瑰花，榨成汁润滑他疲劳的眼睛，每天晚上独守孤灯，为他抄写稿子。雨果在他心目中的金婚纪念日送给她一张照片，背面写："50年的爱情，这便是最好的婚姻。"可惜依照教会的条文，朱丽叶没有资格进入雨果的墓地，因为没有正式结婚。阿黛尔与雨果虽然仅仅维持了10年夫妻关系便另有所爱，却被允许葬在他的身边，永远地貌合神离。

法国政府为雨果进行了隆重的国葬，全国下半旗致哀，凯旋门垂挂黑纱，街头巷尾堆满花圈。按照他生前遗嘱："把5万法郎送给穷人，用穷人的灵车把我送向公墓，拒绝一切教堂的祭祷。"锈迹斑斑的粗糙马车，200万人迈着沉重的步子跟在后面，缓缓走向先贤祠。

1999.11

福楼拜的小镇

法国六角形国土西北一边，诺曼底千仞绝壁，永远地面对着英吉利海峡的裂岸惊涛。当年盟军登陆，上万架飞机铺天盖地而来，200万军队一拥而上，突破了纳粹德国的防线，这是欧洲的赤壁之战。如今60年过去，海岸线上依然可以看到无数的填海船，沉箱上布满青苔，看上去好似一群搁浅的巨鲸。

故垒东边，人道是名城卢昂。从勒阿弗尔港溯塞纳河而上，很快就抵达这座古代首邑，可以看到13世纪哥特式圣母院、文艺复兴时期的大时钟，还有世界闻名的奶油塔。1821 年 12 月 12 日，古斯塔夫·福楼拜就诞生于这座城市，父亲是一位著名的外科医生。福楼拜儿时就熟悉生理解剖图，玩弄过不少手术刀，中学时代又受到斯宾诺莎无神论的影响，很早就接受了实验主义，与宗教格格不入，16 岁写的短篇小说《狂人回忆》，带有狂热和浓厚的浪漫主义色彩。19 岁去巴黎读大学，学法律，因神经系统疾病而辍学，结识了大作家雨果、乔治·桑和女诗人路易丝·高莱，参加了红火热闹的巴黎文学沙龙。

1846 年父亲病逝，福楼拜回到故乡，在郊区黎镇定居。我走在这个小镇上，还是福楼拜时代的“外省风俗”，草顶泥墙的茅屋、尖顶错木的楼房、潮湿的诺曼底空气、悠扬的教堂钟声，好像走进一首田园诗里。女人们褶领上衣、绣花披肩、宽大的百褶裙、五颜六色的花木鞋，男人们刺绣背心、精致的花帽，让人想起《包法利夫人》里的人物，小镇以福楼拜为骄傲，不少店铺以他的名字，或者作品主人公包法利夫人和艾玛命名。可惜时过境迁，包法利先生的诊所改作理发店，只有药剂师的门市没有改行，勉强维持着。

福楼拜在小镇的别墅叫克罗瓦塞，一座不小的宅第，依山傍水，草木葱茏，舒适恬静。当年作家对它十分依恋，除了去巴黎会朋友和到中东、南欧旅行之外，常年守在这里，埋头写作，终其一生。可惜死后外甥女为了还债，把正房卖给一位商人改作仓库，唯一留下的一个小角楼是原来的建筑。

小角楼在一条花径的尽头，石头墙壁，蓝色门窗。当年福楼拜闭门幽居、潜心创作、通宵达旦伏案疾书，书桌上那盏绿罩台灯成为塞纳河上渔人眼前常明的灯塔。福楼拜终身未娶，陪他度过一个个漫漫长夜的是一只绿鹦鹉标本。那是他为了写《一颗简单的心》，去主教桥和翁花镇体验生活时带回来的。福楼拜主张“小说应当科学化”，用科学家做实验的那种实事求是的精神，通过实地考察“发现别人没有发现的和没有写过的特点”。

福楼拜蛰居小镇，还有一层回避现实的意思。自幼形成的无政府主义和虚无主义，使他对保王党、共和党和社会主义都一概痛诋，尤其是 1848 年革命使他感到失望。福楼拜在悲观厌世情绪中写了古代宗教小说《圣安东的诱惑》，被朋友扔到火炉里，说“写一部巴尔扎克《穷亲戚》那样讲实际的小说吧”。他在这座楼里写了第一部长篇小说《包法利夫人》，立即轰动了文坛。小说描写一个外省富农独生女艾玛的悲剧命运，控诉金钱关系的罪恶，揭露资本主义精神生活的空虚和堕落，具有深刻的批判意义。故事完整、结构严谨、生动细腻，左拉称它“清澈而完美”，是一部“新艺术的法典”。但是作品击中时弊，笔锋犀利，受到当局的指控，罪名是败坏道德、诽谤宗教，要“对主犯福楼拜必须严惩”。由于著名律师儒勒·塞纳尔的声望和辩护，才得以幸免。面对巨大的压力，福楼拜退缩了，再次转向历史题材，写了《萨朗波》。

几年之后，福楼拜的目光又回到现实，在这个小角楼里又写了他第三部长篇小说《情感教育》。作品描绘了 1848 年革命的全过程，真实有力地表现了大革命时期法国的社会风貌，成功地塑造了富有时代特征的各类典型人物，显示了作家现实主义的卓越成就。作品也暴露了作家世界观的一些弱点，不分是非、厌恶一切斗争。同时也就无形中有助于展现小说文体的独异风貌，“客观而无动于衷的笔调”。这种风格在《包法利夫人》中初见端倪，而在《情感教育》中臻于完美。他主张“一个小说家没有权利表现自己的意见，正确表现事物本身就是一种公正的力量。公正组成一切道德。”并为此与好友乔治·桑展开过一场论争。他的独异风格和形式美影响了后来一大批作家，开了现代小说的先河，也为 19 世纪后期的自然主义和唯美主义开辟了道路。

福楼拜一生为癫痫病困扰，晚年发病频率增强，创作欲望减弱，他把一大部分精力用于培养爱徒莫泊桑，几乎是手把手地教，一字一句地严格训练。福楼拜是法国的语言巨匠，能用三言两语抓住事物的特征，烘托出环境气氛，刻画出人物性格。叙述活泼真切，描写细腻优美，遣词造句洗练、贴切、悦耳，被视为法兰西语言的典范。在他悉心的调教下，莫泊桑写出了《羊脂球》《菲菲小姐》《项链》《窑姐儿》等许多名篇，成为举世公认的短篇小说大师。

福楼拜人生的最后几年，红颜知己路易丝·高莱和终生好友乔治·桑相继谢世，他的精神陷于极度孤独之中。1880 年 5 月 8 日，突发脑溢血去世，安葬于卢昂市区他家庭的莫纽曼塔墓地。在他的大理石墓碑前，我默哀三分钟。我的身后还有一行人，他们都来自黎镇，还说每年都来几次，悼念属于黎镇的福楼拜。

1999.11

狗 神

法国人视狗如上宾，同吃同住，死了修墓。塞纳河边有一片狗的公墓，墓碑林立，最大的一座高 3 米，碑前一只牧羊犬等身塑像。墓志铭说它在一次雪崩中，一连救人 46 名，救第 47 名时那人苏醒，误以为它是狼，开枪把它击毙。这样一来，故事更耐人寻味。

在墓地，朋友讲了一只更感人的狗的传奇故事。

1371 年 10 月，法国贵族德·蒙第耶在巴黎失踪，国王查理五世派人四处查访。经过西郊森林时，橡树下卧着一只狗，两眼通红，见人来了连声嚎叫，以爪刨地。人们以为是只疯狗，迅速走开。两天后这只红眼狗在市区出现，来到一家门前又叫又抓。主人从门缝看是一只野狗，拒之门外。回身时听那狗仍在哀叫，如泣如诉，遂生怜悯之心。再看那狗似曾相识，原来他是德·蒙第耶的朋友，对这只狗还有印象。门刚开一道缝，狗就挤进来，叼起他的裤角就往外扯。主人好奇地跟狗来到西郊森林橡树下，那狗急不可待地两爪刨地。主人觉得蹊跷，解下佩剑跟着挖起来，很快挖出一具尸体，正是德·蒙第耶，立即向国王报了案。

出殡那天，狗垂头丧气，如一名孝子在送葬队伍中。忽然它好像闻到了什么，大吼一声扑向一位衣冠楚楚的绅士。此人马盖勒，宫廷显贵，被突如其来的攻击搞得狼狈不堪。被人拉开后，狗仍不罢休，一天到晚蹲在马盖勒门口，等他露面扑上去就咬。马盖勒平时与德·蒙第耶不和，难免被人说三道四。对狗又不敢杀，又赶不走，终日惶惶不安。

消息传到国王耳边，立即着手破案。他把文武大臣召集殿前，让狗来指认。三四十位朝臣分成两排，一向喜欢出头露面的马盖勒，龟缩在后排，不敢抬头。那狗站在队前扫视一下，仇人见面分外眼红，像箭一样扑过去把马盖勒扯出来。国王心里有了数，就沿用古老的骑士制度，命令人狗决斗，让上帝裁判。

决斗在塞纳河中的西岱岛上进行，围观群众成千上万，国王充当“上帝裁判”的证人。按公平原则，发给马盖勒一根木棒，为狗备下一个没底的圆桶，累了可以钻进去稍事休息。国王击鼓为号，双方上阵。马盖勒心虚意乱，不置狗于死地他就无生路，所以心狠手辣。那狗几天没有进食，身体虚弱，但报仇心切，以死相拼。马盖勒武将出身，舞起木棒劈头盖脸打来。那狗牙爪并用，上蹿下跳，左右腾挪。观众席上同情弱者，一边倒地为狗助威。马盖勒恼羞成怒，木棒抡得风雨不透。狗挨了几棒，还是找到了破绽，咬了马盖勒小腿一口，鲜血直流。那狗见小有收获，钻进桶内喘息。马盖勒气急败坏，手持木棒用尽力气砸去，木桶粉碎。一不留神，狗从另一端一跃而起，叼住了他的咽喉，再不松口，马盖勒连惨叫一声都没有，仰面倒地，气绝而亡。鲜血染红狗身，像披红挂彩。

水落石出，血债血还。那狗大功告成，终因疲劳过度，安详地死去。义犬为主，感天动地，法国人有口皆碑，敬为狗神。

1999.11

罗马，永恒之城

世界上没有任何一个城市能像罗马那样，创建两千多年来始终占据一个国家的政治文化中心。如果与我国相比，它等于把西安、洛阳、南京、北京相加起来。从古罗马、文艺复兴到现在，历朝历代的帝王将相、皇宫教堂、文化艺术聚会在一起，整个罗马就是一座无与伦比的历史博物馆。它拥有6条旅游观光路线，二三百处景点，每一处都让人感到不可或缺，走马观花地浏览一遍也需要两三个月的时间。

罗马给人最深刻的印象，正像梁思成先生所主张的那样，“古今兼顾，新旧两利”。断壁残垣与高楼大厦比邻，古代文明与现代文化共处。人们像看重今天的完美一样珍重着昔日的残缺。

斗兽场看上去像破损的半截鸟笼，然而它是罗马帝国的象征。公元72年维斯帕西诺皇帝为庆祝征服耶路撒冷的胜利而建，历时8年，共动用10万立方米的大理石、300吨铁。庆祝典礼持续100天，搏斗中有几百名角斗士和5000头兽类丧生。它的建筑颇有学问，巨大的椭圆形岩石混凝土地基坐落在湖床上，重量分布均匀，可以缓冲地球震颤。地上部分采用复杂的辅助拱结构，许多圆环和竖拱连接，整体结构平衡，所以2000年危而不倒。

从帕拉蒂诺山俯瞰古罗马市场，一片废墟，满眼瓦砾。但是罗马人会骄傲地告诉你，这里是西方文明的起源。这块三个山头之间的谷地，是自然形成的人民聚会的地方。在这里产生了原始的度量衡和社会制度。最先出现的数字是 5 和 10，是手指的数目。最早的长度单位是尺，是脚的长度。看那几堆红砖，正是公元前 680 年创建的元老院，西方最早的咨询机构，只有贵族才允许推选。那几根陶立克式圆柱，正是昔日的火神坛，建于公元前 497 年，从此平民有了发表演说的地方。那个平台和大理石柱，是建于公元前 367 年的孔科迪亚神庙，在那里通过了斯托内法，平民第一次有了参加执政官选举的权利。

这些人类建筑的瑰宝，多毁于天灾人祸，比如《暴君焚城录》记载的那样。但是也有不少幸免者，至今保存完整。建于公元 139 年的天使古堡，雄峙于台伯河边。它原为罗马皇帝哈德良的坟墓，基础周长 91.5 米，高 9.15 米，雉堞起伏，壁垒森严，其上亭台楼阁，多为后人所建，具有不同的建筑风格。斗兽场附近的君士坦丁门落成于公元 315 年，精美壮观，是巴黎凯旋门的蓝本。

始建于公元前 27 年的万神庙，历经 2000 年沧桑而完整如初。正面是 8 根圆柱支撑的三角形门脸，青铜大门。内部圆形，直径和高度均为 43.3 米，没有窗户，顶部天窗是光线的唯一来源。圆形屋顶曲线向下延伸，形成一个完整的球体，与地面相接。从底层至圆柱的混凝土中包合着复杂的辅助结构，水泥浇灌的整体骨架，底部墙厚 6 米，向上逐渐减薄，顶壁厚 1.5 米，艺术设计和准确的计算，达到惊人的水平。地板由彩色大理石铺成，墙根有意大利国父埃马努埃莱二世和画家拉斐尔的坟墓。

废墟和古建筑中间是星罗棋布的教堂，大小尖顶如茂密的森林。中国“南朝四百八十寺”，罗马一城就有 300 多座教堂、300 多所修道院、7 家教会大学，难怪称它是“世界天主教的中心”。这些教堂最早建于二三世纪，年代久远，但是历代修缮不停，且有世界顶尖级建筑师、画家参与，所以不仅富丽堂皇，而且是文化艺术宝库。

梵蒂冈的圣彼得大教堂，是世界天主教堂之最。总面积约 2.3 万平方米，可容 6 万人，教堂祭坛设在圣徒圣彼得墓上。文艺复兴时期几乎所有的著名建筑师都参加过它的设计和装饰，71 岁的米开朗基罗担任首席建筑师，132 米高的大圆拱顶是他非凡一生的顶峰。左侧小室中有他 24 岁时创作的《圣殇》，圣母胸部饰带上还有他的签名。此外还有贝尔尼尼的铜雕《彼得宝座》和拉斐尔的镶嵌画《耶稣显圣容》。

圣彼得教堂位于开罗南区，院内有 13 世纪科斯尔特斯克式回廊，彼得石像由彼得罗・卡诺尼卡创作。大殿天花板花色繁多，回廊石柱林立，墙壁上有 264 位教皇头像和 36 幅彼得圣迹图。

圣约翰教堂位于中心火车站附近，巴洛克式建筑，内部装饰华丽。主祭坛圣彼得和圣保罗塑像内保存有各自的颅骨。左通道圣体龛内珍藏着耶稣最后的晚餐所用桌子的部分残骸。祭台下方有“28 级大理石阶梯”，就是耶稣在耶路撒冷受审受刑走过之物，后人把它运到了罗马。

圣玛利亚教堂位于埃斯奎利诺山，是世界第一座供奉圣母的教堂。内部装饰华丽，所用镀金是哥伦布从美洲带回来的，从中可以观赏到公元 4 世纪以来各种主要艺术风格的代表作和欧洲艺术发展史。大殿后面有伟大的艺术家贝尔尼尼之墓。

一般城市的发展，由点及面，摊煎饼一样扩大，密不透风。而罗马一开始就是从 7 个山丘上发展起来，分散而多中心。中心不是建筑而是广场。广场用于集会和游乐，也便成为交通枢纽，辐射出条条马路来。

位于市中心的威尼斯广场，长 130 米，宽 75 米，旁边有文艺复兴时期的威尼斯宫。白色纪念碑台上，有开国皇帝维克多・艾曼纽尔二世骑马像，称之为“祖国祭坛”，是意大利独立统一的象征。圆柱广场因一座30米高的石柱而得名，是为了纪念乌尔库斯·奥列里乌斯皇帝而建。西班牙广场自古以来就是文人聚会的地方，拜伦、歌德、司汤达、巴尔扎克都曾在附近居住，一家有200多年历史的“希腊咖啡馆”墙壁上，至今还保存着他们的手迹。现在，这里经常举办花卉和服装展览。

凡是广场都有喷泉，罗马号称“喷泉之都”，有不下3000个喷泉，这是它古老而健全的地下供水系统开出的花朵。罗马喷泉的设计和雕刻妙称于世。1598年台伯河泛滥成灾，一只破船漂到西班牙广场，雕刻家贝尔尼尼的父亲彼得灵机一动，动手塑造“破船喷泉”，船头船尾露出小洞，洞中涌出泉水，坐上去便有风雨颠簸的感觉。奎里纳尔宫前广场，有双子星喷泉。双子星和战马栩栩如生，泉水呈抛物状，彼此交错，阳光下织成网状彩虹，为雕塑披上一层神秘的色彩。

最为人称道的是特莱维喷泉，在奎里纳尔山后的一个三岔路口。背靠富丽堂皇的波里公爵楼，巴洛克式群雕表现海神得胜的景象。海神站在大海贝上，海贝由众神和两匹骏马拉着通过凯旋门，两旁是富饶和安乐两位女神。女神上面的浮雕讲述一个家喻户晓的故事，一位罗马少女，正给一群打仗归来口渴的士兵指点水源，所以这个喷泉也称少女喷泉。开启时，水从楼底流出，泻入池中，淙淙有声。池中喷泉密布，烟雾蒸腾，恍如仙境。当年公爵聘请著名建筑师萨尔维设计，工程建造了30年，1762年竣工。

罗马人以历史为骄傲，视古迹为生命，保护文物蔚为风尚。在现代化的进程中更是小心翼翼，不敢轻举妄动。筹办1942年世博会时，避开旧城，在南郊建设新罗马，二战后出现了一些摩天大楼，如埃尼公司、意大利航空公司、罗马银行、工业家联合会等。一般建筑有会议大厦、劳动大厦、博物馆、体育馆、人造湖、联合国广场等。新罗马街道宽阔、整洁，以各国国名命名。鲜花遍地，绿树成荫。但是尽管这里环境优美，地价便宜，人们还是不肯轻易离开旧城，因为那毕竟是罗马。

1999.11

条条大道通罗马

在我们的城市，文盲都认识一个“拆”字，街道一拓再拓，五六十米犹嫌不宽，但是车辆照堵不误。而在意大利的罗马，城市不谓不古，街道不谓不窄，一般只有一二十米，两厢还鱼鳞似的斜着排满私家车，中间只闪出一个大巴能通过的间隔。然而依然车水马龙，畅行无阻。何以然？交通管理方面的经验和学问。经过优选规划的单行线，转弯绕行，没有路口的红灯，也便没有了闸门，车流一路畅通，甚至算上转大圈也比堵车节省时间。俗话说，不怕慢，就怕站。

意大利自古交通发达，在斗兽场附近一面墙上有一幅古罗马交通图。在公元前 4 到 1 世纪，以罗马为中心修筑了盐路、阿比亚、奥勒力亚、卡西亚、弗拉米尼亚等四通八达的十几条国家大道，总长超过 6 万英里（9.66 万千米），便有了“条条大道通罗马”的美誉。据说罗马帝国灭亡后大约 15 个世纪内，欧洲再也没有兴建新的交通干线，至今仍有 85 座古罗马时期的桥梁还在使用。

驱车前往古城奥斯蒂亚时，脚下的公路与台伯河平行，这就是著名的古盐道。罗马西距第勒尼安海只有 25 公里，奥斯蒂亚一带曾经是古代的盐场，当年海盐就从这里源源不断地运往东北方的阿布鲁曹地区，盐道是古罗马帝国的一条重要的生命线。可惜因为时代久远，原来的盐道早已被厚重的水泥埋没，连同那喧嚣一时的车轮和马蹄。

所幸在罗马南郊，卡拉卡浴场遗址一带，还可以找到古老的阿比亚大道的遗迹，一段不长的石子路。深深的车辙和光滑的石坑，让人想起中国的秦皇驰道。这便是古罗马帝国的一条军事要道，直通那不勒斯北边的卡普亚，当时意大利的第二大城市。然后折向西南直达亚得里亚海滨的布林迪西，那只亚平宁马靴后跟上的一颗明珠。从布林迪西越海前往希腊、土耳其等近东地区，是一条捷径。

公元前 312 年执政官阿比亚斯·克劳迪亚斯（Appius Claudius）下令开辟这条大道，它像一把利剑一样直指欧亚非三洲广大地区。罗马帝国的疆域东起西亚的幼发拉底河，西临大西洋，北越阿尔卑斯山，南跨地中海，形成不可一世的超级大国。阿比亚大道则是远征军出发和凯旋的必经之路。当年得胜班师的队伍何等壮观，元老们趾高气扬地走在最前头，后面是遮天蔽日的旌旗和地动山摇的军乐，再后面是俘虏奴隶，长长的车队满载战利品、金银财宝和武器弹药。最后面是威风八面的大将军，高坐战车之上，头戴美丽的花环，一手握着军刀，一手举着月桂树枝。

阿比亚大道起始的 10 英里（16.09 千米），是罗马最著名的墓区。两旁曾经排列着古代望族豪华的坟墓，十分壮观。卡里斯托、圣塞巴斯蒂亚和圣多米蒂拉墓群，埋葬着许多重要人物，是古罗马帝国形象的历史。在每个墓区都有神父导游，引导人们观赏表现基督教仁慈博爱和古罗马帝国赫赫战功的壁画和碑文。豪华的地上建筑下面，是穷人的墓区。罗马法律禁止在城区埋葬死者，郊区地皮又贵，穷人们就在地下开掘通道，建立墓穴。一层占满了就向下发展，一直开发到五六层，地下通道总长 500 英里（804.67 千米），300 年内有 600 万死者埋葬在这里，仅这一墓区地下就有两个罗马的入口。因为法律明确，墓地神圣不可侵犯，历史上屡屡发生受迫害者和不同政见者以地下为家，在弯弯曲曲的地下通道与当局展开“地道战”。

沿阿比亚大道继续走，经过马森齐奥竞技场遗址。这位被君士坦丁战败的皇帝，在他 9 岁夭亡的儿子陵墓旁修建的竞技场，主要用于车马比赛。再往前走是罗马将军昆托·梅特拉为他女儿切奇利亚·梅特拉修建的坟墓，像一座圆形的水塔，上部的雉堞像一顶皇冠，砖缝中生出披发样的青草。这一段阿比亚大道，两边苍松翠柏，山花野草，风景如画。著名作家沃波尔、霍桑、勃朗宁和诗人拜伦的著作中都有传神的描写。它也曾引发音乐家雷斯皮基的激情，创作了优美动听的歌曲《罗马之松》。

1999.11

佛罗伦萨，巨人的摇篮

在佛罗伦萨的最后一天，我登上圣米纳多高地的米开朗基罗广场，痴情地回味这座令我五体投地的城市。四面环山，一水中分，半城宫墙半城树，鳞次栉比的红瓦屋顶，星罗棋布的教堂圆顶，一幅多么美丽的风景画。三天来畅游在它艺术的世界里，感觉它是那么浩瀚。登高一看原来是那么袖珍，方圆不过百里，人口不足 50 万，然而地杰人灵，何止藏龙卧虎，简直是龙群虎阵，抵得上一两个大洲。而这一切全靠那一次风云际会：文艺复兴。正如恩格斯所说，那“是人类从没有经过的最伟大的进步的改革，是一个需要且产生巨人的时代。”

阿诺河，曾洗过无数巨人的鹅管和画笔的阿诺河照样流着。

河北岸一条胡同的三层小楼，是诗人但丁故居。他曾日夜站在窗前，凝望那湍急的河水，河上的老桥。在那座桥上他与美丽的贝阿特丽切一见钟情，并热恋终生，献给她的诗行如河水滔滔不绝。老桥上金店林立，是欧洲资本主义萌芽的象征。14 世纪初佛罗伦萨已经拥有 200 家呢绒工厂，30 多万工人，新兴资产阶级需要在意识形态上开展反对封建主义文化的斗争。但丁花 15 年功夫写出 14233 行长诗《神曲》，吹响了文艺复兴的号角，向统治中世纪的神权政治勇敢挑战。与他战斗在一起的还有称作“文艺复兴之父”的诗人彼特拉克和《十日谈》的作者薄伽丘，并称文艺复兴“前三杰”。

市中心广场有一组无与伦比的建筑群，包括花之圣母大教堂、乔托钟楼和八角洗礼堂。花之圣母大教堂始建于 13 世纪，15 世纪才建成完工。教堂穹顶设计采用建筑师布鲁内列斯基的方案，为欧洲第一穹窿。设计很独特，没有拱架，用鱼骨结构和以椽固瓦法，双层薄壳，外铺红瓦，状似鸟笼。顶都有孔，一圈彩色玻璃窗，阳光可以直射进去，使堂内色彩更加鲜明。钟楼于公元 1334 年由意大利绘画之父乔托设计，高 89 米，四面五层，由绿、红、白三色镶嵌精致图案，底层浮雕内容包括狩猎、纺织、农耕、航运等自然景物和人间百工，代替了中世纪惯用的金、蓝背景，开创了人文主义思想和写实主义方法，为现代绘画的发展奠定了基础。洗礼堂比大教堂还早 100 年，最有价值的是三座铜门，门上精彩的浮雕分别出自比萨罗、吉贝尔蒂之手，他们与建筑师布鲁内列斯基、画家马萨乔、雕刻家多纳罗一起被称作“文艺复兴早期艺术家”。

中心广场南边的老宫建于 14 世纪初，四层方楼，砺石砌成，双联拱窗，雉堞檐下有 9 块盾形城徽，看上去像一座巍峨的城堡，曾是当地首富美第奇家族的私宅，后来为政府办公地。佛罗伦萨是欧洲最早的城市共和国，实行 500 人议会制。瑞士著名学者雅各布·布克哈特在《意大利文艺复兴时期的文化》一书中指出：“在近代国家中意大利最早出现了文明生活的习惯，他们讲究礼貌，重视言辞，举止娴雅，服装整洁，居住舒适，注重教育，是整个欧洲的老师。”美第奇家族掌权的60年，是佛罗伦萨发展的黄金时期，政府几乎赞助所有的人文主义和艺术活动，使文艺复兴达到了顶峰，出现了达·芬奇、米开朗基罗、拉斐尔三位超级艺术大师，史称文艺复兴“后三杰”。

三位大师都出身不幸，达·芬奇是私生子，5岁生母被其父遗弃；米开朗基罗6岁丧母；拉斐尔7岁和11岁父母先后去世。悲苦的命运和奋斗的精神引导他们攀上世界艺术高峰。达·芬奇的《最后的晚餐》，米开朗基罗的《最后的审判》，拉斐尔的《雅典学院》被称为“文艺复兴三大杰作”。三人风格不同，达·芬奇精深，把科学知识与想象力结合在一起，《蒙娜丽莎》摒弃以往美女都是理想极致的习惯，展示一位普通女人潜在的美，这是文艺复兴最具革命性的观念。米开朗基罗宏伟，巨幅天顶画《创世纪》343个人物，祭坛画《最后的审判》400多个人物。倾注17年心血设计的圣彼得大教堂拱顶，最早运用了现实主义与浪漫主义相结合的创作方法。拉斐尔秀丽，用10年心血为梵蒂冈四个大厅绘制了装饰画，笔下的圣母玛利亚的形象最具特色，既有宗教的崇高，又有人格的魅力，运用均衡和对称的手法，达到了登峰造极的程度。

文艺复兴晚期，涌现了著名画家乔尔乔内、提香、委罗内塞、丁托列托，科学家和思想家布鲁诺、伽利略、康帕内拉。

为了收藏自己艺术的珍品，除了众多的教堂、宫殿之外，佛罗伦萨还专门修建了40多处博物馆、艺术馆。著名的乌菲齐画廊是世界最大的艺术博物馆之一，两主楼相骈而立，靠河边一端有侧楼连接，底层柱廊有壁龛。二楼为版画、素描馆，三楼有45个展厅，琳琅满目，价值连城。其余各处，也各有镇馆之宝。奥尼桑教堂有达·芬奇的《圣母领报》，帕拉蒂画廊有拉斐尔的《大公圣母》《披纱少女》。米开朗基罗的原作最多，《大卫》在美术学院，《哀悼基督》在圣彼得大教堂，《酒神巴库斯》在巴尔捷罗博物馆，

《胜利》在老宫大厅,《黎明》在梅第奇礼拜堂。让人感到，整个佛罗伦萨就是一个巨大的艺术博物馆。

呵，佛罗伦萨，多么迷人的城市，尽管没有多少高楼大厦，没有多少宝马、奔驰。可是给人的感觉是那么巍峨、壮观，因为它拥有巨人的森林。从形式到内容都那么美丽，难怪诗人徐志摩一见钟情，把它的名字译成翡冷翠。

1999.11

但丁故居

佛罗伦萨是文艺复兴的摇篮，这个摇篮诞生的第一个文化巨人是但丁，所以到佛罗伦萨朝圣，首先是但丁故居。

但丁故居在阿诺河北岸，一座三层小楼。从一条狭窄的胡同进去，左手边“但丁咖啡店”门窗紧闭，铁栅栏关着几盆绿色植物。迎面小楼十分破旧，砖瓦都成了暗褐色。墙上青铜浮雕头像锈迹斑斑，眼睛黯然无光。门前石铺地面上，还刻有一幅头像，稍不留神就会踩在脚下。开始我不理解，这不是践踏神圣吗？当地人说，这样做为的是让人人低头致敬。石卷木门，楼内光线很暗，白天也要开灯。只有三楼有向外的小窗，那是诗人永远不闭的眼睛，出神地望向阿诺河上的老桥，桥上有他暗恋一生的意中人贝阿特丽切。

但丁第一次见到贝阿特丽切时，她才 9 岁，身穿“火红的外衣”，纯洁得像“幼小的天使”。9 年后再见时，她身穿“洁白的外衣”，端庄如“一朵白色的云朵”，向他施了一礼，如同飞燕掠水一样走过。他当晚梦见她手托一颗燃烧的心，然后吃下升天去了。

这个“从天上飞来人间显示奇迹的天使”，充满了神韵和使人高贵的道德力量。可惜她屈从父命，名花有主，一年后郁郁而死。但丁望着滔滔不绝的阿诺河，抒写一首首深挚的爱情和纯真的哀思，共31首，其中25首十四行诗。诗中使用了中古文学惯用的梦幻、寓意、象征等艺术手段，并以优美的散文把它们串联在一起，并加以评注，使各自独立的短诗组成一部叙述爱的过程的整体。全诗清新自然，细腻委婉。这是一部少见的、抽象的、理想化的、带有神秘色彩的爱情诗。书名《新生》，是但丁一生最重要的作品之一。结尾经历了一番“神奇梦幻”之后，诗人决定不再讲这位享天国之福的人，直到自己更配讲她的时候，到那时，“要讲人们关于任何一位女性都未讲过的话”，这便是但丁写《神曲》最初的动机。

二、三楼陈列实物很少，显得空空荡荡。雪白墙上，一张但丁侧身坐像，鹰眼隆准，高颧宽腮，有几分英武。中世纪官服，红帽红衣红裤，通身如一只燃烧的蜡烛，这是但丁官场得意时的形象。

但丁·阿利吉耶里1265年5月生于一个没落贵族之家，6岁丧母。他自幼熟读古希腊先哲著作，成为西欧著名的饱学之士。青年时期投身反封建贵族斗争，胜利后担任议员和执政官。由于神圣罗马帝国和罗马教皇明争暗斗，但丁先后被政变者判处流放和死刑，并累及子女。但丁几乎乞讨着走遍意大利，“像一只无帆无舵的小船，随着吹干肌体带来贫穷的风，漂泊到各个港湾和口岸”。(《飨宴》) 20年的流浪生活使他超越偏见，对现实有了深切了解，进入对民族命运的思考之中，写出了《帝制论》《两个太阳》等学术著作。1314年出版了《地狱》《炼狱》，由于诗人独特的天才和惊人的创造力，作品一露面就被辗转传抄，推崇备至，佛罗伦萨当局要授予诗人桂冠。但丁拒绝了，除非让他体面地回故乡领奖。当局害怕他回来，加以拒绝。但丁便埋头写作《天堂》，历时四年完成《神曲》三部曲，不久客死他乡，时年56岁。我看着展橱里厚重的《神曲》，和压在诗人头上多半生的发黄的判决书，不禁想起另一个命运相同的中国诗人，“屈原被逐，乃赋《离骚》”。

但丁处于新旧交替时代，站在维持旧秩序立场上，谴责由新生资产阶级带来的社会腐化堕落，求助天命拯救人类灵魂。同时也讴歌人民的勇敢和创新，对未来充满美好理想，放射出人文主义的曙光，在中世纪思维模式上，产生一种新精神追求。所以在《共产党宣言》中恩格斯称：“封建的中世纪的终结和现代资本主义纪元的开端，是以一位大人物为标志的，这位人物就是意大利的但丁，他是中世纪的最后一位诗人，同时又是新时代的最初一位诗人。”

恩格斯说但丁是“佛罗伦萨大诗人”，但是佛罗伦萨没有他的墓地，只在佛罗伦萨黄金时期统治者美第奇的里卡尔第宫展出着他临终时一个脸模拓坯，这无疑使佛罗伦萨十分难堪。但丁的墓地在100公里之外的小城拉文纳。为了讨回一点面子，佛罗伦萨请求为拉文纳但丁墓前的长明灯供油，借一缕光亮洗刷自己的耻辱。1805年，一位佛罗伦萨出生的雕塑家帕齐，利用为但丁塑像的机会，偷出一部分骨灰献给故乡。这些骨灰装在一个信封里，存放在佛罗伦萨图书馆。半个世纪后消息传出，佛罗伦萨市民要求向公众展示。不想1929年展出后，因为图书馆搬迁，这件无价之宝找不到了。在530万册藏书中找一个信封难似大海捞针。搜寻工作进行缓慢，直到最近这个11厘米长、7厘米宽的纸制信封才被发现，夹在一本古籍善本书中。媒体公布后，整个佛罗伦萨沸腾了，仿佛她伟大的儿子——诗人但丁复活了。

1999.11

夕阳斜塔

从罗马北上，抵达小城比萨已是下午4时。饥肠辘辘，但是没有在路口的车轮饭店停步，大家都觉得那斜阳下的斜塔，比随处可见的比萨饼更具魅力。

绿色的阿诺河穿城而过，草坪上庞大的银灰色古建筑好像一艘巨轮，自南而北依次是洗礼堂、大教堂和斜塔。斜塔实际上是大教堂的附属的钟楼，远看玲珑剔透，像一只精致的鸟笼，又被夕阳染上金边儿。塔高54.5米，走近须仰视才可见顶。塔身8层，除底层和顶层外，中间6层结构一致。外围有圆柱，底层15根，中间各31根，顶层12根，自上而下构成8重213个拱形券门。通体银灰大理石，底层浮雕，顶层内缩为钟亭。据说塔内有螺旋阶梯，可通各层环廊直到钟亭，可以西望10公里以外的利古里亚海。可惜今日谢绝入内，无缘登临塔顶，体会唐代章八元一首诗的境界："十层突兀在虚空，四十门开面面风，却怪鸟飞平地上，自惊人语半天中。"同行一对恋人，勾肩搭背，忸怩作态，让我给他们拍一个逆光相。东退20米，才勉强把全塔纳入广角镜头，看时吓了一跳，那高塔正在倾斜，眼看一阵风就吹倒下来，这对年轻男女还在做意大利的罗密欧与朱丽叶。拍照之后，见那高塔依然斜而不倾。胶卷里留下青年男女永远得意的笑容，嘲笑我的大惊小怪。

地球上宝塔颇多，世界七大建筑奇迹有三个是塔，埃及金字塔、亚历山大灯塔、印尼婆罗浮屠塔，还有仰光大金塔、埃菲尔铁塔、伦敦塔、尼什人头塔、墨西哥日月塔，各有特色，唯有比萨这座塔出名在形态的“斜”字上。比萨斜塔一开始就斜，它兴建于公元1173年，才修到第3层时就发现塔体歪了，因为下边曾是沼泽，南边地基低陷2米，地基又仅打了3米，加上1.4万吨塔体过重，这属于设计上的失误。当时工程师无能为力，只得停工。94年后，工程师皮萨诺精心测算，证明塔身呈斜状，尚无倒塌危险，决定按图纸继续施工。又过去了83年，直到1350年才全部完工，前后历时117年之久。竣工后，塔尖偏离塔体中心垂直线2米，安然无恙，成为一大奇观。

斜塔的出名，还与大科学家伽利略有关。伽利略生于比萨，自幼迷上阿基米德，20岁时从大教堂的吊灯下发现了钟摆原理。25岁当上比萨大学教授，在研读亚里士多德的《论天》时，对其“物体落下速度与重量成正比”的理论产生怀疑，带领学生从塔顶抛下了不同重量的铁球和其他物体，用沙漏计算落地时间。结果证明了不同重量物体落下，只要所受空气阻力和风向等条件相同，就会同时落地。这就是自由落体定律，推翻流行了2000年的亚里士多德学说，为牛顿运动定律和万有引力定律打下了理论基础，大大推动世界科学技术发展。比萨斜塔也因此更加出名，让世界高高竖起了拇指。

比萨斜塔因数学力学的疏忽出现了问题，同时也在数学力学方面为世界出了一个难题，形象化地矗立在众多科学家面前。它建成后600年还在不断倾斜，1918年后平均每年倾斜1.1毫米，总体倾斜已达4米，斜度为8°。1980年意大利南部地震时，大幅度摇晃22分钟。近10年倾斜速度加快，每年为1.25毫米，以此推算，斜塔早晚要失去平衡，顶多维持到2150年，拯救比萨斜塔已经成为刻不容缓的问题了。1990年意大利政府关闭斜塔，成立以波兰裔教授雅米奥库斯基为首的13人国际专家小组，广泛征求意见，其中包括浙江大学教授曹时中，他曾经用自己的方法，先后将倾斜1.27米的余杭明代舒公塔和1.56米的上海唐代青龙塔扶正。眼前的斜塔好像一位正接受治疗的病人，内外科，中西医，物理化学一齐上，基座扎钢缆，地下打 4 根 50 米的钢柱，水泥加固，又压上 750 吨铅锭。效果最好的是英国帝国理工学院教授约翰·比兰的方法，用特殊的钻头，在塔的北侧打下 6 米深洞，然后抽回 1 米，让四周淤泥填满，起到人工沉降的作用。据说斜塔正以每天 1.5 毫米的速度“改邪归正”，至今已回移 45 厘米，不仅百年无虞，再过 350 年就可恢复原貌。当然不要期望全扶正，否则那就不是斜塔了。

最后，媒体传出一个惊人的故事，让人啼笑皆非，说真正拯救比萨斜塔的是美国大兵维克斯丁。1944 年他在第 97 步兵师服役，从半岛西海岸登陆，推进到比萨附近一个小镇时受阻。敌人炮火并不猛烈，但命中率极高，长官怀疑其观察哨设在斜塔上，派他前去侦察。可巧维克斯丁中士是个近视眼，望远镜里斜塔券门看不太清，倒是那组建筑美得令他心颤，希望千万不要看到上司要他找的东西。后来水汽太浓，眼镜片蒙上一层小水珠，回撤的路上，他还念叨，这景物太美了。向上司汇报时，便说塔里没有德军，使比萨塔免遭一劫。今天这位 79 岁的老兵神秘地一笑，“这个问题我考虑了 50 年，可以断言，德国人就在塔里”。功劳还有那望远镜，它是比萨人伽利略发明的，世界上最早的一只望远镜，如今还收藏在佛罗伦萨博物馆里。那天下午没有灿烂的阳光，而是浓浓的阴云，也许是伽利略在显灵吧。

我们告别比萨时，太阳快要落山了，夕阳稍稍偏北，斜塔微微南倾，草地上斜塔的影子几乎正过来了。

1999.11

泛舟威尼斯

想不到在离家万里的威尼斯，碰到一位河北老乡，还同在一个庄（石家庄）住过几年。他叫贡戈，坝上沽源县人，上初中时因为马可·波罗而爱上地理课。马可·波罗三次出塞都经过他的故乡，对沿途风光作了如诗如画的描述。河北师范大学地理系毕业后，他带着马上民族的浪漫，去回访马可·波罗的故乡威尼斯。凭着六级英语水平边上学边做导游，转眼熬到 5 年头上，早把这弹丸之地吃到心里，可以研开揉碎地讲个滚瓜烂熟了。有客自远方来，他请了一天假，专为我开小灶。

贡戈说威尼斯是世界上最守旧的城市，建城 1500 年了，尚无一点现代气息。火车汽车通过 4 公里跨海通道，上了岛也就止了步，连自行车也不见一辆，唯一的交通工具就是船。我们乘的船叫冈朵拉，一种四角翘起的小舟。所有的冈朵拉统一尺寸，长 11 米，宽 1.5 米，重半吨。船头竖一根木梳状黄铜饰物，顶部斧头形，下有 7 齿，6 前 1 后，代表全市 6 个区团结一致。黑色船身油光锃亮，舟内铺红毯。水手白草帽红系带，白衣黑裤，肥腿宽袖，腰扎红绸，手握单桨，边摇桨边哼着船歌。来往水手和贡戈都熟悉，互相用意大利打招呼，说笑话。

贡戈拿出地图，说起威尼斯形状像两手相握的样子，两手之间 S 形的缝隙便是 4 公里长的主运河。两掌和手指共 118 节骨头，就是 118 个小岛。连接小岛的 177 条河道，2300 条水港，428 座桥梁，是血脉和筋络。冈朵拉在大街小巷里穿行，转来转去，似进迷宫，只有看见桥时我才意识到置身河中。通过小桥时，水手扭动腰肢，用单桨把小船划直。接近大桥时，靠岸参观，水手拔下右船单桨的支架，小船就像上了锁，据说没了它船划起来只会转磨。运河上有两座名桥，里亚尔托桥重建于1508年，长廊式桥拱两厢有24家商店，曾经是长达300年的欧洲商贸中心，莎士比亚的著名喜剧《威尼斯商人》，就是以它作背景写的。另一座叹息桥建于公元1603年，全封闭，当年一端是总督府，一端是死牢。行刑前允许罪犯与家人相望诀别，一水之隔，生死茫茫，常有过往船只听到上面一声声哭泣和叹息。

从船上浏览威尼斯，一座座陈旧的楼房像一架褪色发黄的古书，贡戈说一座座楼各有特色，这里是欧洲建筑艺术的博物馆。达斯托之家，是著名航海家达斯托的诞生地，住宅与仓库结合在一起，正是13世纪商业城的特点。高而窄的门窗上，方形圆形的装饰，是拜占庭的风格，那时意大利虽然摆脱东罗马独立建国，但是它的文化影响还在。圣保罗修道院尖顶拱门圆窗，大理石雕饰，是哥特式风格。骑士骏马雕像八面威风，是海洋强国的象征。凤凰剧院是欧洲第一家歌剧院，整个设计是巴洛克风格，后来发生一次火灾，重修部分换上新古典主义色彩。著名剧作家威尔第的经典之作《茶花女》《弄臣》，都是选择在这个剧院首演。《弄臣》散场后，威尼斯人高举火把，唱着该剧的名段《女人善变》，通宵达旦地游行。当代第一男高音帕瓦罗蒂，7岁时也因为在这里演唱这一名曲而一举成名。

从圣马可码头上岸，迎面两根高柱，柱顶有雕塑，一个是威尼斯城徽双翼雄狮，一个是城市保护神狄奥多尔。石柱后小广场，右边是富丽堂皇的王宫，左边是高贵典雅的图书馆。再往前走豁然开朗，是等腰梯形的圣马可广场，广场东部的圣马可教堂，收藏着公元828年从埃及亚历山大偷回来的圣徒马可的尸体。教堂基本结构是罗马风格，屋顶及装饰受拜占庭艺术影响。5个圆顶组成十字，拱门上方4个舷窗，用豆大的黄金和玻璃马赛克拼饰

4幅圣经故事画。夕阳西下时，金色阳光与彩色马赛克相互辉映，形成一种无比灿烂的油画效果。门楣上4匹形态各异的镀金奔马，是公元前三四世纪的作品，威尼斯商人从君士坦丁堡购来，后来又被拿破仑抢到巴黎，在卡鲁赛尔凯旋门上摆了17年。普法战争后，奥地利人把它物归原主。教堂内部雕刻绘画十分精美，不少出于乔尔乔内、提香、丁托列托之手，形成了风靡一时的威尼斯画派。

威尼斯作为海上王国强盛了500年，发现新大陆以后，威尼斯失去东西方贸易中心的优势，日渐衰落，沦为列强争夺的一块肥肉。拿破仑霸占威尼斯14年，特别喜欢这座“举世罕见的奇城”，称市中心的圣马可广场为“世界最美的大厅”。而今它真正变成了和平广场，拥有世界最多的鸽子。它们三五成群，闲庭信步，旁若无人。发现谁手中有薯条玉米，紧追不舍，飞落游人肩头臂弯，十分亲昵。听到教堂整点钟声，大批队伍从四周雉垛中起飞，如遮天蔽日的云彩，挟带风声雨声，像天河决口瀑布倾泻，异常壮观。

为了更好地认识威尼斯，贡戈带我登上99米高的钟楼。这个1000年前建成的灯塔，如今变成了游人的瞭望台。眼前的威尼斯也好像一只船，漂浮在波光粼粼的亚德里亚海上，圣马可广场是一块闪亮的甲板。贡戈说公元前5世纪，威尼斯先民被赶下海，困居小岛。为了求生，他们把木桩钉进淤泥和礁石，木桩上铺木板，木板上砌砖石，建造房屋、教堂和广场，这圣马可广场下面就有500万根木桩，所以每逢涨潮，海水自地下冒出，广场一片汪洋，鸽子都变成了水鸟。他刚来时没有思想准备，一次下班回家，住的一楼，水从窗台往外溢，屋里成了游泳池，衣物书本漂在上面。从此睁眼第一件事就是看气象预报，不会驾驭潮汐，就不是真正的威尼斯人。威尼斯辉煌厚重的历史，就建筑在这脆弱的人造地皮上，就靠这种木桩精神。

然而，威尼斯的危难绝非到此为止。贡戈说，由于海水变暖和地下水开采，50 年来亚德里亚湾海平面升高了 8 英寸（0.20 米），威尼斯地面下沉了 5 英寸（0.13 米）。圣马可广场原来每年被水淹 7 次，现在多达 100 次了。威尼斯有半年泡在水里，风雨飘摇。问他是否打算离开，贡戈说，罗马、巴黎的朋友早已给他找好了工作，而且这里越来越穷，除了旅游无金可淘。可是作为一位蒙古族人，懂得友情的重要，他要对得起马可·波罗，留下来做一只威尼斯的木桩。

1999.11

罗密欧与朱丽叶的故乡

维罗纳是意大利北方名城，拥有与罗马斗兽场同时期的圆形剧场，50 多座不同时代与风格的教堂。诗人海涅称它是“各民族的一个大收容所”，在中南欧民族大迁徙时，它的作用类似中国山西洪洞县。但是真正让它名扬四海的是莎士比亚的《罗密欧与朱丽叶》，故事中那感天动地的殉情就发生在这里。至今那浓郁得化不开的悲剧气氛还笼罩在城市的上空，流经市区的阿迪杰河还在汩汩倾诉，两厢灰暗的楼房窃窃私语，路边大理石塑像脸色惨白，一切还都陷于永久的痛苦回忆之中。

市中心的芳草广场附近，有一条卡佩罗小街，临街的 27 号古宅，大理石拱门旁刻有“卡普莱蒂之家”字样，这是朱丽叶家族的姓氏。一个不大的花园，一幢五层小楼，当时却是维罗纳城的豪门。正是两大豪门之间累世的宿怨，酿造了这一出异常苦涩的悲剧。

花园里有一尊淑女铜像，亭亭玉立、面目清秀、微带哀怨，这就是早已铸在亿万人民心中的朱丽叶的形象，众多爱抚的手把它许多部位摸得锃光瓦亮。少男少女们不失时机地在它身边留影，同时也表白自己对忠贞爱情的向往。

从铜像的位置抬头左望，就是莎士比亚笔下那座令人神往的大理石阳台。当年痴情的罗密欧经常站在下面，望眼欲穿地等待："那窗子里亮起来的是什么光？那就是东方，朱丽叶就是太阳！起来吧，美丽的太阳！"当那灿烂的面庞闪现时，他就热血奔涌，一跃而攀上去，与意中人甜蜜地幽会，并为后世的于连们开辟了一条冒险而刺激的爱情小道。参观者光天化日下当然要走正路，顺楼梯一步步爬上来，走进朱丽叶的闺房，人去楼空，除了两根圆柱子之外一无所有，连莎翁剧本中的夜莺啼声也听不到了。倒是阳台很讲究，扶手精雕细刻，朱丽叶当年独倚西楼，人比黄花瘦，玉石栏杆之下几多情思。今天我们来到这里，还依稀听到那缠绵、伤感的心曲。

悲剧的男主角罗密欧的故居相距不远，在斯卡利杰雷街。宅第古旧，大门深锁，800年沧桑，已经几易其主。聪明的人不想扫游人之兴，在门旁刻了一句话："咳！我已经遗失了自我，我不在这儿，这不是罗密欧，他在别的地方。"这是莎士比亚剧本开场时罗密欧的一段呓语。

从市中心乘车20分钟，过阿莱亚尔迪桥有一所修道院，背靠小丘，面临阿迪杰河，林木茂盛，花草遍地，风景优美。小丘是维罗纳公墓，朱丽叶的墓地在修道院内。一幢楼房，顺门廊进入展厅，有罗密欧和朱丽叶的雕像、油画。再下到地下室，看到了朱丽叶的石棺。当年二人的恋爱受到双方家长的阻挠，好心的劳伦斯神父在修道院为他们举行了婚礼，后来他们在这里先后自杀。

尽管是老掉牙的故事了，导游还是满带感情地讲解。听众中不断有人擦眼抹泪，唏嘘声声。800年过去了，如今棺盖没了，棺内空空，但是故事情节依然十分沉重，不像中国的《梁山伯与祝英台》，殉情之后双双化蝶，为悲剧加上一条光明的尾巴。

从地下室上来，听到鼓乐齐鸣，原来二楼大厅正举行宗教婚礼，如花似玉的新娘白纱白裙，新郎是一个黑人小伙子，脸部与黑礼服一样颜色，大差别的对比使一双新人异常耀眼。这种结合，在中世纪简直是不可想象的，等待他们的会是比罗密欧与朱丽叶更加悲惨的命运。而在今天，一切都自然而和谐。唱诗班的童声在管风琴的伴奏下，像一场音乐会那样动听。悠扬的歌声在厅内回荡，在院内飘扬，为山野小城带来了欢乐的气氛，把初到维罗纳时那种压抑冲淡了许多。

1999.11

那不勒斯与庞贝

欧洲人有一句谚语："看过那不勒斯，死了也值得。"世界上再也找不到这样迷人的城市了。关于那不勒斯，有个美丽的传说：从前有个少女帕尔泰诺佩，生就闭月羞花之貌，还有一副甜美的嗓子，一年四季站在海湾旁的小山上，用歌声为过往的船只祝福。帕尔泰诺佩死后葬于她经常唱歌的小山上，那不勒斯市就是从她的墓地发展起来的，至今，最著名的海滨大道也命名为帕尔泰诺佩大街，是豪华宾馆和住宅区。

那不勒斯号称"阳光娱乐城"，坐落在风景如画的海湾北侧，背山面海。半环形的雅沙海滩，在蓝天碧海间犹如一弯银月，岸上层层叠叠的楼群也呈半月形，仿佛一排雅致的包厢，欣赏变化无穷的海水和阳光。早上紫雾腾腾，中午金光灿灿，傍晚一抹胭脂红，夜间一片紫罗兰。阳光、大海哺育了那不勒斯人爽朗的性格，这个能歌善舞的城市是亚平宁半岛的“音乐之乡”，著名的高音歌唱家卡鲁索就诞生在这里。

那不勒斯湾一端有美丽的卡普里岛和其他几个小岛，是一弯银月的大小卫星。卡普里岛丛林密布，白色别墅掩映其中。从岛上乘船可抵“蓝洞”，是由一名法国画家在1826年发现的。洞口贴近水面，撑小船俯身而进，里边豁然开朗，像一个宽大的舞厅，长50米，宽20米，高10米。洞内无须灯光照明，海水把阳光折射进来，一片蓝光，以手掬水，指缝间便漏出串串水晶、翡翠，连手掌都变成了蓝色。导游不断提醒大家慎莫贪玩，否则滞留久了，涨潮的海水封住洞口，就得在洞中过夜，直到次日退潮时才能出去。此岛一向迷人，罗马皇帝尼禄南巡时，原计划上岛停留片刻，等到上去就乐不思蜀了，一住就是10年。苏联作家高尔基也在岛上住了10年，旖旎风光好像比苏维埃更有魅力。

到那不勒斯还有个地方不可不看，那就是闻名已久的庞贝古城。沿海湾东南行十几分钟，就看到维苏威火山耸峙路边，冷却的白色熔岩似一条挽联高高垂下。汽车蛇行而上，可抵山顶，灰砾堆成的火山锥高十多米，爬上火山口，可见烟雾腾腾，感觉底下有岩浆蠕动。2000年前，正是这个火盆大口吞噬了名城庞贝。此时我眼前便出现了一幅油画，俄罗斯画家布留诺夫于1993年创作的《庞贝古城的末日》：一片奇丽的彩云升起，迅速扩散遮住了晴空，紧接着天崩地裂，热雨倾盆，赤色岩浆漫灌下来，画面上30多个人物面临灭顶之灾，惊惶失措，露出一片绝望的眼神。那一天正是公元79年8月24日下午1时，从此，古城庞贝从地球上不见了，直到300年前修建水渠时，这个消失了18个世纪的城市才意外地被发现。然后经过200年的发掘，清理出500亩废墟遗址，约占庞贝原貌的4/5。我参加过1976年唐山地震救灾工作，深知清理废墟工程的巨大和难度。幸运的是，从一片瓦砾中的断壁残垣，已经可以看出当年庞贝的轮廓。

古城遗址就在路边，向导先领进一个博物馆，展室陈列着公元初年庞贝人使用过的水罐、车轮、骨针，还有毁灭前的生活日用品，项链、手镯、宝石、铜币、粮食、天平、彩色玻璃、赌博用的骰子等，从这些展品可以看出那时的庞贝已经具有相当高的经济、文化水平了。从博物馆到街市，一具具扭曲的尸体如烧焦的木炭，可以想象出他们垂死挣扎的样子。烈焰中的灾难场面，让人惊恐不已。一条狗四肢抽搐，缩成一团。一名孕妇两手撑地，想尽力保护腹中的骨肉。

从已经清理出的废墟，可以看出火山爆发前城市的规模。石墙环绕古城 4.8 公里，开设 7 座城门，门上有塔。街道纵横呈井字，把全城分成 9 个社区，中心广场长 400 米，宽 100 米，是个非凡的闹市。街道的石板上留下深深的车辙，两旁是整齐的店铺，偶尔还可以看到石头柜台和陶制器皿。小巷深处的公共浴池，有单独的更衣室，更衣室还比较宽大，是有钱人休息和社交的场所。朱庇特神庙址上，十几根高大的圆柱，上有形态生动的神像，可以想见当年恢宏的气势。大大小小的剧场，小者可容 1000 人，大者可容 5000 人，最大的露天剧场，阶梯座位多达 12000 个。沿街串巷还可以看到大户豪宅，门口标明主人的名字，梅南德罗之家、韦蒂之家、福诺之家等。最大的私宅有 25 个房间，外加一个花园，两进院落。天井中有一眼水井，接纳四面房檐滴水，井栏上精细雕刻，客厅地面上镶着玻璃马赛克。右厢房有掌“桃花运”的神雕像，墙上有彩色春宫画，夸张地表演男女欢乐之事，庸俗猥亵、不堪入目。当时的庞贝有钱人，耽于声色犬马，生活相当糜烂。

那不勒斯与庞贝仅一山之隔，好像一张脸被鼻梁分成了两半，一边是灿烂的笑容，一边是丑陋的疤痕。看过之后，感觉它们是在警示世人，不要暴殄天物，也不要无视自然，人不能胜天，只能适应自然。否则老天爷就会变脸，人类就会受到惩罚。

1999.11

西西里惊魂

犹犹豫豫踏上西西里岛，战战兢兢来到巴勒莫市。早年读过一些关于黑手党的报道，知道这里是它的老巢，生怕稍有不慎，撞上枪口。可是下车伊始，满眼旖旎风光，异国情趣，早把恐惧不安忘到脑后，着魔似地掠新猎奇，贪婪地不肯放过每一个景点。

从地图上看，亚平宁半岛是欧洲大陆伸出的一只马靴，西西里岛是踢出的一张三角形的比萨饼，三个边分别是地中海、爱奥尼亚海、第勒尼安海海岸。巴勒莫是西北部一个海港城市，在腓尼基语中原本就是停泊处的意思。岛上气候温和，阳光充足，土地肥沃，是一块风水宝地。自公元前 5 世纪以来，先后被腓尼基人、迦太基人、罗马人、拜占庭人、阿拉伯人、西班牙人、诺曼人、法兰西人争来抢去，直到 1860 年才归还意大利。这样一来，文化艺术的多样性便成为西西里最显著的特点。巴勒莫可以说是世界建筑艺术的博览会，星罗棋布的教堂，鳞次栉比的楼房，罗马式、拜占庭式、巴洛克式、哥特式、西班牙式，应有尽有。亚热带花卉四季常开，但是市区著名的英国公园、加里波第公园、朱丽亚公园，各自顽强保持着英国、西班牙、法国的独立风格。

给我印象最深的是郊区的“努拉吉”，一种古老的圆塔、堡垒式建筑群。它由大大小小的石块砌成，小者几十斤，大者一两吨重。主塔高 30 米，壁厚 3 米，夹层形成走廊，有阶梯通塔顶。主塔都向阳，标志太阳神崇拜，周围卫星式小屋，进门有弯弯暗道通室内。底层有许多石窖，储备粮食、水和其他物资。上盖树枝野草，伪装成灌木丛生的山包。这是当地人2000年前的堡垒，类似中国南方客家人的围屋。比“努拉吉”更古老的是一块玄武石，两面刻有象形文字，第一行是埃及历代法老王的名字，下面是每个法老执政大事记。这块稀世珍宝1887年便收藏于此，是研究埃及最早的5个王朝（公元前3100—2345年）极其珍贵的资料。

大教堂旁边贞女山广场上，有圣女罗萨利亚的雕像。她原本是当地一位贵族小姐，名叫罗萨利亚·西尼巴迪。17世纪岛上瘟疫流行，陈尸遍野。为解救人民，她只身进山寻仙求药，苦苦修行，没见回来。1624年瘟疫再次爆发，群众结队进山朝圣，乞求神灵保佑，在一个山洞里发现罗萨利亚的尸骨，把它请回来安放在一个精致的银盒里，举行盛大集会，纪念她的献身精神。出乎意料的是，瘟疫很快平息，人们欢呼罗萨利亚显灵了，把她奉为城市的保护神。每年7月13日至15日集会游行，60头牛拉一辆30米高的彩车，人们载歌载舞，挥洒鲜花，欢呼着罗萨利亚的名字。

听说发现罗萨利亚尸骨的山洞在免山，那里还有其他遗迹，我又犯了寻根问底的毛病，一心想去看看。大概我半生不熟的英语，加上比比画画，年老的出租车司机没大听懂就让上了车。出城南行，老司机不断以疑虑的眼光看我，我照样指挥他继续前进。快到山口了，老司机大声叽里咕噜，我以为是讨价还价，伸手交给他一张大票。等他明白我的意图时，急忙掉转车头，好像说10万里拉也不敢去，家中还有老婆孩子呢。正争辩时，眼前两辆摩托车飞驰而过，肩上的步枪在眼前画出两条长长的弧线。老司机神色慌张地说：“马非亚、马非亚……”

回到旅馆我才知道，马非亚在意大利就是黑手党。它起源于17世纪初西班牙统治时期，最初是一个有着浓厚的封建色彩的帮会，组织严密，等级森严，最高权力归一个十人委员会，基层为

"户小组""什小组"，掌握"士兵"若干，成员严守"缄默"帮规，势力遍及城乡。因为没有明确的纲领，盲目蛮干，逐渐蜕变成为杀人越货、敲诈勒索、绑架走私的黑社会。二战中，曾被法西斯头子墨索里尼利用，也曾与登陆的美军眉来眼去。二战后杀出来一个传奇式江洋大盗卢西安诺，他本来是良家子弟，因为受诬陷坐牢，受尽酷刑，越狱后占山为王，拉起一杆100多人的土匪队伍，被马非亚收买。因为训练有素，杀富济贫，善于网罗农民做内线，百战百胜，被誉为"穷人的救星"。1951年5月1日，他给美国总统杜鲁门写信，建议西西里脱离意大利，划为美国第49州。美国记者频频赴卢西安诺盘踞的免山采访，给这个杀人魔王罩上了一个侠盗的光环。曾有瑞典女记者安娜上山，受到卢西安诺的热情招待，下山后在罗马《时代》报连篇累牍地发表文章，坦白自己已经发狂地爱上卢西安诺，扬言二番上山。当地警察出来干涉，把她遣送回国，可是已经把世界闹得沸沸扬扬。20世纪70年代以后，马非亚兴办5个制毒工厂，每年生产海洛因5吨，非法获利10亿美元。并变本加厉与政府对抗，先后暗杀了天民党政要、警察署长、巴勒莫总督、宪兵司令。80年代意大利议会两院通过反黑手党法律，连续两年出动3000名警察在全国开展大搜捕，马非亚被一网打尽。但是百足之虫，死而不僵，在西西里岛上还时常有残余活动，难怪老司机心有余悸。

1999.11

足球彩票史上一出悲剧

意大利足球有着上百年的历史，全国有上万个足球俱乐部，几十万名球员，上世纪有800多名外国球星加盟，四次获得世界杯。意大利也有众多的球迷，每逢星期日，人们像赶集上庙一样涌向球场，像出席盛大庆典一样汇集在看台上。与此同时，足球赌赛也有很久的历史，尤其是二战以后形成一种广泛的押注游戏，类似后来的足球彩票。1949年的罗马发生过一次戏剧性的赌赛事件，而且是一出悲剧。

流浪儿加里波弟15岁了，却有着10年的球迷史，他捡破烂做小工的微薄收入，全都积攒起来买了足球彩票。这一次他凭着多年的足球知识和对意大利足球的深刻理解，对即将到来的星期日意甲12场比赛做了认真分析、反复推敲后，得出了每场比赛的胜负和比分，郑重其事地写在纸上，兴高采烈地来到投注窗口。工作人员看了他稚嫩的脸，伸出5个指头要50里拉的赌金，小加里波弟翻遍全身找不出一枚小钱。原来他这几天一直陶醉在甜蜜的梦想里，中午还预祝自己的胜利要了一瓶啤酒，结果身上一文不剩了。50里拉是个小数，也不过买一瓶啤酒，可是没有这50里拉，成千上万的奖金便成了泡影。

一分钱难倒英雄汉。小加里波弟攥着那张纸，进出大罗马一家家饭馆酒吧，希望说服一位好心人给他50里拉的赞助。可是一个个脑满肠肥、挥金如土的先生太太们谁也不肯施舍，特别是他这样脏兮兮的小叫花子也敢奢谈足球，还以为他是个小骗子呢！小加里波弟从威尼斯广场、圆柱广场走到特莱维喷泉、万神庙，又从箴言口、四面钟走到西班牙广场、外交部大楼，沿街乞讨一样喊得口干舌燥，那一瓶啤酒早从嘴里蒸发殆尽。深夜12点他来到阿尔伯托的酒吧，嗓子嘶哑得连话都说不出来了。阿尔伯托听明来意后，伸出笨重的手就往外推他。小球迷因为奔走一天，身体虚弱，砰的一声晕倒在地，惊醒了一位醉中的殡仪馆老板，老板走过来，要用一块比萨饼换取他手中的那张纸。小加里波弟宁肯不要比萨饼，也不放那张纸，两手死死不放。殡仪馆老板手上有力气，死人的手都能翻开，何况一个饿昏了的孩子，他丢下那块比萨饼，拿着那张纸头，摇摇晃晃地走了。那时他并不在意，也不相信叫花子的判断，不过想赏给他一顿饭而已。

两天后开奖，殡仪馆老板获得6000万里拉大奖，摇身一变成为家喻户晓的富人，因为他是唯一猜中这个星期12场球赛中每一场成绩的人。小加里波弟无法忍受命运的捉弄，哇的一声呕吐起来，不光吐光了两天前的一瓶啤酒和一块比萨饼，连绿色的胆汁都吐出来了，然后举身跳进滚滚的台伯河里。殡仪馆老板还算有一点良心，按比较高的规格为他举行了葬礼。

这件事曾为波兰作家马利安·布兰迪亲眼所见，1949年他正在罗马。

1999.11

倾听柏林

8月的一天，我和德国朋友保罗·韦贝尔夹在滚滚车流中挤进了柏林，保罗说应了他在北京学会的一句话中国话：凑热闹。

8年前联邦会议以微弱的票数优势决定了这次“世纪大迁都”。从7月5日开始，一个月内政府9个部1万名官员，成千上万吨的文件、货物，要从西部的波恩运往东部的柏林。600公里之间，天上地下，汽车、火车、飞机总动员，如同打一场战争。按规定9月6日联邦议会要在帝国大厦召开全体大会，施罗德总理要发表重要演说。一次大搬迁要花费多少钱？议员们制定了一个200亿马克的预算。保罗捂着半个嘴悄悄说，不怕你笑话，一向讲排场的德国人也不顾面子了，因陋就简。总理施罗德住进原东德领导人昂纳克的办公楼，外交部下榻纳粹时期的德国银行，财政部搬进法西斯空军总部，国防部进驻当年帝国战争部，经济部住在旧社会法院。还有半数官员住波恩，周末两头跑，政府要付出大量交通补贴。

汽车沿著名的菩提树下大街穿行，在施普雷河边徜徉。我发现整个柏林处处是建筑工地，满眼是脚手架的森林，围墙布的彩云。我有些沮丧，来一趟柏林，不见庐山真面目。保罗说，别急，我们的柏林正在整容，再来时让你一见倾心。在世界面前，德国人心虚，想淡化那场历史的羞愧，夸张今天的兴奋。化妆的重点是勃兰登堡门和波茨坦广场，柏林的两个脸蛋儿。勃兰登堡门位于菩提树下大街一端，建于1788至1791年，为庆祝普鲁士国王经过七年战争终获德意志联邦统一而设，是象征胜利之门。其造型类似巴黎凯旋门，不同的是下边六堵墙柱，顶部雕塑是四匹骏马拉着战车，车上站着胜利女神，女神左手擎十字架，十字架上落着一只展翅欲飞的雄鹰。保罗说，1807年拿破仑侵略柏林时，曾把女神连同战车掳至巴黎，七年后战败才物归原主。二战时十字架和雄鹰被盟军炮火击中，事后得到修复。

随着两大阵营对峙的加剧，勃兰登堡门成为冷战的桥头堡。保罗说，如果十年前来到这里，眼前是一片白色的防坦克铁蒺藜。以勃兰登堡门和波茨坦广场为中心，两翼伸出一条166公里狭长的带状禁区，靠西边的墙高3.8米，水泥板结构，上部为圆水泥柱，使人无法攀缘。墙上设有253个瞭望台，136个碉堡，270根警犬桩。壁垒森严，插翅难飞。在1961年至1989年间，有近百人因偷越此墙而丧生。当地盛传一则故事，西柏林一位青年与东柏林一位姑娘是一对恋人，因为一道墙，近在咫尺而牛郎织女。小伙子苦思冥想得出一条妙计，把姑娘的彩照放得真人一样大，放在座位靠背上，黄昏时候穿过外交通道，检查人员手持护照，往车里对照了一下就放行了。不大一会儿，车子回来了，里面坐上个真正的姑娘。

保罗说，万万没想到，那固若金汤的柏林墙一夜之间就垮掉了。由于苏联政治改革、东欧社会主义大家庭解体，东德人民反抗情绪如火山爆发，柏林墙检查站成了火山口，50 万人上街游行。面对激烈动荡的局势，当局束手无策，政权岌岌可危。1989 年 11 月 9 日，东柏林市委第一书记沙伯夫斯基宣布了一条震惊世界的消息，废除东德旅行自由的限制，而且立即生效。霍尔莫斯特拉塞检查站负责人贾格尔中校听天由命，下达了他一生中最重要的命令:“移走路障放人。”当晚就有 10 万人在他眼皮底下浩浩荡荡地走过。那边西柏林人手持鲜花，过境通道铺上了大红地毯。也有不少东柏林人目瞪口呆，嘴里喊着日耳曼的粗话。

柏林墙的倒塌，表面上是自由民主的洪流，暗里起主要作用的是三个重量级推手，西德总理科尔、苏联领导人戈尔巴乔夫和美国总统布什。由于历史的原因，英国首相撒切尔夫人、法国总统密特朗等欧洲领导人并不热心，甚至反对。为了换取戈尔巴乔夫的支持，科尔的财政部支付了 120 亿马克的红军撤军费，外加 30 亿马克的贷款，120 亿马克买断了柏林墙。事后戈尔巴乔夫被授予德国最高荣誉“联邦十字勋章”，布什被授予“柏林市荣誉市民”称号。

我急于去见识一下那面挂满悬念的柏林墙，保罗摇摇头遗憾地说，它早已荡然无存了。当年愤怒的人群用镰刀斧头把它挖得七零八碎，解恨地吐口水，甚至踢来踢去，有心人捡回去一块水泥板作纪念。几名有眼光的商人买断拆墙的权利，然后一块块向慕名而来的游客出售，大发其财。这样不久，柏林墙这杯人类的苦酒或喜酒，就被世界分享了。等到当局醒过闷来已经悔之晚矣。后来兴建了一座柏林墙博物馆，在一条偏僻的小街上。保罗带我去看，只有一些图片、录像机和几块高价收购回来的墙体。引人注目的是那些千方百计越墙逃跑的方法和工具，比如上述传说中大变活人的戏剧场面。除此之外，索然无味，距想象中的柏林墙差之甚远。保罗说，当局亡羊补牢，准备拨 80 多万马克重修一段柏林墙，包括碉堡、瞭望台和警犬柱，让人们不忘这一段沉重的历史。

我问保罗，德国人准备如何纪念柏林墙倒塌十年大庆。他耸耸肩膀说："鬼知道，政府热情很高，百姓反应冷淡。"柏林墙已经不复存在，但是一条无形的壁垒依旧横亘在东西德人民之间，变成了一道心上的伤疤，一闹天气就隐隐作痛。为了重新统一，双方都付出了太重的代价。西德人民拿出 1.2 万亿马克支援东部，人均 2 万马克，东部人均受益 7 万马克。但是十年过去了，双方经济差异仍然十分明显，东部的生产率只有西部的 70%，工资只有西部的 80%。西部拥有 2.5 万个百万富翁，而东部仅有 260 人。东部失业率 20% 以上，为西部的 2 倍。西部人对没完没了的援助感到厌倦。东部人厌恶对方的傲慢，自己似乎沦为西部的殖民地了。那里高层行政人员 75% 来自西部，大学教授 95% 是西部人，武装部队军官中西部人占了 99%，等于被吞并。东部多数人陷入怀旧情绪，对现实不满。女孩子找对象，宁可找土耳其、南斯拉夫移民，也不找西部人。最近柏林市区和东部两个州的地方选举中，原东德共产党演化的民主社会主义党东山再起。据福尔萨民意测验调查结果，至今还主张恢复柏林墙的人，占东部人口的 14%，西部人口的 20%。勃兰登堡文化部长赖歇说："民主德国有 40 年发展史，怕还需要 40 年才能转变西部德人的态度。"

面对没有了柏林墙的柏林，面对脚手架的森林、围墙布的彩云，我晕头转向，找不到北了。

1999.11

酒醉慕尼黑

算我有口福，在国内是小有名气的饮者，到慕尼黑时恰逢啤酒节。这是一个盛大的啤酒庙会，年年从 9 月最后一个星期开始，到 10 月第一个星期日结束，历时 16 天。近 20 年来每年参加人数高达 500 万，喝掉的啤酒 500 多万升。

9 月的阿尔卑斯山已是白雪皑皑，从山上流下的伊萨河带来几分寒意。9 月的德意志正是大麦和啤酒花丰收的季节。德国是啤酒大国，产量仅次于美国，居世界第二位。而巴伐利亚州的产量又雄居德国之首，州府慕尼黑自然成为啤酒之都，全市人均年消费 235.7 升。当地人从不言酒，称之为“大麦汁饮料”。

节日第一天，处处张灯结彩、花团锦簇，成千上万身着民族服装和古典装束的巴伐利亚人涌向街头。各大酒厂老板乘着华丽的马车，率领各自五彩缤纷的队伍，人群之中还夹杂着来自全国各地以及邻国奥地利、瑞士、法国众多兴高采烈的酒徒们，个个腆着一个啤酒肚。有的人边喝边唱，唱斯特劳斯的歌，慕尼黑是作曲家斯特劳斯的故乡。

开幕式在风景如画的仙女堡广场举行，扇形排开的 8 座白墙红瓦角楼和典雅的王宫之间，彩旗飘扬，人声沸腾。市长在 12 声礼炮和简短致辞之后，抡起锤头向一只巨大的啤酒桶砸去，把一只黄铜水龙头插入酒桶，然后拧开龙头，盛满一大杯啤酒咕咚咕咚喝下去，身穿盛装的啤酒女郎灌满一只只单耳酒杯，送到迫不及待的众人嘴边。接着大批饮者队伍浩浩荡荡地向露易丝广场涌去，逢人便喊“干杯”，甚至抛洒啤酒，阳光下形成道道彩虹。仙女堡占地很大，类似北京的天坛公园，许多著名的场面宏大的影片，如《茜茜公主》，都曾在这里拍摄，今天万人空巷迎接的不是茜茜公主，而是啤酒女神。王宫中有著名的“美女画廊”，是宫廷画家约瑟夫·斯蒂勒的油画，24 幅美女都是当年真人的写照。喝多了的小伙子们在美人像前垂涎欲滴，久久不肯离去。还有人埋怨随着科学进步、环境恶化，女人的皮肤越来越粗糙，今人没有古人的艳福了。

听人说慕尼黑啤酒节是 190 年前的一次婚礼演化而成的。1810 年 10 月 12 日，巴伐利亚王储路德维希与萨克森王国露易丝公主结婚，国王决定庆贺两天，在街头设立 4 个摊位，免费供应啤酒。这热闹的场面使人余兴未尽，回味无穷，第二年市民自发重演一次，从此便成为永久的纪念活动。

从仙女堡出来，乘车逛慕尼黑市容，只见餐馆林立，酒吧多如牛毛，到处倾杯飞觞，车如小船在酒海里航行。最后来到市中心的圣玛利亚广场，广场上摆着数不清的白色桌子，金黄色的啤酒杯、金黄色的头发、金灿灿一片，空气里的酒分子早已饱和，张口就可以喝。我们来晚了，找不到座位，座位早在几个月前就订出去了。正在为难时，一位德国青年把他全家的座位让出来两个。他叫海尔加·克来因，在北京语言学院上过学，还是我一位大学同学的学生。我挽着他的手不知说什么好，连连感谢海尔加先生。他说与中国习惯不同，德国人前面是名，后面是姓。

德国啤酒不愧为世界之王，色泽鲜明、味道纯正，喝下去沁人心脾，全身舒服。一杯下去才有心观察眼前的酒具，杯子也不一般，都是半升或一升的大杯子，有人还买了一木桶放在身边，随喝随倒。身着民族服装的女招待，看上去窈窕淑女、弱不禁风，可是双手能擎 10 只盛满的酒杯，在人山酒海里往来穿梭，不洒一滴。

我们的位置在圣玛利亚大教堂东南，正好面向银色塔楼。楼高 80 米，顶部有座巨大的铜钟，钟下两层类似中国的戏楼。整点时铜钟敲响，有 12 个彩色小铜人走马灯似的出现，像中国的木偶戏，敲锣打鼓吹号，做各种动作。据说是再现 1568 年威廉五世和兰妮女公爵结婚典礼的场面。今天广场上人山人海，手擎酒杯，祝贺他们的祖先婚姻幸福。广场上酒气熏天，空中的小铜人也都醉得摇摇晃晃。圣玛利亚广场醉了，慕尼黑醉了，每一只酒杯里都有一张涨红的脸，都有一双朦胧的眼。

酒是话媒，一来二去，我和施密特已经引为知己，相见恨晚了。施密特说，在中国听过侯宝林大师关于醉鬼的段子，无独有偶，我们德国也有类似的笑话，说一个慕尼黑人酩酊大醉之后，回家路上踉踉跄跄，走走停停，找不到自己的家门了，最后在马路边一盏路灯下停下来，摸摸索索浑身上下找家门的钥匙，好容易才摸出来，朝灯下水泥杆子捅去，左捅右捅找不到锁孔。正好另一个酒鬼路过，拍拍他的肩膀，转动大舌头像找锁孔一样难："喂！你找找找谁呀？""找我老老老婆。""人家还没下班呢。""别蒙我了，看那上边灯还亮着，老婆那白眼还死盯盯盯着我呢。"

人逢知己千杯少，天下酒友是一家。我说老弟别见外，慕尼黑怎么这么多人泡在酒里呢？施密特说，世界上都嘲笑"板着面孔的德国人"。这也和你们的孔孟之道一样，传统的力量使然。谁不想轻松一下，潇洒一回呢。啤酒节就是全民大放松。当然除了共性之外，也有各自的原因。穷困潦倒，喝。缺少温暖，喝。消除疲劳，喝。还有科技发展，一批人变成了文盲，失业了，更要喝。借酒浇愁，酒精能使人忘掉眼前的烦恼。失业增加了酗酒人数，增加了销量，受益的是酒厂老板。乘着酒兴，我的胆子也大了，说："还有，慕尼黑人喝醉了，可以忘掉这个城市是希特勒发迹的地方，是张伯伦出卖盟友，签订'慕尼黑协定'，断送捷克斯洛伐克的地方。"……施密特赧然一笑。

1999.11

朝拜歌德

在德国，20 世纪最后一个秋天是属于歌德的。这个世界级文豪的金色光环笼罩着整个德意志，联邦 16 个州、8000 万日耳曼人呼唤着一个名字：歌德——德国文学之父。

从欧洲排名第二的莱茵—美因机场，有火车直通法兰克福市区。车票背面有歌德漫画像，车厢里到处张贴着他神采奕奕的画像。火车站一位的士司机是歌德的崇拜者，胸前亮闪闪别满了纪念像章，一路上滔滔不绝地讲着歌德，直到市中心的歌德故居才停止，临别时摘下一枚歌德戴草帽的头像送给我。还说歌德晚年向往中国，研究中国文学作品，并将 4 首中国诗译成德文，写了 14 首《中德岁时诗》。

法兰克福是世界金融中心，高楼林立，号称美因河畔的曼哈顿。位于大鹿沟的歌德故居只是四层小楼加一层阁楼，然而感觉它并不小，是个庞然大物。楼房红黄相间，爬满了青藤，好像童话世界里的宫殿。1749 年 8 月 28 日正午，一个男婴呱呱落地，嗓门很大，果然后来他的诗歌震撼了世界。童年的歌德就富于想象，他把这座楼房叫作“三个七弦琴”。底层是厨房、客厅，从雕花扶梯上到三楼，有歌德专用的寝室和书斋，身为法律博士的父亲望子成龙，为他布置了雅致的家具和画廊。青年时期的歌德受法国启蒙思想家卢梭等人的影响，认为人是自然的一部分，人的一切都是自然的，人的感情冲动是人的自然本质的自然外露，是真实而神圣的。他参与并推动了“狂飙突进”文艺思潮，写了“非常狂飙突进”的《少年维特的烦恼》。这部书信体小说记录了 23 岁的作家本人一次痛苦的失恋，是花了 4 周时间在这座四层阁楼上完成的。书房有一张少女的剪影，她叫夏绿蒂·布芙，是诗人的第二个热恋情人，也是导致小说中维特自杀的那位女主人公。作品一问世就风靡世界，记得我在初中时期读它时，曾经是那样彻夜不眠，神魂颠倒。中文译者是大诗人郭沫若，他们之间灵犀相通。

1775 年歌德因为学识和名望受聘于魏玛公国，我也追至这个伊尔姆河畔的小城。魏玛，因为歌德被欧盟定为 1999 年“欧洲文化首都”。眼前的小城早已披上节日盛装，歌德剧场、歌德创建的民族歌剧院、歌德曾任馆长的魏玛公国图书馆，到处张灯结彩，花团锦簇。今年 5 月底在这里举行“纪念歌德 250 周年暨国际歌德学会第 76 届年会”，巨大的气球标语还在空中飘扬。

魏玛歌德故居是一座橙黄色的楼房，南北两翼，有后花园，是当年公爵赠给歌德的官邸。文艺复兴与巴洛克风格兼而有之，如今粉刷一新。歌德一生好客，在这里接待过黑格尔、谢林、海涅、茹科夫斯基、密茨凯维奇……正如歌德逝世前的遗嘱:“把窗户打开，让更多的阳光进来。故居所有门窗大开，迎接潮水般涌来的朝圣者，仿佛开明的首相依然健在，好客的诗人依然健在，这里依然天天贵客盈门，高朋满座。”二楼客厅一侧是钢琴室、接待室、艺术陈列室，摆满了歌德两次意大利之行收集的瓷器、名画和雕塑。另一侧卧室和小客厅里挂着他儿子、第一任妻子和平民出身的第二任妻子的画像，作品大部分出自歌德本人手笔，还有一个很大的房间，有 6000 册藏书，据说每册都落满文豪的手印。走廊玻璃橱里有他分管矿务时，收集的 1.8 万件矿石标本。他知识的触角深入生物、地理、医学、哲学多方面，对色彩学探究 42 年，有专著《视觉研究》，总结了三大颜色论。他的一些论点推翻了牛顿的学说，成为工艺美术重要的理论基础，甚至人类的“颚间骨”这一构造也是歌德首先发现的。

歌德在这座楼房里生活、写作了56年，生前出版的《歌德全集》多达143卷。“狂飙突进运动”过去之后，歌德的人道主义思想有所变化，他探索个人与社会和谐的可能性及其途径，相信人有能力使自己获得新生，并用自己的能力自由地发展。歌德精神发展变化的历程，在他倾毕生精力完成的诗剧《浮士德》里有充分的体现。浮士德是一个不断追求、进取的积极形象，经历书斋、爱情、宫廷、梦幻等悲剧阶段，终于在改造自然的事业中得出智慧的结论，必须每天每时去开拓生活和追求自由。最后主人公虽然死了，但是灵魂得到了拯救。这是一部生命的赞歌，肯定了人生的意义，歌颂了永不满足、不断进取的精神。人们把歌德的《浮士德》与荷马的《荷马史诗》、但丁的《神曲》、莎士比亚的《哈姆雷特》并称“欧洲四大文学名著”。

与富丽堂皇的客厅和琳琅满目的画廊相比，歌德的书房显得十分简朴。一张圆桌，三把木椅，桌前一类似讲台的板柜，多半个人高，上面倾斜，要不是讲解员提示，谁也不会想这是写字台，原来歌德从来都是站着写作的。他生前曾对人说过，任何舒适都是有违我的天性的。一种有舒适家具的环境会削弱我的思考，把我置于一种舒舒服服的消极状态。豪华的房间和漂亮的家具，有点适合那些没有思想的人们。劳苦一天之后，他常常躺在一张靠背椅上闭目养神，喝一杯莱茵河或者摩泽河边农民酿造的红葡萄酒。所以当他1832年3月22日在这把椅子上安详地与世长辞时，家人还以为他是疲劳之后的休息，一朝还会醒来。

仅有6000人的魏玛，因为歌德的存在，成为欧洲文化名城，被列入“世界文化遗产”。歌德墓在魏玛公爵墓园内，门前是罗马石柱，进去一间厅堂，拱形屋顶是蓝色的。灵堂在地下室，他的灵柩与席勒并排在一中央，像在民族剧院广场上他们的塑像也肩并着肩同握一个花环一样，人称之为魏玛的双子星座，“诚与爱的结盟”。

歌德比席勒大10岁，晚逝27年，两人对美学的主张和创作方法大相径庭。歌德主张“客观美”寓于客观生活中，席勒相信“客观美”存在于客观观念里；歌德认为“在特殊中看一般”，席勒倾向“为一般而寻特殊”。分歧与差别形成了迥然不同的两种艺术个性。但是分歧归分歧，朋友仍是朋友。他们相互理解，交流和沟通，彼此产生了深厚的友谊，进行了精诚的合作，形成了德国古典主义文学的并峙双峰，这一点让人想起中国的李白和杜甫。

1999.11

席勒故居

德国古典主义作家中，我喜欢席勒。他热爱中国文学，写过《孔夫子的箴言》诗二首，改编过意大利人的歌剧《图兰朵公主》。所以这次到魏玛，参观完歌德故居，赶忙来拜访席勒。在一条以席勒命名的街上，很快就找到了他的故居。比起豪华的歌德官邸，它十分简朴。三层小楼，浅黄墙面，黑灰瓦顶，墨绿窗框，远远望去就像一个黄皮肤、黑头发、黑眼睛的东方面孔。然而富宰相和穷书生却是一对好朋友。歌德邀席勒来魏玛，先住自己家里，后来又出钱为席勒买了这所房子，使风雨飘摇中的诗人有了一个栖身之地，在这里度过了他人生的最后几年。

弗里德里希·席勒，1759年11月10日生于符腾堡公国涅卡河畔的马尔巴赫城。父亲是医生，信基督教，小席勒经常穿戴黑袍黑帽，爬上椅子，学牧师布道的样子，还把家里的东西施舍给穷人。席勒13岁进卡尔·欧根创办的军校，学校管理很严，被称作“奴隶养成所”。上学时一位年轻的教授在课堂上讲起莎士比亚，还朗诵了《奥德赛》的一个片段。席勒激动不已，迫不及待地跑过去把老师手中的书借来，不舍昼夜地捧读，对莎士比亚佩服得五体投地。由此接触了《少年维特的烦恼》等德国“狂飙突进运动”作家的作品。他偷偷躲在学校病房里写自己的悲剧《强盗》。毕业后，在公国首都斯图加特边行医边写作。后来《强盗》在曼海姆公演，因为内容表现反抗暴政被禁演，席勒也被囚禁，在朋友帮助下逃往曼海姆，用 7 周时间写出了更加激烈地揭露公国里黑暗腐败的悲剧《阴谋与爱情》，被恩格斯称为“德国第一部有政治倾向的戏剧”。不久悲剧《斐哀柯》、诗剧《唐·卡洛斯》相继问世，席勒成为德国文艺舞台上一名重要角色。

歌德与席勒出身不同，地位悬殊，而且在美学观点和创作方法上大相径庭。歌德主张“客观美”存在于客观现实中，席勒认为“客观美”存在于客观观念里；歌德主张“在特殊中看出一般”，席勒认为“为一般而寻特殊”。歌德的创作着重对生活的感受，席勒的倾向是表现哲学的思考。1787 年初相识时，他们也曾互不服气，但是两位学者的坦荡胸怀和开诚布公，却使他们坐在一起，推心置腹，竞争而又互补。歌德把席勒接来，合办杂志，共同经营魏玛剧院，开创了德国古典主义文学新时代。

席勒故居一切布置如原来样子，客厅、厨房在一楼，夫人夏洛蒂和 4 个孩子住二楼，席勒一个人住阁楼。此时的席勒重病缠身，白天休息，晚上把自己关起来抽烟写作，以避免妨碍家人。他常常咳嗽不断，夜不能寐。歌德放心不下，常来问寒问暖，周济银钱，乃至柴米油盐。一天歌德又来拜访，适逢席勒出门，便坐在房间里等候。歌德一会儿就感到头晕脑涨、天旋地转，他以为是美尼尔氏症发作，赶忙到窗口吸了几口新鲜空气，才缓和起来。这时才嗅到一股怪味儿，酸酸甜甜的，继而发现那怪味儿是从书桌抽屉里冒出来的，打开抽屉原来是一堆烂苹果。他正百思不得其解时，夏洛蒂来了，说席勒有个习惯，抽屉里常存放一些烂苹果，每当思维迟钝时，便低头闻一下，就会诱发灵感。席勒晚年的一些重要著作，如美学论文《美育书简》《论朴素的诗和感伤的诗》，诗剧《华伦斯坦》，悲剧《墨西拿的新娘》《威廉·退尔》，都是在这浓郁的烂苹果味里酝酿出来的。烂苹果之于席勒，如巴尔扎克离不开浓咖啡，莎士比亚之“烟草给了我灵感”（十四行诗第 76 首）。后来美国耶鲁大学研究证明：人体在某种程度有用分心之物干扰大脑注意力的倾向，让一种分心物以恰当的方式出现，其他来自外界之物便被抵消。

席勒比歌德小 10 岁，李白比杜甫长 11 岁，诗人间的友情模式有些相似。但是李杜之间不如前者亲热，李白并不十分在乎杜甫，杜甫有点儿剃头挑子一头热。歌德与席勒的关系，倒像钟子期与俞伯牙，是知音，是“诚与爱的结盟”。一旦相知，相见恨晚，书信频繁，促膝谈心，日益深入地交流沟通，彼此不可分离。1805 年二人同时生病，歌德在床榻上得知好友亡故，痛不欲生，为不能亲自扶柩而自责。20 年后，安葬席勒尸体的教堂地下室进行清理，歌德凭感觉从一堆白骨中找出朋友的骸骨，捧回家中安放，亲自设计棺椁，迁葬于公爵陵园。等到歌德死后，魏玛人按照他们生前遗愿，把既非同日生，又非同日死的两位大诗人合葬。陵园位于魏玛南边的“历史公墓”，一条树荫大道，两旁菩提树郁郁葱葱，门首竖立罗马式圆柱，石阶尽头是高大陵墓，分地上地下两层，地上六角形陵阁，6 个扇形玻璃窗，使阳光照进陵墓。灵堂的白大理石塑像二人并肩，陵寝里两口红色的灵柩并放。在民族歌剧院门前广场上矗立着歌德与席勒巨大的铜像，两人同握一个花环。听说竞选或游行时，总有人把标语挂在上面，想沾二位诗人的光。

走在魏玛大街上，会感觉到处有歌德与席勒的存在。德国统一那个小公国和 20 世纪初短暂的魏玛共和国历史倒容易被人遗忘。可见伟大的诗人可以成为民族和时代的代表，缺乏伟大诗人的历史和时代，形象也会是模糊的。

1999.11

穿越黑森林

巴登—符腾堡在德国东西南北 16 州中，不仅经济强大，自然景色也极具魅力。黑森林在世界上和奔驰轿车一样出名。乘奔驰车、喝巴登酒、吃炖鹿肉、游黑森林，被德国人称为“人生四大快事”。

从州府斯图加特西南行，不远就进入中等山脉，山脉最葱笼处就是黑森林山，山名来源于黑森林。山麓小城巴登巴登四面环山，一水中分，流泉回环，是一处历史悠久的疗养胜地。早在公元 3 世纪罗马皇帝卡拉卡拉时代就修建了浴池，遗址在市中心奥斯河东岸。河西的库尔哈维宫状似希腊神庙，大理石圆柱环列，广场绿草如茵，花团锦簇。费里特里希温泉深 1000 米，水温高达 68℃，是欧洲最热的汤泉。中世纪以来，各国达官贵人、名士风流趋之若骛，这里成为欧洲有名的“销金窟”。至今这里有钱人还很多，每百户中就有一个百万富翁。这里还有德国最古老的赌场，据说屠格涅夫和陀思妥耶夫斯基都曾到此碰过运气。

从巴登出发游黑森林有三种走法，商人的钟表之路、猎人的红鹿之路，前者耗时，后者危险。我们没有充裕的时间和足够的胆量，只有采取车步结合的第三条路线：能车则车，能步则步，走走停停。旅游本来就是一件悠闲的事情，何必给自己压上一定的任务。

出城南行，山势渐高。满眼高大乔木，只能简单地凭叶子辨认树种，针叶是松，条叶是枞，圆叶是栎，鳞片叶是桧，再多就叫不出名字了。各种鸟鸣，悦耳动听，只闻其声，不见其形。邂逅鹿群，欢蹦乱跳，还没数清就无影无踪。越走林子越密，越走光线越暗，渐渐地周围黑漆漆一片，只有林间小路一点微弱光线，像一条隧洞，怪不得它叫黑森林。一段“隧洞”少则几十米，多则几百米，寒气袭人，静得可怕，一声突如其来的鸟叫如同一声枪响，瘆得人心慌。只有小河和山谷才能把无边的黑暗斩断。届时久违的阳光如一把雪刃，刺得人眼生疼。摸到温特斯马特时，看见一个瞭望台，如万顷碧海中一座礁石。极目远望，莱茵河蜿蜒在西，多瑙河逶迤向东，更远还可以看到瑞士西部的圣歌达峰和法国斯特拉斯堡大教堂的塔尖。

远远看到弗罗伊登施塔特的电视发射架，好像茫茫雾海里看见了岸上的灯塔，心里一阵激动。这个森林中开辟出来的小镇，夕阳给整齐的建筑镶上了金边儿，还以为是海市蜃楼呢！围着它走一圈儿，漂亮而繁华，不乏商场、影院、舞厅、酒吧，豪华宾馆之外，还有许多家庭旅馆。我们入住一家，木架小楼，花木簇拥，白墙红瓦，鸟语花香。椅子铺着鹿皮，桌上摆着松球。院内碎石铺路，摆设松木长凳，还有古代马车的模型。稍事休息后，我们赶去参观传统婚礼。新婚夫妇举行教堂仪式后，必须举行另一种婚礼。广场上摆好一个直径半米多的树墩，新郎新娘各坐一边，面对面地拉一条七八尺长的大锯，还要一口气把它锯断。然后同饮一杯红葡萄酒，表示今后同甘共苦，齐心协力共建家园。酒后新人坐在长长的木杆上，由年轻人抬着转圆圈儿，不断散发喜糖。接着是化装舞会，人们戴着古老的面具，扮作女巫、鬼怪，一直玩到深夜。回到住处，我跳进院子里的游泳池，洗尽一天的疲劳，然后枕着林涛睡去。

清晨被一阵鸟鸣唤醒后，匆忙上路。依然是遮天蔽日的森林，地形更加复杂起来，高高低低，大起大落，一不留神就被峡谷或断崖挡住去路，让人望而生畏。难怪从前人们称它为“地狱谷”，流传那么多恐怖、神秘的故事。我们舍弃了汽车，由它去盘旋、绕道，自己去寻找平坦的道路和桥梁。踏着几百年前修道士的足迹，寻找险阻和风景。在接近特里贝格的地方，终于找到了修道士们的“世外桃源”。山势峥嵘，古木参天，瓦瑟尔法尔瀑布从云端垂下，雪练冰绡，飞珠溅玉，夕阳把水雾染成彩虹，晚风把彩虹吹成散花。大小水潭，清澈见底，青山倒映，倩影离离。山光水色，秀逸超群。

特里贝格，一个深藏山林的小镇，是林产品集散地，手工业也很发达，有打铁、制革、吹玻璃、管风琴制作等。最出名的是木雕，居民利用当地木材雕刻人物，用冷杉制成的咕咕钟，精雕细刻，彩绘上漆，能以布谷鸟的叫声为人报时。原来是家庭制作，现在发展成大大小小的工厂，产品畅销国际市场。

当地居民服饰特殊，男人蓄络腮胡，毡帽上插羽毛，穿墨绿衣服，外衣没领子。女人戴鲜花做的花环，上衣敞领束腰绣花边，下穿排花刺绣的围裙，配以白色长袜。小饭馆颇具风味，我们点了烤鹿肉、斑鳟鱼片、白炖蹄髈加酸菜。自制红葡萄酒，陶瓷大杯。酒足饭饱走在街上，感到最馋人的还是免费的空气，柔和湿润，夹着森林的清香。

第三天离开特里贝格，多半天走出黑森林，到达德国南大门弗赖堡，大有类人猿走下树来的感觉。“林中才三日，地上已千年。”习惯了清静和单纯，对浮世繁华倒有点不适应了。好在这个“森林、美酒和哥特式建筑之城”，可以看作从森林到城市的过渡。80 平方公里的城中，大片栎树林、松林，金顶红瓦漂浮在碧海上，车水马龙淹没在林涛中。13 世纪哥特式建筑明斯特大教堂，整体直线向上，113 米塔尖直指苍穹，给人摆脱一切尘世负重的感觉，与森林的气氛协调一致。

1999.11

游莱茵河记

如果说莱茵河是德国的长江，那么美因茨到科布伦茨 90 公里的河段，就是德国的三峡、莱茵河的阳朔。

上午 9 时，从美因茨登上游船，阳光灿烂，河面波光粼粼。游人多持阳伞，或戴宽边帽、太阳镜。为不影响视线，船无顶篷，栏杆精致。白色船身，满载花花绿绿的游人，好像一只花篮在水上漂浮。

莱茵河发源于阿尔卑斯山圣歌达峰，流经瑞士、列支敦士登、奥地利、法国，到这儿正是中游，两岸青山逶迤，悬崖林立。依山而建的古堡，或雄浑、险峻，或灵秀、古朴，千姿百态。据说德国境内，莱茵千里，古堡八百，大都建于 11 至 13 世纪，群雄割据、各自为政的时期。领主们高垒深堑，据险扼守。游船顺流而下，如从中世纪驶来，“两岸猿声啼不住，轻舟已过万重山”。如今这大大小小的古堡都失去实用价值，成为历史的遗迹，断壁残垣。偶有完整者，也都透风漏雨，城堡的世袭主人，也想出租变卖，少者租金只要 1 马克。莱茵斯坦城堡的主人麦伦堡公爵，要价 400 万马克，招来一个骗子，趁机把堡内古董一扫而光。

河道蜿蜒曲折，流水清澈见底，鱼儿成群结队尾追船后，水鸟飞上飞下追逐鱼群，形成一幅有声有色的天然图画。莱茵河从雪山走来，从黑森林中穿过，曾经一尘不染。在先民克里特人的语言中，莱茵本来就是清澈明亮的意思。可是在工业化的进程中，莱茵河成为鲁尔工业区的交通干线，长期受污染，河水变得又黑又臭，有了“欧洲下水道”的恶名。鱼类绝迹，水鸟罕见，社会受到惩罚，百姓吃尽苦头。直到19世纪中期德国才觉醒过来，1963年国家制定了《水域管理法》，全民动手，持续治理，莱茵河才恢复到今天的样子。

前面山势渐低，天空开阔起来，游船进入葡萄园区。铺天盖地的葡萄架随山势起伏，好像波澜起伏的绿色海洋。初秋八月，葡萄快要熟了，阵阵香风扑面而来，莱茵河也染上香气，像滚滚而来的葡萄酒，有人大张着嘴免费享受。莱茵谷地土质肥沃，阳光充足，雨量均匀，葡萄种植和酿造已有2000多年的历史。这一带是著名的酒乡，右岸的哈腾海姆盛产白葡萄酒，左岸的英格尔海姆红葡萄酒出名。上岸参观酒城布格克洛普，好酒不怕巷子深，一条窄小的德罗塞尔加塞街上，酒屋鳞次栉比，摆满了各种名酒。当地生产一种酒叫“白色的秋天”，清澈透明，色泽纯正，晶莹透彻，如翡翠似琥珀。据说它的问世是一次意外的发现。1775年，莱茵高约翰尼斯堡修道院葡萄园，因为占地太多，耽误了采摘季节。轮到这一块地时，葡萄已经开始发烂，修道士们无可奈何地用这些烂葡萄造酒，想不到酿出来的酒奇香无比，品质超过了法国名酒。

下一个景点吕德斯海姆，也是著名的酒城。走进一条名叫富尔的小巷，富尔德语的意思是咽喉，也就是葡萄酒贸易的咽喉通道。小巷古色古香，宽仅丈余，当年只能通过一辆马车。两厢桁架小楼，楼顶陡峭，向外倾斜，楼上摆满鲜花，铺面陈列名酒。街上鹅卵石铺成的路面，经过多年磨砺，非常圆润光滑，想必从这儿流过的葡萄酒会像莱茵河水一样多。不少游客光脚走在路上，趟着想象中葡萄酒的河。中午我在古堡式餐厅吃饭，杜松子酱汁鹿里脊，填梨子、油炸马铃薯丸子、莴苣核桃仁沙拉，当然少不了葡萄酒。当地最著名的一道菜是葡萄酒渍鲤鱼。他们常说鱼游3次才能吃，就是在水里、黄油里、葡萄酒里游过，才能上餐桌。莱茵谷地的人嗜酒如命，每人每年平均要喝40升葡萄酒。

船过宾根，河面渐宽。河中一个沙洲，洲上一座石塔，好像一条船带着桅杆。据说塔是罗马元帅德路威斯在公元前 8 年修建的，用以记载他的赫赫战功。后来航运日盛，各地领主纷纷在莱茵河上设卡征税，石塔就是关卡之一。10 世纪时，美因茨主教哈托二世为人吝啬而残暴，横征暴敛，把大批粮食储备在塔里。饥民起来造反，把他抓起来囚禁在石塔之中，使这个人间硕鼠成为自然界鼠辈的美餐，鼠塔因此出名。后来人们在塔上增设航行讯号，提醒过往船只安全通行。同时也警示大小领主，水能载舟，也能覆舟。

过鼠塔之后，河道变窄，圣戈阿和圣戈阿尔斯豪森之间的莱茵河中，暗礁不断，漩涡四起。右岸拐弯处，一块山岩像一把利刃猝然突起，刺破蓝天。这就是德国的美女峰“罗蕾莱山崖”，高 132 米，宽 90 米。不过在当地人眼中，它不是神女，而是女妖。诗人海涅在 19 世纪 20 年代写过一首著名的叙事诗《罗蕾莱》，叙述当年每逢太阳落山时，崖上飘下一阵美妙的歌声，使莱茵河上的船夫情不自禁地迷醉起来。这时便看到崖上一位天仙般的少女，一边梳着金色的头发，一边唱着迷人的歌曲。船夫们听得如醉如痴，看得神魂颠倒，摇桨的停下了桨，掌舵的松了舵，争先恐后挤到船头，一睹仙女风采。突然一只只木船触礁沉没、一个个船夫葬身水底。诗歌发表后，德国人争相传诵，音乐家谱成歌曲“我不知道，我竟然为何如此悲伤……”优美的旋律至今还在莱茵河上回荡。我是肉眼凡胎，仰酸脖子也无缘看到美女，低头却看到漩涡张着血盆大口，礁石露出尖利的牙齿。最大的一块“七女礁”，传说是铁石心肠的女妖变的。

饱览一路秀色，畅饮一路美酒，游兴未尽，终点已到。科布伦茨花木茂盛，风景如画。上岸的地方又有一个“酒村”，是德国酒类贸易中心。古城四周环山，像一个硕大的酒杯，蓄满了莱茵河的美丽和欢乐，让人回味无穷。

1999.11

科隆一日

航行在莱茵河上，抵达科布伦茨便“轻舟已过万重山”，大河平野，水流畅通。波恩之后20公里就是科隆，远远望见那闻名已久的大教堂双塔，心情激动起来。日耳曼人有一句谚语：“不去科隆就等于没到德国。”

号称“北方罗马”的科隆位于莱茵河西岸，是欧洲重要河港，上下船的人很多。朋友迈克尔·克莱因夫妇已在码头等候，下船就上车，浏览市容。迈克尔知道我喜欢德国诗歌，就说科隆是歌德、席勒、海涅一再歌颂的城市，还是马克思、恩格斯创办《莱茵报》的地方。果然风景优美，钟灵毓秀。鳞次栉比的高楼大厦间，到处是园林和湖水，西部还有一条12英里（19.31千米）长的林带，绿影婆娑，林涛阵阵，倒像是莱茵河的一个影子。

最让迈克尔引以自豪的当然是科隆大教堂，位于市中心火车站附近。这是一座最大胆的哥特式建筑，世界最高的双塔，像两把利剑刺破青天。北塔高157.38米，南塔高157.31米。公元1248年兴建，1880年竣工，这项跨度600多年的工程，两塔仅差之毫厘，足见德国古典建筑艺术之高明。大教堂东西向，建筑面积6000平方米，外表是磨光的石块，风吹日晒已经变成灰黑色。四壁总数1万平方米的窗户，全部镶着彩色玻璃，绘有《圣经》故事，被称作“上帝的玻璃屋”。内部还有5个殿堂，一条绕圣坛的回廊，两厢排列整齐的座椅。中央穹窿高43.55米，笼罩着一派森严的氛围，让人肃然起敬。堂内的静谧幽暗，与外面的人声鼎沸、亮丽色彩形成鲜明的对照。

迈克尔夫妇又领我登上钟楼，看到5口钟，最大的圣彼得钟重24吨。听说响钟齐鸣时，像有一阵大风吹过北德平原。俯瞰四周，大小教堂塔尖密如丛林，共计150座，二战中被苏联红军的炮火砍伐大半，连大教堂内也飞进去几百枚炮弹。战后重建时，所幸当年设计施工的羊皮图纸还在，才能修复。科隆大教堂是世界建筑艺术的瑰宝，白天美丽的身影无所不在地覆盖着脚下的石板广场，晚上众多的聚光灯为它披上一身蓝色的荧光，是科隆市的标志。

走出大教堂，正碰上狂欢节的队伍，这是迈克尔的精心安排。科隆狂欢节的知名度在世界上仅次于巴西，让人大开眼界。身着五颜六色服装的乐队走在最前面，紧跟其后的是光怪陆离的彩车队列，其中最引人注目的是“王子”和“公主”的专车，前者金碧辉煌，后者鲜艳夺目。“王子”和“公主”都是竞选出来的，一般是社会名流参加，最后往往凭财力获此殊荣。步行者也都奇装异服，头戴面具，化妆成妖魔鬼怪、各种小丑和历史人物，大腹便便的歌德、瘦骨嶙峋的席勒、风流倜傥的海涅。化妆游行队伍里也会有达官贵人，百万富翁，无所顾忌地与民同乐，迈克尔还可以指出哪个是市长，哪个是议长。彩车满载着糖果、花束和小玩具，天女散花般沿路抛撒，儿童们兴高采烈地摘下帽子，撩起衣襟，争抢雪花一样多的礼品。整个城市沉浸在欢声笑语中。迈克尔说狂欢节耗资巨大，每次散发的糖果就有两三吨之多。

科隆狂欢节，每年从11月11日11时开始，直到来年的复活节前40天为止，持续两三个月。今天是结束前的星期四，狂欢节的最高潮。这一天全城女人们起来“造反”，上演一出精彩的闹剧。一向温文尔雅的科隆女人们，火山爆发一样发泄自己的情绪。她们昂首挺胸高喊着口号，冲进市政大厅，闯入市长办公室，坐在市长的座椅上，宣布接管市政大权。化了妆的女人们在街上奔跑，逢人便抱头狂吻。个个手里拿着剪刀，抓住男人的领带就剪，越是漂亮的领带越是攻击的目标。女人们手举剪下的领带招摇过市，把平时对男人的不满发挥得淋漓尽致。我正在笑得前仰后合时，不防咔嚓一下自己的领带不翼而飞。那是1995年我去汉城时买的一条金丝领带，陪我游历了不少国家，怪可惜的。恍惚间一个小丑摘下面具，正是迈克尔夫人，三人大笑不止。女人们都化了妆，互相认不出来，据说其中还有一些修女。

迈克尔夫人说，中国改革开放，为什么不引进一个狂欢节？如果是那样，她们会闹出更多的花样，狂欢得更开心，因为中国几千年的礼教太沉重了。她讲话时眉飞色舞，本来就高挑的身材，更显得趾高气扬，比迈克尔高出了半头，丈夫耸耸肩膀说："没办法，我的姓克莱因，在德语中就是矮个子的意思。用中国话说天然的'气管炎'。"

2016.4

海 德 堡

九月的海德堡漂亮极了。蓝蓝的天空，明净如洗，青青的奥登山，着意地炫耀着一年中最绚丽的色彩，赤橙黄绿，五彩缤纷，纷披有致。掩映在树荫中的城市，石桥古堡，白墙红瓦，石径幽深，好一幅浪漫德意志的缩影。难怪古往今来，多少帝王将相、作家诗人对它神往迷恋。最具代表性的是歌德，他在这座美丽的城市，热恋美丽的玛丽安娜·冯·维勒美尔，留下一句名言："我的心遗失在海德堡了。"

侄儿小方在这里留学，生活了三年，已经是个海德堡通了。

首先引我去古桥，这座横卧内卡河上的九拱石桥，始建于公元 1786 年，两端有精致雕像，南边是城市的创始人选帝侯卡尔特奥多，北头是希腊智慧女神雅典娜，属于文艺复兴时期的作品，英俊潇洒，栩栩如生。南桥头有两个圆塔，塔下有门洞，曾是古城的入口。塔体上一个铜浮雕是猴子的笑脸，顽皮可爱。旁边一组雕像，是一个猴子手拿一面镜子，镜子对准两只小老鼠。小方说，这暗含一个故事，一次敌人来袭，守城的军士睡着了，被猴子发现了，情急之下，猴子拼命敲打手中的饭盒，惊醒了守军，城市保住了，从此市民把猴子当神敬。两只老鼠，一只代表偷偷进来的外部敌人，一只代表内部贪污盗窃之辈。走近雕像，猴脸是空的，游人可以钻进去照相，提示人类应该自省。这个开场戏一下子抓住了大家，引人入胜，也是文明的海德堡的点睛之笔。

与古桥遥遥相对，是一座古堡，在内卡河那一边。看起来近在咫尺，开车也要 20 分钟。古堡坐落在王座山 80 米山腰上，仰望是一块红色巨岩，一座巍峨的悬崖峭壁。沿石阶攀登要 20 分钟，乘缆车抬腿就到，如坐电梯。

到了一块削去山头的平顶山上，古堡林立。这些古堡 13 世纪开始动工，历时 400 年才完成，建筑风格多样化，是哥特式、巴洛克、文艺复兴的混合体。经过历年战争破坏，已是残垣断壁，一片废墟。但仍然看得出当年规模宏大，结构复杂，工程坚固，可以叫作“欧洲的圆明园”。正面是选帝侯的官邸，断壁上有历代帝王和披甲武士的精美雕像。庭院中有凯旋门、喷泉、红色大理石柱。旁边一个碉堡，高 40 米，直径 24 米，石墙厚 7 米，墙外 5 米深堑，四下枪口密布，可以算固若金汤了，但还是被法国人摧毁了。碉堡好像被一劈两半，一半塌陷下去，一半还坚强地站立着。马克 · 吐温赞叹说：“残破而不失王者之气，如暴风雨中的李尔王。”

官邸地下室，于1591年兴建，是个大酒窖，内有世界最大的酒桶，古铜色，直径7米，容量28万升，用来储藏全城酿造的葡萄酒。如果一个人喝，一天一升，可以喝上700多年。我曾是一个饮者，仿佛闻到了酒香，垂涎欲滴，深呼吸了几口，只恨迟到几百年，没有口福。酒桶旁有个小丑雕像，是意大利人佩克欧，传说他嗜酒如命，被当地人奉为酒神。引发酒瘾的游人，可以买酒品尝。现实的海德堡葡萄酒，一杯2.5欧元，绝不上当，酒精度达到了11.5%。

老桥、古堡只是个铺垫，好戏在后头——古老的海德堡大学。老城依河而建，长条形，主街豪普特与内卡河平行，长1.6公里，是条步行街。大街小巷布局整齐、房屋错落有致，哥特式、巴洛克、文艺复兴风格都有，古朴典雅。两端是俾斯麦广场，中间是集市广场，市容比德国任何城市都漂亮。二战中盟军的炮火把整个德国夷为平地，唯独对这里手下留情，因为有不少军官、飞行员是海德堡大学的毕业生。

走在街上，我问小方，大学呢？侄儿笑笑说，就在你脚下。海德堡大学与海德堡是同义语。大学没有校门、没有围墙，四通八达，校在城中，城在校中。不说从前，现在海德堡全市人口14万人，其中有学生3万人，教职工9000人，占据整个城市的1/4，是真正意义上的大学城。

海德堡大学成立于1386年，是神圣罗马帝国创建的三所大学之一，另两所在布拉格和维也纳。初时4个系：神学、医学、法学、哲学，1890年加上了自然科学，现在共有12个大系。在世界大学排名中，位于德国第1、世界第49位，毕业生中有55人获诺贝尔奖，其中11位在校任职教授。获奖人数居欧洲第1、世界第13位。此外还有18人获莱布尼茨奖（世界奖金最高的科学奖项），2人获奥斯卡金像奖，5位校友成为德国总理。在海德堡大学学习和工作过的还有著名哲学家黑格尔、伽达默尔，社会学家哈贝马斯，语言哲学家卡尔·奥托·阿佩尔，自行车发明者卡尔·德莱斯等。海德堡大学没有围墙，学校与社会融为一体，大学广场上有个喷泉，世界宗教史上马丁·路德和奥古斯丁修士曾在这里当众论战。无界的大学当然也会出现一些问题。一部分学生放浪自由，王孙贵族不爱学习，花天酒地，寻欢作乐，有个电影《学生王子》，我还看过，背景就是这里，王子经常光顾的酒楼还在。校方注意到了这些，于1712年专门设了学生监狱。学生们年龄偏小，调皮捣蛋，追居民的猪狗，打碎路灯，法律不能管他们，学校按他们违纪的过失轻重，关1到30天不等。白天可以上课，下课回来受管教，不准买东西，只给面包和白水。有钱的孩子以它为乐园，晚上在这里大吃大喝，也有的孩子羡慕这种生活，故意惹是生非，争取进来。学生监狱自1712年启用到1914年一战爆发才停止。房内铁床、桌椅、天花板上，至今还留下他们的涂鸦。这是一座三层楼，高墙小窗，今天校门口的牌子换成了"日本京都大学欧洲中心办公室"。

我问小方，海德堡与国内大学有何不同。小方不好意思了，说不能一概而论。这里形式上没有围墙，但是学生们心里有警戒线。宽进严出，教师把关，一丝不苟，个别的本科生七八年毕不了业。国内大学有围墙，但很多学生们心里没有。从幼儿园到高中毕业，神经绷得紧紧的，进大学就进了保险箱，彻底放松了，有些同学抓紧补偿，吃喝玩乐找对象，没了紧箍咒，在学校里混日子，出门混饭碗，想象力和创造力很弱。没有输在起跑线上，却输在了终点。

2016.4

特里尔纪行

走出黑森林，西行莱普州。首府美因茨是一个著名的旅游城市，但是人们更为向往的是特里尔——马克思的故乡。来到特里尔才知道，这里不仅是马克思的故乡，还被列入了《世界遗产名录》。莱茵州是1946年设置的新州，特里尔却是有着2000年历史的古城，曾经是西罗马帝国的首都。著名诗人奥索尼乌斯在长诗《莫萨拉河》中赞之为“第二个罗马”“东方的明珠”。

盛夏的特里尔，岗峦起伏，郁郁葱葱。摩泽尔河蜿蜒西来，颔首藏尾，果然钟灵毓秀，是一块风水宝地。我放慢了脚步，处处留神，欣赏着古城的凝重久远。河上的罗马桥建于公元45年，依稀可见古罗马工匠精巧的艺术。桥边“巴巴拉”公共浴场和皇家浴池遗址，冷热水管和上下水管道线路分明，好像一行行象形文字，描述着古罗马人的洁癖。诞生于公元100年的安菲剧场依山而建。如今大部分建成葡萄园，结满一串串动人的故事。建于公元350年的康斯坦丁大帝时期的大会堂，当年长80米高30米，何等宏伟壮观，是人类最早的民主殿堂，而今只剩下断壁残垣。建于公元2世纪的黑门广场，有两座半月形城门、双层坚固的碉堡，曾经是西罗马国防重镇，后来改做了教堂。特里尔有德国最古老的教堂建筑群，其中圣母升天教堂呈12朵玫瑰状，象征12门徒，建构虚实结合，匠心独运。特里尔有如此丰厚的文化土壤，难怪孕育出了马克思这样一棵参天大树。

怀着朝圣的心情，我来到吕肯大街10号，一座灰白色的三层巴洛克式建筑。门旁两个明窗，让人想起马克思那双洞察世界的眼睛，它们后面该是何等深奥呢？1818年马克思的父亲亨利·马克思租用了这所楼房，将一楼作为他的律师事务所。希特勒统治时期，这座房子曾被纳粹占领，二战后成为社会民主党财产。德国总理勃兰特亲自主持了故居开放仪式，肯定了马克思对人类做出的贡献。临窗那间是原来的办公室，靠里一间挂一幅全家福画像，马克思坐在燕妮和孩子们中间，头发和胡子像他层出不穷的思想和文字一样茂密。相框下一组沙发，沙发旁一口水井，证明这里原来是厨房，在这里长大的马克思为世界亿万人民创造了丰富的精神食粮。二层走廊，张贴有许多世界著名人士的名字，他们毕生或一段时期内受过马克思及其思想财富的影响。一个20平方米的房间是1818年5月5日卡尔·马克思诞生的地方。据说马克思呱呱坠地时哭声很大，后来果然他的声音震惊了世界。有个展室介绍马克思和恩格斯的革命活动和伟大的友谊，其中还有一项具体的关于19世纪棉纺织业的调查报告。三层集中展示了马克思的理论著作，特别是《共产党宣言》对全世界的影响，有《共产党宣言》第1版，还有中国最早的陈望道译本。展室收藏了马克思各种著作的第1版，马克思、恩格斯赠友人的书、照片、书信和手稿。我在马克思赠给他父亲的诗集手抄本和为燕妮收集的民谣前观察良久。马克思自幼酷爱文学，诗歌造诣高深，所以他的著作里充满了诗的语言。故居的后花园修葺一新，鲜花盛开，马克思铜像的大脑门被阳光镀得闪闪发光。花园远端两个墙角各有一棵大树，高大挺拔，枝繁叶茂，被风儿吹得沙沙作响，像两个伟人还在议论什么。故居出口，摞着山一样高的参观者的留言簿，翻开看，以汉字书写的中国人的留言最多。

离开吕肯大街10号，信步回到摩泽尔河边，心情与河水一样难以平静。摩泽尔河从远处流来，又向远处流去。比起19世纪的特里尔，它已经流出一段很长的距离。当年年轻的马克思，走出鲁尔工业区，走出一片烟囱的黑森林，发现了剩余价值，使世界柳暗花明。而100多年之后，鲁尔浓浓的烟雾和煤炭不见了，莱茵河流水青青。资产阶级依靠科学技术获得巨额利润，生产关系通过生产力的发展进行自身调整，发达国家工人阶级极端贫困化现象发生变化。许多国家用自己的行为方式诠释着马克思主义，社会主义出现了多种模式，也出现了各种问题。但是马克思100多年前对社会的结论无疑是正确的，马克思主义活的灵魂——具体情况具体分析，仍然像摩泽尔河一样充满了活力。关键是要认真学习马克思主义理论，与时俱进。吕肯大街10号，世界史上一座重要的里程碑。世纪的目光会再一次聚焦于特里尔。

2016.4

刀光剑影伦敦塔

急于看到伦敦塔，不仅因为它古铜色的塔楼古色古香；也不仅因为它位于泰晤士河北岸，古堡老桥交相辉映，曾在这里拍过电影《魂断蓝桥》。更主要的是，买张门票就能进入英格兰的后院，了解一下宫闱里面的刀光剑影。

实地考察后才明白，伦敦塔不只是一座塔，而是一组庞大的塔式建筑群。最早的白塔建于1078年，是控制整个伦敦的一座要塞。因为威廉一世原本是法国诺曼底公爵，侵占英国自立为王，始称“征服者威廉”。所以白塔建筑风格是诺曼底的，连建筑材料也隔海运来。塔身4层，雉堞箭眼，高27米，四角有塔楼。后来扩建为两层防御，内层13塔，以血塔、威克非塔、比彻姆塔比较出名；外层6塔2堡，以井塔、中塔影响较大。塔群外面有厚厚的围墙，南邻泰晤士河，其余三面是护城壕沟，在当时称得上固若金汤了。

伦敦塔前500年是王室宫殿和议事厅，后来又充当了皇家监狱和秘密刑场。莎士比亚历史剧《亨利六世》第三幕，有一句家喻户晓的台词:“把他带到伦敦塔去!”剧本描写两个贵族集团之间的“红白玫瑰战争”。白方爱德华四世得势，把红方亨利六世处死于威克非塔内。爱德华四世死后，他12岁的儿子当了国王，被叔父摄政王葛罗斯特公爵连同他的小弟弟一同杀害于血塔。亨利八世更是嗜杀成性，青年时霸占了大他5岁的寡嫂，20年后又遗弃了她。1533年又与王后安妮·博琳结婚，在这里举行加冕典礼，伦敦塔上空第一次响起了礼炮。仅隔3年，安妮王后被判斩首。善良的安妮请求行刑时莫用斧头用快刀，国王派人从法国找来一个刽子手，王后庆幸地说:“听说这人刀法很好，我的脖子又细。”后来亨利八世与比他小30岁的凯瑟琳·霍华德结婚，6年后凯瑟琳也被他处以极刑。两位皇后的罪名都是“不贞”，实际上是因为未能给他生下男嗣。有其父必有其女，他的长女玛丽一世即位后，将同父异母的妹妹伊丽莎白公主囚禁在塔内，可怜的妹妹凭着过人的智慧才保住性命，日后成为“光荣的女王”。围墙边她当年放风时的一段小路，被后人称作“伊丽莎白公主散步处”。

在伦敦塔死于非命的，还有一些贵族绅士和社会名流。1483年，理查三世继位前，在伦敦塔与男爵黑斯廷不期而遇，话不投机便命人将男爵推出斩首，头颅高悬伦敦桥上示众，尸体埋在塔内圣彼得教堂石板下面，撒上石灰防腐。《乌托邦》一书的作者，大法官兼国务大臣托马斯·莫尔，因为反对亨利八世的“宗教改革”，被关进比彻姆塔并砍头。1603年探险家沃尔特·雷利爵士被指控谋反，判处死刑，詹姆士一世不急于对他执行死刑，他的日子过得舒舒服服，老婆孩子也接来住。在院内种烟草，把鸡舍改成化验室，还利用充裕时间写完一部《世界史》。待久了他不甘寂寞，上书国王要到南美寻找金矿，被嗤之以鼻。被判刑13年后才上断头台，他边打量刽子手中的刀边开玩笑："这处方药力过猛，不过能包治百病。"

英国人称伦敦塔为"血泪之碑"。比彻姆塔里刻有被害人长长的名单，多达上百人。圣彼得教堂的石板揭了又盖上，盖上又揭了，最后白骨爆满，到19世纪末，维多利亚女王不得不下令，对教堂地板进行全面整修。1624年王室迁出，伦敦塔的地位降低了。但是，第二次世界大战期间，这里又鬼使神差地关押了一个大魔头，法西斯德国三号头目鲁道夫·赫斯。战争后期，由于至今尚未披露的原因，他神秘地飞到伦敦，通过圣托马斯塔下的"叛徒们"，潜入塔区而被发现，成为伦敦塔最后一名囚犯。

塔区之内，很容易看到执行任务的卫士，猩红制服，熊皮高帽，红裹腿，红披风绣金色图案，手握黄缨长矛，好像戏台上的演员。当地百姓叫他们"吃牛肉的人"，因为从前御膳房给国王送菜，怕人投毒，先由他们试吃。这些卫士都有一把年纪了，国家规定至少有22年军龄，获得过"长期服役品行优良"奖章者，才够资格。即使他们到这里永远是军士，但身上有一种优越感和荣誉感。白天守卫兼导游，讲到大英帝国的过去时一脸自豪。每晚10点大门落锁时举行"钥匙典礼"。卫士长在4名老兵护卫下，手擎一盏灯笼，把两层围墙大门一一关闭上锁，最后走到内城堡一道塔门。岗哨大声问话："站住，谁在走动？"卫士长回答："钥匙。""谁的钥匙？""伊丽莎白女王的钥匙。""走吧！女王的钥匙，晚安！"下班后，他们回到围墙内侧的一排平房里，有的浇花，有的遛狗，有的在酒吧里闭目养神。

"吃牛肉的人"更重要的任务是警卫滑铁卢塔，一座保险柜形状的珍宝馆。游客排队通过警卫剑刃般的目光和自动探测器，走进一道窄窄的铁门，沿阴暗的台阶走上顶层石室。玻璃橱窗收藏有17世纪以来的王冠、王袍和权杖。一顶顶王冠珠光宝气、璀璨夺目，世界上最大的钻石——"非洲之星"在灯光下熠熠生辉。这些王冠有加冕时用的，有大婚时用的，有新年用的，有去加拿大戴的，有去印度戴的。权杖主体是纯金球，衬以珠宝绣带，顶部是钻石镶成的十字架。随着大英帝国日渐式微，王脉沉细，阴盛阳衰，出现了不少女性君主，16 世纪以来就有玛丽一世、伊丽莎白一世、玛丽二世、安娜、维多利亚，和今天的伊丽莎白二世。这些女王一般还都长寿，这些王冠也多半时间戴在女人头上。

“吃牛肉的人”不白吃饭，几百年中珍宝馆只发生过一两次事。17 世纪时王冠和权杖保存在马丁塔，距大门最远。来自爱尔兰的冒险家托马斯·布拉德冒充传教士，与护宝卫士交上朋友。一天他带来两个朋友，谎称看宝，进门后打倒守卫，盗去爱德华王冠和一颗珍珠，最后在伦敦桥码头人赃俱获。盗贼态度傲慢，声言要见国王，并在查理二世面前慷慨陈词。令人奇怪的是，他非但没有被治罪，反而得到 500 英镑赠金。据说因为国王手头拮据，正想把王室珍宝偷出去变卖，把布拉德识为同道。再一次是 1974 年 7 月 17 日，兵器馆一声巨响，冒出滚滚浓烟。警卫冲进去时，死 1 人，伤 36 人，至今还没有破案。

伦敦塔还有一种常住居民——尖嘴乌鸦，晚上以树为巢，白天结队盘旋，好像一片乌云，不管人们爱听与否，一味聒噪，好像一群职业政治家。往年伦敦流行一句话：“伦敦的雾，永远也不会消散，正如乌鸦不会从伦敦塔离去一样。”1956 年，英国议会通过“净化空气条例”，包括禁止烧煤、限制小汽车等。今天伦敦上空没雾了，但是伦敦塔上的乌云还在，那群“政治家”还在。走出伦敦塔，已是入夜时分。站在塔桥看脚下的泰晤士河，英国作家眼中“所有海洋之子中最可爱的一个”，层层波浪，流动着英国的历史。而黑压压的伦敦塔，也是一座让人难忘的里程碑。

1999.12

大英博物馆

我在伦敦停留时间不多，安排光阴真的要以寸计算了。白金汉宫、唐宁街可以忽略，因为一向对政要冷淡。牛津街、针线街也能省去，由于兜里银子不多。唯独大英博物馆不可不去，谁让我是一个读书人呢！

800万人口的伦敦，不似纽约、东京般拥挤嘈杂，市面宁静而有序，名胜古迹随处可见，连街上的路灯和警察都显得斯文，何况大英博物馆，这个世界文化艺术精华的集大成者。

大英博物馆位于鲁塞尔大街，距离伦敦大学不远。它最早是一家私人图书馆，献给国家后1759年首次对外开放。1823年乔治四世又将大量家庭藏书捐赠，在原来蒙塔古大楼的基础上扩建为宏伟的罗马式建筑。如今大理石的三角屋顶和长长的柱廊，也像它里面的书籍一样发黄变黑，因而更显得古色古香。待登堂入室，面对浩如烟海的知识，更感到无比深奥，连空气也带着浓烈的、异样的气味。

博物馆分古代世界、西方世界和东方世界三大部分。古代世界以埃及馆最引人注目，当欧洲大陆还被冰川覆盖，一片荒凉时，雨水充沛的阿非利加已经草木葱茏，出现了庄稼和牛羊，公元前3500年，尼罗河已经流进文明时代。馆内藏有古埃及塞索斯特里斯三世、阿梅诺菲斯三世、拉美西斯二世等著名国王的雕像，有花岗岩的，也有彩绘砂岩的。玻璃橱里有一只金属雕刻的猫，戴着漂亮的金耳环、金鼻环、银护符，惟妙惟肖，连眉毛胡子都清晰可数。还看到一幅公元前1400年的墓画，描绘一位神气十足的权贵，正全神贯注地在洼地上捕捉飞禽，身旁娇妻稚女手舞足蹈地助兴。线条自如，刻画入微。一二百具木乃伊装在石棺木椁里，早已风干如炭，还可以分辨出男女老幼。在亚述馆，有一个精美的浮雕，表现公元前 7 世纪亚述国王巴尼拔猎狮的场面，剑拔弩张，活灵活现。还有两头 5 条腿的公牛，从正面看静止不动，后面看正奋力行走，工艺水平十分了得。古希腊馆有公元前 5 世纪帕特农神庙的雅典娜巨像，高 12 米，用黄金和象牙镶嵌而成，金制衣服一直垂到台座上，头盔、盾牌、鞋面以及台座都饰以精美浮雕。神像面容圣洁、美丽，充满智慧。还有公元前 350 年国王摩索拉斯的陵寝中的部分雕塑，台基上的柱式宫殿，金字塔式屋脊上国王乘四马战车，36 根廊柱之间有各种雕刻。可惜整个陵寝被骑士团所毁，收藏于此的只有一个马头和部分前身的残片。

在东方世界，我吃惊地看到几幅中国画。其一是唐代摹本东晋顾恺之的横卷《女史箴图》，作于 1600 年前，是流传下来的我国最早的专业画家作品之一。全图分 9 段，段间空白处工笔写着张华的《女史箴》文，借古讽谏晋惠帝皇后贾南风。第一段是冯媛挡熊的故事，构图层次分明，用笔洗练简洁，人物神色飞动，目光顾盼自雄。以后各段分述狩猎、射鸟、张罗、梳妆等，均有异曲同工之妙。图案上珍藏图章、鉴赏文字，不可计数，后来辗转流落到收集古董成癖的乾隆皇帝手中，卷后题了“彤管芳”的名字，画了一枝墨兰，又加了一篇长跋：“晋顾恺之喜丹青，自云传神正在阿堵间，是知非深入三昧者不能到。此卷《女史箴图》流传千数百余年，而神采焕发，意态欲生，非后人窥测所可涯矣。董香光跋李伯时《潇湘》图云，顾中舍所藏名卷有四，以此为第一，信哉。是图向贮御书房，继得李画《蜀江》《九歌》《潇湘》诸卷，适符董跋中名卷之数，移置福建宫之静怡轩，颜曰四美具，以志秘赏。千古法宝，不期而会，正复不可思议，率记数言，亦为是卷庆剑合也。乾隆丙寅夏至前五日静怡轩御笔。”

另一幅是宋代赵孟頫立轴《双马图》，白马昂首，棕马俯身，气宇轩昂，形态逼真。两马有动有静，各不相扰，互为照应。构图高深，秀润工丽中有古朴厚重之气。此画比《女史箴图》晚了三四百年，画面更为清晰。画上明代画家沈石田题的一首长歌："曹韩画马久绝笔，近代状者多驽骀。毫端不得千古意，孰识世有真龙媒。图中此马何所似，人言昔产余吾水。一闻高价倾千金，更觉雄心少千里。双瞳烁电筋权奇，索不可击何言笞。变化应随霹雳去，死生或与英雄期。涓人买骨吁可怪。汉武劳师动横溃。岂知神物在人间，骊黄迥出天机外。我生爱马癖莫医，眼见画图神欲飞。荥河真种当可致，西扳弱水扶桑归。成化辛卯立夏日维庆张君以松雪是图见示，因题长句于帧首，未免着秽也。"此外还有许道宁《携琴访友图》、文徵明《山水长卷》，以及斯坦因收集的敦煌壁画数幅。

我们的国宝怎么会流落到这里？俯身看画下铜牌注明是帝国作战部移赠，毫不掩饰是当年英法联军或者八国联军抢来的。在埃及馆也曾看到，阿梅诺菲斯坐像的脚后跟上刻着英国人贝尔佐尼的名字。拉美西斯头像的肩上有个洞，是法国士兵搬运时凿下的。因为太重没有搬成，又被那个贝尔佐尼弄到英国。我流连其间，一方面大饱眼福，一方面越看越不是滋味，好像是在参观一个盗窃犯的罪行展览，刚进伦敦那种文雅的感觉打了一个大大的折扣。但愿有一天，英国的绅士们觉悟起来，在这大英博物馆门口加上一个醒目的牌子：世界失物招领处。

1999.12

莎士比亚故居

从伦敦到斯特拉特福，高速公路仅用 90 分钟，而当年莎士比亚徒步走，则要费去两三天时间。4 月的英格兰中部，牧草青青，牛羊遍布，风光如画。可我思绪很乱，无心欣赏。我们这一代人是读着莎士比亚长大的，而近来欧美学术界对莎翁多有非议，乱打问号，是我不能接受的。说什么莎士比亚全集有 25000 个单词，3200 个引进词，内容涉及欧洲各国历史文化及各科知识，这不大可能出自一位学历不高的乡野子弟之手，竟然推测出 50 多位有名有姓的“真”莎士比亚来。忽然我被一个突如其来的景象惊呆了，一群牛正站在公路旁边，示威似的引颈高吼，哞哞之声不绝于耳。这牛吼给了我灵感，地灵人杰，眼前这片土地，还诞生过大科学家牛顿呢，怎么就不能出一个大文豪呢？

走进斯特拉特福，先看见一条埃文河，岸边是朱红色的莎士比亚纪念剧院，正上演《奥赛罗》，如果今晚有幸在莎翁的家乡看莎翁的戏，那该是多大的一种福气。过小桥进入市区，亨利街上，花花绿绿的观光车，熙熙攘攘的游人。小镇人口不足两万，街道也不长，很快就到达了位于市中心的莎士比亚故居。一幢都铎式二层小楼，尖顶、白墙、黑木梁柱，组成整齐的几何图案。门前树篱、花圃、玻璃灯柱，草地上木条长椅，一切都还是莎翁生前喜好的格局，古朴文雅。进门的石板路，被后世 400 万敬仰者的鞋磨得明光如镜。客厅不大，陈设简单，只有石砌壁炉和木头桌椅。后面是厨房，一角有楼梯通往楼上纪念室。一张粗笨的书桌，是莎翁上小学时用过的，上面陈列着书籍、文献、画像。白发苍苍的女讲解员不无遗憾地说，天长日久，保存下来的实物不多，比较可靠的是一根木棍，半腰有铁环。莎士比亚的父亲经商，主要业务是经营羊毛、制售手套，还当过一任镇长。威廉·莎士比亚排行第三，生于1564年4月23日，恰是英格兰守护神乔治的节日。可是小威廉并不被父母娇惯，幼年常常被拴在这个铁环里，一个人转磨磨。没承想，后来他的名声传遍世界。

莎士比亚7岁上小学，8岁上文法学院，18岁与大他两岁的安妮·海瑟薇结婚。妻子少女时期的故居也在镇上，距此步行五六分钟的距离。一幢茅屋，上铺三四十公分厚麦秸，修剪整齐。室内布置是中世纪乡村风格，只有装啤酒的皮囊和吃饭的木盘是莎士比亚用过的。当时打井困难，水贵如油，人不洗澡，餐具也难得洗刷，只是饭后用面包擦光而已。旁边几件瓷盘，图案是山水虫鱼，显然是中国货的仿制品。工业革命前，英国的手工艺水平远远落后于东方。

莎士比亚25岁时，离开妻子和三个女儿到伦敦，斯特拉特福中断了关于他的文字记录，成为怀疑莎士比亚真伪的主要根据，其实他在伦敦的活动资料并不难找。英国女王的臣民剧团一名丑角在斗殴中丧生，急需找人顶替，莎士比亚临时救场，并以罕世才华创作剧本《查理二世》，一炮打响。同时期的剧作家罗伯·格林的剧本不卖座，心生嫉妒，写了一本小册子《百万分忏悔买得一分智慧》，含沙射影攻击莎士比亚是一个“暴发户式的乌鸦”，从反面证明莎士比亚已经是戏剧界一位不可轻视的人物了。小册子发行不久，出版商发表了一份道歉书，害怕得罪这位正在崛起的戏剧新人。展室里还有一幅油画《莎士比亚和他的朋友们》，是19世纪著名画家约翰·费德所作。莎士比亚处于中心位置，周围有剧作家本·约翰逊、约翰·弗莱彻，哲学家培根，众星捧月，这是当时英国公众对莎士比亚的理解。在门第、等级观念十分严重的英国，怎么会让一个才疏学浅的人滥竽充数呢。

就在“小册子”事件之后的16世纪90年代，莎士比亚凌空而来，创作如日中天。先是《理查二世》表现了惊人的叙事技巧，继之《罗密欧与朱丽叶》展示了他的多才多艺，《哈姆雷特》则被认为是有史以来最伟大的剧作。《仲夏夜之梦》《皆大欢喜》在喜剧中融入智慧、幻想和魔幻现实主义。《奥赛罗》《李尔王》把悲剧展现得淋漓尽致。环球剧场场场爆满，莎士比亚名利双收，为詹姆士一世创作的《麦克白》，定期在宫廷演出。伊丽莎白女王看了《亨利四世》，对冒险家福斯塔夫这个形象很感兴趣，表示愿意看“福斯塔夫成为情人”。莎士比亚立即动手，用半个多月时间赶写出一个情场喜剧，就是后来名声大震的《温莎的风流娘儿们》。女王看后十分满意，赐给他一枚象征贵族的徽章。莎士比亚本人生活富裕，在首都和家乡两处都置买了家产。家乡的一座是当时镇上最大的房子，取名“新寓”。《冬天的故事》《飘雨》，就是在新寓完成的。50岁时，莎士比亚回到斯特拉特福定居。多年前独子哈姆奈特11岁夭折，加上健康原因，两年后次女婚姻不幸，又受到巨大打击，他预感来日不多，写下遗嘱，把家产分给家人、朋友和当地穷人。1616年4月23日一位震古烁今的文学巨人与世长辞，这一天也正是他的生日，享年52岁。

每年4月是莎士比亚戏剧节，小镇轮流上演他的38部剧本。可惜行期有限，只能在途中和旅舍中翻阅享受这些旷世绝唱，一遍遍把莎翁的朋友本·约翰逊在《莎士比亚全集》对开本上的题诗刻在心上：

我的大不列颠，你应该为胜利欢呼，
整个欧罗巴，也应该向他致敬，
他不属于一个时代，而属于永恒。

1999.12

济慈林地

生命是一首诗，不在其冗长，而贵乎精粹。欧洲19世纪浪漫主义诗人多早逝，普希金38岁，拜伦36岁，雪莱30岁，莱蒙托夫27岁，济慈和裴多菲只有26岁。他们的生命不是寻常生长，而是在爆发、在燃烧。所以我到了伦敦，特别想了解一下济慈的生命历程。

济慈故居，地图上称作“济慈林地”，在伦敦北部一条小街上。两幢并列的小白楼，四周以木板围墙。院内有草坪、花圃，绿树成荫，幽雅静谧，是个写作的好去处。当年贫困交加中的济慈，应朋友查理士·布朗之邀，在这里同住了两年，正是这两年成就了诗人的辉煌。

济慈故乡在伦敦郊区穆尔菲尔德，父亲是个马车店掌柜。1795年济慈落生于马棚，在马粪堆里长大。小学期间受老师影响，爱上古典文学。15岁时父亲坠马而亡，母亲因肺结核而死，济慈中途辍学，给一名外科医生当学徒，偷偷写诗。认识雪莱和兰姆以后，大有长进，21岁发表十四行诗，22岁出版诗集，23岁4000多行的长诗《恩底弥翁》问世。长诗遭到保守派批评，在强大的舆论压力下他没有低头，着手开始史诗《赫坡里昂》的创作。青春期的诗人，目光流连粉黛之间，一见到她们，就“情不自禁地产生倾慕之情，也顾不上什么难堪和羞怯了。我仿佛忘记了自我，因为我生活在她们之中。”其中一个名叫芳妮·布劳恩的窈窕淑女，成为君子好逑，济慈为了她而诗思泉涌，《安狄米恩》《无情的妖女》《拉米亚》《睡与诗》，篇篇寄托无限的爱慕与相思。海誓山盟后，又难以结婚，因为贫富悬殊，穷诗人满足不了交际花的虚荣。他陷于苦闷之中，深秋游历苏格兰和爱尔兰，心情和天气一样阴雨绵绵，郁郁寡欢。

1818年，济慈安身此地。他住在二层小楼楼上的寝室，屋内空空如也，靠墙一张单人床，床上的诗人害着单相思，思绪在诗神与女神之间徘徊。楼下的工作室，一张小桌、两个书橱、三把木椅，装饰品只有墙上一幅油画，出自朋友约瑟夫·塞文手笔。画中的济慈坐在一把椅子上，屈膝为案，在全神贯注地读一本书，著名的《夜莺颂》就是此时诞生的。据布朗回忆，1819年5月，飞来一只夜莺，在附近树上筑巢，不时传来悦耳的叫声。听莺啼如饮美酒，济慈坐不住了，不等黎明就把椅子搬到院中李子树下，闭目沉思，口中念念有词，一直坐到红日高照。回来他把手中的稿纸压在书下，布朗好奇地翻看，原来是一首由夜莺叫声引发而来的抒情诗。诗中描述，在温柔的月色中，聆听夜莺鸣啭，如醉如痴，在歌声中安详地告别人世。醒来方知是梦，感叹梦想不是现实。《夜莺颂》与雪莱的《致云雀》异曲同工，用艺术的永恒，反衬人生苦短。全诗音韵讲究，大量运用'M'音，模仿昆虫飞行发出的嘤嘤之声，成了中国《诗经》的一句话："嘤其鸣矣，求其友声。"

济慈是一位极有追求的诗人。他师从亨特、雪莱，又不尾随其后；学习弥尔顿、斯宾塞，又保持一定距离。与别的浪漫主义诗人对诗的理解不同，他主张"诗人是世界上最不具诗意的动物，诗人没有个性"。他所说的没有个性，是指"在写作时要有意识地排除诗人自己的意识，而让它融化于对大自然的感受之中。对一些神秘的事物，知其然未必知其所以然，唯如此，才能写出真正的美"。从而使诗人对大自然的感受和对美的理解完美地结合起来。这就是济慈在诗中独树一帜的"消极能力"说。济慈的创作有唯美主义倾向，但又不完全脱离现实，他写过不少保卫和平、反对战争的诗，如《和平十四行》《致考苏斯科》，在长诗《伊萨贝拉》中，还表现了对时政的强烈不满。济慈的创作生涯仅有七八年，然而在短短的路上他却拔地而起，扶摇直上，达到 19 世纪浪漫主义的巅峰。有的评论家说，济慈 24 岁时达到的高度，远远超过乔叟、莎士比亚相同年龄的水平。

经济和爱情处于困境中的济慈，创作异常勤奋。伦敦人至今还传说，当年小楼上的烛光天天亮到深夜。这只英格兰的夜莺，一直在为诗歌和爱情歌唱。不到一年就完成了《圣阿格尼斯节前夜》《拉米亚》《希腊古翁颂》《忧郁颂》等 6 部颂诗，又改写了长篇史诗《赫坡里昂》，改名《赫坡里昂的末日》。在写完《秋颂》后，他实在太累，终于倒下了。一阵剧烈的咳嗽后，学过医的济慈在烛光下看到了血色。这可怕的病魔，先后夺去了他的母亲和不满 20 岁弟弟的生命，如今又向他挥舞魔爪。面对死神，诗人异常平静，对身边人说："我知道这血的颜色，是肺结核，这口血就是我的死亡通知书。"在友人劝告下，济慈到意大利南部躲避冬寒，盼望春暖花开重回故土，重新得到他的诗和芳妮 · 布劳恩的爱情。但是，上帝并不对天才开恩，诗人没有等到春天，1821 年 2 月 23 日在罗马病逝。好友雪莱控诉，是保守的恶势力夺走了诗人年轻的生命，并写出一首挽诗《阿道尼斯》，称济慈是"一颗露珠培养出来的鲜花"。

1999.12

萧之角

听说我要去参观萧伯纳故居，朋友威廉自告奋勇当向导，说是轻车熟路，蒙上眼睛也认得，并且打了赌，请司机作证。汽车从伦敦出发，经海罗、威文左拐右转，用黑布捂着眼睛的威廉谈笑风生，几次说谎都骗不了他。走到一处他突然叫停，果然是阿特圣劳伦斯村，有路标指明：萧之角。威廉说，道理很简单，一路高级公路，平平稳稳。走到这偏僻的小村，一下子公路变窄、坑坑洼洼、颠簸起来，我是凭屁股看出阿特圣劳伦斯的。

萧伯纳全称是乔治·伯纳·萧，中国人根据自己的习惯叫成了萧伯纳。英国人命名他的故居为“角落”，实际上是一公顷大的花园，林木茂盛，鲜花盛开，鸟雀成群。树篱之外，绿草成茵，远山如黛，好一处世外桃源。1906年，年届半百的萧伯纳，携夫人离开首都，来此定居，一猛子扎下去就是44年，可谓大作家深入生活的老典型。

萧伯纳1856年生于苏格兰一个贫苦之家。中学毕业就失了学，15岁到公司当出纳员，工作枯燥无味，梦想当一名画家，或者歌剧演员。可是都柏林没有一家画廊或剧院给他提供机会，百无聊赖中他提笔向《游艺》杂志写了一封读者来信，因为要说的话很多，信件超重，需要补交2便士邮资。编辑好奇拆开，看他文字粗糙，但还有一点灵气，就把它发表了，这便是大文豪的处女作。可是萧伯纳并不惊喜，还说：“那滋味并不比喝自来水更令人兴奋。”最初他写作10年仅得过6英镑稿费，其中5英镑还是替别人写药品广告所得。

一个偶然的机会，萧伯纳看了易卜生的《玩偶之家》，灵感之门豁然大开。从此集中精力研读易卜生，进行戏剧创作，先后写了《鳏夫的房产》《华伦夫人的职业》《武器与人》《巴巴拉少校》等十多个剧本，成为英国近代最伟大的戏剧家。他的创作大部分取材于中产阶级日常生活，在嬉笑怒骂的调侃中，揭开上层社会虚伪的面纱，让一个个绅士淑女无地自容。

头上升起光环，身边聚起财富，萧伯纳成为伦敦媒体追逐的对象。虚荣的应酬蚕食了他大量时间，这个穷人出身的富翁开始感到得不偿失，决心离开喧嚣红尘到乡村定居。夫人夏绿蒂出身名门，也夫唱妇随，来到这遥远荒凉的阿特圣劳伦斯。差不多一个世纪后，我们踏着草坪上的碎石小径，向那花园深处的红楼走去，感觉是走向一部童话，路漫漫其修远。当今作家鄙视这种苦行僧的模式，讲究舒舒服服搞创作，往往追求都市豪华，以便借媒体荧光照亮自己，谁还耐得这般寂寞。

走近红楼，两层结构，红砖红瓦，英式门窗，墙上爬满青藤，背后伸出烟囱。进楼后，随处可见萧氏的画像，都是他生前身后崇拜者所作。客厅不大，摆满了萧伯纳事业成功的纪念品，如1925年诺贝尔文学奖证书、1938年奥斯卡金像奖证书。一些与伟人的合影，如列宁、斯大林、甘地、托尔斯泰。还有1931年访问苏联时，莫斯科为他75岁诞辰举办盛大宴会的照片，萧伯纳所处的年代，很容易倾向社会主义。餐厅窗户开向花园，绿树鲜花，秀色可餐。萧伯纳20岁开始坚持素食，只吃粗面包和蔬菜，也不近烟酒。陈列室还有一套劳动工具，刀剪斧锯，写作之余常常在花园里修树剪枝，整理草坪。萧伯纳生活规律，早起冷水浴，上午10时写作，下午4时跑步、游泳、骑自行车，小村所属的海瑞福德郡内，条条道路都有他的足迹，村村镇镇都有他的朋友。工作室里，书桌紧靠窗前，上面放着萧氏当年用过的日历、墨水瓶、字典，旁边有资料柜、纸篓、旧式打字机。纸篓很大，萧伯纳身在乡村，四面八方来信很多，看完的信件就丢在里面。花园里有一个小木屋，夏天暑热时萧伯纳常常一个人躲在这里写作，自制的木椅可以随太阳转动。“萧之角”安谧自在、与世无争的生活，给萧伯纳提供了发挥才能的环境。在这里他创作了《圣女贞德》《真相毕露》等23个剧本。他一生勤奋，直到逝世前一年还向人说:“我甚至不想告别，因为我身上还有足够的力气，还可以大干一番。”

94 岁高龄完成剧本《为什么她不肯》以后，老人剪枝时不幸跌了一跤，自此再也没有下床。直到病危时，幽默风趣的作风不改，他对身旁的医生开玩笑:“这一次，我可以使你一举成名了。”医生以为是病好后为他写表扬文章，他笑笑说:“不，我是说，如果我死了，您作为主治医师，名字肯定要登报的。”话音未落，一群乡下朋友听说他病情好转，都提着礼物来看望，他不失时机地对护士说:“东西可以留下，留给医院开个杂货店吧。”1950 年 11 月 2 日，这位长寿作家终于闭上了看破红尘的眼睛。周围乡亲纷纷赶来吊唁，“萧之角”黑压压白花花一片，哭声如秋风呜咽。萧伯纳没有子女，这座庄园也早在 6 年前妻子去世后捐献给国家。海瑞福德郡人把“萧之角”当作自己的名胜，每年 7 月萧伯纳诞辰时，总有剧团在这里演出他的剧目，像给人们心目中永远活着的老作家祝寿。

1999.12

狄更斯故居

伦敦曾是著名的“雾都”，烟囱林立，家家壁炉，秋冬两季，烟雾加海雾，交织成一层浓厚的灰黄色毒雾，笼罩全城。大白天伸手不见五指，人人像盲人一样扶着栏杆和墙壁摸索而行，这是许多小说和电影里的场面。1952 年 12 月 5 日至 9 日，一次烟雾事件导致 4000 人中毒死亡，伦敦人谈雾色变。没想到我这次来伦敦小住，时值初冬，却天天青天丽日。听说这是英国政府《清洁空气法案》《控制公害法》和绿化工程的结果，伦敦已经摘掉“雾都”的帽子。今天，象征英国工业化的烟雾已经淡化了，可是那一段资本主义发展的历史依然沉重，反映那一段历史的文学依然沉重，它的代表就是狄更斯的小说。我在伦敦街上，寻觅他沉重的足迹。

在市区朴次茅斯街高楼大厦之间，有一幢二层小楼，红墙白瓦，门口题名“老古玩店”，狄更斯的同名小说就是以它为背景创作的。作家狄更斯与小说主人公有类似的经历，1812年2月7日出生于朴次茅斯市，10岁时父亲因债务缠身，被关进伦敦负债人监狱，母亲和8名子女同住狱内。为养家糊口，狄更斯11岁到一家鞋油作坊当童工，曾被雇主放在玻璃橱窗里做广告。15岁到一家律师事务所当仆役，常路过这家古玩店，与老板成了忘年交，后来以此为素材写了《老古玩店》。狄更斯写儿童悲惨命运的小说还有《奥利佛·特维斯特》和《大卫·科波菲尔》。从两部作品的小主人公身上都可以找到作家自己童年的影子，是半自传体小说。前者还改编成电影《雾都孤儿》，享誉世界。

伦敦市中心的道堤街48号，是狄更斯1837年入住的地方。这是一幢三层小楼，墨绿木门，白色拱形门楣，墙上挂着牌名“狄更斯故居”，蓝底白字，很是醒目。一层是书房，书橱里放着狄更斯一生最喜爱的书。童年在朴次茅斯老家，阁楼上堆满了书，《鲁滨逊漂流记》《天方夜谭》《唐·吉诃德》等，他常常一个人爬到落满尘土的阁楼上，贪婪地读书，忘记了吃饭。

狄更斯的起居室在二层，楼梯道上，从墙上伸出一只木雕手臂，让人想起《双城记》中那个老人的形象。工作室的书桌铺着天鹅绒，在这上面诞生了《老古玩店》《匹克威克外传》《巴纳比·拉奇》等名著。那时他在一家报馆当记者，经常被派去国会采访，记录政要的演说，从而熟悉了上层社会。《匹克威克外传》在一家刊物连载，风靡一时，成为街谈巷议的资料，出版社专门派人跟在他身边，等着随时拿到他出手的稿子。狄更斯身材矮小，精力充沛，白天伏案疾书，晚上出来散步，像侦探一样到处察看，留意路边各种建筑、门脸，走走停停。或者尾随一个人走下去，听他的每一句话。他还经常到处旅行，搜集各种滑稽可笑的人和事。通过“夜游”和旅行，狄更斯更加广泛地了解下层社会，对大都市的黑暗和资产阶级的政治内幕，有了深刻的体察。

狄更斯一向同情穷人。有个叫詹姆斯·堂森的人，欠了一位出版商5000英镑赌债，限7日还清，走投无路时，他向只有一面之交的狄更斯求助，没想到他竟爽快答应了。次日詹姆斯·堂森带着债主来到这座小楼，看到楼内空空荡荡，家徒四壁，只有桌上堆满了稿纸和酒瓶。出版商难以置信：“你就凭这些替他还债？”狄更斯说：“当然不是，还凭我的这左手。”狄更斯是个左撇子。出版商大吃一惊：“难道你就是狄更斯？”看到对方点头后急忙上前握手：“能认识你，价值就不止这5000英镑了，这笔账算抵消了。”一旁的詹姆斯·堂森也愣了，不敢相信自己的眼睛，这一面之交的朋友竟是大名鼎鼎的作家狄更斯。面对出版商的媚态，狄更斯不为所动，笑着说：“你刚进门那样咄咄逼人，现在变得如此彬彬有礼，如果把这些写成一篇小说，价值同样不止5000英镑呢！”

狄更斯喜欢鲜艳的颜色，饭厅装饰是绿色的，卧室是粉红色的，但是他的婚姻并不幸福。在《匹克威克外传》走红时，他与一个出版商的女儿结了婚。妻子喜欢吃喝玩乐，灯红酒绿，混迹于上流社会，而狄更斯喜欢平淡生活，只知埋头写作，因而过不到一起，终于在1858年分手。晚年的狄更斯一个人住在故乡的“盖茨山庄”，写《艾德温·德鲁德之谜》时，已经体力不支，连穿衣服也需要别人帮忙。他预感来日不多了，更加抓紧写作。1870年6月9日狄更斯整整写了一天之后，便永远地倒下了。他在遗书中告诫子女：“用普通的字形在墓碑上刻下我的名字就行了，不用加什么‘先生’‘阁下’之类的字眼。恳求朋友不要为我建造纪念碑，写悼念文章。我的书会让人们记住，对我来说这就足够了。”遵照他的遗嘱，葬礼十分简单，送葬队伍仅有12人。但是消息传出后，每天都有成千上万人，从各地赶到威斯敏斯特教堂的“诗人角”，纪念这位伟大的作家。据说在当时，狄更斯的名声已经超过了英国首相。

三楼是展览室，存放着狄更斯的大量笔记、手稿和所有著作。狄更斯是一位多产作家，一生完成了 14 部长篇小说，还有大量的散文、札记、游记、政论等。前期作品如《匹克威克外传》《奥利佛·特维斯特》《尼古拉斯·尼克贝》等，主要揭露资本主义社会弊端，歌颂小人物，表现英国社会百态，是一种流浪汉体小说，笔调轻松、幽默，流露出对美好生活的天真向往。后期作品如《小杜丽》《荒凉山庄》《董贝父子》《双城记》《艰难时世》《远大前程》，加深了对资本主义社会的批判，色彩更阴沉，多用象征手法。在反映生活的广度和深度，人物形象的丰富多彩，语言的生动机智等方面，狄更斯是唯一可与莎士比亚媲美的英国作家。

狄更斯，伦敦迷雾中一双明亮的眼睛。

1999.12

“东施”西颦乎

中国人出国有两怕，一是进出机场，怕节外生枝，屡受刁难；二是内急时，怕找不到厕所，痛苦难受。

如厕最难者是巴黎，街面上看不到洗手间标志，问路又言语不通。你比画洗手动作，人家更是不懂。好容易碰到一个华人，回答不是“附近没有”就是“我也不知道”。没办法就进旅游景点，厕所倒是有，就是排长队。好不容易排到了，又只收法郎，那时还没有欧元。兜里没有硬币，收款机不找零，队也就白排了。

有一次在小广场去厕所，5个法郎投进去，碰巧机器出了故障，钱退不出来人也进不去，后面的一位法国人看我不堪忍受，示意墙角树后也可方便。但是想到自己来自礼仪之邦，大小事都有个脸面，不敢造次。那人朝我笑了笑，独自往墙角树后去了，回来一身轻松的样子，而我还在死要面子活受罪。想象到在我之前一位知名作家来欧洲，是怎么为此憋出病来的，回国就住进了医院。

此后，早午两餐，光吃主食不沾汤水，断了受罪的源头。但也不是长法，两天后便口干舌燥，下边又呈现另一种痛苦。再往后经人介绍找到了窍门，内急时就进酒吧、餐馆，一般内设洗手间。不过不好意思白去，不吃饭也得买一瓶酒或一杯咖啡，一举两得。

比较起来，郊游和长途旅行就不必整天为此操心，路旁加油站总有小卖部，车加油人放水。洗手间有时也收费，一天路过三五个国家，就得兑换三五种硬币。末了兜里沉甸甸、哗啦啦，听起来身上感到舒坦。

巴黎游客太多，厕所供不应求，伦敦观光者少些，供需基本平衡。公厕一般都宽敞亮堂，一片雪白，一尘不染，没有异味。大小便分设，还有残疾人专用设备。厕所内有充足的洗手液、烘手机和卫生纸。有的还摆着鲜花，张贴图画，给人舒适、安静的感觉。旅途劳顿者可以洗漱，自来水放心饮用。

英国的“公厕文化”传统悠久，维多利亚女王时期就讲究公厕的设计和修饰。至今伦敦街头仍能看到不少造型雅观的厕所，有的围以精美的栏杆，有的装有漂亮的门廊和花棚，初来乍到还以为是豪华住宅呢！

据说最早的一批公厕建于美丽的泰晤士河上，设计精美，结构严谨，一般铺有地板，赢得不少赞美，同时也受到一些批评，著名的剧作家和政治家萧伯纳就是激烈的反对者。但是这些公厕最终还是成为伦敦市政特色，甚至得到国家博物馆的收藏。

随着时代的变迁，这批公厕渐渐不再受社会重视，年久失修，墙皮剥蚀，栏杆生锈，随时有倒塌的危险，从而使这一特色建筑沦为濒危“物种”。为此有人发起成立了一个“英国公厕协会”，设置了一项“全年最佳公厕奖”，评比条件是整洁程度、装修效果、维修成本、是否方便残疾人使用等。

同时也有不少有识之士，千方百计赋予古老的公厕以新的生命。一位艺术家接管了一个废弃的地下公厕，改造为集酒吧、咖啡座和艺术展为一体的多功能厅。也有人煞费苦心，把它改建为快餐店、茶馆和迪斯科舞场。最出人意料的，有人竟然把一处公厕变成了一家 20 个座位的小剧场，还以全球最小的剧场列入“吉尼斯世界纪录大全”。老板故意在门上挖出许多小孔，以便有人窥视，不知情的人还以为光天化日下有人偷看女人如厕呢！

针对世界性大城市如厕难问题，美国有人创办了一家“最佳洗手间”网站，从中可以了解全国公厕分布。另一家“洗手间日记”网站，数据库包括了世界上 70 多个国家。但是难免挂一漏万，比如点击“北京”名下，只有 6 处公厕信息。但是这个网站并不实用，你想出国旅行谁会特意携带笔记本电脑呢。2001 年 9 月，澳大利亚出版了世界第一份“公厕分布图”，标明了全国 13000 个公厕的位置和开放时间，这对需要方便的人来说实在太方便了。

回头再说，外国人对中国的厕所，更是怕之尤甚。不消说江南的马桶，北方的连茅圈，就是面对中国一些大城市的公厕，也是望而却步。在此不便形容，概括为脏乱差吧。有个法国人跟我说过，进去一看，尿都憋回去了。

姜太公封神榜，万物有神，其中也少不了“厕神”。传说是与美人西施同时代的东施，还有来历。东施虽然有效颦毛病，但是她也有一技之长，一手好女红。可惜 20 岁那年元宵节时，不慎把一只绣花鞋掉进厕所，捞鞋时坠入茅坑淹死了。为此后来的女孩子们学针线，正月十五都要备一只绣花鞋到厕所里祭奠呢！

果真如此，只为公厕一事，东施也便该西颦了。

1999.12

西班牙看斗牛

做客马德里，第一个观光节目是看斗牛。我自幼胆小，连杀鸡都躲着，怎么敢去看斗牛，心里不禁犹豫。朋友说，在北京请他看京剧《牛魔王》《金钱豹》，不也是杀牛杀动物吗，品味一下西班牙的杀法与中国有什么不同。还说当年海明威爱看斗牛，看得如醉如痴，还亲自参加奔牛节，大街上让牛追着跑呢！

在西班牙，斗牛文化有着悠久的历史。古代伊比利亚半岛上，每逢春秋来临，先民杀牛祭祖，以谢天地，慢慢演变成一种群众性竞技活动。13 世纪国王阿方索十世诏令全国，把祭祖杀牛改为斗牛表演，18 世纪全国范围内兴建一定规模的斗牛场。至今西班牙共有斗牛场 400 多个，万人以上座位的 40 多个，每年斗牛超过 5000 场。正如一种流传的说法，西班牙没有不斗牛的节日，也没不爱斗牛的地区。

随着潮水般的人流，我们到马德里东北郊拉斯本塔斯斗牛场去。这是圆形体育馆式建筑，砖石砌墙，正面和侧面各有一座高大门楼，回廊环绕。进门入场，四层看台，层层有宽宽走道。边缘有顶篷，中间露天，圆形沙场直径约 80 米，外围有绿色挡板，斜阳下如一池金水。看台中央是几排乐队，帽缨如火，管号闪金。裁判们正襟危坐，一脸灿烂。今天是星期天，两万个座位早已爆满。喜欢盛装浓抹的西班牙人，如过节日一样花花绿绿，看台一片彩山花海。

下午 5 时举行入场式，锣鼓喧天，号角齐鸣。两名威武骑士，身穿甲胄，手持长矛，率领斗牛士们列队进场，20 名斗牛士头戴三角帽，身着绣花披风、紧身衣裤，向观众行举手扬帽礼，绕场一周后退下，只留几名助手躲在隐蔽物后。

观众欢呼呐喊，空气紧张，圆场挡板像拉满的弓弦。突然侧门打开，一头公牛箭一样射出，在场内撒欢狂奔。朋友说，这些斗牛都是在山野放牧，好草好料，五六年养成庞然大物，体重四五百公斤，平时绝少见人，保持凶悍野性。隐蔽的助手跳出来，手舞红披风再三挑逗，直到把那牛刺激得勃然大怒。这时号角二次响起，骑士挥舞长矛策马赶来，公牛有了目标，弓背挺角，左冲右突，寻机会猛扑过来。骑士乘势以利矛刺中牛背，矛上有横档，只能刺进五六英寸（1 英寸约 2.54 厘米），不及要害。那牛血流如注，疼痛难忍，更加暴怒。号角三鸣，梭镖手出场，玩弄手中红披风，一次次闪过公牛的冲撞，潇洒优美如舞蹈。几个回合之后，手疾眼快，寻个机会将带钩梭镖刺入牛背伤口，一次两镖，共投 6 支，技术何等高妙。稍有偏差，投不准刺不深，结果就不堪设想。公牛二次受伤，怒不可遏，瞪大红眼寻找复仇目标。最后斗牛士在一片狂欢声中登场，手握三尺长剑，不急于置牛于死地，而是不慌不忙，左右腾挪，戏耍那庞然大物如掌中把玩，随着他的手势团团转。一招一式，干净利落，不留一点破绽。直到那莽牛累得筋疲力尽，口喘粗气。这时听到主席台传令，授予他结束公牛生命的权利。只见斗牛士抖擞精神，施展绝招，一剑深刺牛心。顿时鲜血喷涌，刚才还活蹦乱跳、不可一世的庞然大物颓然倒地。一场惊心动魄的人牛决斗，在山呼海啸般的欢呼声中结束。

一场斗牛用时 20 分钟，全场表演 6 次，6 头公牛壮烈牺牲。

每次决斗结束，裁判为斗牛士的技术打分，成绩优秀者，允许割下牛耳，再加一条牛尾，为最高荣誉。斗牛士踌躇满志，一手牛耳，一手牛尾，雄赳赳绕场一周，乐呵呵地接受观众投来的帽子、手帕和飞吻。朋友说，在西班牙斗牛是勇敢的象征，杰出的斗牛士被视为民族英雄。全国斗牛士不计其数，最杰出的一位名叫科尔多贝斯，1965 年斗牛 111 场，其中 8 月一个月屠牛 64 头，获得 3500 万比塞塔，约合 60 万美元，至今他创造的纪录还没被打破过。各地还出现了女斗牛士，在这一勇敢者的行业，同样巾帼不让须眉。

斗牛场归来，我心里久久不能平静，闭起眼睛，睫毛还在滴血，难免与朋友争论起来。不似杀虎杀豹，它们危及人的生命，还值得你死我活地争斗，而牛是人类的朋友，何必如此残忍？杀就杀吧，还要以杀牲为乐，集体起哄。如果这也算艺术，与京剧更风马牛不相及。武松打虎、杀牛魔王、拿金钱豹，是离开真实的虚拟表现。斗牛则是百分之百的真实，血淋淋的真实。是生活习惯的不同，也是美学观点的差异。

2000.1

在堂·吉诃德故乡

塞万提斯是西班牙人的骄傲，马德里到处有他的纪念碑和雕像，最著名的一组位于闹市的西班牙广场上。这个长方形广场在高峻楼群包围之中，好像一个天井。广场中心雄伟的大理石方尖碑上，塞万提斯穿披风，戴项套，右手握一本《堂·吉诃德》。碑前有西风瘦马的堂·吉诃德和皮球似的仆人桑丘，真实与虚幻相映成趣。塞万提斯家喻户晓，国王菲利普三世曾经说过，只要看见一个人一边看书一边发笑，他一定是在看《堂·吉诃德》。

中国人说“不到长城非好汉”，西班牙人说“不走堂·吉诃德之路，就等于没有来过西班牙”。所以即使走马观花，也要去塞万提斯的故乡阿尔卡拉看看。出首都往南，广袤的梅塞塔高原丘陵逶迤，一眼望不到边的葡萄园。女人穿没领没袖的绣花披风，下摆到脚的达卢西亚长裤，男人穿马甲和斗牛裤，与小说里描写的一样。古老的风车，在古老的大地上“迎风招展”。石块砌成的圆柱体状似碉堡，咿呀旋转的白色风翅，加起来三四十米高，蓝天白云之下，恰似一个个威武的西班牙骑士。让人感到自己是跟在风尘仆仆的堂·吉诃德的后面返回故乡。

阿尔卡拉小镇上，稀稀拉拉的房舍，石块垒墙，瓦片铺顶，还有一些茅屋，房顶尖尖，房前屋后橄榄树绿影婆娑，乡村野趣与美丽的大自然交融在一起。街口一块石碑上，有一尊堂·吉诃德骑马出游的铁浮雕，旁边有醒目的“拉·曼却之地”几个大字。政府楼前一辆彩车上有堂·吉诃德木雕坐像，手捧葡萄，旁边一台制酒机，塞万提斯的旧居与普通农舍没什么两样，不同的是他更穷，家徒四壁。其父原是个小乡绅，后来沦为民间郎中，穷困潦倒。塞万提斯幼年无钱买书，常常从街上捡些破旧纸片，趴在一张桌子上认字。一位邻居是个早期人文主义者，看孺子可教，便常常向他灌输一些启蒙思想。塞万提斯中学没毕业，就给一位红衣主教当仆役，来到意大利，有机会读了一些书。12 岁就地当小兵，多次受伤，在搏斗中失去左臂。6 年后回国，又被阿尔及尔海盗掳去做奴役，4 次组织越狱均告失败，5 年后才被教会赎回，生活中的塞万提斯是一个真正的骑士。为谋生计，他当过采购员、收税员，为人正直，屡遭暗算，两度入狱，备尝人间艰苦。狱中塞万提斯开始构思小说，他说:“世界上各种牵制阻碍，一切呼号吵嚷都聚集在监牢里；那里诞生的孩子，免不了皮肉干瘪、脾气古怪、心思别扭。我头脑里构想的故事，也仿佛如此。”1605年《堂·吉诃德》出版时他已经58岁，犀利的笔锋引起旧势力的恐慌，也受到人民的喜爱，增加了他继续写作的动力。1614年《堂·吉诃德》第二部写到59章时，发现有人伪造续篇，促使塞万提斯抱病赶写。1616年第二部面世不久，塞万提斯终于油灯耗尽，于4月23日与莎士比亚同一天逝世。

塞万提斯31岁才结婚，为生活所迫，他四处奔走，很少夫妻团聚，小镇上有一处堂·吉诃德向杜尔内西亚求婚的地方，一座两层小楼，门厅陈列着农具、炊具。再向里是贮酒室，酒坛半截埋在地下。还有油坊，榨油的石碾有两米长。这一切，俨然是一座16世纪西班牙农村民俗馆。里面摆着一组铁铸塑像，杜尔内西亚体态丰盈，满面春风，眉目传情，坐在椅子上。堂·吉诃德瘦骨嶙峋，老态龙钟，单膝跪地，一手伸向情人，含情脉脉。不知谁往女像手上插了一把扇子，西班牙风俗往往以扇子表达情感。扇子打开，遮住下巴，就是问:“你喜欢我吗？”扇子支起嘴巴，就是说:“希望下次早日相会。”一会儿打开，一会合上，表示非常想念，迫不及待。扇子合上，握在手里，就是你耐心等待吧。如果扇子一摇，暗示:“算了，你走吧。”扇子掷下，就是拒绝:“我已另有所爱。”杜尔内西亚手上的扇子，被风儿吹得一张一合，他们的爱情日久天长。

堂·吉诃德与哈姆雷特、浮士德并称“欧洲文学三大典型”。这个菱角胡、哭丧脸、瘦人长枪的病骑士，到处行侠仗义，战风车、冲羊群、刺酒囊、劈木偶，闹出一身笑话。可笑的疯子，可悲的英雄，让人笑出的眼泪带着辛酸。在骑士消亡的时代做骑士，在游侠绝迹的现世去游侠。但是每当发疯的时候，也常常闪现出一种反抗压迫、追求平等、向往自由的人文主义思想光芒。塞万提斯说:“信仰可以使人产生幻觉。”这幻觉赋予人严肃的道德和理性想象。《堂·吉诃德》是世界文学宝库中一件珍品，海涅说，他每隔 5 年读一遍，每一遍都会读出新感觉。英国作家斐尔丁写了剧本《堂·吉诃德在英国》，世界文学出现了一个堂·吉诃德人物系列，包括狄更斯的匹克威克、萨可雷的牛肯上校、哈谢克的好兵帅克、鲁迅的阿 Q……

堂·吉诃德出游前，“决定把自己家乡的地名附加在姓上，自称堂·吉诃德·德·拉曼却。他觉得以地名为姓，可以为本地增光。”这个预言在今天实现了。走在阿萨尔卡街上，常常看到当地人向我耸肩膀，挤眉弄眼，做出一些堂·吉诃德和桑丘的习惯动作，生怕你忘记这是塞万提斯的故乡。看多了发现这里的人们从形态到精神都或多或少保留着堂·吉诃德的遗风。再看多了，也自嘲起来，觉得自己也有一点堂·吉诃德了，嘴上长出菱角胡，拉起了哭丧脸。想起这些年，身子进入新时代，脑袋还留在上世纪。走在街上，看这不地道，那也不顺眼，时不时也疯一阵子，做出战风车、冲羊群的傻事，一片好心却落得许多尴尬出来。

2000.1

马略卡之旅

从巴塞罗那乘船来到马略卡。这个号称“地中海天堂”的小岛，本来就具有吸引力，偏偏导游又来添油加醋，大谈 160 多年前女作家乔治·桑与音乐家肖邦马略卡之旅的风流韵事，更加吊起大家的胃口。使眼前旖旎的热带风光，又添了一层浪漫色彩。

导游是个华裔，不知从哪儿趸来的材料，对乔治·桑大加非议。说什么那个水性杨花、铁石心肠的才女，像走马灯一样更换情人，瞪大眼睛寻找一个个新鲜肉体。站在文学的立场上，我不得不出来反驳。乔治·桑是个醒世作家，是19世纪法国历史上起过重要作用的杰出女性，她反对把妇女当作牺牲品、附属品，主张妇女解放、恋爱婚姻。她信奉卢梭的“原始自由和自然本性”，提倡凭感觉自然发展，认为爱情是神圣的，爱情和艺术就是一切。她有非凡的勇气冲破牢笼，但是爱上一个人，哪怕一个月也全身心地去爱，没有丝毫的不良动机和虚情假意。她从未爱过一个达官贵人，也从未脚踏两只船。

乔治·桑比肖邦大6岁，他们的结合是感情与艺术的互补。肖邦是波兰人，流亡巴黎，他面目清秀，眼神忧郁，嗓音低沉，身具贵族气质。因失恋而体弱多病，焦躁不安，敬重乔治·桑的旷世才华，渴望爱情。乔治·桑是没落贵族，有着茶色皮肤和一双美丽的大眼睛，爱穿男装，抽大号香烟，爱惜人才，喜欢充当文艺青年的保护者。所以两位天才自然地走到一起来了。1848年秋，二人分头从巴黎出发，在西班牙汇合，11月7日从巴塞罗那乘船，34岁的乔治·桑还带着两个儿子，次日中午在马略卡首府帕尔马上岸。

我们踩着当年乔治·桑的足迹，来到距市区6公里的一座乡间别墅。它位于山脚下，四周是黄色围墙，面对大海，旁边一个教堂。屋外的大理石平台，是一对情人花前月下谈情说爱的地方。耳边有泉声，近处有驼铃，远处有轻轻涛声。肖邦给朋友的一封信中形容:“天空是深蓝色的，海水是天蓝色的，山是翠绿色的，空气好极了，我真正获得了新生，可能要在这世界最美丽的地方过一种隐居的生活。”可好景不长，雨季来临。这座叫作“风之屋”的房子薄墙漏雨，冷风呼啸着挤进门窗。没有壁炉，地上火盆火小烟大，呛得肖邦不停咳嗽，经医生会诊，是肺结核复发。当时人们像今天惧怕艾滋病一样对待肺痨，二人被赶出来时，浪漫的蜜月还不足4周。

我们怀着和当年两位大师一样的狼狈心情，来到他们帕尔马的第二个栖息地，巴尔德莫萨的卡尔图哈修道院。它建在山与海之间的山坡上，居高临下，在椰子和棕榈丛中。一座小礼拜堂，九曲回廊把几幢两三层的小楼连在一起。时常云雾笼罩，小灯鬼火般闪烁，老鹰在头上盘旋，幽静得恐怖。肖邦在给朋友的信中诉苦:“我的房间就像一口大棺材，落满灰尘，窗户很小。”多愁多病的肖邦身体更加虚弱。导游像个顽固的卫道士，指责乔治·桑强烈的情欲耗尽了肖邦的精力。我又站出来回击说，正好相反，历史资料证明，倒是乔治·桑再三告诫肖邦，这种病不宜过性生活，不管肖邦如何恳求，都劝他清心寡欲，好好养病。还有人从另一个角度，戏说肖邦是乔治·桑“精神上的吸血鬼”，她为他而背上“苦难的十字架”。她常常顶着大雨，到市里采购药品，亲自下厨，请医喂药，为了养家糊口加班加点写稿挣钱。所作所为，充满一种保护弱小的母爱和献身精神。

肖邦娇生惯养，对一切都很挑剔。但是在乔治·桑无微不至的关爱和呵护下，他逐渐平静下来，又坐到钢琴前面，弹出热烈奔放的乐曲。安静的修道院充满了琴声，悠扬甜蜜，如情话绵绵。乔治·桑在祖母的管风琴声中长大，通晓音律，成为肖邦最敏感的听众，听得懂音乐家的心潮起伏和含蓄表露，并能用清秀的字迹记录下弹奏者所希望的艺术和精神境界。一个指尖在键盘上跳跃，一个笔尖在稿纸上舞蹈，心心相印，琴瑟和谐。爱情成为作曲家的动力，他在马略卡岛上完成了《叙事曲》和《前奏曲》24首中的20首，很多乐曲是焦急等待乔治·桑夜间散步回来时，灵感大发。爱情也使作家产生了激情，乔治·桑以每天24页的速度，修改长篇小说《莱丽亚》，写作《斯皮里底翁》《贺拉斯》和散文《马略卡岛的冬天》。在帕尔马他们住了一个冬天，离开时肖邦胖了些，也不再咳嗽了。乔治·桑的朋友挖苦她已经“肖邦化了”。

马略卡归来，肖邦又陪同乔治·桑回到她的故乡诺昂农村，他们特殊的友谊维持了 9 年，是乔治·桑一生同居最长的一段姻缘。1848 年法国爆发了二月革命，一向思想激进的乔治·桑欣喜若狂，而肖邦有些忍受不了，回到波兰，次年病逝。弥留之际他依然念念不忘："乔治·桑对我说过，我只在她的怀抱中死去。"噩耗传来，乔治·桑悲痛不已，把过去肖邦赠给她的定情之物一绺卷发放在一个信袋里，上写"可怜的肖邦：死于 1849 年 10 月 17 日"。乔治·桑每一次刻骨铭心的爱，都会产生一部小说。丰富的爱情体验，使她成为迄今法国最多产的女作家，米歇尔·雷维版的《乔治·桑全集》共 105 卷，她创造了众多而不雷同的人物形象，创造了女性美，也丰富了男性美。福楼拜感叹："她永远是法国的一位杰出人物，而且是法国独特的光荣。"

旅游结束，导游找我和解，并说难得你对文学这样执着，假若乔治·桑再世，一定会成知音！

2000.1

水与花的都市

阿姆斯特丹号称"北方威尼斯"，其实从水城的角度看，它比威尼斯更威尼斯。威尼斯不过是个 7 万人的小岛，而阿姆斯特丹则是有 70 万人的海滨城市，拥有 160 条大小河道，1000 多座桥梁。从高空俯瞰，威尼斯像一个带花纹的明珠，阿姆斯特丹则像一具银色的渔网。

阿姆斯特丹，鹿特丹，"丹"是堤坝的意思。公元 13 世纪先民在阿姆斯特尔河上修建了一个堤坝，渐渐地发展成渔村，继而扩大为城市。几百年后，原来的堤坝遗址变作水坝广场，成为阿姆斯特丹的市中心。17 世纪荷兰成为“海上女王”，阿姆斯特丹靠航运迅速发展起来，城市与运河共生，一道道运河像城市的年轮一样向外扩展。荷兰诗人说：“上帝创造了世界，荷兰人创造了荷兰。”他们的经验是，人与水共存，向海要地，向河要房，所有的房屋都靠河而建，阿姆斯特丹的历史展示在河边。中世纪的楼房全都像窈窕淑女，细高挑儿，只有两三个窗户宽，却有四五层高，因为当地按占地面积征税。楼房顶部突出一个横梁来，通过安装在上面的滑轮、绞盘起吊货物，仓库设在楼顶，所以非常注重顶楼的装饰。比如旧城运河 19 号，顶楼是两个海豚雕像，附带绳索状贝壳，显示这家主人征服了大海。17 号“石柱之子”，楼房从上到下贯通 4 根石柱，各层雕刻风格不同，下层是杜斯加纳式，中层是爱奥尼式，上两层是哥林多式，表明主人漂洋过海，阅历丰富。顶楼还塑造了两个仆人，一个黑人一个印第安人。

赚了大钱的商人不甘忍受狭窄，竞相在新一圈运河上建造大宅，于是黑伦运河变成为“绅士运河”。“巴特娄弟之家”，门牌号从 170 占到 172，楼房便有 36 个窗户的宽度。它的主人原来是个啤酒制造商，后来发展成银行家，主人的姓氏也由威冷改为巴特娄弟。整个建筑用红瓦砖与白色宽柱装饰，形成显明的红白对比，色彩鲜艳而雅致。第 475 号是商人“登尼斯之家”，被认为是黑伦河上最珍贵的楼房，5 层白色大理石楼房，每层有 5 个结实的大窗。后来这座楼房由一个寡妇布商接手，并进行重新美化，主窗上方塑造了两个女性雕像，室内和天井加上了装饰绘画。二战后黑伦河边富丽堂皇的宅第多被金融机构和国家机关占用，据说有 400 多处已被列入国家级文物。

现代阿姆斯特丹也还有不少人住在河边，他们注重生活质量，装饰的重点转移到楼房底层和门口，体现自己的美学品位。有的安装钱柜式大门，有的安装手摇风琴、傀儡戏台，还有一家门上安了几十个形状不同的门铃，按不同门铃会响起不同的乐曲。阿姆斯特丹还有2万户船民，他们找不到陆上公寓，或者想改变生活方式，便购船为家，日用家具、电器在船上应有尽有，船篷装饰千差万别。平时有固定停靠点，看球赛、听音乐开船便走，以船代车，全家共乐，游戏人生。

阿姆斯特丹的160条河道就是160条大街，两河交汇两桥相接便是十字路口。站在桥上看，桨舟、帆船、汽艇、脚踏船鱼贯而过。一个桥一个桥地数，石桥、木桥、水泥桥、钢铁桥层出不穷。阿姆斯特尔河上的蓝桥，通体染成荷兰国旗的蓝色。还有一座二重式吊桥，全部染成银白色，可以开闭，是阿姆斯特丹重要一景。到了夜晚，河边的楼房被灯光照射，眼前一条金色的街市，河中摇曳着楼房的倒影，多姿多彩，如诗如画。

在阿姆斯特丹，唯一可以与水比美的是花。荷兰人爱花成癖，习惯用花表达感情，海棠表示友谊，玫瑰象征爱情，报春花说明渴望一见。同一种花的不同颜色包含不同语言，白丁香“请接受我的爱”，紫丁香“我是属于你的”，红茶花“你最美”，玫瑰茶花“很荣幸得到你的爱”，白茶花“你不该轻视我的爱”。

在阿姆斯特丹，河边桥头到处有花市、花店。台架上一层层，地摊上一片片，按几何图形摆出各种图案，千娇百媚，争奇斗艳。著名的郁金香，不仅卖鲜花，还售球根，有多少种颜色的花，就有多少种球根。半月形的辛厄尔运河边，花市组成半月形花环，长约数里。一步步走过，牡丹、杜鹃灿若朝阳，百合、水仙晶莹如玉，风信子、串红摇紫翻红。千姿百态，万种风情。碰上“郁金香节”，缕缕行人头戴花环，手舞花束，簇拥着浓妆艳抹的“郁金香女王”，浩浩荡荡，如同一条彩色的河流。

万紫千红哪里来？北海岸边哈勒姆。这个市郊小镇，是荷兰的花卉中心。不仅有世界著名的哥根霍夫郁金香园，还有世界最大的阿斯麦尔鲜花拍卖市场。每日天蒙蒙亮，就有4.5万辆花车，在电瓶车牵引下缓缓驶入长750米高400米的拍卖大厅。3000个阶梯椅上座无虚席，迎面墙上挂着两个大电子钟，显示着花卉品种、采购商编号和订购数量。工作人员从每一批花车上取出一盆样品展示，采购人员的目光随着钟表上的指针在刻盘上移动，认准了就按一下电钮，订购的鲜花随即拉出大厅，打包托运。每1小时成交1500宗，每天有1000多种1000万朵鲜花输出。每年售出康乃馨2.85亿支，郁金香3.85亿支，鲜花出口超过哥伦比亚的麦德林，年收入10亿美元，占世界贸易份额的60%。

阿姆斯特丹水美花好，千娇百媚，但是也有一些景象不堪入目，让同行的荷兰人难堪。那就是同性恋的六色旗自由飘扬，玻璃屋里裸体女人搔首弄姿。我在一次国际诗歌大会上认识的一位荷兰诗人。对我的疑惑他不无幽默地说，中国人有句最好的解释：水性杨花。

2000.1

风车与木鞋

人说荷兰有三宝，风车、木鞋和花草。对于花草，在花卉市场已经有所认识，果然名不虚传，剩下就是寻觅其余二宝了。

阿姆斯特丹街上，看不到一个人穿木鞋，可是大街小巷，商铺地摊到处有木鞋出售，花花绿绿，琳琅满目，成为荷兰主要的旅游纪念品，有点像西安街面的虎头鞋。西安的虎头鞋只限儿童，而荷兰的木鞋大小尺码应有尽有。小如纽扣，一只火柴盒里能盛十几双；大似游艇，一只鞋里能坐下十几个大人。

朋友讲，荷兰地势低洼，遍地泥泞，500年前就穿木鞋，如同中国古代的木屐。后来道路逐渐改善，木鞋也慢慢搁置起来了，变成一种风俗。婴儿初生，母亲要为宝宝准备一双小木鞋，穿上它才好去教堂领洗。人们习惯以木鞋为礼品，相互馈赠。如果有人送来一双木鞋，大小正合适，说明是知己。荷兰人酷爱足球，以橙色军团为民族骄傲。球迷们为自己爱慕的国脚定制木鞋，往往把他们的尺寸放大许多，集中在首都博物馆里。

原以为木鞋和虎头鞋一样，是老人们手工制作，一点点抠出来的。到了郊区一家木鞋厂，才知道是机器批量生产的。所用木料是进口的优质白杨，4 至 6 年生的，木质不软不硬，不开裂变形。锯好的方木卡在车床上，进行切削，先出来毛坯。然后扣上旋床，前后左右掏空。接着上磨床，里外面抛光。一切都设定程序，按动电钮，电脑指挥机器，能与手指一样灵巧。最后一道工序是彩绘上漆，一般黄底色，加上花花草草。当地人说木鞋是吉祥物，婴儿出生，父母要准备一双小木鞋，结婚时，丈夫要为妻子亲手穿上木鞋。这里的木鞋造型和图案都鲜艳喜人，有极大诱惑力，不由得你不掏腰包买回几双，带给家里的孩子们。

荷兰面临北海，一年四季刮着强劲的风，当地人早就懂得利用自然，以简单装置开发动力。1307 年出现风车，用来磨面、锯木、抽水、榨油，也用来排水填土，与海争地。根据 1765 年征税账目，当时已有风车 140 座。到了 19 世纪，荷兰国土上到处风车林立，数目多达上万座。荷兰人说:“上帝创造了人，荷兰风车创造了陆地。”直到蒸汽机广泛运用后，这些默默无言的开发荷兰经济的“功臣”们才渐渐退休，目前已所剩无几了。它们有的变作“风车博物馆”，给游人提供昔日风情。有的改装成饭馆，面对绿色田野，摆一桌风味野餐，让人们享受自然。也有个别的农村老人，传承祖业，他们说，风车磨出来的面粉吃着香甜，甚至捧着一块面包送到你面前，让你品味自然。

想亲眼看一下风车，需要乘车到鹿特丹东南 70 公里，远远望见一排排风车，张开双臂迎接客人，数一数有 18 座呢！巨人般的队列，威武雄壮。它们脚下是一条运河，河面上还有芦苇。风车的身姿倒映河上，缓缓转动的风叶也推起河上的风浪，一幅韵味十足的乡村风情画。旁边的村子叫肯德代克，在荷兰语中是“童坝”的意思。传说15世纪时，海中漂来了一个摇篮，摇篮里的孩子还在安详地睡着。

走进风车，就像走进一座大木屋，下粗上细，高二三十米。这个巨大的圆锥体（还有8角形、12角形的），内壁还分层，间隔成若干个房间，过道、寝室、客厅、厨房、浴室，上层是小阁楼的大房间，堆放着风车零件、农具、杂物。实际上一座磨坊就是一户人家，作坊和住宅合在一起了。

风车的主体是4块风叶，每块叶片和房身一样高，船帆一样宽。它固定在房体顶部，通过复杂的齿轮和立轴传动动力。起初根据风向，用手工调配风叶角度。经过改良，风叶能够根据风向自动调整位置。当地风俗，风叶不动时还有所表示：十字形代表小憩，X形代表停工，上边风叶轻度左倾，代表房内正在举行婚礼、寿宴，重度左倾时表示发生了不幸。我觉得颇有意思，朋友说，好什么，不过是为逝去的岁月招魂。

我不同意他的看法，风车老人不会死去，向它挑战的现代人也许是堂·吉诃德呢！以煤炭和石油为代表的近代能源，二氧化碳的大量排放，严重污染了环境，破坏了臭氧层，导致地球发病一样，忽冷忽热，疾病横行。石油价格魔鬼一样戏弄着世界经济，人们毫无办法。痛定思痛之后，人类早晚要重新认识风力资源，说不定还会像迎接贵宾一样把风车请回来呢！

2000.1

寻迹凡·高

到阿姆斯特丹，最想一看的是凡·高美术馆。这是一座摩登建筑，1973 年落成，由风格派建筑师里尔维德设计，两个相连的水泥玻璃大厅，方方正正，亮亮堂堂。展品按时序分成四个画廊，收藏 200 幅油画、500 幅素描、700 封书信，都由凡·高家人捐赠。同时还展出他弟媳约翰娜·凡·高·邦格的《凡·高传》，除了序言介绍生平外，全是凡·高写给他弟弟提奥的书信，让世人全面熟识了一个后印象派代表人物，一个疯狂的天才画家。

每幅画都是一个迷人的艺术世界，原野、麦田、农舍，绚丽而深邃，走进去就出不来。退后几步看，几乎所有的画都是黄蓝两种颜色，一冷一暖，反差很大，代表了画家内心世界的两极。凡·高从不把黄蓝混合成绿色，他心里没有春天。黄蓝对立，表现他心中不可调和的矛盾。其中有 35 幅自画像，尝试让自己平静地在镜子面前观察自己。最感人的一幅作于 1887 年，充分地吸收了修拉的“点画法”，把面部分解成显明的原色点，它充分地展示画家的焦虑、心神不安，看得我不寒而栗。

我决定去寻找凡·高的足迹。从阿姆斯特丹出发，到布雷达顺沿 115 号公路，来到达布拉班特省的津德尔特，一个与比利时交界的小村，马尔克特街 26 号，一座浅色尖顶教堂，大红门。1853 年 3 月 30 日凡·高诞生在这里，一个牧师世家，兄弟 6 人，头一个夭折，他行二。兄弟中他与提奥情谊最深。教堂前有一座雕像，凡·高与提奥相依相偎。生活中的凡·高是个低能儿，事事都要弟弟照顾，一生中喋喋不休地给提奥写了 800 多封信。

凡·高只上过5年小学，16岁去海牙一家画廊打工，他热衷宗教事业，曾在比利时一个矿区传教，与矿工的孩子们住在一起，第一幅画的内容是早起的矿工。发生矿难时，他积极投入救灾，画了不少素描。因“不务正业”被老板解雇，成了一名流浪者，饥一顿饱一顿，20多岁牙齿就掉光了。他不修边幅，衣着七拼八凑，一天到晚为画布、颜料奔忙。他说：“一拿到钱，首先想到吃的，虽然很久没吃上一顿饱饭了，但是画画的欲望压过了一切，第一时间找到模特，直到把钱花光。”

凡·高青春期躁动不安，渴望有一个女人，曾经爱上邻居一个寡妇，又被拒之门外。饥不择食地把一个下层女人揽在怀里，那女人邋遢、粗鲁，还是麻子脸，生了个孩子还是别人的。许多人鄙视她，他却说：“她从来未见过真正的善，又怎么要求她善呢。”这话代表了凡·高心地善良的一面。

走投无路时，他回到父母身边。父亲传教的地方已经改为纽恩南村。受不了父母的唠叨，他常搬到农民家里去住，跟着他们一块下地，看到大自然就忘记了一切愁苦，废寝忘食地画，“麦田吃掉了我好多颜料”。提奥接济他买面包的钱，全都买了颜料，饥肠辘辘地把自己的食物都堆在画布上，堆成灿烂的向日葵、忧伤的鸢尾花。纽恩南成为他画家之路的起点，在这里完成了196幅作品，包括名画《吃土豆的人》。

凡·高自学成才，几乎没受过正规训练，靠勤奋掌握了一切绘画技巧。之后又毅然摒弃一切书本知识，漠视学院派教条，甚至忽视了理性。在他眼中，只有大自然才是美的，他陶醉其中，物我两忘。他忠实于对外界事物的感受，而不是看到的视觉形象。为了更有力地表现自我，色彩随心所欲，透视、形体也可随之变形，以此表示他与世界极度痛苦的关系。

在法国南部的小城阿尔勒长途汽车站旁，我找到了凡·高的画室，不远可以看到“凡·高的咖啡馆”。凡·高在这里度过了一生最痛苦的几年。他结识了画家高更，空乏的室内，仿佛还留着他们的大声争吵。在这里凡·高贫穷孤独到了极点。一生真正的朋友只有艺术，用颜料和线条交谈。画画不是为了卖，而是为了爱，而他的爱还不被理解，一张画也卖不出去，成了一名被穷困和忧郁追夺的疯子。最后提奥还真的把他送进圣雷米的精神病院，疯狂到极点时，他割下了自己一只耳朵。

凡·高生命的终点是奥维尔——法国北部瓦兹河畔的一个小村。经人指点，我在一个小巷深处找到了凡·高最后居住的拉尤旅店。当年提奥把他接来，住在小楼顶层，面积 7 平方米，还保留着他当年用过的一张单人床、一把椅子。阁楼光线暗，从一扇小窗可以看到教堂的尖顶和公墓的围墙。后院一条小路通向村外小丘，这就是名画《奥维尔的阶梯》的原景。这幅画收藏在圣路易美术馆，画上是一条土路，而今被人铺上了柏油，再也找不到凡·高的足迹了。

1890 年 7 月 27 日，凡·高像往常一样，背着画夹，走向玉米田，接着听到一声枪响，他朝自己的胸部开了一枪，没有击中心脏，踉踉跄跄回到这间小屋。第二天提奥闻讯赶来，第三天他在提奥的怀里死去。

因为凡·高的原因，这个旅店很少有人租住。后来老板逐渐明白了凡·高的价值，门店橱窗里打出一张旧照片，老板的女儿倚门而立，传说当年凡·高曾追求过她。餐厅的菜单上还标明，当年凡·高爱吃的比萨、菜汤，包饭伙食标准每天 3.5 法郎。

凡·高从 27 岁学画，到 37 岁去世，10 年中画了 2000 多幅画。生前无人问津，死后每一幅画都是天价。2014 年纽约拍卖会上，一幅插满雏菊和罂粟的静物画卖了 5500 万美金。一个时代欠下的账，下一个时代就会加倍偿还。最伟大的艺术家往往是隔代才被承认的。

2016.5

布鲁塞尔大广场

布鲁塞尔号称“欧洲首都”，不仅因为欧盟、北约等700多个国际机构汇聚于此，还由于它地处西欧中心，与伦敦、巴黎、柏林差不多等距离。所以布鲁塞尔大广场便成为中心的中心，欧洲人向往的地方。

大广场其实并不大，远不如北京的天安门广场、华盛顿的宾夕法尼亚大道、莫斯科的红场大。广场长110米，宽68米，好像一个长方形的庭院。地面由清一色的花岗岩石块铺成，四周排列着哥特式、文艺复兴式、路易十四式等不同风格的楼群，独立完好地保持着浓郁的中世纪风情。

主要建筑市政大厅建于1402年，气势恢宏，结构精巧，90多米高的塔楼上有5米高的城市保护神米歇尔的塑像。底层拱孔廊柱环列，楼层间饰满雕刻。从塔楼下大门进入院内，两眼喷泉如两树梨花。楼里墙上全是布鲁塞尔风格的挂毯和油画，楼梯旁边陈列着14世纪以来历届市长的半身塑像。从窗口望向对面的国王之家，拱孔连环，廊柱罗列，玲珑剔透好像一个中国式的鸟笼子。

广场四周是17世纪布鲁塞尔各行业工会的办公地址，每一家楼面不过两三个窗户宽，却有三四层高，因为当时建筑楼房要按占地面积纳税，只有往高处发展。比肩接踵的社会百工，名字和建筑风格都有着显明的行业特点。“小螺号”是船夫之家，楼顶三角楣形似船尾。“袋子”是木匠工会，屋顶造型是个衣柜。“面包之家”楼顶为八角半球形，好似刚刚出炉的面包。“金树”是啤酒业主工会，楼顶形似酒窖。“独轮车”是油漆匠工会，房顶图案是水果和鲜花，色彩特别鲜艳。其余如“母狼”“狐狸”“驴子”“橡树”“孔雀”“鼹鼠”，分别是弓箭手、裁缝、农夫、屠夫、制革等行业工会。“天鹅”是烹饪业的会所，楼顶一只展翅欲飞的天鹅，意思是想吃天鹅肉都可以满足。1845年春天，马克思和恩格斯先后迁居于此，在这里成立了“共产主义通讯委员会”“德意志工人协会”，动手写出了《关于费尔巴哈的提纲》《德意志意识形态》《哲学的贫困》《共产党宣言》。6年之后，法国作家雨果流放于此，奋笔疾书，一个月余写完了《小拿破仑》，吹响了反对路易·波拿马的号角。

朋友说我来得不巧，没赶上两年一度的8月“大广场鲜花地毯节”。那时广场上铺开一块由鲜花编织而成的特大“地毯”，100多万朵鲜艳的秋海棠，从100公里之外的根特乡野连夜运来，再由花匠精心制作。花朵带着块茎，可以保鲜一两个星期。1994年庆祝二战中比利时解放50周年，特制的鲜花地毯面积1600平方米，中间还带着比利时解放军“比隆旅”的军徽。三眼喷泉，常常使地毯上空笼罩着缕缕彩虹。大广场花如海人如潮，香气弥漫。连四周围观的中世纪百工们也都返老还童，交头接耳，喜眉笑眼。可惜眼前广场一片寂静，人影寥寥，百工们无人问津，都已昏昏睡去。

布鲁塞尔百万居民，人都到哪儿去了？从大广场一侧绕过去，穿过一条胡同，我眼前一亮，出现布鲁塞尔的另一奇观——美食家乐园。这里店铺云集，食品、水果色彩斑斓，琳琅满目。各国风味饭店一字摆开，几百张餐桌从廊下铺展到街心，是另一个让人眼花缭乱的大广场。类似广东的大排档，却是一种豪华阵容。就餐者衣冠楚楚，风度翩翩，呼朋唤友，扶老携幼。明明自己掏腰包，却好似来赴盛宴，正襟危坐，品茶聊天，碰杯交觞，高谈阔论。其中还有不少专程从邻国赶来的美食家，中餐西菜，各有所爱，寻求氛围和感官的享受。不停地有侍者穿梭，不停地传来悠扬的器乐和歌声。寻声而去，会发现一个又一个精干的小乐队，手舞足蹈地演奏，眉飞色舞，以优美的旋律为大家佐餐。这个不散的宴席，从上午 10 时一直热闹到凌晨 4 时，灯红酒绿，灿烂辉煌。据说从这里蒸发出来的气味，进入过往的云彩，下雨时整个布鲁塞尔都是酒肉香味。由此布鲁塞尔也便有了一个绰号，馋人的首都。

人流的转移，标志着比利时人乃至欧洲人生活态度的改变，从历史和意识形态里脱身，投入到自在和物质享受。

2000.1

凭吊狮子山

远远望见狮子山，望见山顶那头英格兰的宠物。一步步爬完 226 级台阶，来到 4.5 米高的铁铸雄狮脚下，它正虎视眈眈向着南方，20 公里以外就是法国。狮子山是以英国为首的联军胜利的象征，50 米高的土山是作为对在战争中支持法军的列日人的惩罚，由妇女们一筐筐背上来的土堆成的，250 吨重的狮子，则是用战场上的废炮铸成的。但是在我眼里这头狮子不是战胜者英国威灵顿公爵，而是战败者法军统帅拿破仑。

站在山顶俯瞰，北面是莽苍苍索瓦尼森林，南方是平展展圣约翰山高地，蜿蜒西来的小河，一大片开阔地，果真是兵家必争之地。条条林带，零星村庄，好像是当年 30 万大军对垒。我仿佛看到 1815 年 6 月 15 日那天，12 万法军趁月色越过边界，一个矮个子将军骑一匹白色大马，一举攻破普鲁士军团，布吕歇尔元帅坠落马下。正欲乘胜追击时，天下瓢泼大雨，河水猛涨，使法军陷入一片泥泞。看这A字形高地，自北向南倾斜，英军占领山顶，法军盘踞山下。如果按三国演义“失街亭”战例，失败的本应是威灵顿，为何山下的拿破仑倒成了马谡？我百思不得其解，只有一个说法：上帝的安排。那突如其来的大雨，浇灭了拿破仑的狂热，使他泥牛入海，让那平庸的英国将军绝处逢生。

从狮子山南坡下来，不远处有个“小石头庄”，是当年拿破仑的作战司令部，黄墙红顶的二层小楼，石桌上陈列着当年拿破仑批阅的战报、用过的望远镜和马刀，旁边一张简朴的行军床。他用这个望远镜看小了世界，用这把马刀指挥千军万马，叱咤风云，横扫欧洲，使法兰西举国欢腾。但这张行军床上从未睡过女人，拿破仑经常把他的美人约瑟芬皇后放置后方。不像那个盖世英雄项羽，领兵打仗还总带上他的虞美人。中国古代楚汉相争，刘邦代表新兴力量，项羽希望维持旧秩序。而拿破仑代表资产阶级革命后的法国，受到欧洲各国封建势力的围攻。从历史唯物主义观点看，拿破仑应该是刘邦，怎么落了个项羽的下场，可能与他的性格有关。拿破仑像项羽一样力拔山兮气盖世，也像楚霸王一样骄傲自大，结果兵败滑铁卢。但是拿破仑比项羽更英雄，四面楚歌时没有别姬自刎。两年前莱比锡战败，拿破仑被流放地中海厄尔巴岛，一年就重整旗鼓。这次滑铁卢战败，被放逐大西洋圣赫勒拿岛，余威犹存，连敌人也不敢对他公开下手。“小石头庄”前参观者络绎不绝，而山北面的“威灵顿指挥部”门可罗雀，那个侥幸胜利者已经被许多人忘掉，人民往往不以成败论英雄。狮子山北面山脚下，有个“滑铁卢纪念馆”，外形像一口倒扣的铁桶。“铁桶”的内壁有一幅高12米、长110米的战场全景画，法国画家路易·杜默兰完成于1912年。画面上两军厮杀，天昏地暗，刀光剑影，横尸遍野，血流成河。画家淋漓尽致地渲染战争的残酷，惨不忍睹，让人不寒而栗。纪念馆附近的一家小旅馆，曾住过法国作家雨果。他常常在古战场徘徊，在楼上窗前凝望，眼前硝烟弥漫，耳边杀声震天，心在颤抖，泪流满面。他在《悲惨世界》第二部中用大量篇幅描写了滑铁卢的战争场面，热情歌颂法国革命。如今有不少小农舍改装成旅馆和小卖部，为大批参观者提供方便，借昔日流血战争增加收入，也为小镇滑铁卢带来了繁荣。

我在滑铁卢逗留一日，没有以往旅游观光的愉悦，反倒心情沉重起来。回首狮子山，哪里是土山，分明是6万将士的尸骨堆成。无论法军还是联军，尽管生前仇人见面，刀枪相对，互相残杀，到头来还都不过当了炮灰，走到一个共同的归宿。但是这个道理并非人人懂得，这个结果也并非人人正视。所以战争不断爆发，悲剧不断重演。别看狮子山今日沉默，一有机会它也可能变成一个活火山。

2000.1

卢森堡纪事

小大公国

在欧洲地图上，卢森堡形似一个小水滴。全国人口只有50万，相当于中国的一个中等县，但是人均GDP却高达11万美元，是世界首富。这个面积仅2586平方公里的袖珍小国，古堡林立，有千堡之国美誉。国家森林覆盖率80%以上，把Luxembourg译作卢森堡，堪称绝佳。古代汉语中青与卢通用，河北有青龙、卢龙两县，都因同一条河得名。你说汉语多么神奇，英语把中国译作China，纯属糟改。

卢森堡是现今世界唯一的大公国，这个小大公国是一个古老的部落，北面是阿登高原，南面右特兰平原，地势险要，扼守南欧通向北海和波罗的海两条通道，历来是兵家必争之地，曾被邻国比、德、法三国相继吞并，就连远方的西班牙、奥地利也不放过这块肥肉，因此国防建设成为立国之本。在历年战争中，卢森堡建成了一个坚固城池，上有古堡树立，下有深深的阿尔泽特河的佩特罗斯河自成天堑，被称作“北方的直布罗陀”。

东大门的博克要塞，可以说是卢森堡历史的起点，始建于公元 963 年。脚下阿尔泽特河水深浪急，博克费尔森山岩壁立千仞，山顶斜出一座石门，门上一个方碉堡、两个圆碉堡，都有四层楼高，真是一夫当关万夫莫开。门下 20 米处一条百米栈道，两端各突出一座圆形哨楼，悬在空中，互为掎角之势。要塞下是连绵的瓦茨拉夫环形城墙，长 1000 多米，由阿尔泽特河把山体冲刷成半圆形，石头都站不住脚的大漩涡，顶部弧状岩壁，上筑石城，枪眼密布。

阿尔泽特河流了半圈，西来的佩特罗斯河接替，两河相汇，宽七八十米，深一二百米，古堡高耸入云，断崖直插河中，又是一个环形天然屏障，环环相套。古堡之下还有 23 公里地道，在坚硬的岩石中开出，向下纵深 40 米，连接各处明暗碉堡，工程艰巨复杂，令人惊叹。论长度远不如中国万里长城，论难度、宽度、精细度，确有过人之处，所以这 20 里古堡与万里长城同列为“世界文化遗产”。现在沟底成为著名的公园，20 里柳暗花明，中间墨绿的河水，河外水泥斜坡，坡外绿绿草地，草地花树婆娑。沟里游人如织，仰望环型堡垒，层层叠叠，宪法广场的圣母大教堂的塔尖闪闪发光，正是这大公国的天然王冠。

如今 20 里长沟建起许多桥，公路桥、铁路桥。最有名的阿道夫大桥，建于 1900 至 1903 年，长 84 米，是当时世界上跨度最大的石拱桥，横跨佩特罗斯河上，形似一条彩虹，与溪谷交融在一起。大桥飞架南北，天险变通途，要塞变成现代化、国际化的都市。佩特罗斯和阿尔泽特两个河湾上的古堡，现在是市中心，分布着宪法广场、军事广场、威廉二世广场、圣母大教堂、大公府邸。历史悠久的老城街道不宽，有比利时建筑风格，也有德国童话式的特色。大公府邸位于闹市之中，前楼办公，后楼住宿，朴素得令人意外。大教堂的三个塔尖高入云天，无论走到哪里都在视线之中，就像卢森堡的个性，国虽小却有着强烈的自豪感。

阿道夫大桥的南端，是欧洲投资银行，这是一个世纪的跨越，从最封闭到最开放。50 万人口中有一半是外来移民。卢森堡是欧洲三大总部之一，欧盟议会、欧贸联法院、欧洲投资银行都设在这里。给我印象最深的是，这里已经成为银行之都、全球最重要的金融中心，已有世界各地 150 家国家级银行、众多的私人银行。三月下旬我碰上了一个“银行节”，成千上万从业人员欢度自己的节日。我们国家已有中、工、农、建、交、招六家银行在这里设立了分行，最早的中行、工商已有 30 多年的历史了，看见它们的招牌，有的正在学习中文的当地人，不由自主地大声念道:“中国银行”“中国工商银行”“中国建设银行”“中国农业银行”“中国交通银行”“招商银行”。

维安登

维安登古堡不仅在卢森堡首屈一指，也是整个莱茵河以西顶级的名胜。十里外我就望见它巍峨的身影，闪烁在云雾之上，像格林童话中王子的宫殿。它建于公元 11 世纪，坐落在 450 米高的山岩上，君临群山。山脚下的乌尔河，是古代通往巴斯托尼的交通命脉，所以它也是西欧的一个重要钞关。它的主人维安登伯爵富可敌国，势力足以与卢森堡伯爵抗衡，还一度兼任荷兰国王。

穿森林、爬陡坡，来到古堡之下，我早已汗流浃背。通过三道石门、一座吊桥，才能进入院中。八角形团城，白墙灰顶，一半嵌在山里，一半矗立空中。六层楼高的北门外，有黑白两座圆形碉堡，十几米高，威震八方。白碉堡曾是古堡的监狱。进古堡如入迷宫，明廊暗道，外墙两米厚。扶墙下望，一边是百丈陡坡，猿猴难攀；一边是悬崖峭壁，直插河岸。骑士大厅摆列着大刀长矛、滚木雷石和大炮。有巨大的粮仓、54米深的水井，易守难攻，水火不惧，这阵势在中国小说《三侠五义》中的冲霄楼、铜网阵中似曾相识。

古堡很大，哥特式建筑风格，色彩明丽。长廊百米，骑士厅长30米、宽9米，伯爵厅长30米、宽10米；又很高，礼拜堂分上下两层，下层普通人用，上层伯爵一家专用。下边人听上边人念经，只闻其声不见其人。分设各处的办公室、宴会厅、会议室全都金碧辉煌、富丽堂皇。唯有卧室的一张架子床显得狭小，长不过1.5米。原来中世纪欧洲贵族习惯坐着睡觉，认为横躺着是死人的姿势。从岩石开出的酒窖，双穹6间，堆满柏木酒桶，冬暖夏凉，室温常年在10—20℃之间。舒适和豪华程度，可以与凡尔赛宫比美。

依托古堡发展起来的小镇，有1600口人。从古堡右侧垂下的街道，坡度很大，像山上垂下的一条瀑布。两厢巴洛克风格的民居，非常漂亮，家家门前和窗台摆放着鲜花，有家门前居然还站着仿真的中国兵马俑。

小镇中心是一座公元1248年建立的教堂，有个美丽的回廊。长街尽头是著名的乌尔河，河边酒吧、餐厅鳞次栉比。寂静的山林，喧腾的小河，加上崔巍的古堡，真是一处美丽的世外桃源。难怪当年大作家雨果一来就深深地喜欢上了它，为古堡修缮奔走呼号。乌尔河上一座石桥，桥头有雨果的雕像，出自罗丹之手，俯首垂目，深情望着逝去的河水。河边一幢三层白楼，是雨果博物馆，展览着他的生平和著作。故居斜对面是雨果酒店，我和老伴朝圣般地走过去，先要了一瓶当地产的白葡萄酒，供奉在雨果像前。周末客少，老板也凑来聊天。说自己祖上就是开酒店的，接待过大作家雨果。当时山民还不知道雨果是谁，问："姓名？"答："维克多·雨果。""干什么的？""写东西。""以何为生？""笔杆子。"登记本上就留下："雨果，贩卖笔杆。"老板指点，河对面那座小楼，就是雨果情人朱丽叶住过的地方，现在是旅游服务中心。

因为反对拿破仑三世独裁，雨果1863年、1865年、1870年三次被流放卢森堡，朱丽叶一路陪伴。她没有名分，保持一定距离，独处一隅，默默相望。白天为他整理资料、抄稿，晚上默默思念，思念到深处就写情书，每天一封，50年写下了2万封，有1.8万封保存在法国巴黎国家图书馆里。

朱丽叶原来是一名演员，为雨果的才情倾倒。1833年排练《吕克莱斯·波基亚》，雨果读剧本，听得入迷。她演的公主只有一句台词，听朋友说："友谊不能充满整个心吗？"公主说："天呀，什么东西才能充满整个心呢？"朋友说："爱情呀。"朱丽叶瞪着眼睛，一往情深地看着雨果，等他的回答，一等等了50年。雨果的塑像望着乌尔河水，想着朱丽叶似水的柔情。朱丽叶很美，正如他在作品中写的那样："眼睛清澈、明丽，散发着钻石般的光辉。嘴唇红润、灵巧，一张甜蜜和谐的瓜子脸，楚楚动人，颈肩臂，整个古希腊式的完美。"

因而，维安登又叫雨果小镇。

小瑞士

出卢森堡市三五分钟，汽车就进入阿登高原，一路丘陵连绵不断，起伏跌宕，让人有一种舞蹈的感觉。春天的草地绿得耀眼，绿得让人怦然心动。无边无沿，像一块硕大的地毯，越过平原，爬上丘陵，消失在远方。地毯上有着美丽的图案，桃红李白，粉红的樱花、金灿灿的油菜花，星星点点，簇簇块块。时而有林莽碰面，黑黝黝、毛茸茸、软绵绵，近看是灌木，叫不出名字，更多的是乔木，杨树柳树桦树，还没长出叶子，密密层层，枝丫交错，伸向天空，有着整齐而优美的轮廓线。不像中国常见的那种人工林，纵横成行，整齐划一，如士兵的方阵。它们都是自然生长，未经修饰，参差不齐，大家挤在一起，随风摇摆，矮的像幼儿园的娃娃，天真无邪，高的像一群少女们，情窦未开。

春天的森林，色彩并不单调。除了不寐的松柏，一身墨绿，其他落叶乔木，随着苏醒的早晚，身着不同的服装，有的淡绿、有的鹅黄、有的绛紫、有的黄褐、浑然一体，说不出的美妙。天空也和大地比美，蓝天因为澄清显得很低，白云因为洁净显得清晰，悠闲的云朵像棉絮、像浪花、像帆船、像岛屿，浮在空中，贴在蓝色的天花板上，好像在哪个美术馆见过的油画。怪不得小小的比荷卢，涌现了一大批画家：伦布朗、弗美尔、凡·高、阿维坎普、哈尔斯、库尔贝、柯罗、鲁本斯。

丘陵起伏跌宕，公路却没有大起大落，一不留神就钻入地下。三五米高的丘陵，在国内修路通常是“开肠破肚”，劈山挖槽，或者盘旋而上，九曲八盘，越顶而过。在这里逢山就修隧道，40 公里路上钻了 6 个隧道，有的长七八里。不计成本，一切为了保护自然，绝不破坏环境。其实这里的自然条件并不好，草地下一二十厘米就是沙土或者岩石，土壤瘠薄。他们的口号是：自然条件越不好越需要保护。

公路的尽头就是埃希特纳赫，一座山峦包围的小镇。水珠从树梢滴下，从石缝里渗出，汇成一条条棉丝般的小溪，叮叮咚咚跳来跳去，时而钻进树丛，时而浸过岩石，柔声细语地唱着，轻轻地拍打着山谷。小溪不知不觉地长大，突然就变成一条亮亮的瀑布，汇成环绕小镇的小河。镇中心是一个梯形的广场，石块整齐地铺成地面，阳光下闪闪发亮。向外辐射的街道窄窄的，都是两三层巴洛克建筑，有白色的、黄色的。家家门前有花盆，灯柱上挂着花篮，花盆、花篮里都是鲜花，随季节变换，眼下正是郁金香盛开，五颜六色的酒杯状花朵，高高举起，迎接四方来客。小镇美丽而寂静，静得连外面的瀑布和林涛都随风传来，听得真真的。寂静的气氛有时也被打破，那是锻炼身体的自行车鱼贯而入，或者远来的游客从大巴上排队下来，小镇立刻沸腾起来，在“小瑞士”的赞美声中，每座建筑都被惊艳的月光和摄影的镁光铺上厚厚一层。偶尔看到几个当地老人，戴着罗尔帽，牵着狗踽踽而行。

广场向东几步，就是著名的圣威利布罗德修道院，高大的教堂伸出两个长长的副楼，像飞机展开双翼。教堂很古老，公元 7 世纪英格兰本笃会传教士圣威利布罗德来到这里传教，由此带起一个繁荣的小镇，并留下一种宗教舞蹈，每逢基督教五旬节星期二，教徒们排成方队，互相用白色手帕相连，跳各种舞步。这种形式，2010 年被联合国收入“世界文化遗产”。与修道院一街之隔的圣彼得圣保罗教堂，坐落在一座山丘上，从下往上看是一座古罗马古堡。高高塔楼和长长的教堂，显示着古罗马风格，前后各一棵大树，树荫笼罩着教堂。几个月前，中国曲艺团代表在这里演出，曾经引起一场轰动。

称埃希特纳赫为小瑞士毫不过分，这个国家的美深藏不露，低调地保持着上千年骨子里的优雅，拥有令人难以抗拒的魅力。说它是天堂的入口，天堂也不过如此。无论你喜欢人文景观或是自然风光，都不会失望。

克莱沃

弱小的卢森堡，历史上曾被南北二邻吞并，法语和德语都流行。国家独立后为强化民族意识，把卢森堡语定为官方语言，媒体和地标都是本国文字，只会英语的人是半文盲，我这连英语也不通者更成为聋哑人，这次去北部克莱沃游玩，感受颇深。西欧的火车，玻璃窗一米多高，视野开阔，如在透明空间飞行。车速比中国的高铁慢很多，车慢也不觉国土狭小了。过埃特尔布鲁克镇进入德克高地，山高林密，列车在峡谷中爬行，一个小时才抵达终点。火车站小得可怜，只有一间小房，正逢周末，无人值班，只有门口一台售票机。

走出车门便进入雨帘，大雨点子噼噼啪啪敲着水泥地，驱散一腔游兴。大雨茫茫，冷风嗖嗖，小街上仅有我们两人，凄冷无助，在一把雨伞下相偎取暖。老伴说："在家不行善，出门大雨灌。"话音未落，眼前一亮，看见"车方阁"三个大红汉字，一定是一家中餐馆，像黑暗中看见救星。推门进去，店面不小，装修华丽，桌椅整洁。一位中国姑娘，扶持入座，端上两杯热茶，寒意顿消。姑娘自称浙江人，我说我们是河北人，巧了，灶上一个大厨是邯郸人，老乡见老乡，两眼泪汪汪，特意为我们做了两大碗热汤面，西红柿鸡蛋卤，香油葱花，外加一把姜丝，吃得我浑身热乎乎的，眼睛都出汗了。

雨越下越大，店里再无来客。外面雨点和房瓦也像久别重逢，嘁嘁喳喳说个没完。她俩也凑过来聊天，说来到欧洲不用怕，处处都有自家人。卢森堡50多万人，就有300多家中餐馆，大镇多，小村少，只要有村落就会有中餐馆。员工3000多人，老板大多来自一个地方，浙江省温州市青田县。那里山多地少，人均一二分田，难以糊口，出来闯欧洲100多年了。最早一代是一战时的参战华工，战争结束留下来，发现西欧地貌跟家乡差不多，山清水秀，人也文明，容易生存。亲戚连亲戚，朋友拉朋友，陆续来了许多人，扎下根来，便把他乡作故乡。当初背井离乡为了赚钱，如今祖国强大了，开饭馆可以交流文化。欧洲人饮食单调，喜欢中餐丰富多彩。大厅里放个电视机，让老外边吃饭边了解中国，“西湖美景”“钱塘江潮”“养生堂”“舌尖上的中国”，边看边鼓掌。

雨停了，话犹未尽，二人主动做导游，认识她们的美丽小镇。克莱沃人不足千，却有上千年的历史了。中世纪曾是阿登地区著名集市，一些建筑还是勃兰登堡家族留下来的。克里尔夫河当街流过，民居依山而建，错落有致。镇中心一座教堂，正有一对新人举行婚礼，在音乐声中缓缓登上台阶，也让我们克莱沃之行沾上了喜气。

西山顶上有著名的圣莫里斯修道院，红色屋顶突出于绿树丛中，好像是小镇的守护者。山高 500 米，雨天路滑，没敢上去。镇中心高台上一座白色城堡，建于公元 12 世纪。乘电梯上去，院子很大，里面有镇政府、文化中心和博物馆。镇馆之宝是卢森堡著名摄影家斯泰肯 1955 年为纽约现代艺术博物馆创作的《人类家园》，1994 年运回收藏。院内陈列着美式坦克和大炮，堡下还有一个美国大兵塑像。图片记载着 1944 年末到 1945 年初，二战西欧最后一个战役，小镇是主战场，艾森豪威尔、蒙哥马利和巴顿将军亲临指挥美军第五装甲旅把克莱沃从纳粹手中解放出来，美军阵亡 5076 人。卢森堡大公夫人参加了塑像揭幕仪式。

下午 5 时该返程了，两位同胞恋恋不舍，不放心，又送我们到火车站。从售票机上买了车票，周末火车由 30 分钟改为 60 分钟一次。从比利时开来的火车不知停靠哪里，虽然只有两个站台，一旦站错了，腿脚慢也会误车。两位又多陪了半小时，把我们送上车，挥手告别，人影渐渐消失，直到两个身影变成两行热泪。

申根

卢森堡人幸福指数全球最高，一到周末差不多全都驾车出游，留下一座空城，给低收入者和外来人一项特权，公交车免费。武汉老陈约我去看申根，捎带赶一次集市。老陈夫妇、女儿、外甥女娟娟和我们老俩，登上20多米的豪华大巴，沿途没有上人，等于我们两家的旅游专车。在雷米西小镇换乘时，河上停靠一艘白色游艇，小娟娟闹着要上船，售票员说至少7人才能开船。等吧，等了20分钟，来了一对年轻的黑人，女人背着一个小孩。人凑齐了，船鸣笛起航，500个座位的“玛丽·阿斯特里德公主号”豪华游艇，船票成人1张9.5欧元，儿童5欧元，往返40公里，连汽油钱都不够，我们几个人享受了一次国家元首的待遇。图片上显示，1960年法国总统戴高乐和德国总理、卢森堡大公在这艘船上签署过一项重要协议。

这条河叫摩泽尔河，河那边就是德国，岸边杨柳依依，春光烂漫，风景如画，不时一艘快艇昂首挺胸，擦身而过，把我们的目光带向远方。小娟娟更是兴奋不已，楼上楼下跳来跳去，不停地变换位置，不断地指指点点，大呼小叫，像一只快乐的小鸟。河水平静地流着，泛着点点蓝光。浪花拍打着船帮，发出悦耳的声响，船头拨开河水，抖起道道涟漪，像乐谱、如诗行，很是浪漫。摩泽尔河是莱茵河的支流，怪不得对岸的德国出了那么多浪漫主义诗人和音乐家，歌德、席勒、海涅、巴赫、贝多芬、勃拉姆斯、舒曼……

船行半小时，一条大坝横在前面。头上两座大桥，一座通向德国，一座通向法国。申根就在河边，近在咫尺而不可及，游艇还得返回雷米西，再乘大巴。终于到达目的地，想不到地球人都知道大名的申根，只不过是摩泽尔河边一个蕞尔小村，总共450口人。所以闻名世界，在于它的位置和机遇，正处于西欧地理中心点，一脚踏三国。1985年6月14日，法、德、卢、荷、比五国又在同一艘白色的“玛丽·阿斯特里德公主号”游艇上，签署了流芳百世的《申根协定》。“成员国对短期逗留者签署统一格式的签证，即可在有效期内，在所有申根国家旅行。”这一纸文字改变了几千年的世界游戏规则，申根村长罗杰·韦伯说："当时大家并不以为有什么大不了的，谁也没想到有这么深远的影响。"欧盟原主席巴罗佐说："《申根协定》还缔造了一个新欧洲。"也给亿万人带来方便，比如我这次有了一张卢森堡签证，就可以任意漫游欧洲，如今申根协定国已有30个，全世界的人都应该向这个小村鞠个躬。

摩泽尔河边，矗立着三座纪念碑，高3.5米，正面棕红色，上部镂空处有铜制五角星。隔一条马路是博物馆，展览着《申根协定》原件复制品、协议发展过程和申根国地图。博物馆结构别致，由若干几何图形组成。工作人员说，设计者是本地艺术家赫尔曼，上海世博会卢森堡馆就出自他的手笔。馆内有一处电子设备，人站在它面前，输入姓名、国籍、出生年月日，点击按钮，就出来一份申根村的签证，还有自己的照片。我们煞有介事地手持这张签证，深入访问了小村的角角落落，古堡、教堂、养老院、幼儿园、饭店、酒庄，除卢森堡的教堂外，所有建筑都带着鲜明的赫尔曼的艺术风格。

所谓集市，不过两三辆皮卡支开的摊点，叫卖啤酒、儿童玩具和本地特产核桃。顾客没有多少，有的是一群群乌鸦绕着飞来飞去，好哇好哇地叫着。漫山遍野的核桃树，由于国小人少顾不上收打，成熟的果实常年挂在枝头，被乌鸦们叼在嘴里，飞到马路上方，空投下去，等汽车轧碎再来啄食。让我想起儿时小学课本上的一篇文章。乌鸦渴了，想喝水，找到了一个瓶子，因为水浅，够不着。聪明的乌鸦就到处找小石子，衔来放进瓶子里。石子多了水位高了，乌鸦就喝到了水。今天又增加了一个知识，天下乌鸦一般精。

“北戴河”

50 万人口的卢森堡，华人只占 7000，大汉族成了少数民族。人少抱团，有自己的圈子，圈子内为了说话简便，往往把当地常用又绕口的地名，用汉字标音。比如一家超市叫“仙人掌”，一处公园叫“北戴河”。我的住处与“北戴河”一街之隔，白天家中无人，街上也冷冷清清，寂寞难耐，就去公园消磨时光。

三月下旬，论节气北京已近春分，这里气候还是大寒。大西洋季风气候，阴冷潮湿，几乎天天有雨，而下着下着就变成雪花。昼夜温差不大，温度计也冻僵了，不见伸缩，加上身的过冬衣服，再也减不下来。公园的草木还处于休眠状态，树枝光秃秃，草坪蔫巴巴，水面上浮着冰碴，绿头鸭缩着脖子，连叫声都哆哆嗦嗦的。茂盛的只有树梢后面的烟囱，冒着白色的烟柱，散开团团花朵。这里的民居不像中国，一家同一层楼，面积横向扩展。而是一家一独栋，窄窄一条，竖着向上延伸。家家自备锅炉，烧暖气烧壁炉，烟囱在楼顶。放眼望去，四面森林般的烟囱，吞云吐雾，蔚为壮观。

街上不见行人，人都在公园里，熙熙攘攘，密度颇大，散步的、快走的、慢跑的、遛狗的，说话不懂，见面点头。当地人一身两制，头上厚厚的帽子，脖子厚厚的围巾，下身赤着白花花的腿，连袜子也不穿。他们怕冷也不怕冷，相信寒冬之后是春天。树皮在一点点泛青，枝条在一天天变软，桃杏枝头已经有了微微突起和小小结节，湖面上活跃起来，春江水暖鸭先知。到了四月中旬，量变到质变，“忽如一夜春风来，千树万树梨花开”。人们争先恐后地和阳光亲近，挽起袖子，光了膀子，有的孕妇还特意露出突起的肚皮，接受阳光的抚慰，她们知道光吃钙片不行，还得加上阳光才能合成维生素 D。草坪上横七竖八躺满了人，有位戴眼镜的中年妇女，看我是中国人，凑上来说："太极，太极。"我只记得二十四式，领着她比画，神奇的舞蹈招来很多人围观。

"北戴河"的常客是老年人，他们文质彬彬，西装革履，叼着烟卷，拄着拐杖，连迈步也带着绅士风度。当地人说他们是幸运的一代，正赶上国家从畜牧、钢铁向金融帝国过渡。"脱了马裤，换上西装，走进写字楼"，退休后过着优越的生活。当地人说，从市中心到各个社区，最好的房子是老年公寓和幼儿园。他们的下一代就没那么幸运了，因为文化水平不济，只能做体力劳动，修马路、洗盘子、扛水泥、送快递，公交车司机、修电器工人，已经算是令人羡慕的美差了。卢森堡50万人，1/3是外籍，不少人从法国、德国开车来上班，抢了他们的饭碗。因而满腹牢骚，被称作"抑郁的一代"。

公园的主人是少年儿童。从襁褓婴儿到中小学生，牙牙学语、蹒跚走路，玩沙子、捉昆虫、坐滑梯、踢足球，无限的天真、快乐，天真是形态，快乐是芳香。孩子是中心，父母围着他们转，树林围着他们转，草坪围着他们转，湖水围着他们转，花儿围着他们转，鸟儿围着他们叫。种种秋千，种种球场，高高低低的滑梯，任他们跳跃、攀登、飞翔。跟着他们，大人们也都变成老小孩。

卢森堡的妇女儿童是幸福的，国家政策大幅度向他们倾斜。从怀孕到生产，有种种照顾，女人进产房就有一笔补贴费。从哺乳期甚至到孩子上学，母亲会领到种种补贴，甚至父亲也有一份。大人爱护孩子，但是并不溺爱，孩子很少抱着，而是鼓励他们学爬、学走，跌倒了爬起来。观察了那么多天，卢森堡孩子好像都不会哭，只会笑。这给我们启示，中国在卢6家银行，几百名职工。不像我们这一代，"我为祖国献青春，献了青春献子孙"，他们不让孩子做留守儿童，带在身边受洋教育。一个孩子要两个老人保驾，爷爷奶奶，或者外公外婆。卢森堡探亲签证只给3个月，双方老人 3 个月一轮班，这样一个孩子就要 4 个老人不停地往返在飞机上。

陶醉摩泽尔

德国人说，莱茵河是父亲，摩泽尔河是母亲。女性的摩泽尔河发源于巴黎北边的孚日山，在法国涓涓细流，波澜不惊，是幼稚女童。到卢森堡一水如练，清亮明媚，是纯情少女。进入德国曲曲弯弯，左顾右盼，是风流女郎。至科布伦茨与东来的莱茵河交汇，浩浩荡荡，是体态丰盈的大妈了。

从申根入境，到瓦瑟比利希出界，84 里长，是摩泽尔最美的一段，蜿蜒的河水被连绵的山丘拥抱着。高高低低、错落有致的山丘，披着葱绿的外衣，织着细长的条纹，在薄雾里起伏，在山峰中飘忽，像中国南方的梯田、茶山。走近看都是葡萄园，铺天盖地。

这里的葡萄酒文化，像摩泽尔河一样源远流长，可以追溯到古罗马时代。河东的特里尔曾是罗马帝国的首都，公元 330 年君士坦丁大帝就在此建立了酒窖。选帝侯喝葡萄酒治好了顽疾，他便大力推广优良葡萄品种。卢森堡大公酒厂，也有上千年的历史了。拿破仑一世喜欢一种“朝圣者”酒，甘愿当起它的广告代言人。

摩泽尔河谷的葡萄种植得天独厚。平缓而向阳的山坡，底层的灰质风化岩和表层的白垩土、黏土，善于吸收阳光，宽宽的摩泽尔河又像一面镜子，把阳光反射到山坡上，形成二次日照，温度上升很快。海洋向大陆过渡的气候，阴冷潮湿，年均气温 9℃，雨量 853 毫米，适宜葡萄和菌类生长。主要品种有赤霞珠、白贝露、霞多丽、琼瑶浆，听名字就十分诱人。加上株控粒选，迟摘晚收等技术，自然酿造出名贵的葡萄酒来。

摩泽尔河畅游在诗意的风景中，我追着它的脚步觅酒，走一山又一山，山山葡萄园；走一村又一村，村村有酒庄；走一家又一家，家家有作坊。国家通过合作社形式，把酒农组织起来，制定统一的葡萄酒法。1237 公顷葡萄园，年产葡萄酒 1250 万升。按原料分晚收葡萄、冰葡萄、晾晒葡萄三种。产品有白葡萄酒、起泡酒、桃红葡萄酒几种。质量分特级、一级、列级三种，80% 销售到比利时和德国，统一用“卢森堡摩泽尔”商标。

年年春天，卢森堡举办盛大的葡萄酒节。沿河村镇轮流做主场，张灯结彩，民族服装，管弦乐队，小号吹得山响。家家酒窖开门迎客，献上最好的产品，人头攒动，酒杯叮当，欢声笑语不绝于耳。空气里充满泥土气息，山风里夹带着酒香，摩泽尔笑出一个个酒窝，掬一捧河水都带着酒味，一河葡萄美酒流淌，怎不令人陶醉！

摩泽尔河谷，人称“酒鬼的天堂”，村村都有酒馆，酒香馋人，让人不忍离去。因为预订了酒吧，在此行终点，我只能一忍再忍。这酒吧叫普罗来梅，高踞申根西山 200 米断崖之上，须仰视才见，像小孩子搭的积木。绕道两公里，爬一段山坡，过一座松林，才到达目的地，真是个酒好不怕巷子深。这是一座不大的建筑，后面是酒窖，前面两层楼房，长桌木椅，大落地窗，左右青山溪谷，山岚氤氲，眼前摩泽尔河，流水汤汤。好像一切都因酒而设，唤醒大家的感官。

服务生彬彬有礼，献上优秀的产品和服务，开胃酒基尔之后是冰酒，以解旅途疲劳，喝一口透心凉，如立陡峻河岸，面对凛冽寒风，三伏天进了空调房。然后是主打品牌，白葡萄酒“雷司令”，看上去色泽清澈、酒体轻盈；闻起来果香浓郁、新鲜悦人；抿一口，清澈淡雅、细致温柔；好像春江花月夜，醉卧花丛，得意而忘形。一杯酒人喝酒，二杯酒酒喝酒，三杯酒酒喝人，轻飘飘不知身在何处，人生能有几回醉。

只顾喝酒，冷落了精心准备的菜肴，炸河鱼、熏猪肉、腌牛肉、甜豌豆。吃过中国菜，一切不在话下，而摩泽尔的美酒，却是“风光这边独好”。葡萄园和葡萄酒，是卢森堡的另一种魅力。

2016.5

访诺贝尔故居

蜻蜓点水似的过境瑞典，仅仅一天时间。但是宁可舍弃首都斯德哥尔摩，也要去拜访诺贝尔故居。对我来说，这位科学家的名声可以抵得上一个国家。所幸这里地近北极，夏季白昼长达20个小时，午夜不过像赤道上的黄昏，朦朦胧胧，无须电灯照明。我的一天变成了两天。

七月是瑞典的黄金季节，大地摆脱了漫长的黑暗，阳光特别灿烂。斯德哥尔摩人纷纷涌向街头，不少人还半裸身体，徜徉于公园里，醉卧在草坪上，尽情地享受珍贵的阳光。长期高福利、高税收政策导致低效率，人们懒洋洋，国家死气沉沉。沉闷的空气似乎需要诺贝尔的炸药来轰炸一下。

阿尔弗雷德·诺贝尔1833年10月21日生于斯德哥尔摩市，自幼漂泊海外，晚年才回国定居。他选择了卡尔斯库加市的白桦山庄。卡尔斯库加是一座海滨小城，半城海水半城树。白桦山庄并不是山，密密的白桦林环抱一块椭圆形大草坪。绿绿的草坪上一座白墙红顶的二层小楼，房后一池碧水，楼前一方花坛，红玫瑰簇拥着一根大理石方柱，柱顶是诺贝尔半身铜像。面对铜像，我有很多话要说，瞻仰诺贝尔也是我专程赶来的原因之一。高中毕业时，我本来有机会读北京工学院，在得知那个专业是制造炸药以后，我坚决拒绝了。因为战争夺去父亲的生命，使我落生 14 天便成为孤儿，我像仇恨日本鬼子一样仇恨诺贝尔这位现代“炸药大王”，因为他的发明，两次世界大战数千万人死于战火硝烟，大批孩子沦为像我一样的孤儿。后来我渐渐懂得，发明和使用是两回事，正像古代火药是中国四大发明之一，而不能把所有战争归罪于中国一样。何况炸药更多地用于和平事业，开山修路，推动社会生产力。再看眼前的诺贝尔，慈眉善目，一脸老成的样子，很是让人敬爱呢！

推门进去之前，我迟疑了一下，想象中的大科学家住的地方，里面一定是神秘的、光怪陆离的。进来之后，眼前的橡木楼梯，两边的起居室、会客室原来如此普通，烛台、壁炉、桌椅与一般人家没什么两样。只有二楼的书房与众不同，书柜特别高大，书籍特别厚重，书脊银光灿灿。宽大的书案上，摊开的记事本半尺多厚，画满了图形表格，处处让人感觉高深莫测，让我这近乎科盲的人目瞪口呆，自惭形秽。

与沉重的书房相比，寝室则简单到家了。一张单人床，一把椅子，被褥不整，睡衣乱放，缺少起码的女人味儿。这个造福人类的大科学家，个人生活极为不幸。科学上无数次实验，无数次成功，但是在爱情上，三次恋爱，三次失败。第一个对象未婚先逝，第二个没有成为妻子却成为他命名的和平奖得主，第三个是卖花女，尽管他花了大量金钱，送了她一套别墅，还是得不到她的爱情，人家名花有主了。诺贝尔到死还是一个单身汉，他把自己的全部天才和热情都献给了科学事业。二楼走廊的一个展柜里，陈列着他 1895 年写的著名遗嘱，声明将全部遗产 920 万美元中绝大部分作为基金，奖励世界上最杰出的人，而不留给家人，不奖励懒惰。当年这份遗嘱曾引起一场轩然大波，亲戚、国民、包括瑞典科学院院长都出来反对，直到最后国王拍板才平息了争论，维护了诺贝尔本人遗愿，将遗产中的 900 万美元每年利息的 20 万美元作为奖金，分设物理、化学、生理学或医学、文学及和平奖（1969年增设经济学奖），自1901年起，让世人望眼欲穿的金质奖章，一面是诺贝尔侧面像，另一面不同形态，文学奖章是一位坐着写作的文人和一位站着弹琴的淑女。诺贝尔一生酷爱文学，还写过诗歌、小说和剧本。走出故居，再次来到诺贝尔像前，我郑重地给他提了一条意见，为什么至今还把文学奖悬在一个东方文明大国的头上？诺贝尔无言以对，露出尴尬的样子。

沿草坪中一条小路北行300米，有一排简易平房，共三大间。一间是诺贝尔的实验室，柜子、桌子、案上、地下，摆满大大小小、形形色色的瓶瓶罐罐，琳琅满目，好像一家玻璃店。地上一尊塑像，诺贝尔正全神贯注地启动一个引爆装置，这是他勤恳一生的写照。诺贝尔的父亲是一名化学家，也很早地就把两个儿子带进实验室里。弟弟在一次爆炸试验中不幸身亡，诺贝尔没有退缩，一生俯身在试验的硝烟和爆炸声里。另一间展室里，陈列着诺贝尔一生的重大发明，硝化甘油引爆剂、雷管、硝化甘油固体炸药、胶状炸药等。

走出白桦山庄，我频频回望那美丽的别墅。草坪上那尊塑像，成为我脑海中永不消失的身影。我和“爆炸大王”之间也永久地和解了。

2000.1

安徒生故居

丹麦人常说的一句话是：最小的就是最好的。最充分的依据，就是这个几百万人口的小国，产生了一个大文豪安徒生，在恢宏的世界文学殿堂占据重要的一席之地。所以我到了丹麦，首先要去拜访安徒生的故乡欧登塞。

欧登塞在菲英岛海湾深处，是一个只有 14 万人的小城，古老的教堂和城堡星罗棋布。设有“安徒生研究中心”的欧登塞市南丹麦大学有 6000 学子，而安徒生于 1805 年出生时，欧登塞全部人口仅有 5000 人。

从火车站到安徒生故居，不过走几分钟的距离。告别漫长的冬季，七月正是欧登塞的黄金季节，整齐的街道，阳光明媚，家家阳台上姹紫嫣红，长方形的花盆和绿色植物编织的花环上飘着绸带。座座庭院竖着高高的旗杆，红底白十字的国旗满城飘拂。丹麦人视国旗不那么神圣，可长方形，可燕尾形，还可以变形为长长的条状。小贩、摊位任意叫卖，甚至还可以画在脸蛋儿上。儿童商店随处可见，大小商场都辟有儿童娱乐园地，彩色童车上宝宝们花枝招展。丹麦政府对育儿父母待遇优惠，8 岁以下儿童的父母每年可以享受 13 到 52 周假期，单亲父母加倍，假期中每人还补贴 3.5 万克朗，折合 6000 美元。所以有些人接二连三地生孩子，还可增加一份收入。所有校舍都童话般美丽，每班学生限制 28 人以内，学生与教师的比例为 10 ：3。欧登塞简直是儿童的天堂，正好与故居里安徒生的童年形成鲜明的对比。

大教堂旁边一条古旧小街，碎石铺成的路面，石缝中生长着青草。两边矮矮的房子，浅黄墙皮咖啡色屋顶，古典式路灯，铁框镶着玻璃。几家以安徒生命名的旅店、咖啡馆，摆满了纪念品。安徒生博物馆位于街口，进门一座圆形大厅，挂着安徒生的生平油画。后院是故居，一排低矮木屋，6 间房子合住 4 户人家，属于安徒生家的一间仅有 10 平方米，是祖孙三代人的寝室、饭厅，兼父亲的制鞋作坊。安徒生生来丑陋，孩子们不愿意跟他玩，常常一个人在家里摆弄父亲给他做的木偶、画片，并且自己动手缝制衣服道具。待腻了，或者爬上屋顶看玫瑰花坛，或者跟随祖母到一家医院打零工，听大人们讲故事。有时候也跑到城外小河边，看磨坊的轮子怎么纺出白线。

拿破仑战争使安徒生凄苦的童年雪上加霜。父亲为生活所迫，去盟军当雇佣兵，不久病故。母亲给别人洗衣为生，改嫁了另一个鞋匠，不久也死于贫民救济院，祖母沿街乞讨。安徒生稍大一点就到鞋店当学徒，差点儿也成了鞋匠。因为自幼喜爱木偶，安徒生幻想当个演员，14 岁便告别这个小木屋，走上人生艰苦的旅途，因此这间小屋没有留下他什么遗物，只有一扇木屏风是安徒生临走时亲手制作的，为年迈的祖母遮挡漫漫长夜吹来的彻骨寒流。

到哥本哈根后，安徒生试图当芭蕾舞演员、歌剧演员，都因为相貌丑陋、笨手笨脚、五音不全而梦想成空，只能跑龙套混饭吃。后来在诺斯·考林等几位艺术家帮助下，安徒生进入哥本哈根大学，阅读了大量文学著作，立志用文学形式把人生的苦难表达出来。安徒生写过诗歌、剧本、散文，还有一部长篇小说《即兴诗人》出版。30 岁时他声明:“我现在开始写给孩子们阅读的童话，我要争取未来的一代，这才是我不朽的工作。”从此他发奋创作，年年圣诞节都有一本童话问世。早期的童话，如《皇帝的新衣》《丑小鸭》《豌豆上的公主》，采用现实主义与浪漫主义结合的方法，想象丰富，生动活泼。中期的“新童话”，如《卖火柴的小女孩》《母亲的故事》《影子》等，减少了浪漫主义色彩，更多地表现了人间疾苦。后期的作品称为“故事”，包括《园丁和主人》《柳树下的梦》《单身汉的睡帽》等，深刻揭露社会的阴暗面，充满了现实主义和民主主义精神。安徒生的作品，以奇丽的幻想、深邃的智慧、辛辣的讽刺和独异的艺术魅力，形成了自己显著的艺术风格，在世界儿童文学史上承前启后，超越了格林童话，又为后来的《哈利·波特》所不能代替。

安徒生终生未娶，一直挚爱着一位已经嫁人的朋友。一次在夜行驿车上，他的善良举止和高雅谈吐，使车上美丽的夫人感动不已，迫不及待请他到家中做客，热烈地倾吐情怀。而这位著名的童话家，却害怕生活中的童话，在绝色女子面前自惭形秽，连一刻过眼烟云的爱情都不敢承受，默默地退出大门。

安徒生的作品征服了世界，先后被翻译成100多种文字，中国出版发行最多。安徒生成为丹麦人的骄傲，国王亲自给他提高年薪，任命他为枢密院顾问，王后赠给他一枚珍贵的戒指。家乡欧登塞授予他“荣誉市民”称号，全城家家户户大门向他敞开。1875年8月4日他因病逝世，安葬那天全国降半旗致哀，国王和王后亲自来吊祭。安徒生享年70岁，没有子女，可是全世界的儿童都是他的孩子。

2000.1

哥本哈根童话

七月的哥本哈根，天气是孩儿的脸，刚才是艳阳天，说变就是毛毛雨。但是街上没人打伞，行人脚步不乱。广场上正有一拨少年聚会，脸上涂着油彩，上身画着条纹，头上梳着朝天辫，还有的戴着面具，个个都像安徒生童话里的人物。其实在我眼里，哥本哈根就是一个童话世界。

从外港进入朗厄里尼海湾，在海滨公园上岸，首先就看到了“美人鱼”。它坐在一块褐色岩石上，裸露着美丽的胴体，背上垂下长发，哀恋地凝望着大海。正如安徒生《海的女儿》描述的那样:“她的皮肤光嫩，像玫瑰的花瓣，她的眼睛是蔚蓝色的，像最深的湖水……她没有腿，下身是一条鱼尾……”这个动人的铜像是由嘉士伯啤酒厂老板卡尔·雅各布森创意、雕塑家艾里克森精心创作的。它像巴黎的埃菲尔铁塔一样，是哥本哈根的标志。

沿着弯弯的兰格里尼大街南行，就看到了葛芬喷泉。一组美丽的铜雕，葛芬女神袒胸露臂，长发飘飘，一手抚犁，一手挥鞭。4头神牛低头弓背奋力拉犁，鼻孔喷着粗大的水柱，与四周的喷泉交织成茫茫白雾。女神座下三层台阶，三叠瀑布，慢坡泻下，状如珠帘，弥漫着一种神秘的色彩。这是丹麦雕塑家安诺斯·蓬高根据一篇北欧神话创作的。传说瑞典国王答应送给女神一块领土，条件是必须用耕牛一夜犁出，于是她的4个儿子化作神牛，一夜间在大海上垦出一个西兰岛。

接着是阿美琳堡王宫，4座宫殿菱形相对，组成一个八角形广场，广场中心是腓特烈五世骑马铜像。中午12时正举行皇家卫队换岗仪式，卫士们红衣蓝裤，头顶熊皮帽，披挂白十字子弹带，手持步枪，在军乐声中绕场一周。奇怪的是行进中的纵队没有间隔，人贴人脚跟脚地移动，也不见谁踩掉了鞋。

住在宫里的玛格丽特二世女王，是一位出色的画家，曾为英国托尔金的童话《行会首领》绘制了70幅插图，还为安徒生童话《牧羊女和扫烟囱的人》改编的电视剧设计了精美的布景和服装。前几年古老的王宫又传出一个现代童话，王子约阿希姆在香港培训时，与当地一个公司的女副经理文雅丽一见钟情，女王愉快地接受了这个有着中国血统的灰姑娘。文雅丽东方式的笑容和儒雅征服了整个丹麦。她的肖像出现在许多报刊上，她的发型和服装也成了流行款式，所有中餐馆的生意也红火起来。

哥本哈根是北欧最大的城市，人口134万但是绝没有东方的拥挤和嘈杂，显得天高地阔，舒缓恬静，倒有几分田园风光和古典美。河上漂着高桅木船，岸边有一个个啤酒屋。市区少见高楼，别墅和公寓仅两三层。民居多是单门独院，原色木房，粉红屋顶，面积宽大，人均50平方米以上。住宅之间不见院墙，树影离离，绿草茵茵。前后左右都不雷同，千楼千面，尖顶平顶，东式西式，错落有致，整个城市就像一个别墅区。

风景如画，花香鸟语，满天飞舞的鸟儿使这画动了起来。走着走着，就有鸟儿款款飞来，落在肩头，亲吻你的脖颈，或者在你的裤管下拍打翅膀，绕膝而转。鸽子在广场闲庭信步，悠哉悠哉。乌鸦混迹其间，滥竽充数。水面上的天鹅，一身洁白、纤尘不杂，大伸着翅膀，如扬起白帆。云雀是丹麦的国鸟，浅棕羽毛、褐色纹理，尾巴绣一圈银边。它们常常在你面前，一个跟斗直钻青天，从云端甩下一串铜铃般的歌声。丹麦人爱鸟出名，商店出售鸟食，树枝上挂着小食盒，天鹅觅食困难，大家为它筑窝送食。居民与鸟为友，与鸟同乐，鸟儿冲淡了城市的喧嚣。

走在哥本哈根街上，看不到东方人那种匆匆忙忙的脚步、忧郁和无奈的眼神，也听不到嘀嘀咕咕和牢骚骂街。丹麦人性格爽朗、心态平静，与国家的高税收、高福利制度相关。丹麦的所得税高达 50%，政府税收的 40% 用于社会福利。

家庭与儿童福利待遇丰厚，政府对有未婚子女的家庭发放津贴，0—2 岁每人每年 9600 丹麦克朗，3—6 岁 8600 丹朗，7—17 岁 6600 丹朗。另加儿童补贴，每人每年 3372 丹朗，单亲儿童 4416 丹朗，多胞胎每人 5456 丹朗。有 8 岁以下孩子的家长，父母每年享受 13 到 52 周假期，单亲家庭延长 1 倍，休假期间政府发给工资补贴，每年多达 35000 丹朗。

老人实行弹性退休政策，基本退休金每年 64056 丹朗，身边无子女的 67068 丹朗，孤寡老人外加 21552 丹朗。政府修建和管理的养老院，内设单门独户的住宅，食堂、医院、娱乐中心应有尽有。老人与大家一样享受全部医疗保健服务。

年龄在 15 到 64 岁之间的人，81% 的有工作，妇女就业率达 73%。白领与蓝领工资差别不大。最近公布各行业的月工资，建筑工人 14652 丹朗、售货员 15270 丹朗、教师 20562 丹朗、厨师

20910 丹朗、记者 26806 丹朗、议员 28508 丹朗、医生 31098 丹朗、飞行员 36978 丹朗、最高法院法官 53088 丹朗。生活贫困线为 10000 丹朗，失业救济金 11092 丹朗。

在哥本哈根，首相和部长们没有什么特权，与市民同样上街买菜和散步，不存在买官卖官、行贿受贿现象。这些现实，对我却像听到了一则童话。

2000.1

裴多菲故居

踏上匈牙利国土，首先想到的是一首诗："生命诚可贵，爱情价更高，若为自由故，两者皆可抛。"诗是中学时代学的，长时间在我心目中裴多菲就是匈牙利，匈牙利就是裴多菲。今天来到布达佩斯，果真如此。从古老的城堡山，到长长的多瑙河，到处是裴多菲的雕像和纪念馆，据说有 100 座呢，可见诗人在国家和人民心中的地位。浏览市容后，我急于看到诗人的故乡和故居。

布达佩斯以南，沿多瑙河方向，阡陌纵横，绿野平畴，让人想起裴多菲 20 岁时写的《在我的故乡》："我生长在这美丽的地方，生长在阿伏德平原上，这城市是我的出生之地，荡漾着我的保姆的歌曲，如今我还能听到这声浪：金龟子，黄色的金龟子……"

车行 80 公里到达一座美丽的小镇，名叫基什克勒什。有位白发老人雅诺什，听说我们参观裴多菲故居，自愿带路。他骄傲地说："看见那棵全村最高大的树了吗？树下就是裴多菲·山陀尔的家。"走一段石板路，过一道栅栏，从小门进去就是裴多菲纪念馆。右面一座房子，白色的墙，屋顶铺一层厚厚茅草，剪得整整齐齐，门框窗棂都是黑色的。木制桌椅，陶制餐具，一张裴多菲 1823 年落生的木床，床上是母亲亲手织成的床单，都说明诗人出身贫寒。父亲是屠夫，开过肉铺，还有几亩薄地。裴多菲 16 岁时因多瑙河泛滥，家道中衰而辍学，到萨普隆当过兵，当过流动演员。在《佩斯时装报》当助理编辑时，他受浪漫主义文学影响，走上诗歌创作道路，并组织匈牙利第一个民间作家团体“青年匈牙利”。老人说，这棵树风水好，茅屋飞出了金凤凰，不鸣则已，一鸣惊人。

茅屋旁边是展览室，用大量图片、资料和诗稿展示诗人短暂而轰轰烈烈的一生。雅诺什老人对裴多菲的情况十分熟悉，不时加上一段诗歌朗诵。裴多菲在乡间长大，了解人民疾苦，19 岁时写了 50 首民歌体的诗，把农民、牧人、渔夫、山盗、流浪汉写进诗里，采用民间喜闻乐见的形式，如“牧羊人骑着驴子，两脚拖在地面上，他虽高大，更大的，是他心里的忧伤”(《牧羊人骑着驴子》)。1848 年 3 月 15 日，他组织了针对哈布斯堡王朝的佩斯起义，冒雨在民族广场朗诵自己写的《民族之歌》:“起来，匈牙利人，祖国正在召唤！是时候了，现在干，还不算太晚！愿意做自由人呢，还是做奴隶？你们自己选择吧，就是这个问题！”他的诗成为口号，在大街小巷张贴。起义成功了，人民成立了自己的议会和政府，宣布脱离奥匈帝国而独立。统治者大为震惊，邀请沙皇俄国派兵，组成 34 万联军镇压革命。诗人高歌《投入神圣的战斗》，叱咤风云，身先士卒。1849 年 7 月 31 日，裴多菲在瑟克什堡战役中英勇牺牲，年仅 26 岁零 7 个月。他的诗像日记一样，记录着人民革命的发展，在匈牙利文学史和民族斗争史上占有特殊的地位。

在卧室的墙上，有裴多菲家人的画像，妻子森德莱·尤丽亚秀丽端庄。他们于 1846 年相识，志同道合，诗人在《我愿意是激流》中表白:“我愿意是激流，是山里的小河，在崎岖的路上，在岩石上经过。只要我的爱人，是一条小鱼，在我的浪花中，快乐地游来游去。”1847年新婚蜜月，诗人不忘苦难的祖国，写了《凄风秋雨在林中低语》。三月起义前夕，裴多菲伏案创作《民族之歌》，尤丽亚在灯下为义军赶制军旗。诗人触景生情：“如果是你那白嫩的手缝的，胜利一定会爱上这面战旗，胜利越来越和它亲密；我的妻子，你缝起那面战旗！”（《旗帜》）上前线前裴多菲以诗告别妻子：“我放下竖琴，拿起了宝剑，从前我是诗人，现在是一名士兵。”（《告别》）在他们之间，诗情、爱情、爱国之情三情是一致的。

裴多菲不仅属于匈牙利，也是属于世界的，他的诗被翻译成多种文字，鼓舞了各国人民的革命斗争。在纪念馆前广场上，有个雕像群，都是世界著名的作家、革命家，好像聚在一起开裴多菲作品讨论会。还在诗人初出茅庐时，德国诗人海涅就赞许：“在这充满病态与老奸巨猾的社会里，他竟是出乎意外的健康和单纯，致使我在德国找不到一个人能与之并列，我自己也只有少许这样自然的声籁。这个农家子弟有自然的声籁，有如一只夜莺。”《共产党宣言》发表后，欧洲革命浪潮高涨，由意大利燃起的烈火蔓延到法国、西班牙、捷克、奥地利，但又相继失败。由裴多菲领导的佩斯起义发展成为民族解放斗争，坚持到最后成为孤军作战，裴多菲壮烈牺牲。马克思、恩格斯非常关注匈牙利革命形势的发展，称之为“1848年革命最后的英雄”。鲁迅先生1906年在《摩罗诗力说》中赞美裴多菲“所著诗歌，绝妙人世”。还在《为了忘却的纪念》一文中高度评价了诗人的《自由与爱情》，从而使裴多菲成为中国家喻户晓的名字。鲁迅先生对裴多菲诗的翻译也非常精到，如《凄凉秋风在林中低语》第9节，直译是“上帝不会让我生活在恬静当中，我要向战场勇猛出击”。鲁迅先生译作：“天不生我于孤寂，将召赴战场矣。”还有本文开头引用的《自由与爱情》，直译是6句：“自由与爱情，我都为之倾心。为了爱情，我愿意牺牲生命。为了自由，我宁愿牺牲爱情。”译成现在的 4 句，更是传神之笔。

基什克勒什归来，我对诗有了进一步的理解。

2000.2

卡夫卡的“炼金炉”

传说捷克第一任女领主里谱谢站在伏尔塔瓦河岸遥望对岸，说那里将是一座与星辰同辉的城市。今日布拉格果然如此，高耸入云的圣维特大教堂、金碧辉煌的布拉格宫、横空出世的查理大桥、星罗棋布的众多塔楼，真可谓“百塔之城”。但是这些都不能吸引我，我要寻访的是“现代文学之父”弗兰兹·卡夫卡，他才是布拉格最为耀眼的一颗明星。

弗兰兹·卡夫卡 1883 年生于麦瑟街和卡普芬街交叉口一个犹太商人之家。因为不是名门贵族，便也没有固定豪宅。卡夫卡在捷克语里是“寒鸦”的意思，他父亲商号的信封上就印着一只长着漂亮尾巴的大头鸟。他的童年经常像老鼠一样搬家，住过盖斯特街的慈善楼、温策广场的米怒塔楼、蔡特纳街的老屋、金斯基宫的商楼群。“昔孟母，择邻处”，孟母为儿子的教育选择文雅环境，而卡夫卡一家越来越扎堆闹市，跻身世俗。

他的祖父是屠户，父亲是批发公司老板，精明能干，财丁两旺，习惯发号施令。卡夫卡天生懦弱，与父亲的强大形成反差，养成了忧郁孤独的性格。他大学毕业获得法学博士，成为保险公司职员，却认为“文学是我唯一的天职，除此以外毫无兴趣”，千方百计逃离了家庭。背着父亲租房写作，住过毕尔科娃、德路哈·特里达街、尼古拉街、绿色斜坡、奥拉彻楼、环城路拐角、炼金者街22号、普拉娜等。现在最能代表卡夫卡性格的是炼金者街22号。

这是狭窄得像一条裤腿一样的胡同，22号是一座建于16世纪的筒子楼，一室带一个小阁楼。墙壁薄得能听到邻居说话，房顶低得伸手能摸到天花板。这个小屋本来是小妹奥特拉租来周末约会用的，卡夫卡一眼看上了，每天一下班就带上面包直奔这里，坐下来一直写到深夜，好友马克斯·勃罗德称它为“一个真正作家修道士般的密室”。简约的写字台上，仿佛还有卡夫卡奋笔疾书的影子。他说父亲的约束力把他按在职业的枷锁中不能动弹，写公文就像从自己身上撕下一块肉。而在这里他说写作是“祈祷的一种形式”。卡夫卡像炼金者一样专心致志，从生活的矿藏中提炼真金。小说集《乡村医生》里的大部分作品是在这里完成的，他的舅舅是一位乡村医生，他熟悉那种生活。

这幢小屋就是卡夫卡寂寞心境的写照。“我将不会经历成年人的年龄阶段，会从一个孩子直接变成一个白发苍苍的老人。”他终日曲背斜肩，穿着蹩脚的服装，原因是自惭形秽。他说：“既然生得难看，何不穿得舒适一些呢？既然世界已经看惯了我的旧服装，又何必向它展示新服装的丑陋呢？”

这幢小屋也是卡夫卡矜持爱情的见证。29岁的他认识了一位瑞士姑娘，一见钟情，一年后订婚。就在举行婚礼前卡夫卡犹豫了，“主要出于我写作的考虑，因为我想婚姻对写作是有危害的”。于是解除婚约，但是两人依然书来信往，两年后第二次订婚，洞房就选定这一小屋。可惜事与愿违，卡夫卡被发现患了肺结核，一纸诊断书判了婚姻的死刑，再次解除了婚约。几年后与一位鞋匠的女儿订婚，因为父亲嫌女方出身微贱坚决反对，懦弱的卡夫卡不得不又一次解除婚约。

1923年欧洲通货膨胀，度过了一个饥寒之冬，穷人的苦难哨啮着卡夫卡的心，他面色惨白，肺结核病情加重了，入住维也纳森林疗养院。1924 年 6 月 3 日，卡夫卡病逝，棺木运回布拉格，安葬于斯特拉斯尼茨犹太人公墓。享年 41 岁，终身未娶。

其实卡夫卡不完全是一个孤独忧郁的怪人，他的性格中还有诚实、向上、坚实的一面。他的终生好友勃罗德说:“在卡夫卡的内心有两种截然不同的倾向为争夺优势而互相争斗：对孤独的企求与跟人交往的意愿。”卡夫卡一生也为获得自己的完美而斗争。

卡夫卡生前默默无闻。他短暂的一生有 3 部长篇小说,《美国》《审判》《城堡》，还有短篇小说集《变形记》《在流放地》《乡村医生》《饥饿艺术家》等。但是生前仅发表过 6 部短篇小说，朋友勃罗德是他的第一个读者、第一个评论者，也是真正意义上卡夫卡的第一个发现者。他竭尽全力整理编辑朋友的遗著，1935 年出版了 6 卷本《卡夫卡全集》，1950 年又出版了 9 卷本，把一个旷世奇才介绍给全世界，使全球掀起了一股“卡夫卡热”。

卡夫卡的小说多以人的异化现象为主题，表现人类的灾难感、孤独感和负罪感，通过诸多病态心理的描述，反映“现代人的困惑”。他的小说不是对社会如实的表现，而是描绘一种扭曲、变形和怪诞的图像。他善于把形象寓言化、符号化，如《变形记》把人变成一只甲虫,《城堡》中的城市紊乱而模糊。他小说的主人公往往都带一个“K”字母。《变形记》中的格里高尔，生活环境和思想感情是现实的人，变形后的夸张、离奇又是象征性的。把现实的因素同非现实的因素结合一起，使人看到人与人之间关系的实质，因而这一形象是尖锐而又深刻的。所以说卡夫卡的创作是后现代主义文学的先声。人们从各个不同角度研究他作品的奥妙和艺术表现，形成了文学研究领域的一门新科学：卡夫卡学。

小屋，一个让世界惊羡的“炼金炉”。

2000.2

感受维也纳

由于音乐修养不足，我能唱全本的《宇宙锋》和《失空斩》，却不大识五线谱。这次从意大利赴德国途中，特意从因斯布鲁克下道，坐500公里火车到音乐之都维也纳朝圣。不巧正像京剧叫花子常说的一句话："早饭已过，午饭未到。"五六月的音乐节结束不久，七八月剧院停演维修，各大音乐团体下乡巡回演出去了。眼看着国立歌剧院、城堡剧院人去楼空，感叹不远万里来，却无缘以偿夙愿，难免垂头丧气、怏怏不乐。

走出旅馆，想躲进一家小酒店喝闷酒。酒店门口插着鲜绿松枝，里面干干净净，十几张餐桌。没有日式卡拉OK破锣嗓子的吼叫，也听不见美式摇滚乐疯狂的刺激，却有一阵小提琴声如潺潺流水，悠扬悦耳。我一下子兴奋起来，呷了一口奥地利葡萄酒，暑气闷气顿消。小提琴正演奏贝多芬《贝五》，精致娴熟，出神入化。我一边品味美酒，一边欣赏乐曲。起初以音乐就酒，后来变成以酒佐乐，醉意朦胧中，似乎看到老贝多芬找小施特劳斯的身影。过了一会儿，邻桌的几个年轻人要撤退，争执今晚去美泉宫看莫扎特的《魔笛》，还是去维也纳公园听施特劳斯的圆舞曲。我立刻跳起来，天可怜我，让我堤内损失堤外补，而且还可以鱼与熊掌兼得。

维也纳实行夏时制，下午6时太阳还老高。走在格拉兹大街上，街道曲曲弯弯，几乎每个道弯里都摆开一个小乐队，乐队之间还有许多零星歌手。整整齐齐的礼服、金光灿灿的乐器、此起彼伏的乐曲，构成一道美丽动人的街景。维也纳生活为音乐融化，音乐无处不在。

我提前来到美泉宫，捎带一看，类似巴黎凡尔赛宫，鲜花草坪，树篱组成的绿色走廊曲径通幽。宫殿是典雅的巴洛克式，花环是纤巧的洛可可式。弗兰茨·约瑟夫一世和王后茜茜公主，在这儿度过了浪漫的一生，法国路易十六王后玛丽·安托瓦内特在这儿长大，悲剧也从这儿开始。童年莫扎特在这儿的宫廷舞台初试身手，拉开他音乐人生的大幕。这些都无暇顾及了，像磁石一样吸引着我的是广场上的舞台。为适应露天环境，灯光、音响、服装都比较明亮、鲜艳。歌剧演员并不出名，或者我孤陋寡闻，可是征服我这并不专业的口味已经绰绰有余。男高音一再拔高，好像攀登阿尔卑斯山，雪线以后，一次又一次翻越杜夫尔峰、勃都朗吉峰、卢卡诺峰，直逼欧洲屋脊勃朗峰。女歌手的婉转花腔，像维也纳森林百鸟争鸣，一会儿画眉、一会儿夜莺、一会儿云雀，在云彩里翻筋斗。我承认对莫扎特的歌剧，还不摸门道只看热闹。但是正如达尔文所说，大部分听众感兴趣的，不是音乐而是音乐家。莫扎特从不为永恒作曲，正因为如此，他的许多作品才成为永恒。据说演出结束，还有烟火和礼花，可惜我还要“赶场”，只得依依惜别。

维也纳公园露天音乐场，座无虚席，听众们被施特劳斯的圆舞曲迷得神魂颠倒，随着指挥的手势前仰后合。《蓝色多瑙河》《多瑙河圆舞曲》，清澈纯净的乐声，时而清风徐徐，时而月光融融，时而润物无声，时而水银泻地。服务人员都是维也纳音乐大学的在校学生，不知是志愿者还是打工的。他们头戴假发，身着十八九世纪宫廷服装，从售票、引领到送香槟，跑前跑后，忙得不亦乐乎。场外不少人随着乐曲翩翩起舞，从乐场一直跳到施特劳斯纪念碑，施特劳斯雕像身姿前倾，全神贯注地拉着小提琴，周围大理石穹门上，一个个天使听得出神。我也像它们一样，听得入迷，站成了一块石头。

第二天看多瑙河。站在卡伦山眺望，河水蜿蜒西来，进入维也纳盆地，给美丽的山城束上一条蓝色的腰带。走近它身边，因为上游冰雪消融，夏日的多瑙河水面很宽。一条长堤把它从中分开，一河变成两河。游艇、舢板荡来荡去，戏水的青年跳来跳去，好像活跃的音符。岸边的楼房高高低低，倒映水上，好像沉静的间符，整个多瑙河就成了一条长长的五线谱。其中有贝多芬的交响乐、海顿的圣乐、莫扎特的歌剧、施特劳斯的华尔兹。正是这些大师们，还包括舒伯特、勃拉姆斯、玛勒，是一条条水量丰沛的支流，还有数不清的街头乐队、音乐酒吧和露天演出，是一条条涓涓小溪。它们共同汇成了波澜壮阔的音乐之河。我呆呆地站在多瑙河畔，张开嘴巴，让它层层叠叠的浪头直打在心上。

溯河而上，10 公里走入迷人的维也纳森林，一听名字就让人翩翩起舞的地方。茫茫林海，阵阵松涛，十足的音乐氛围。花香鸟语，天籁野趣，曾激发多少创作灵感。大教堂前 500 年的菩提树张着满树圆圆的耳朵，聆听过大师们新作试唱。卡伦堡前明亮的池塘，密密波纹，录下了多少美妙旋律。鲜花丛中，有施特劳斯父子的雕像，纤纤手指好像在我心弦上点拨了一下，一股乐感在身上跳荡起来。森林里面，舒伯特的故居，墙上有他亲手画出的五线谱，好奇怪，我竟然脱口唱出来，没打磕绊。音乐是人类的第二语言，没有边界的共同语言，两天来我听了不少，也学了不少。啊！维也纳，这一趟没白来。

2000.2

因斯布鲁克

隔一座阿尔卑斯山，在意大利还是盛夏，翻过山来，出布伦纳山口，进入布雷根茨—维也纳谷地，一下子就进入深秋，冷风嗖嗖，浑身起鸡皮疙瘩。亚平宁半岛之旅陪伴了我十来天的遮阳帽，早不知丢在了哪里。

从瑞士流过来的因河一路欢歌东去，拐个弯投奔多瑙河去了。美丽的因斯布鲁克小城分布在两岸，有一座大桥相连。因斯布鲁克在奥地利语的意思，就是“因河上的桥”。

阿尔卑斯山脉横亘欧罗巴，阻塞交通，仅留下几个山口作商旅大道。位于布伦纳山口的因斯布鲁克，自古以来就是中南欧之间的一座桥梁。12 世纪时还只是一个设防小镇，到 16 世纪初，马克西米利安一世在这里大兴土木，开始形成城市规模。霍夫教堂里有这位皇帝高大的纪念碑，周围环列着他的 28 位祖先的雕像。绿荫丛中的帝国宫，是一座白色的巴洛克式建筑，底层有连环拱廊。宫后一条大街，左侧市政厅有着褐色宫墙，上面的塔楼下方上圆，高耸入云。面向大街的公侯堡，四层楼房，白墙黑窗，每个窗台都摆一盆红玫瑰，显得十分典雅。

门楣上方突出一个大阳台，四根明柱，好似中国古代的戏楼。抱厦上铺设着镀金铜瓦，金光灿灿，这就是享誉世界的“金顶城堡”。当年茜茜公主旅行结婚时，曾在此处下榻，站在这座阳台上，向下面欢迎她的人山人海招手致意。

站在市区，抬头可见南面的阿尔卑斯山，云雾缭绕，巍峨秀丽，山体浓绿成一片鲜亮的深蓝。八月天了，山脊顶着白皑皑的银冠，垂下一条条冰川状如流苏，怪不得诗人拜伦把它称作“大自然的宫殿”，比“金顶城堡”更加神圣的“银顶宫殿”。本来因斯布鲁克行程有限，但是这美丽的山色勾魂似的吸引着我，情不自禁地向它走去。

好在因斯布鲁克是世界著名的冰雪之城，1964 年和 1976 年两度举办过冬季奥运会，交通和旅游设备齐全，可以乘电缆车直达山顶。据说每年登山游客在百万人以上，我也有幸成为这百万分之一了。

山脚的低山丘陵农业发达，大片的玉米、高粱和春小麦，大片的葡萄园、苹果园，间或有梨、桃、李子、樱桃。零落其间的民房，白墙、黑木、瓦顶，让我想起一首叫“老木屋”的民歌，描述阿尔卑斯山区农民艰苦生活的故事。今天山路上来来往往的农民，体格健壮，衣着整齐，怡然自乐。有的开汽车，有的驾摩托车，也有的骑着自行车，好像是中国凤凰牌的。

因斯布鲁克的繁华热闹，靠的是得天独厚的冰雪。夏天不算旅游旺季，看不到春天消融的雪水汇成的山泉溪水慢坡流淌，也看不到冬季滑雪道上红男绿女展翅飞翔，当然也碰不上可怕的雪崩。如果早雪少、晚季多，积雪表面疏松，新形成的雪块遇上强风，就会顺山而下，越滚越大。1951 年一次雪崩，曾有 151 人不幸遇难。

我们这批游客以观光为主，缆车放慢速度，可以浏览两边的植物，领略一个立体的阿尔卑斯山了。

低山是夏绿阔叶林带，有山毛榉、鹅毛枥、青枝栎等。接着是针阔叶混交林，增加了云杉、冷杉。接下来是暗针叶林带，多数为樟子松、落叶松。再往上是高山灌丛草甸带，矮松、杜鹃、越橘、矮桧，一堆一堆；苔草、羊茅、火绒草、委陵草、兰钟花、报春花，一片一片。再往高处是亚冰雪带，生长着苔草、虎耳、点地梅，开放着五颜六色的小花。山顶的冰天雪地里，也还有一种植物，叫水川毛茛。各种高度也都有牧场，低山多母牛，中山多公牛，高山以牛犊和羊为主。白羊、红牛、五花牛，三五成群，看似美丽的花朵。

站在山顶，回望来路，有点眼晕。据说山有3600米高，因河变成了一条细线，因斯布鲁克像小孩子们玩的一堆积木。东西看去，一条银龙，蜿蜒而来，逶迤而去，腾云驾雾，不见首尾。龙头在哪？法国、瑞士、意大利三国交界的勃朗峰，海拔4810米，是欧洲第一高峰，“勃朗”在法语里是白色的意思。细看那雄伟山脉，阳光下不尽纯白，有浅灰、暗黑、淡蓝、微黄诸色，像一幅自然形成的中国画。云雾中那巨龙似乎张牙舞爪，四面八方伸出喀尔巴阡山、亚平宁山、比利牛斯山，扬起波河、莱茵河、罗纳河……怪不得当年拿破仑站在阿尔卑斯山顶，狂言把整个欧罗巴踩到了脚下。我不是一名军人，是一个旅游爱好者，站在这里也踌躇满志，产生了阅尽欧洲春色的快慰。

2000.2

湖光山色谈瑞士

人称瑞士是“世界花园”，这个面积仅为4.1平方公里的小国，处处是诱人的秀山丽水，处处有迷人的湖光山色。山水相依，山的雄伟、湖的妩媚，相映成趣。1962年陈毅元帅曾有诗赞美：“湖光晴最好，轻鸥款款飞，雪峰直似玉山堆，看她素装淡雅让人窥。”

日内瓦在这座“公园”的门口。日内瓦湖更像一弯月牙，镶嵌在大山之中，从日内瓦经罗尔、洛桑到蒙特勒，长70多公里。

月缺部分被阿尔卑斯山咬去了，犬牙交错的山影还留在水中。晴天时可以看到“欧洲屋脊”勃朗峰，它像一位威武的将军，银盔银甲，统领着千军万马。勃朗峰在法国和意大利边境，最早登上山顶的是瑞士地质学家德·索诸尔，他最早把山上景物介绍给大家，被称作“阿尔卑斯山的画家”。

西北部的汝拉山，峰峦连绵，森林茂盛，把喧闹挡在法国一面。北海的风经过梳理过滤，了无纤尘，水不扬波。溪水悄无声息，花儿寂寞开放，静谧得像一处世外桃源，同伴想起一句笑话：“这儿空气新鲜得像鸡汤一样。怪不得林间湖畔不起眼的作坊，能造出世界上最精密的手表来。”

中部的伯尔尼山，位于阿勒河之阳，又夹在布里茨与图恩两湖之间。闪亮的雪山与蔚蓝的湖水相互辉映，巍巍山势与弯弯河水缠绵在一起。海拔 4274 米的芬斯特拉峰，为阿莱奇冰川覆盖，长 27 公里，像一条巨大的瀑布，只见其形，不闻其声。

中南部的少女峰，在“冰雪的金字塔”上凌空而起，远望如一位美丽的姑娘，银装素裹，长发披肩，安卧在蓝天白云之间。山上有奇特的冰洞，玲珑剔透，水纬低垂，冰挂倒悬，是一座天然水雕的宫殿。冰洞之间连环相套，曲径通幽，像一个美妙的童话世界。

琉森湖在瑞士高原的腹地，碧水蓝天，烟波浩渺。岸边奇峰壁立，披虹挂云。湖面时而窄如峡谷，时而宽如大海，一步一景，风光如画。历史上曾有不少文人墨客为之倾倒，湖边的希尔斯广场有歌德住过的旅店，山岩上有纪念席勒的石刻，一个山庄上的音乐博物馆曾是剧作家瓦格纳的故居。

东部的苏黎世湖，有“湖中之王”的美誉。山势不高，岸坡平缓，布满了葡萄园，白墙红瓦的别墅散落其中。湖水浑蓝，白帆点点，快艇倏忽。苏黎世城坐落在河岸湖滨，教堂和古堡倒映水中，苏黎世在当地克里特语中就是水乡的意思。这个瑞士最大的城市，只有27万人口，却是西欧的金融中心，有世界上最大的黄金市场。

周游这个内陆高原，给我的印象是置身水乡泽国。除了湖泊之外就是森林和草原，一片碧绿。整个瑞士国土，森林占32%，草场占50%。瑞士农民的主要产业是经营草场，他们见缝插针，不裸露一寸黄土。草场可以放牧，但必须轮放，土地有铁丝网隔离开来，一半放牧，一半休养。草长高了，收割打包，储存饲料。政府对农民施行补贴，只准少数人种庄稼，控制在农户的5%—10%，绝大部分粮食和蔬菜靠进口。

所到之处林茂草肥，其实瑞士土壤贫瘠，种植条件不好。我看见一位农民移动围栏，正在刨一根木桩，半尺之下全都是卵石和白沙。桩子拔出后，他跑很远的路到湖里挖来泥土，一点一点地把坑填好，又一根一根把草种上，像家庭主妇修补衣服那样认真。

林语堂说瑞士人有洁癖，其实他们珍视的不只是个人，更重要的是保护环境。旅游景区一般禁用汽车，交通工具以电动机车为主，而且每家酒店只限一辆，五星级酒店才可以拥有一辆四轮马车。提倡游人以步代车，走累了才上马拉雪橇，千方百计地减少汽车尾气的污染。

湖边也有人垂钓，但是看不到鱼篓，钓上来的鱼又都放回水中，只重过程，不要结果，追求一种娱乐。居民也有鸟笼，但不是挂在自己屋檐下，独享其乐，而是挂在森林里，为迷路的鸟儿当巢。

瑞士人矿产匮乏，便以湖山为资源，把环境当产业，精心开发旅游产业。全国有625万人口，每年游客却有650万之多，旅游收入每年15亿美元，与钟表工业相差无几。瑞士人办了上千所旅游院校，面向全世界招生，在校学生大部分是外国人，有几所还是专门以中国人为招生对象的。我在伯尔尼中餐馆碰见很多打工的中国留学生，一名福建人姓魏，他说高中毕业慕名而来，除了路费，每年学费1万美元，4年毕业后还得回去。瑞士的绿卡比英国还难办，有个女生为了留在这里，嫁个当地人，结婚4年多被迫离婚，因为法律规定结婚5年可以入籍。瑞士人爱国家胜于爱美人。

2000.2

手表和军刀

此生喜欢旅游，纵情山水，崇拜徐霞客和马可·波罗。所幸科技进步，飞机和汽车代替了帆船和毛驴，足迹可以遍及全中国，地球也逛了3/4。顾及家人的感情，所到之处都要带回些纪念品，来瑞士之前已经锁定了手表和军刀。

下飞机进日内瓦，马上收到一个见面礼，莱芒湖滨的“英国公园”里别致的“花钟”。斜坡草坪上，一个巨大的钟表图案，绿草组成的表盘，红花组成的刻度和拉丁文数字，直径10来米，细看时，时分秒三大针还在走着，听得到时间老人咚咚的脚步声，电动的机芯一定是在草坪下面。

瑞士号称“世界的钟表厂”，从16世纪开始的钟表业已经有400多年的历史了。伟大的启蒙思想家卢梭就出生在日内瓦一个钟表匠家里，站在斜坡上北望，可以看到罗纳河小岛上卢梭的铜像。全国有钟表厂2000多家，年产8000万只，占世界总产量的45%，出口总值17亿美元，占瑞士出口总值的13%，与旅游业可以媲美。

日内瓦大大小小的商店，都有钟表专柜，世界名牌“劳力士”“欧米茄”“梅花”“雷达”“派克·菲利普”应有尽有。最便宜的一种定价只有十几美元，最昂贵的竟然上亿。我专程到过市区北面汝拉山区的纳沙特尔小镇——瑞士钟表制造业的技术中心，能工巧匠身怀绝技。一块价值 100 万美元的“劳力士”，需要一名老工匠组装整整一年。一块极品“雷达”装配 4000 粒人造金刚石。“法兰克”内部构件全是高纯度的白金。有的表盘镶一粒钻石，就价值 10 亿美元。有一种电子表，每年误差不到 30 秒，还有一种原子钟每天误差仅为一亿分之一秒。这里的人们钟情机械表，说石英表与真正的钟表艺术没有丝毫共同之处，30 年后会统统过时的。

拉绍德芳的一所“山堡”，名为“钟表之国”，陈列着有史以来世界各种钟表，包括最早“进贡”中国的“奏笛时钟”。各种品牌好像智力竞赛，“派克 · 菲利普”不仅能看当地时间，还可以显示全球 24 个时区的时间，变换时区只需动一下按钮。“布兰普”不仅有公元年、月、日，还能显示相应的阴历年、月、日。“劳力士”经过北极水层的考验，“欧米茄”同阿姆斯特朗一起登过月球，现在仍是俄罗斯宇航员的专用手表。

瑞士年人均收入 3.5 万美元，可以说富甲天下，但是我所见到的人，上自市长下到普通人，没有手戴名表的，都戴着普通表，甚至是塑料表。马路上很少见到“林肯”“奔驰”，多是“丰田”“大众”，还有不少甲壳虫车，只有银行和税务局才知道谁是百万富翁。例外的是，大家都知道作家是最贫穷的阶层，数千名作家平均年收入只有 6400 美元，不到全国人均收入的 1/5。

我走街串巷，到许多商店的墙上货架搜索，一把军刀的影子也不见。向当地人打听才知道，瑞士军刀不是三五尺长的军刀、马刀，而是只有几厘米长的小刀，兼有削苹果、起瓶盖、剪指甲等多种功能的多用刀，摆在货柜里。一般是军绿或迷彩服色，有的还有瑞士国旗白十字标志。人们所以称之为军刀，还有某种历史意义。

瑞士是个内陆小国，8 世纪还处于罗马帝国统治之下。1291 年 3 个州于反对奥地利哈布斯堡王朝中秘密结盟，即为瑞士立国之初。1684 年脱离罗马帝国，宣布独立和执行中立的政策，1815 年维也纳会议上瑞士被确认为“永久中立国”。

瑞士多山少矿，土质贫瘠，固穷积弱，长期以出卖雇佣兵为经济来源。像中国的四川出好兵一样，瑞士山地人一不怕苦，二不怕死，英勇善战，闻名于世。欧洲人来这里买壮丁，瑞士人便以卖兵为业，谁给钱就给谁去卖命，不问战争性质，有时拼杀的双方竟是同胞骨肉。后来这个贫穷的国家，逐渐从血的教训中醒过来，发奋图强，发展需要原材料少、技术含量高的机器制造和精密仪器。对外奉行中立和“普遍性”“善良服务”“国际合作”政策，不但脱了贫，而且成为世界首富。从此不再出卖五尺男儿，而输出二寸军刀了。唯一例外的是对梵蒂冈，罗马教皇的警卫非瑞士人莫属。

日内瓦是个国际城市，联合国办事处又名万国宫，在莱芒湖西岸、植物园旁边，背依葱绿的小山，风光宜人。1919 年成为国际联盟驻地，后来又是联合国欧洲总部，周恩来两度参加的恢复印度支那和平与和平解决老挝问题的国际会议都是在这里召开的。日内瓦有 200 多个国际机构，每年有 5000 多个国际会议在这儿召开，几乎每天有 10 多个国际会议开幕，是一座真正的“国际会议之城”。这座只有 20 万居民的城市，拥有众多的豪华宾馆和高级房间。

日内瓦是联合国欧洲总部驻地，瑞士却并非联合国会员，这是全民公决的结果，实际上保持中立也不是一件容易的事，这几天媒体正披露它在二战中的污点。纳粹德国 1938 年吞并奥地利以后，迫于淫威，瑞士当局拒绝 2.5 万犹太人入境避难，致使多数人惨死在集中营里，瑞士银行为此赔偿 12.5 亿美元。

这一天中午碰巧是日全食，我们坐在山坡上看阴影笼罩的万国宫，等待着它从黑暗中走出来。

2000.2

列支敦士登

洋洋欧罗巴，国家有小大。大如俄罗斯，地跨欧亚两大洲，10个时区，有一首苏联歌曲："我们祖国多么辽阔广大，它有无数田野和森林……"小如马耳他、安道尔，不过三四百平方公里，被称作"袖珍国家"。还有微型国家圣玛利诺、摩纳哥、梵蒂冈，面积分别约为61平方公里、1.9平方公里、0.4平方公里。袖珍和微型之间，还有一个列支敦士登，面积160.5平方公里，人口不足3万。大有大的难处，英、法、德三足鼎立，互不服气，一出唱不完的西方"三国演义"。小有小的优点，如列支敦士登，只要策略对头，小国寡民一样可以在列强如林中找到自己的位置。麻雀虽小，五脏俱全，我想钻进去看个究竟。

列支敦士登，既不像马耳他那样的岛国，也不像圣玛利诺、梵蒂冈那样的国中之国，夹在瑞士和奥地利两国之间。从瑞士的苏黎世出发，东南行进入上莱茵河谷地，过一座小桥，司机说脚下便是国界线。看不到边防，也没有海关，甚至没有一个当兵的踪影，汽车连停都不必，司机按了几声喇叭，表示对一个主权国家的尊敬。

走不远，面前一个小镇，就是国都。它叫瓦杜兹，居民仅5000人，只有一条大街。街上没有高楼大厦，古色古香的民居、装潢现代的新楼，都不超过三四层。街面整齐、干净，商店、餐馆、酒吧屈指可数，未免有些冷清，还能感到从阿尔卑斯山上吹下来的寒意。没有自己的货币，买东西要付瑞士法郎；没有自己的语言，官方话是德语；没有军队，没有大学，有两种德文印刷的报纸，只有一个外交官，长驻瑞士。街中心比较豪华的建筑，一个是列支敦士登国家博物馆，一个是邮票展览馆。

走进邮票展览馆，让人大开眼界，绝对是世界水平的。花花绿绿、五颜六色的邮票，有 1921 年加入万国邮政联盟以来搜集到的各国邮票，也有 1912 年以来自己发行的邮票。墙壁上、展橱里，小小邮票像万千只蝴蝶展翅欲飞，让人想起冯牧先生一篇文章《蝴蝶泉边蝴蝶会》。心里想，我那些爱好集邮的朋友，能来这里看看该多好。

小小的列支敦士登，以小小的邮票发家。从 1912 年第一枚邮票诞生，经过多年发展，邮票业已经成为国家最负盛名的产业。这里的邮票以富于创意和制作精美，受到全世界集邮爱好者的青睐。比如一套名为“2000 年基督教”的“千年特种系列邮票”，描绘了圣经故事里的一些场景，在 1999 年圣诞节发行时卖得最火，风靡全球。列支敦士登举办欧洲小国运动会时，发行了一套邮票，也轰动一时，小小的邮票为国家赢得了声誉。列支敦士登每年出品 20 种邮票，每种印刷 50 万张，成为国际集邮市场上的抢手货。邮票收入占国家财政收入的 1/10，邮票也带来旅游业的繁荣，每年来瓦杜兹观光者多达七八万人，是全国人数的两三倍。小小的邮票使这个本来贫穷的农业国，变成世界最富有的国家之一。

列支敦士登是一个君主立宪制国家，王宫耸立在镇外阿尔卑斯山一块危岩上，高高在上，俯瞰全国，气势夺人。这是一个 13 世纪的宏伟建筑群，殿宇错落，塔楼高耸，宫墙相连。外表古朴，内部非常现代化。现在的国王汉斯—亚当斯二世就住在里面，他的性格也像他的王宫一样，胸有成竹而平易近人，每年 8 月 15 日国庆节，在这里宴请所有的臣民。这个山地小国，曾先后归属“莱茵联盟”和“德意志联盟”，1866 年宣告独立，在两次世界大战中保持中立，因而国泰民安。前国王约瑟夫二世经常自豪地说，他统治着一个人人都感到幸福的国家。现在的汉斯—亚当斯二世认为，“现在这里依然是一个令人感到幸福的国家”。

国王拥有60—70亿瑞士法郎的财富，其中包括美国一家研究水稻栽培技术的公司、一家国际银行和大量房地产，但是国王不带保镖，经常一个人出现在瓦杜兹街头，或者在森林里漫步，也经常参加一些社会活动，他和他的人民互相信任。好像最近出了一点问题，根据1921年宪法，国王拥有最高权力，又实行议会民主制。同时还规定，只要有1500个公民联名要求修改法律，国王就要举行全民公决。最近在任命一名法官的问题上，国王与议会产生了分歧，而且受到欧洲人权法院裁定，认为他违反了公民言论自由权。国王满腹牢骚，扬言“如果不接受我的意见，我就准备离开，自由自在地去做其他事情”。因为1938年以前，列支敦士登的国王一直住在邻国奥地利。老百姓说胳膊拧不过大腿，最终还要服从国王，因为人民爱戴他。

临走我买了两套喜欢的邮票，把这次列支敦士登之行永远地贴在自己的记忆之上。

2000.2

铁托别墅

从萨格勒布南行，3小时后进入格尔梅奇山区，发育完整的喀斯特地貌，由于面临西风带，雨量充沛，林木茂盛，酷似我国桂林景色。一条狭长的公路伸向普利特维采湖国家公园，因为寥无人烟，林区格外寂静，瀑布的声音显得宏大，我在瀑布的源头找到了铁托别墅，代号 99。

这是隐蔽在林中的一大片建筑，由花岗岩砌成，庄严而坚固，看上去像一座古堡，或者更像一处战争指挥部。建筑面积 5000 平方米，拥有 60 多个房间。它建于 1948 年，动工 3 年，是由德国战俘施工的。查阅资料，这一年铁托与斯大林闹翻了。6 月 28 日欧洲共产党和工人党情报局作出《关于南斯拉夫共产党状况的决议》，指责南共“脱离马克思列宁主义的正确路线”。搞了几十年武装斗争靠自己的力量打败法西斯的铁托元帅，泰山压顶不弯腰，29 日就发表声明予以反驳，毅然分庭抗礼，创立并维护以社会主义自治为中心的南斯拉夫独立自主的路线。

约瑟普·布罗兹·铁托，1892 年生于克罗地亚农村，比毛泽东年长一岁。少年从军，曾在西伯利亚战俘营劳动，十月革命后参加“国际赤卫队”，1935 年赴莫斯科任共产国际巴尔干书记处成员，1937 年任南共中央总书记。他深知斯大林的为人和性格，也许做了最坏的打算，准备重新当他的游击队总司令。别墅自备专用电源、深井和食品库，山上有秘密地道。据说当年整个房顶和门窗都涂上厚厚的一层铅，防止轰炸和核辐射。

走进一道森严的栎木门，面前是体育馆一样的大厅，两侧大理石柱，一面墙上挂着普利特维采瀑布的图画，墙角堆放着铜雕和破烂家具。除此之外空空如也，空气里弥漫着发霉发潮的气味，偶尔还有蝙蝠飞舞。当年豪华的装饰不见了，不知是被波黑战争洗劫一空，还是转移到什么地方去了。有电梯通向地下，我看到了保龄球室和电影放映厅。放映厅门边墙上有巨幅《铁托策马图》，他左手勒缰，右手挥鞭，跃马战场，异常神勇。旁边还有一座铁托胸像，一脸刚毅，稳如泰山。也许战争双方都不再把前总统当回事了，它们才得以保存下来。

电梯直通三层铁托的起居室。从阳台上瞭望，近处是波涛起伏的林海，远处可以看到比哈齐高低错落的楼群。套间很大，角落里一台 50 年代的黑白电视机，飞利浦牌的，小黑板一样大。这在当年是罕见之物，全南斯拉夫仅有几台，铁托总统每天不少时间花在它上面，观察风云变幻的世界。家具都是栎木制成的，桌子宽阔笨重，椅子高大敦实，铁托接见将军们时总是帅不离位，盛气凌人。例外的是，他在这里会见埃及总统纳赛尔、印度总理尼赫鲁、埃塞俄比亚皇帝海尔·塞拉西时，则是彬彬有礼、和蔼可亲。1956 年铁托、纳赛尔和尼赫鲁会谈后，提出了不结盟主张。1961 年 9 月在贝尔格莱德举行了第一届不结盟国家首脑会议，有 25 个国家参加，发表了《不结盟国家和政府首脑宣言》，通过了《关于战争的危险和呼吁和平的声明》，呼吁恢复中华人民共和国在联合国的合法席位。到 80 年代，不结盟运动已经拥有 101 个成员国，17 亿人口。铁托自始至终都是不结盟运动的杰出领导人。

枪林弹雨中走过来的铁托元帅一生喜欢打猎，会客室的墙上悬挂着他亲手猎获的一头雄鹿的犄角，还有鸟儿的标本。他有一条德国良种牧羊犬，取名莱克斯，对铁托有过救命之恩，在不少著作中它被称为铁托的“战友”。别墅里有严格的保卫措施，每次铁托驾临，都要提前一个星期封闭起来，对周围人员进行安全检查。警卫们都是将军级的，他们要随时注意元帅细微的眼神和动作。别墅里有 200 名卫兵，森林里埋伏着上千名便衣。

据说铁托脾气不好，一无所获时会对属下吹胡子瞪眼，大喊大叫。打猎成功时，会把警卫们叫过来痛饮一场。伙食由礼宾司安排，午餐多为野味和烤羊肉，有一次没了野味，吃普通的干肉白菜，他也吃得津津有味。山居和打猎对铁托健康大有裨益，记得他 80 多岁时，还能亲自开汽车迎接到访的我国领导人。1980 年逝世时享年 88 岁，在世界各国政要中堪称寿星。

铁托每次来普利特维采，都乘高级小轿车，凯迪拉克或切诺基，都是美国送给他的。铁托晚年往往独自一人来住，妻子约婉卡因为爱出风头、掺和政事，被他甩在一边。约婉卡也单独来过，还在森林里迷了路，出动了许多警卫才把她找回来。

离开普利特维采时，我心里有些酸楚。这个战斗一生、钢铁一样坚强的领导人，生前绝不会想到，一手创建的、铁桶一般的江山，在他身后会这样迅速地土崩瓦解。曾经亲密无间的臣民，会迅速反目为仇、互相残杀起来。

2000.2

多瑙河在呻吟

科索沃战争结束两年了，贝尔格莱德依然愁眉苦脸，痛苦地抽搐着。

贝尔格莱德位于多瑙河与萨瓦河交汇处，原来水雾茫茫，建筑以白色为基调，被人称为“白色之城”。经过那次以美国为首的北约几万架次飞机轰炸之后，已是满目疮痍、面目全非，全不见昔日的洁白了。

贝尔格莱德是个倒霉蛋，从建城以来先后被萨尔马特、哥特、格庇德、法兰克、匈奴、保加利亚、拜占庭、土耳其、奥地利等占领和统治。因为它扼守巴尔干交通要冲，又是多瑙河航运中心，历来都是兵家必争之地。巴尔干是欧洲的火药桶，南斯拉夫则是这火药桶的导火索，第一次世界大战就是从这里点燃起来的。

贝尔格莱德人口 145 万，在欧洲也算大城市了。多瑙河贯北部，萨瓦河从西南流来，左岸是新市区，街道宽阔，绿树成行，具有现代化气派。右岸老城区，古色古香，有罗马时代的卡列梅格丹古堡，雉堞角楼。胜利者圆柱上的青铜武士英姿勃勃。不过它们好像还没有从这场噩梦中醒来，角楼上似乎还残留着硝烟，武士也好像面带愧色。

走在著名的斯卡达利亚大街上，街道曲曲弯弯，铺一色鹅卵石，两边红墙白瓦的建筑，保留着浓厚的塞尔维亚风格。街口竖一根高高的绿色旗杆，上挂一面彩旗，旗上是醒目的街徽：一顶草帽、一根手杖和一束鲜花，旗杆下就是著名的“三顶帽子咖啡馆”，塞尔维亚语中的“帽子”，与文明高雅是谐音。街上保留着20多位历代诗人、作家、画家、演员的故居，每家门旁镶嵌着一块精致的铜牌，上面刻着他们的姓名、生平，还有半身塑像。每年4月在这里举办联欢节，当地知名的文化艺术界人士在街头上聚会，载歌载舞，表演各自的得意之作，街心花园有一尊水神铜像，嘴里往外喷水，人们称“斯因达利亚之水”，据说喝了这水能使人神勇。我来时水神嘴里不喷水了，眼里好像噙着泪水。当地人说它即便喝饱了肚子，也抵挡不了电子制导的集束炸弹。

老城区还有一条米哈伊洛夫大街，是以一位大公的名字命名的。19世纪初他领导人民进行反对占领者的斗争，迫使土耳其交出了贝尔格莱德城的钥匙，从而结束了奥斯曼帝国在这里500年的统治。这条街道与萨瓦河平行，市面繁华，因为旧街狭窄，只允许步行。

德迪涅山旁的乌日策大街15号，原是总统府的玻璃花房，长20米，宽15米，内有铁托的陵墓，白大理石砌成，长12米，宽5米，墓碑上刻着“约瑟普·布罗兹·铁托”一行金字。生前，南斯拉夫人像热爱米哈伊洛夫大公一样爱戴他。想不到尸骨未寒，他一手创建的大南斯拉夫便分崩离析，斯洛文尼亚、克罗地亚、马其顿和波黑相继独立，如今的南联盟只剩下塞尔维亚和黑山，兄弟阋墙，相互残杀，引来外敌。米洛舍维奇没有铁托那样的权威，还要发号施令，难免自受其辱，被自己人送上了海牙法庭。当然对于后者，国人争议颇大，并成为国家新的不稳定因素。我想根据事态的发展，估计用不了多久，南联盟这个名字也快寿终正寝了。

祸不单行，大轰炸之后，第二年贝尔格莱德又遭受一次浩劫。连续大雨和暴风雪，多瑙河的支流蒂萨河洪水猛涨，罗马尼亚边境小镇奥拉迪亚的乌鲁尔金矿的污水沉淀池漫坝，10 万多升含有大量氰化物的污水流进河中，含量超过正常值的 700 倍，沿岸国家面临切尔诺贝利核电事故以来最大的生态灾难。几天后污水进入南斯拉夫的森塔市，站在岸上，触目惊心，河面上的死鱼白花花一层，前不见头后不见尾，如同一条冰河。岸边横三竖四排满了水鸟的尸体，一向健壮的鱼鹰浑身抽搐，垂死挣扎着。越积越多的死鱼堵塞了河流，在贝塞奇大坝上堆积如山。祖祖辈辈靠打鱼为生的人们，黑压压站在岸上，悲痛欲绝，把手里一朵朵白花扔进河里。他们面临的困境是不仅今年无鱼可打，而且要等待好几年后河里才会再现生命。悲剧迅速地推进到整个多瑙河，使这一条世界上最美丽的河一下子变成了一条死河，小到水藻，大到鲤鱼都死得干干净净，它们一夜之间从所有餐馆的菜单上消失了。著名的多瑙河陷于灭顶之灾，一向火爆的旅游业也泡汤了。贝尔格莱德又进入了紧急状态，“白色之城”雪上加霜。

民众很快知道，罪魁祸首的乌鲁尔金矿是一家跨国合资企业。澳大利亚的埃斯姆拉达金矿开发公司占有 50% 的股份，罗马尼亚政府拥有 45% 的份额，其余资本属当地私人。在一片谴责声中，罗马尼亚一位副部长说，他们曾多次向该公司提出书面警告，要他们检查污水处理技术，确保环境安全。澳方倒打一耙，说大坝维修是罗马尼亚政府的责任。我想无论如何，也应该惊动海牙法庭，再抓出一两个肇事者。即使赔偿一座金山，也不足以弥补巨大的损失。

2000.2

红场见闻

来到莫斯科，第一个愿望就是去红场瞻仰列宁墓。

汽车沿马克思大街行驶，在十月革命60年广场下车，一眼就认出了克里姆林宫、斯帕斯基钟楼和尼古拉塔楼。

苏联作协外委会的冬尼亚同志领我们向南走上一个缓缓的斜坡，她说脚下是市中心的鲍罗维茨丘陵。从历史博物馆大楼旁边进入红场，它不如想象中那么宽阔，比天安门广场小得多，基本上是个长方形，长695米，宽130米。从历史博物馆这边望去，西边毗连克里姆林宫长长的雉堞朱墙，东面是占地4.7万平方米的欧洲最大的百货商场。南头的瓦西里·勃拉仁内大教堂由大小9座塔楼圆顶组成，当地人说它们像9个洋葱头。

脚下地面乍看是方砖铺地，实际那“砖”是整齐的花岗岩石块。磨边对缝，黑灰色，整个广场像一片黑土地。那么为什么却称红场呢？冬尼亚说11世纪90年代莫斯科大火，一场火把闹市区夷为平地，称为“火烧场”。俄语里“红色的”也有“美丽的”的意思。红场，美丽的广场，黑亮的地面，周围衬以俄罗斯民族特色的建筑艺术群，古朴庄严，确实是美丽的。

列宁墓位于克里姆林宫墙正中的前面，是用紫红色花岗岩砌成的方形建筑，肃穆壮观。加上今天天气阴沉沉的，细雨霏霏，景观与气氛十分协调。冬尼亚讲，几十年来，无论白雪皑皑的严冬，还是赤日炎炎的盛夏，每天总有数以万计来自全苏和全世界的人们，从早到晚赶来排队，默默地等候瞻仰列宁同志的遗容。两条队排得很长，像两条挽联垂落下来，上边的字是用各种发色写成的。

瞻仰的群众通常要排两三个小时的队，我们是外宾，被允许插队，但至少也要等半个小时。正好利用这个时间，我仔细看了一遍早已听说过的换岗仪式。

陵墓门口，有两个战士站岗。他们身板挺直，两目凝视，一动不动像两个塑像。每隔一个小时换一次岗，三名仪仗队战士从克里姆林宫宫门出发，一前两后，左手托枪，迈着正步进入广场，沿观礼台台阶走向列宁墓前，进行严肃的岗位交接。仪仗队战士都是挑选一般高的英俊少年，步幅一样，节奏一样，时间久了，练出一定规范，这段距离正好是 210 步。著名诗人罗日杰斯特文斯基写了一部长诗《210 步》，还获得了国家文学奖。

我们随着人流默默进入地下灵寝，灵寝内灯光柔和，列宁安卧在花丛之中的水晶棺里，好像日理万机之后刚刚熟睡。形象与电影或者画片上几乎一样，只是头发胡子不是黑的而是黄褐色。我在伟大列宁的遗体前深深地三鞠躬，献上一名中国作家的敬意。

从列宁墓出来，绕到后边，在宫墙与陵墓之间，一字排列着刻有半身像的墓碑，依次埋葬着斯维尔德洛夫、捷尔任斯基、伏龙芝、加里宁、斯大林、布琼尼、日丹诺夫、伏罗希洛夫、苏斯洛夫、勃列日涅夫、安德罗波夫、契尔年科等 12 位开国元勋和历届党政领导人。斯大林的遗体原来安放在列宁墓中，苏共 22 大决议迁来此处。赫鲁晓夫等因为逝世时不在最高领导岗位上，安置在新圣母公墓。宫墙下一排四季常青的枞树，墙壁里安放着一部分苏维埃先烈的骨灰盒，上面镶着生辰忌日、主要任职内容的铜牌，只有生前享有很高威望的人才能享受这种待遇，如基洛夫、奥尔忠尼启则、古比雪夫、蔡特金、列宁夫人克鲁普斯卡娅，还有高尔基。我在高尔基铜牌前注视良久，他是作家队伍的骄傲。

从列宁墓南去，路过斯帕斯克钟楼，塔尖红宝石五角星红光闪闪。塔下是克里姆林宫门，安装着红绿灯，每隔一两分钟就有车队出来。如果说克里姆林宫是苏联的心脏，它就是心脏和动脉血管间的瓣膜。

过了华丽的瓦西里·勃拉仁内大教堂，是一个与红场毗邻的小广场。冬尼亚站住说，这些日子莫斯科天空一直阴沉着脸，你看这时爱国志士米宁和波扎尔斯基公爵铜像的面容也带着怒容。17世纪，他们把波兰贵族军队赶出莫斯科，从这里进入克里姆林宫，就连拿破仑的铁蹄、希特勒的“台风”都不曾染指这个圣洁的地方。想不到3个月前，一个西德娃娃鲁斯特，竟然驾着“塞斯纳”172型老式活塞式飞机在红场着陆。

对于具有现代化防空系统的苏联来说，这次入侵无疑是一次“飞蛾扑火”。奇怪的是这只飞蛾非但没有被烧死，连一个火星也没有遇到。也许这个超级军事强国长时期保持神经高度紧张，过于疲劳了，打了一个盹儿。

1987年5月28日，19岁的鲁斯特愣头愣脑地从芬兰湾闯入爱沙尼亚，沿着通往莫斯科的铁路飞行，穿过谢列梅捷沃国际机场，直到莫斯科上空，如入无人之境。他盘旋一阵后，选中这个开阔地安全降落。那是个早上，在广场散步的人莫名其妙，纷纷赶来围观。小伙子很得意，他不会俄语。用手比画着，表示肚子饿了，伸手要东西吃。

对于这场严重的入侵和流氓活动，不少老百姓看成是一个恶作剧。我听到过两则政治笑话，其一说，警察踱过来干涉：“喂！小伙子没看见吗？这儿是小卧车停车场，小飞机到别处停去！”其二说，次日红场上走来一个整装待发的老人问警察：“听说新开辟了红场至汉堡的航线，怎么班机还没到？”

世界舆论哗然，美国记者挖苦说：“正当美国为每架可以逃避苏联雷达的轰炸机花费2.8亿美元时，一架远道而来的私人飞机（时速为225公里）突然飞进红场……美国下一代飞机——这是一项绝密计划，将使用特殊的设计和能吸收辐射的外壳，以使它几乎不被雷达发现。鲁斯特看来已经取得类似成功。”芬兰报纸直言不讳:“鲁斯特比苏联任何人的任何一个讲话都更清楚地指出，苏联军队需要改革。”

苏联的领导震怒了，30日政治局宣布解除国防部长和防空司令的职务。新任国防部长说，军队改革的对象是:“要求不严，把装潢门面放到首位；无原则性和欺骗行为深深扎根。”

走出广场不远就是莫斯科河，河不很宽。我站在整齐的花岗石河岸上看，几条小船徐徐驶去，一些古老建筑倒映在河里，被波浪冲击着。

1987.8

克里姆林宫

从莫斯科河折回，我们走进克里姆林宫。这是列宁生前工作的地方，是最高苏维埃和苏联政府所在地。如今划出一部分向社会开放，参观的人川流不息，也有不少外国人。

红场是长方形，克里姆林宫是三角形。长长的宫墙是公用边，另外两个边是莫斯科河和涅格林纳河。三条边上分布着20座塔楼，有高有矮、有圆有方，或者多棱、或者多边，争奇斗俏。其中斯帕斯克、尼古拉、特罗伊茨克、鲍罗维茨和沃多夫5座塔楼各装有大小不一的红宝石五角星，红光闪闪。

克里姆林，俄语是内城的意思，始建于1156年。原为苏兹达尔大公爵尤里·多尔戈鲁基的小城堡。14世纪用白石头修建了教堂和围墙，15世纪建起了砖砌的克里姆林宫，16世纪业已达到目前规模。构成包括宫墙、塔楼等宏伟的俄罗斯式建筑群。

沿着花岗石小道，来到著名的多棱宫，因其外墙用多棱白石所砌而得名。主厅在二楼，中央石柱向上伸出几个分柱支撑各个圆顶，顶上有16世纪的彩色壁画。主厅约500平方米，富丽堂皇，是历代沙皇庆功典礼、接见使臣和举行皇家婚礼的地方。正面有3道雕有狮子的红石台阶，穿白石门通门厅。门厅上有一密室，室有小窗，供皇室妇女们偷看正厅的各种热闹。

多棱宫的北面是圣母升天大教堂，5个金顶，庄严美丽。南边的天使教堂是彼得大帝以前历代君主的墓地，伊凡雷帝即葬于此。81米高的伊凡大钟塔是宫中最高建筑，登上塔顶，莫斯科全景历历在目。

克里姆林宫北角有个古兵工厂，现为兵器陈列馆。墙边几门大炮，是1812年击溃拿破仑的战利品。特别引人注目的是一尊“炮王”，长5米，高3米，重40吨，炮弹口径0.89米，是1586年著名工匠安德烈·乔赫夫铸造的。另外还有一个“钟王”，高6.14米，直径6.6米，壁厚0.7米，重200吨。钟体环饰浮雕、肖像，刻有文字。此钟经历周折，17世纪初第一代钟王重18吨，在一次大火中摔碎。1653年以旧钟碎片增添原料，铸成130吨的第二代钟王，1701年又成为大火的牺牲品。1733至1735年由著名工匠伊·费马托林和米·伊·马托林铸成第三代钟王，号称“世界之最”。但铸成后刚敲第一下就出现裂痕，遂成哑钟。《美国百科全书》称它为“世界上从未敲响的钟”。

炮王、钟王、摩天塔楼、浩大广场，俄国沙皇与中国皇帝一样，好大喜功，注重声威，追求虚荣。其实大有大的难处，大而粗不一定胜过小而精。人民领袖列宁就不这样，他注重实际，事事为人民着想，关心人民无微不至。

列宁的办公室兼宿舍在四层楼上，相连的4间房子面积不大，拱形天花板，浅色的墙纸，两扇窗户正对着特罗伊茨克塔楼。1918年3月，首都从圣彼得堡迁来，列宁就是通过这座塔楼进入克里姆林宫的。

写字台上绿色灯罩的台灯依然亮着。右边两部旧式电话，左边放着文件夹，中间通常放置重要文件，离开时压一把剪刀，表示不让别人移动。左面上层抽屉经常打开，以便秘书随时将批件取走。

桌上的烟灰缸，是米哈尔松工厂工人用炮弹壳改制的。列宁经常在这里接见工人、农民。有一年冬天，看到来访的农民光着脚，他一连几天心里不安，再三跟妻子念叨，什么时候能让他们都穿上靴子呢？

列宁一生最喜爱读书，办公室直到走廊里摆满了书橱，写字台旁边两架旋转式木格柜，是根据他的设计制作的，便于随时翻阅资料。列宁自己花钱买了1万多册书，有许多国家的版本，其中也有一些中文书籍。他懂9国文字，经常感叹对东方语言不熟悉。他很关心中国，想直接了解中国的情况。

列宁有个温暖的家庭。他非常热爱他的母亲，对母亲无话不谈。他妻子克鲁普斯卡娅是中央委员，在教育部门工作。她生得很美，性格也好，一生没有孩子，身患甲状腺病，当时很难医治。妹妹一直未嫁，革命胜利后在林业报工作。

在这个和谐的家庭里，人人喜欢音乐。列宁还是个很不错的男中音，只可惜日理万机，无法发挥这方面的才能，只是偶尔哼上几句。屋里至今还摆放着他心爱的钢琴。列宁逝世后，一位著名作曲家用它弹奏柴可夫斯基的乐曲，证明它的音质是第一流的，也许这架钢琴就是伟大领袖美好心弦的共鸣。

列宁遇刺，伤并不重。主要因为过于劳累，积劳成疾，患了中风病，说话不方便。有些作品中说他病中还发表什么长篇讲话，是不真实的。后来他病情恶化，到莫斯科郊外的高尔克村疗养。写字台上的日历停在1922年12月12日，正是列宁在这里工作的最后一天。

列宁十分留恋他的办公室。在这里，他写下了《苏维埃政权的当前任务》《论国家》《论无产阶级专政》等许多重要著作。在这里，他起草了俄国共产党第八到第十一次代表大会的文件和报告。在这里，他会见了许多工农兵代表和国内外重要人物。当他预感到将不久于人世时，特意让人搀着回到这里，这儿摸摸，那儿看看，依依不舍，含泪永别。

列宁逝世后，灵柩放在这里，他的妻子克鲁普斯卡娅扑在上面，5 天 5 夜不肯下来。

在这里，我更多地看到，一个普通人的列宁，一个极富人性的列宁。

1987.8

阿尔巴特街

从布拉格饭店出来，已经是莫斯科时间下午 5 点多了。苏联作协外委会的同志安排白羽、峻青同志回宾馆休息，动员我们几位年轻的同志去逛阿尔巴特街，翻译尤拉友好而热情。

阿尔巴特街，这个早在俄罗斯文学书籍里就熟悉的名字，对我是具有相当大的吸引力的。这条莫斯科古老而文明的街道，居住过许多俄国著名的诗人、作家，普希金、莱蒙托夫等，一定留下了许多优美的传说。最近，雷巴科夫轰动一时的长篇小说《阿尔巴特街的儿女们》，又是以它命名的。感谢主人安排的第一个节目就这样可人心意。

比起刚刚路过的加里宁大街，它显得矮小而陈旧。莫斯科市区高层建筑不多，一般多是三四层楼房，唯有加里宁大街两旁是板状结构的高楼群，像北京的前三门那样。当地人褒贬不一，有的赞美为“样板街”，有的讥笑为“假牙”。阿尔巴特街有点儿像王府井，街道不宽，两旁多为二三层楼房，但是市面繁华，热闹异常。

这是一条步行街，禁止机动车辆通行。地面是一色黑灰砖形石块铺成，许多母亲推着漂亮的儿童车轧轧走过，也有不少老人牵着各种各样的狗踽踽而行，更多的是少男少女们携手并肩，甜言蜜语，旁若无人，只有当彩绘鲜艳的古典式马车擦身而过时，他们才醒过来，投去惊异而又羡慕的目光。

街道中心设置了许多水泥花池，八月下旬正是苏联的暑期，形形色色叫不出名字的花儿盛开着，花池周围往往是鸽子和孩子的乐园。这里的鸽子不怕人，三五成群，闲庭信步，也不给人让步，甚至绕着孩子们嬉戏，啄食他们小手里的面包屑。尤拉说，这些鸽子既非野生也不是家养，是靠城市里的垃圾活命的，他的话给我心目中美好的形象蒙上一层阴影。

比鸽子更惹人喜爱的是那些好玩的孩子们。苏联的儿童特别漂亮，看见就想抱一抱。碧眼金发，细皮嫩肉，白里透红的脸蛋儿像深州蜜桃，嘴唇都不忍碰一碰。一个个都像油画里的小天使，抱着他们自己也飘飘欲仙。苏联的青年也都格外标致。但一过 30 岁，人发胖皮肤也粗糙了，比亚洲同龄人显得老。我真希望这些孩子们，永远这样天真美丽，不长皱纹和胡子。

越来越发现，街上行人的目光投向与我们不同。外来人好奇街心的花坛、童车，本地人留恋的是大街两厢，一个又一个街头画家，像我们城市摆地摊的。

我凑近一处看，画家是个中年男子，金发虬髯，银丝眼镜，正聚精会神地画铅笔素描，面前坐个妙龄女郎。画像即将完成，活脱脱一个俄罗斯少女跃然纸上，细眉大眼，高高鼻梁，深深酒窝，连顾盼传情的眼神都画出来了。围观的人交口称赞，画者和被画者都流露出得意的表情。这个画家每幅画标价 10 到 20 卢布，姑娘给了最高价钱。我问尤拉，她为什么不拍彩照而画像？他说，苏联人热爱绘画艺术，尤其漂亮姑娘喜欢人家画她。照相机拍得太客观了，画家可以投入主观感情，因而感觉更真实。

紧挨着的是一位青年女画家，头发是蓝色的，像海水卷起浪花。尤拉说，苏联人发色多样，有金色的、黑色的、白色的、亚麻色的，但没有蓝色的，那是染上去的。蓝头发女画家正用彩色粉笔在纸板上为一个小伙子画像，小伙子英俊潇洒，有哥萨克风味儿。一会儿纸板上人物渐渐成形，有点像中国京剧上典韦、窦尔敦的脸谱。旁边的人摇头咂嘴，可画家和她的描画对象欣欣然兴致颇高，大概是一对现代派艺术的迷信者。

迎面摇摇晃晃走来两个年轻人，衣着马马虎虎，可胡子修剪得很整齐。大概是喝酒耽误了时间，街旁没有位置了，拦住我们几个要给画像，高伸着拇指说中国好，再三表示免费。我们被他们的热情感动了，由他们画去。给我画像的小伙子眯缝着眼说："你有一个俄罗斯脑门。"他尽管鼻孔里喷着酒气，可笔下线条不乱，画好了签名送给我，还真有几分像呢！

阿尔巴特街上，这样的画家每天大约有两三百个。不同画法、不同流派应有尽有，他们把得意之作挂在墙上招揽生意，简直是一个大型美展，在中国也许会命名"画像一条街"。这些画家，有职业的也有业余的，还有不少美术教师和大专学生。两年前开始的改革，最先允许他们业余时间发挥一技之长，获得一部分收入。一幅画像的价值是 10 到 20 斤牛肉，或者 100 到 200 个鸡蛋。如果每天下午 5 点至 7 点画两幅收入 40 卢布，不到 10 个月就可以换回一辆新拉达。在苏联拉达是家庭用车，从机场到市区路上，见到不少小车顶着行李，尤拉说，那是去旅游或者度假的人们。

莫斯科人谈起阿尔巴特街，总是喜形于色。他们说："中国的改革是从农村开始，我们的改革从报纸开始，也有的说从阿尔巴特街开始。”于是，这条街在我心目中的分量加重了，色彩更加亮丽了，真想从头再走一遍。兴致提高以后，发现这条街上除了画像的以外，还出售许多手工艺品，中亚织巾、乌克兰菜板什么的。前者像我国北方家织土布，宾馆里面的浴巾都是这种，光板没毛；后者是切面包黄油的木板，形状像老式方形的乒乓球拍子，底板上画了大红大绿的花卉图案，然后涂上一层透明漆。大概这些手工艺品是最早进入自由市场的。

阿尔巴特街12号是普希金故居。这是一栋别致的二层小楼，幽雅大方，临街有露天走廊，雕饰栏杆。这是俄国的天才普希金出生的地方，也是和他美丽的妻子娜塔丽娅结婚的地方，我们多想到这神秘的住宅参观一下啊，可惜纪念馆下午5点闭馆了。

就在普希金故居门前不远，有一家卖羊肉串的，尤拉说那是私人开的，中国叫专业户。苏联的羊肉串比中国的有气魄，每串一尺半长，每块肉一寸见方，一公斤卖两个卢布。烤羊肉时放了各类的中亚香料，满街筒子香气扑鼻。烤炉前排着长长的队，排队的人规规矩矩，队也排得笔直。这使我想起苏联著名诗人斯鲁斯基的一首诗《排队不要加塞儿》。习惯于循规蹈矩的苏联人也把这种文明带进了自由市场。

再往前走不远，路南一家门洞里，几个青年抱着吉他边弹边唱，还有几个留长发穿紧身裤的跳着不大正规的迪斯科。整个莫斯科街上穿着比较朴素，讲究质地，不讲花哨，这种装束堪称“先锋派”。他们自编自唱的歌词听不大懂，尤拉说，主题是自由多么快活。

普希金一生渴望自由，追求自由，如果他能活到现在，看到自己的门前出现了自由市场，自由的生活，自由的艺术，也许他会唱出一支新的《自由颂》。

阿尔巴特街的景色太动人了。我们这儿看看，那儿停停，一公里长的街足足逛了两个小时。走到尽头时，夜幕已经降临，回头一看，路灯亮了。两排路灯，两串光华，勾出了一条灯的河，人的河。波光人流，对这庞大而古板的城市产生着无形的冲击波。举世关注的苏联改革前景如何？眼前的路灯是不尽的删节号……

1987.8

托尔斯泰故乡

到托尔斯泰的故乡去，到雅斯纳亚·波良纳去，我们怀着朝圣者的虔诚。人们曾说俄国有两个沙皇，一个在冬宫，另一个在那里。

出莫斯科向南，汽车在广袤的平原和起伏的丘陵中跑了3个多小时。一路上我的眼睛盯着前方，寻找着一个身影。花甲之年的托尔斯泰4年之中3次徒步走过这段240公里的路程，与流浪汉攀谈，送病儿上医院，夜宿农民家中，苦苦探索着他的人生之路。不是日程安排紧张，我真想下车步行，去寻找他那伟大的足迹。

过图拉布市西去不远，寂静的山野里突然冒出一个闹市，五光十色的停车场，熙熙攘攘的人群，生意兴隆的商店，冬尼亚说这就是雅斯纳亚·波良纳。下车继续西行，路边两根绿色水泥柱戴着帽子，像一对蘑菇，这就是庄园门口。顺着“宽阔的大路”走去，一边是苹果园，一边是草地。那悠闲的白云、浓郁的草香、笔直的林荫道，使人感到眼熟，这情景曾经被托尔斯泰的作品淋漓尽致地描绘过。还有一些似曾相识的建筑，大白楼是他外祖父的住所，小白楼是他亲手创办的学校，另一座设计别致的小楼是他的故居。冬尼亚说，整个庄园是托尔斯泰母亲的陪嫁，他母亲出身名门望族沃尔康斯基公爵之家。外祖父有元帅和总司令的官衔。这个家庭与普希金家族有着血缘关系，诗人普希金是小说家托尔斯泰四服内的表舅。

优美如画的雅斯纳亚·波良纳，托尔斯泰不仅在这里度过了“最美好、最纯洁、充满欢乐与诗意的童年”，而且他一生大部分时间生活在这里。他说：“若是没有我的雅斯纳亚·波良纳，让我去描绘俄罗斯和阐明我对它的态度，那一定是困难的。”我们加快脚步，想赶出更多时间看一看他的旧居和遗物，看看他那杆猎枪（他喜欢打猎，有一次险些被母熊咬死，脸上留下了伤疤），看看他写作的那间“拱顶室”，是不是像列宾画的那样，放满农具、刈刀、锯子和斧头。可是不巧得很，今天是星期日，展览馆大门紧闭。大家真有点儿扫兴，一个个像撒了气的皮球。一会儿冬尼亚兴冲冲跑来，说那边有个群众集会，纪念托尔斯泰的生日，是个百年不遇的机会，可以弥补一下损失，倒是不幸之中的大幸。

我们随着川流不息的人群向庄园深处走去，进入了“绿色的峡谷”。两旁土丘郁郁葱葱，挺拔遒劲的橡树，枝叶披拂的菩提，威严肃穆的云杉，亭亭玉立的白桦。中间一马平川，绿草如茵，在阳光下格外秀丽，难怪被托翁赞美为“明净的草原”。

我们来到这里，就像来到托尔斯泰身边，这里的一草一木都代表他来接见我们。他耕过的田野、他打猎的森林、他散步的幽径，到处有他的足迹，到处有他的故事。托尔斯泰和大自然已经融为一体，正如他自己宣称：“我——就是大自然。”

顺着这条小路走啊，这是当年托翁经常走的路啊，以后数不清的俄国人、苏联人走来，数不清的外国人走来，今天又有几位中国人走来了。

前方传来激昂的高音喇叭声，声音越来越大。走了大约二三公里，爬上右边的山岗，看见一大片人群，至少四五千人，呈扇形布满山坡，形成一个天然的看台。山坡下面搭一个露天舞台，悬挂着托翁巨幅画像。台下许多人穿着民族服装，姑娘们头戴花冠，身穿长袍，有点像中国京剧的装束。主席台上坐着不少人，大部分是图拉作家，也有莫斯科赶来的。会议已经进行了若干议程，正在讲话的是全国著名的话剧演员拉那维，他雄辩的口才和表演艺术不时引起一阵阵掌声。会议的主题是托尔斯泰与和平。舞台背后的草地上，从几个方向同时走来花枝招展的民间舞蹈队伍。讲话之后，进行了文艺演出，欢快轻盈的舞蹈、幽默风趣的小合唱、吉他手的表演唱，都很精彩。还有一群小学生，一人手持一把木勺，敲打着明快的节奏，边唱边舞，活泼可爱。

冬尼亚找来几名图拉作家和我们相见，一个叫马尔克夫的老诗人，留着托尔斯泰式的大白胡子，与我们谈诗，然后还把他带来的最后一本诗集送给梅绍静同志。

会议开得这么红火热闹，难怪托翁家里锁了门，他是来这里参加群众集会来了。在这里与很多人一起接见我们不更好吗！9月9日是他的159岁诞辰，这么多朋友为他祝寿，还来了几位中国弟子。看他的画像是那么高兴，满脸堆着笑纹，眼睛眯缝着，大白胡子也仿佛笑得颤动着，就差一点儿流出激动的泪水来了。他生前播下爱的种子，今天收获了，人民享受着和平，他也分享着人民的欢乐。

离开会场，我们到托翁的墓地去。顺原路回来，中途有条分向西北的小路，掩蔽在森林之中。

托尔斯泰出身贵族，但是也体验过痛苦。他两岁失去母亲，最大的快乐是与农妇的孩子们一起玩耍，他们常到这一带森林中来。一次，他的大哥尼古拉说有一个秘密，一旦揭晓，所有的人都会幸福，那时不再有疾病，不再有痛苦，大家彼此相爱，变成蚁国兄弟。这个秘密刻在一根绿棍上，藏在这带森林中。这个故事深深地刻在托尔斯泰的脑子里，他时刻都在寻找那根绿棍。

走着走着冬尼亚压低了声音，让大家不要喧哗，墓地到了。

森林中有一个长方形土堆，没有十字架，没有纪念碑。简直难以相信，这就是19世纪文学的高峰，这就是写过《战争与和平》《安娜·卡列尼娜》和《复活》的伟大的托尔斯泰的坟墓。他一生向往普通人的生活，常常发出对贵族生活的良心自谴，曾经无限深情地希望“我就是人民的一分子”。今天他坟堆上长满了青草，与大地一样的颜色，与大自然浑然一体了。

我长时间地默哀，注视着那长方形的坟堆。忽然觉得它不就是那一截绿棍吗？托尔斯泰一生没有找到绿棍，死后自己便化作了绿棍，让人们去读。

1987.8

逛高尔基大街

到莫斯科住在苏维埃饭店，年老的服务员告诉我，毛泽东1950年来苏联就住在这里。那时还是郊区，如今已是在市内了。

饭店位于市区西北部，离市中心还相当远。我想去逛高尔基大街，不买东西浏览市容那种闲逛，目标是高尔基大街。听说它像北京的王府井、上海的南京路一样出名。不到高尔基大街就等于没有到莫斯科，难得来一次，可不能留下那种遗憾。

出门就登上公共汽车，大巴士上只有三两个人，空空荡荡。车上不设售票员，自己在剪票处打个印记。那票是从饭店、邮亭等处随便买来的，不管坐几站都是5戈比一张。听说当地人都很自觉，从来没逃票现象。我纳闷儿，莫斯科830万人口，车上怎么这样空空荡荡？司机说，市区以地铁为主，有8条线路300列火车，每昼夜运送1300万人次，占客流量一半。地上电车、汽车

300 条线路上万辆车，还有 1.4 万部出租汽车，50 多万部私人汽车，交通十分便利。自行车只能作为体育用品，一般是不许上街的。

从白俄罗斯车站下车，就到了高尔基大街，这条大街是西北走向的。莫斯科街道以红场为中心，辐射状四面伸开，加上 5 条环形路，形成椭圆形网状结构。这条街道命名是在 30 年代初，高尔基还健在的时候。

我在这十里长街上走走停停，欣赏着两旁的景观、建筑，楼房多是七八层，式样不一，有马蹄形、波浪形、多棱形、塔形；色彩各异，有米黄色、天蓝色、绛红色、墨绿色。衬以树林、草地，宁静幽雅，别具一格。

这条街是商业闹市，店铺林立，五光十色，物资相当丰富。比较起来，机电产品物美价廉，电冰箱一台 200 卢布，吸尘器一台 70 卢布。轻纺产品粗笨价高，粗呢大衣一件 150 卢布，皮靴一双 60 卢布。食品供应充足，价格很低，每公斤牛肉 2 卢布，白条鸡 3 卢布，鱼 1 卢布，面包 20 戈比。黑面包比白面包贵，因为加了巧克力。可能由于气候条件，蔬菜品种单调，价格偏高，每公斤胡萝卜 1.5 卢布，大头菜 80 戈比，西红柿、黄瓜比肉贵。一些名牌产品，如莫斯科红肠、鱼子酱市上罕见，有人排长队购买。据说物价处于超稳定状态，食品价格 30 年没变，许多产品商标上印着定价。我们在食堂就餐，鸡蛋上有字，拿来一看，是出厂年月日，每个 14 戈比。

这种物价制度不见得是好事。听说城市职工月平均工资 270 卢布，10 年内只增加了 1 倍。物价不变可能会影响生产积极性和造成供应紧张。

这条街又是文化中心，是莫斯科一条文学艺术的长廊。苏联美术家协会、演员之家、革命博物馆都在这条街上，许多著名作家的名字与它连在一起。

步入高尔基大街不久，就看见了高尔基的纪念碑像。这是作家晚年的形象，一手握着手杖与大檐帽，一手插在兜里，风尘仆仆，像正在赶路。这位来自生活底层的流浪儿，一生奔波，寻找真理，走啊走啊，走出一条社会主义现实主义文学之路。他的足音震撼了世界，他的脚印深深地留在黑土地上。纪念碑基座上刻着“为纪念伟大的俄罗斯作家马克西姆·高尔基而立。苏联政府，1951 年 6 月 10 日”。

普希金的铜像在大街中段右侧。诗人身披风衣，一手拿着礼帽，一手拉着衣襟，一只脚伸出半步，正在低头沉吟。一向风流倜傥的诗人，好似陷入沉思，可是从他那激动的眼神里，可以看到烈火在他胸中燃烧，热血在他周身沸腾，压抑的火山正在寻找突破口。给人感觉他的手指、衣纹都在散发着热气。这座纪念碑是诗人去世后他的朋友马丘什金倡议设立的，募捐 10 万卢布，于 1882 年落成。从此，莫斯科又升起一颗不落的“俄罗斯诗歌的太阳”。

马雅可夫斯基的雕像，与普希金遥遥相对。他以惯用的姿势，双腿叉开，右手握拳，左手扯着衣襟，昂首挺胸，正放声歌唱。这位备受推崇的大声疾呼派的先导，听说后来受到冷遇，认为他是斯大林树立起来的。其实，他确实唱出了那个时代的最强音，已经留在了历史的磁带上，是抹不掉的。问题是人为的提倡，可能掩盖了另一种声音，对于悄声细语派的先人叶赛宁，确实不公正。如要求得这种平衡，我想不是把马雅可夫斯基拉下来，而是也把叶赛宁推上去，再立一块另一个诗的纪念碑。

这条大街上还住过几位著名作家，《毁灭》的作者法捷耶夫，《钢铁是怎样炼成的》作者奥斯特洛夫斯基，报告文学作家爱伦堡。他们的故居相距不远，都在靠近红场那段路。门前没有广场，纪念碑镶嵌在临街墙上。比如爱伦堡门口黑色纪念碑上这样写着：“作家伊利亚·爱伦堡自 1947 年至 1967 年曾在此楼生活与工作。”

苏联实行每周 5 天工作日，那天是星期六，街上熙熙攘攘。

书店比食品店拥挤，没有花花绿绿的流行读物，几乎都是严肃文学，书刊印数一般都在十几万几十万册，全民文化水平较高，一般家庭都有藏书的习惯。给我的印象，市面井井有条，人们规规矩矩，没有打架斗殴、随地吐痰、大声喧哗的，连买东西排队都站得笔直，没有加塞的。

习惯是生活最有力的向导，

习惯是人情影响深远的法律。

1987.8

高尔基故居

卡洽洛夫街6号是马克西姆·高尔基故居。正门不开，从绿色的旁门进去，是一座十分雅致的庭院，分布着树木和草坪。踏着绿荫覆盖的小道直到一栋漂亮的二层小楼，这座楼房原是百万富翁良布申斯基的公馆，20世纪初曾是莫斯科有名的现代派建筑。外表色彩斑斓，错落有致，进去高雅敞亮，更觉豪华，大小窗口都是彩色玻璃，栏杆由海洋和水草图案组成，通向二楼的白色大理石扶手，像波浪滚滚而下，在地板汇成一汪“湖泊”，那波浪的源头则是楼顶上簇簇华灯。

高尔基患肺结核病在意大利疗养10年，1931年斯大林把他接回来，安置在市中心最安静、优美的庭院。可是他并不喜欢，说它太笨重太庄严，愚蠢到了极点，在这里笑不起来。他的朋友罗曼·罗兰来访后也有同感，说高尔基住在一座可怕的楼房里。高尔基还是服从了，按组织的决定他要在此领导社会主义文学事业，他诙谐地自嘲:“我已经不是一个人，而是一个机关了。”秘书的桌子上有三部电话，其中一部直通斯大林。

首先来到餐厅。房间很大，当中一张长方桌子，一家人入座都有固定位置，高尔基坐西朝东，儿子在左，儿媳在右，两个孙女在对面。家庭充满欢乐和幽默气氛，相互呼叫外号，高尔基叫“伯爵”，他的胡子像意大利喜剧人物。儿媳叫莫莎，意思是调皮的男孩，她是个画家，为老公爹画了一幅撅着大胡子的头像挂在餐厅里。餐厅可容纳百人，是当年文人聚会的地方，在此筹备了第一次苏联作家代表大会。斯大林也来过，在此他提出“作家是人类灵魂工程师”这一名言。

接着是书房，房间十分阔气，彩绘天花板，花瓶状的玻璃窗。它曾经是富商的客厅，后来高尔基做了书房，把全世界的作家都请来了。有 1.2 万册书，书橱是自己设计的，又高又大，摆了一圈儿。高尔基仅上过两年小学，可是一生嗜书如命，大约在 3000 册书上留下了批语。列夫·托尔斯泰的一篇文章提到挽救俄国的不是革命力量而是宗教，高尔基在他的名字前写了一个大字“唉”！他还经常把自己的藏书无私地赠送给青年作家，得知谁正在写什么题材时，便挑选有关的书送去。阿·托尔斯泰写《彼得大帝》时，就得到过高尔基不少珍贵资料。书橱里还有一些中国书籍，他一生对中国十分向往，说“中国是个天才的国家”，1900 年他曾写信约契诃夫一道去中国：“中国的念头在折磨着我，我非常想到中国去，很久以来，我从没有像这样强烈地想过什么事。”可惜他的愿望终生没有实现，倒是大批的著作替他来到中国广大人民中间，受到热烈的欢迎。

书房过去是工作室，迎门一张大桌子，比一般桌子高 10 公分，没有抽屉，陈列着高尔基生前用过的文件夹、眼镜、宽边稿纸、一大把彩色铅笔，如今用一个大玻璃框子罩着。桌后一把红木椅，刻有中国寿字图案。椅子斜放着，好像主人刚刚离开。高尔基一生勤奋，每天 8 时起床，先写一两首短诗，然后烧掉，只是为了锻炼脑子。早饭后9时开始工作到14时，午饭后到院子里劳动，之后16时工作到20时。高尔基记忆力惊人，能把有名诗人的诗一字不错地背几十页。可他从来不记日记、笔记，手头备些小纸片，想起什么写几句压在书本下，每天整理一次塞进一个信封里，写作时参考，用完烧掉。我见到一个纸片，上写："灵感被错误地当作写作动力，我认为它是创作过程中出现的，是工作享受，但我从来不等待灵感。"这段话至今仍对人很有启发。高尔基大量的工作是接待客人，他身兼几家刊物和一套丛书的主编，还经常为青年作家看稿改稿，复信批评，一生大约写过两万封信，因而深受全国人民爱戴。有一个鞑靼农民听说他身体不好，从数千里外赶来一头奶牛送给他，让他天天有奶喝，高尔基笑笑说："我把它放在哪儿？"

工作室连着寝室，寝室不大，墙上一幅油画，是他寄居意大利时窗外的景色。墙角一个化妆台，高尔基每天23时来到这里，先刮脸，以便腾出早晨宝贵的时间，然后躺在单人床上，床头一个小书架，架上的书可以随手拿来翻看。床头茶几上摆着孙女天真的照片，相框背面是儿子的遗像。儿子聪明能干，原来做外交工作，后来给他当秘书，又是翻译、司机、摄影师，他把自己的全部才华献给了父亲，1934年5月死于肺炎。儿子的死对高尔基是致命的打击，他给罗曼·罗兰写信说："无论如何他不该死，是我给了他一个病态的肺，这样死，对我打击太大了。""什么也来不及写了，累得受不了。今天开始吐血，很讨厌，更讨厌的是周围人表情那么恐怖，还安慰我别怕，我怕长篇小说写不完心脏就停止跳动。"他指的是《克里姆·萨姆金的一生》，这是高尔基的绝笔。这部长篇他孜孜不倦地写了20年，已经出了三部，小说接近尾声，主人公死了，作家也离开了人世。

在高尔基故居，我们认认真真地参观了两个小时，伴随着文豪紧紧张张生活了一天，也感受到了他辛辛苦苦的一生。

1987.9

雄鸡的召唤

在苏联作协会见时，罗日杰斯特文斯基邀请我们到他的森林别墅去做客，大家欣然前往。

罗伯特·伊万诺夫·罗日杰斯特文斯基的姓名很拗口，但是我早就记熟了。他是苏联大声疾呼派诗人的突出代表之一，诗集《城市之光》和长诗《210 步》曾获国家奖金。他的诗风雄健豪放，具有坦率的公民精神和政治色彩，曾经让我十分着迷。森林别墅同样具有吸引力，在电影和文学艺术作品里经常出现。尤拉说，莫斯科不少人家拥有别墅，有公家配给的，也有私人置买的。他父亲是退休教师，自己买了一套，罗日杰斯特文斯基的一套是苏联作协分配的。公路上常见那些拉达牌小轿车，顶篷上载个大行李，多数是外出旅游和进出别墅的。

汽车穿过市区楼群西行，进入一片森林。林荫道像一条长长的胡同，被两旁的树木挤得很窄，上方枝杈衔接，傍晚的阳光本来就弱，简直就像钻进隧道里去了。

汽车忽然停下，尤拉说罗日杰斯特文斯基的别墅到了。这是大森林的一小部分，用栅栏圈起来。按了门铃，先听到几声狗叫，主人随后出来迎接。狗仗人势叫得更凶了，主人说：“别怕，它不会咬人，叫几声只不过表示不白吃饭而已。”

院子很大，有八九百平方米，中间一幢木房。房前草坪上摆几张椅子，花坛里花儿还开着。主人说早来几天可以坐在院里聊天，天气凉了请大家进屋叙谈。

木房是两层小楼，用一般粗的圆木横着码起来做墙，房顶和门、窗全部是木结构，甚至看不见一个钉子。楼下是客厅，西厢是厨房，东边是卧室。踩着木楼梯上去，二层是一间书房，除了许多书籍以外，到处摆着挂着工艺品。书房安静极了，森林安静极了。几乎听不到什么声音，连树叶也默默地不敢发出声响。这样安谧的环境，产生的诗却是忽雷闪电、暴风骤雨，真是不可思议。

诗人介绍了他的妻子、两个女儿、还有一个小外孙。白羽同志夸她们漂亮，夫人风度翩翩，好像格鲁吉亚人。她很高兴，感谢客人们的称赞，不过她是莫斯科人，在南郊长大的。

一次别具风格的家宴开始了。会客厅摆好了长桌，主人坐在一端，我们依次分坐两边。桌上的菜比访苏以来历次宴会丰盛得多，有鱼片、火腿、奶拌明太鱼、腌黄瓜、小红萝卜、青椒、格鲁吉亚香菜等。

特别令人感动的是，每人面前放好一双颇为讲究的中国竹筷，是罗日杰斯特文斯基去年作为代表团长访问中国时带回来的。话题就从中国筷子说起，他说对中国印象很深，北京、上海，古老的东方文明，新时期的改革。他说中国物资丰富，市场繁荣，中国食品琳琅满目，烹调技术无与伦比，一看到这些竹筷就回味无穷。他说特别感谢中国作协盛情接待，可惜这次你们来天气不好，没走上帝的后门。诗人健谈而幽默，一下子使气氛活跃起来。

主人一一斟酒，酒壶有26厘米高压锅那么大，女同志拎不动，一下子把我们吓住了。诗人说别怕，这不是茅台，是自己家里酿造的格瓦斯。我们尝尝，酸甜可口，就放心喝起来。主人频频举杯，别人不胜酒量，只有我来解围。我说酒逢知己千杯少，主人说那你至少喝一千零一杯。

后来又上了伏特加和白兰地，格鲁吉亚白兰地是苏联名牌，浅红色，味道有点像山西竹叶青。竹叶青用了 8 种中药，它是用 60 种草药泡制的，当地人称“仙人水”，喝多了有飘飘欲仙之感。主人一再劝酒，祝我们都成为李白。苏联白酒都是 40 度，他还说了一个笑话，莫斯科最高温度是 36 度，人们都热得受不了，酒鬼们却说，最好再高 4 度，就可以喝了。逗得大家哈哈大笑，又多饮了几杯。

席间也谈到了一些文学问题，比如出版。他问我们出版周期多长，峻青同志叫苦说长达一年。诗人感慨地说，在苏联要三四年之久。书稿交到出版社，编辑需要先交给两个评论家去鉴定。评论家也许太忙，也许故意不看，拖得不能再拖了，随便写两张纸的意见，表示同意。这个办法原来是作家们提出来的，为了出书慎重、公平，结果反受其害，看来这个制度非改不可。

友情像酒一样醇厚，不知不觉热闹了两个小时，美酒佳话灌满了肚子。女主人又端上来炖小牛肉，苏联没有酱油、料酒之类佐料，实际上是煮熟的。因为是小牛，鲜嫩可口。

我们要告辞了，主人赠礼品。（我们来的时候都带了礼品，白羽同志一幅画，峻青同志一个瓷盘，钱钢两瓶白酒，我带的是全祝明的毛驴和蔚县剪纸。）赠白羽同志一件木雕，小梅一个精致的化妆盒，给我的一件是彩绘木雕大公鸡。看似信手取来，也许有所准备，各人都很满意。主人一直送我们上了车，大声说：“欢迎你们再来，下次一定为你们组织好天气。”

回到饭店后，心情久久不能平静，甜蜜地回味着这次难忘的会见。我把那大公鸡摆在面前端详着，它黄羽毛、红冠子、花脖子，翘着尾巴，雄视阔步，怎么看怎么像罗日杰斯特文斯基本人，一个引吭高歌的诗人。

罗日杰斯特文斯基 1932 年出生于阿尔泰区西哈村，雄鸡曾经是他童年的朋友，唤醒过他的勤奋和智慧。今天他又把我引为知音，相见恨晚，派来个友谊的使者在我身边。明天我将把它带回祖国带回家中，天天听它一声长啼，叫醒两个农民出身的诗人，一个在阿尔泰，一个在太行山，各自闻鸡起舞，在格子田上耕耘。

呵，友谊的使者。别的雄鸡叫来早晨，你唤来的将是这个难忘的黄昏。

1987.9

石头的生命

对于死者的纪念，东西方各有自己不同的方式。中国人喜欢树碑，宣扬一种理念和精神；欧洲人习惯塑像，表现一种形象和事业。

苏联的雕塑艺术虽不曾有过古希腊和罗马那样辉煌的历史，也不曾出现过米开朗基罗和罗丹那样的一代宗师。但每到一处，比比皆是的艺术塑像足以使我这初访者目瞪口呆，佩服至极了。

在基辅，当我在晨曦里仰望那高 67 米，一手持盾一手握剑的祖国母亲塑像时，它银光闪闪，让人感觉就是乌克兰的太阳。当我一步步走近巴比亚尔山谷那 1941 年犹太人遇难者的群雕时，感觉到强烈的命运抗争和生命呐喊，那站立的火山、岩浆凝聚的躯体，永远也不会冷却。

在列宁格勒，法尔孔奈穷毕生精力制作的青铜骑士跃马奔腾，威武雄壮，给人以巨大的力感和庄严感。同一个彼得大帝在安托柯里斯基手下的形象，则是一手拄杖一手握图，神态自若、坚定沉着，集中概括地表现了他的事业和气度。

在莫斯科，马尼泽尔于 1942 年创作的卓娅塑像，昂首挺胸，健步向前，外表文静而内心燃烧着强烈的爱国主义烈焰。使我不由得想起她在出发上前线时，跟母亲临别时所说的最后一句话："或者牺牲，或者做个英雄回来。"这句豪言壮语，形象地凝结在这幅杰出的塑像之中。

优秀雕塑的矗立意味着一种变化，使环境富有意义，使来到它身边的人沉浸在一种特殊的氛围之中，感受到生命的意义。这种认识在我参观莫斯科新圣母公墓时体会尤深。

在公墓门口，白羽同志买了几束鲜花，他显得很激动。30 年没来，他的几位老朋友法捷耶夫、西蒙诺夫、波列沃依相继谢世，从一踏上苏联国土，他就念念不忘到老朋友们的墓地去。

正逢星期天，参观的人很多，许多人穿着黑礼服，脸上表情严肃，像今天的天气一样阴沉沉的。翻译说，来墓地的人很多，还因为这里安葬着一个有争议的人，爱他的人、骂他的人常常在墓前辩论起来，有时甚至动用拳头，安全部门封闭了多年，开放时间不久。我知道他指的是赫鲁晓夫。

在公墓的南端，我一眼就看到了他的形象，这是一个很别致的造型。两米多高不规则的墓碑，一边白大理石，一边黑大理石，交叉镶嵌象征"解冻时期"，他自相矛盾，功过兼有。顶部石龛里，露出那副全世界都熟悉的头像，光光的头颅，记述着饱经风霜的不平凡的经历，脸部肌肉好像在动，不大的眼睛放射着严厉而又狡黠的光，嘴角自然而又微妙的苦笑，更增添了几分冷静而又成竹在胸的感觉。整个造型带有一种神秘色彩，一个毁誉参半、盖棺而又难以论定的政治家。

作者恩斯特·涅伊兹韦斯内是一名现代派雕塑家，曾经像骑士一样在"马圈"画廊与赫鲁晓夫争论，因而受到这位最高权威的训斥。当赫鲁晓夫沦为平民，奄奄一息时，又想到了他，指名死后塑像由他制作。于是这名现代派雕塑家煞费苦心，完成了他的遗愿。说起来像是开了一个玩笑，实际上这是历史的一个冷峻严肃的思考。

放着鲜花的基座上，刻着死者的赫赫大名。按规定他没有资格排列在红场列宁墓旁，只有死于工作岗位的最高领导人才能享受那种待遇，到目前为止共有12人。他被安排在新圣母公墓，与众多的将军、作家、科学家、艺术家在一起，也许这正合乎他的性格。

整个墓地被大片郁郁葱葱的森林覆盖着，松、柏、椴、桦，还有和树木一样林立的塑像。白羽同志跟着翻译寻找他的老朋友们，在每个墓前都献了花，默哀几分钟，用他的心在问候、交谈。他眼泪汪汪，每滴泪水都浓缩着千言万语。他的哀痛也传染了我们，心里一阵凄楚。

我是第一次踏上这辽阔广大的领土，对公墓所有的知名人士，不管是沙皇时期还是苏维埃以来的，都想一一拜见，献上一名中国作家的敬意。

果戈理，这位严肃的幽默大师，深深的眼窝里含满了痛苦，紧闭的嘴唇咬着悲愤，脸上的皱纹描述着内心的悲惨，因为烦闷而敞开的胸怀，内衣下的胸膛似乎起伏不平。

马雅可夫斯基，巨人屹立，体格雄伟健壮，精神勇敢无畏，黑色的大理石仿佛有弹性的身体，青筋暴动，沸腾着生命的血液，给人的感觉不是冰冷的石头，而是一块炽热的火炭。

法捷耶夫的胸像下面，雕刻着《青年近卫军》的主人公们战斗的雄姿。作家的眼睛深情地望着他们，渴望永远地生活在他们中间。

六七十年代的作家，舒克申赢得了最多的鲜花，因为他不光是深受欢迎的作家，还是人民喜爱的演员、导演，各方面的人都对他记忆犹新。

我在树木和石头的群落里穿行，流连忘返，对每个塑像都感到亲切，对每个对上号的人物都想迎上前去，走近他们，甚至想摸摸衣服，拍拍肩膀。感谢众多的苏联天才艺术家们，用出神入化的刀笔给石头以生命，创造了这样形形色色、千人千面的艺术作品，使这些石头具有了灵性，具有了感觉和理性，包含着纯洁的人的精神，强劲的思辨和温柔的亲情，让站在它面前的人感觉到它就是对自己的展现和象征。它们喊出了人的心音，又是对人的感知方式的丰富，对人的心理结构的优化，对人的视域的扩大。优秀的雕塑既表现发展着人，它本身又是对人的发展。

看，这是一位著名医生的塑像，两只手，两只挽救过无数生命的手，捧着一颗红水晶制成的心脏。那颗红心映红了医生慈祥的脸，好像还把血液输进石像的全身，走近它我也觉得心里热乎乎的。

看，那位和平战士的墓碑上，有两只洁白的鸽子。一只活着，宁静安详；另一只死了，垂下翅膀。和平战士忧虑的目光，在每个参观者的心里投下了阴影。

雕塑的艺术价值，就在于艺术家运用鬼斧神工，把人物的性格特征突显出来，把人物的灵魂突显出来，把人物瞬间的动作固定下来，给人的感觉不是动作的终结，而是正在进行。

在我眼前，大片绿荫之下，仿佛是另一个古老的城市，成千上万活生生的人，热爱生命、热爱事业的人群，不分男女老少，不管先来后到，将军、作家、院士、医生各自走完了一段艰辛的路程，在这梦想的世界里重新聚会。他们丢掉了以往的忧患和烦恼，各自继续着未竟的事业，继续生活着、工作着。谁说这里是石头的国度，沉默的街市？在我心目中它分明是一个人类社会，一个大千世界，丰富多彩，热闹非凡。

看那么多树木组成的绿色的仪仗，起伏的绿涛躬身膜拜，彬彬有礼地送往迎来……

天空越来越阴沉，终于下起雨来。这雨也许是众多的谒墓人的泪水引落下来的，许多人并不撑伞，任身体与石头一起淋湿。其实雨并不大，因为雨点打在树叶上，增加了声势。

雨水给墓地带来了生气，一个个石像更加精神起来。

1987.9

列车里的太阳

8 月 30 日夜，乘火车到列宁格勒去，我们提前半小时到达车站。莫斯科共有 9 个火车站，到哪个方向去从哪个站上车。车站建筑不算豪华，连检票口也没有，乘客直奔站台，在车厢门口检票。

“河里无鱼市上看”，平时街上都是碧眼金发，碰不上中国人，今晚在站上溜达，却有好多东方脸型，从气质上一眼就认出是祖国同胞。他们多是考察和留学的，还有一位河北老乡秦皇岛的小伙子，在列宁格勒进修。中苏关系缓和以来，表面上似乎冷淡，实际民间已经渐渐热乎起来。

列车徐徐开动。我们一行 8 人分在相连的 4 个软席包厢，我和大使馆的一秘关文学同志在一起。服务员送来免费的茶水、点心，我们边吃边谈。对面开来一列货车，会车差不多两分钟。关兄说苏联铁路采用超重运营，每列载重七八千吨到 1.5 万吨，长达 125 节车厢。全苏铁路线 14 万公里，其中电气化 4.37 万公里，但是国土辽阔，密度不算大。

茶点过后，车厢里逐渐冷起来。8 月末北京正酷暑难当，裤衩背心，汗流浃背，这里已是秋末冬初之感，带来的衣服全都加上，毛毯裹上还不胜其寒。首先是两个女同胞，南老师感冒了，躺着冷，站起来摔跤；小梅脸儿蜡黄，抱肩缩脖，冻得丝丝哈哈。两位前辈不失长者风度，依然谈笑风生。不过已经出气不匀，声音有点颤抖了。我和关兄中年发福，还能挺得住。另外一对儿，钱钢和翻译尤拉不见动静，到底年轻人火力壮。

正说着尤拉来了，抱着自己那份毛毯、棉垫，一股脑塞给了南老师。他自己铺位上只剩下一条床单，连毛衣都没带，穿着钱钢支援的一身红睡衣，像马戏团里的丑角。大家不落忍，凑衣服给他，他一概拒绝，还说:“不怕，我当过兵，在零下7摄氏度的雪地里睡过觉。”

我回到自己的车厢，只和尤拉他们一板之隔，时而传来两位年轻人爽朗的笑声和纵情的歌唱，有中文的，也有俄语的。直到旁边砰砰敲门警告，那青春的喧闹才平息下去，可尤拉那动人的形象还活跃在我的眼前。

苏联人一般身材并不高，和中国北方人差不多。我1.81米的个头儿，走到哪儿也是冒尖的，接触的人只有尤拉比我高，海拔高出6厘米，他细长的身子瘦长的脸，厚厚的嘴唇总带着微笑，厚厚的眼镜下常带几分羞涩，使人感觉他还是个学生。其实他已经33岁了，中文学校的教师，临时被借调到作协当翻译。

任何一个不曾长期生活在方块字国土上的人，做好中文翻译都是相当难的，发音的含义变化和莫测的单音字常常使人哭笑不得。尤拉是莫斯科大学中文系毕业生，有一肚子中国古董，能在饭桌上讲“酒逢知己千杯少”，能摇头晃脑地背“鱼，我所欲也；熊掌，亦我所欲也。二者不可得兼，舍鱼而取熊掌者也。”但是说到眼前话题，仍不免出点小事故。曾把一个厂长的欢迎词译作“我祝中国人民福利”，把波列伏依《真正的人》译作《认真的人》。尤拉谦虚好学，随身带一本袖珍俄汉词典，信手查找不误事。我也学过5年俄语，大都就饭吃了。我俩经常在一起，通过那小本本寻找共同语言，达到感情的交流，一个小小的满足往往带来两个会心的笑。

第二天大家醒得很早，聚拢在一起讲昨夜的笑话。南老师半夜出去吐了，回来见小梅头上捂个大帽子，还以为是走错了门。她感谢尤拉的毛毯棉垫，压得出了一身汗，病轻多了。白羽和峻青同志讲他们冻得睡不着，展开了一场争论。一个说重点保护肚子，着凉了拉稀。一个说肚子有脂肪，还是脚要紧，脚冷浑身冷。孙峻青作了一首打油诗："盖脚露着肚，盖肚脚又凉，辗转难入眠，瞪眼盼天亮。"逗得大家哈哈大笑，这时目光不约而同地集中到尤拉身上。白羽同志称赞他有骑士精神，尤拉不好意思了，像个大孩子。

太阳出来了，车厢里渐渐暖和起来。大家还被尤拉的骑士精神感动不已，心里热乎乎的。关兄说了一句法国谚语："人生没有朋友，就像生命没有太阳。"尤拉就是我们车厢里的太阳，我们代表团共同的太阳。尤拉说，可不敢，太阳是毛泽东。他更不好意思了，脸儿羞得通红，越红越像太阳。

大家谈得正浓，尤拉溜走忙起来了，挨门提出箱子在走廊里排好，扳着指头数。我们意识到快到站了。尤拉总是这样，既是翻译，又是代表团的服务员，什么重活都抢着干，一天到晚忙个不停，以至于大家都把他当作代表团不可缺少的一员了。

我习惯地跟着尤拉下车出站，研究着他细长的身材。翻译这个平凡的岗位，作用又多么重要。他是站在两个国家之间的一座桥梁，是联系感情的一条纽带。乌拉！尤拉。

亲爱的尤拉，我的好兄弟。你不是十分向往中国，正在筹资去吗？欢迎你来。到那时我给你当翻译，不过还得借用你那个小本本。

1987.9

900火炬

900火炬，900支血红的火炬和它们组成的光环，久久地在我眼前闪耀着，久久地在我心头燃烧着。

这是列宁格勒保卫战纪念馆和这座英雄的城市给我留下的最深刻的印象。

在8公里长的莫斯科大街南端下车，导游薇拉领我们向西面一座建筑群走去。这个23岁的金发姑娘，是列宁大学中文系的毕业生，她事先没有告诉我们这是什么地方，浅灰色的眼瞳里充满了神秘和自豪。

迎面高柱型白色大理石纪念碑，是放大了的步枪上部图案。上面站立着两位红军战士，背后亮闪闪的刺刀直插云天。我们登上三级台阶，进入一圈石雕的围墙之中。正感莫名其妙，薇拉骄傲地告诉我们，这就是举世闻名的列宁格勒保卫战纪念馆，圆圈的围墙象征着法西斯的围困。圆圈的中心是一组青铜石雕：一个红军战士正搀扶着掩面哭泣的老母亲；旁边一位中年妇女，托着孩子骨瘦如柴的尸体；另一边一位年轻姑娘，抱着奄奄一息的姐妹。震撼人心的艺术！站在纪念碑面前，好像听到嘤嘤哭泣，触到冰凉的体温，感到微弱的心跳。这是围困中列宁格勒人民苦难生活的真实写照。

穿过围墙底部向西，我们踏着台阶向下走进一个大型展厅，这里光线晦暗，一片沉寂，无限肃穆，使周围墙壁上的一支支荧荧燃烧的火炬更加醒目。薇拉说，小火炬共有900支，象征被围困的900天。900个难忘的日日夜夜，组成了伟大的卫国战争史上最光辉的一页。

1941年6月22日凌晨，希特勒背信弃义发动侵苏战争，一举投入153个战编师。德国陆军元帅冯·勒布指挥的北方集团军群的目标，是配合“台风”行动，在进攻莫斯科之前夺取列宁格勒，与芬兰卡累利阿集团会合。敌人展开闪电式进攻，9月8日已经完成对列宁格勒的包围。炮管组成的栅栏，坦克连起的锁链，只剩下东边拉多加湖一个缺口，也陷于敌人航空兵的控制之下，城市岌岌可危。10日是一个雨天，朱可夫将军冒险超低空飞来，接任列宁格勒方面军司令员，部署了一个举世闻名的九月会战。

列宁格勒保卫战表现出来的那种集体英雄主义和勇敢精神，真是惊天地、泣鬼神。馆内陈列着当年的一些请战书:“让我成为一名赤卫队员，打击侵略者!”“让我们到前线去，保卫祖国!”战前市区310万人，郊区330万人，疏散到后方174万人，剩下的人中有60万人报名参军，还组建起10个民兵师，400支游击队。工人们冒着炮击和轰炸，几个月生产出713辆坦克、480辆装甲车、58列装甲列车、1.3万门大炮、300多万发子弹，挖战壕250公里。

敌人发疯一样向市区倾泻3.3万发炮弹、炸弹，33%的建筑物遭到破坏。交通中断，粮食危机，饥饿和瘟疫严重威胁着浴血奋战的列宁格勒军民。在那个严寒的冬季，每人每天配给125克面包，有64.2万人死于饥饿，2.1万人死于空袭和炮击，30多万人牺牲在战场。展橱里陈列着烈士们血染的征衣，弹洞的钢盔，烧残的共青团员证……无声地向我们讲述着那场无比悲壮的战争。

列宁格勒，这个十月革命的圣地，在战火中又一次闪耀着理想之光。基洛夫工厂的工人们夜以继日勒紧裤带生产，39所小学坚持上课，孩子们演奏着肖斯塔克维奇第七交响曲，列宁广场种上了土豆、黄瓜，连退役多年的“阿芙乐尔号”也参加了战斗。

900天，900天殊死战斗，处于孤岛地位的英雄城市终于绝处逢生，迎来了突围的时刻。又是朱可夫将军，决心在拉多加湖地域实施突围，这一战役代号为“火花”。1943 年 1 月 12 日 9 时 30 分，4000 门大炮一齐向拉多加湖南沿走廊开火，激战七昼夜，终于轰开了一条血的通道，斩断了魔鬼的锁链，劈开了死神的栅栏。这次胜利，是整个卫国战争的关键战役之一。这一天，朱可夫大将被授予“苏联元帅”军衔，他的麾下有 2.3 万人获得战斗勋章、奖章。

就是这次战役，朱可夫元帅念念不忘一件小事。炮兵击毁敌人一辆坦克，这辆坦克外形不同于其他型号，匪徒们千方百计想把它拖走。听到报告后，他颇感兴趣，派出去一个步兵排和一个坦克分队，加上强大的炮兵掩护，到底把它拖回来，连履带也从雪地里捡回来了。经查明，它就是“虎 −1 型”新式重型坦克的试验样品，专家们用实验的方法找到了它的易损部位，把研究成果很快传达到所有部队，使希特勒放出来的秘密武器成了“死老虎”。列宁格勒的“火花”，也点响了各个战场节节胜利的礼炮。

从 900 支火炬中走出来，从石雕的围墙中走出来，从刺刀劈开的通道中走出来，我也像亲自从 900 天围困中走出来，长长地出了一口气，我也像薇拉一样骄傲、兴奋。九月初的列宁格勒，秋高气爽，阳光明媚，眼前格外敞亮。仅仅两个钟头的离别，阳光显得这么亲切、宝贵。可以想象从 900 天围困中走出来的列宁格勒人民，重新沐浴阳光是何等滋味！

40 多年过去了，战火早已熄灭，硝烟荡然无存。昔日的战壕，矗立起排排楼房；昔日的弹坑，开放着鲜花；昔日的阵地，布满了树林；昔日枪林弹雨的空间，汽车穿梭，游人如织，红男绿女，欢声笑语。不从这纪念馆出来，谁能相信，这花园般的城市，曾经有过灾难深重的 900 个日日夜夜，曾经是战争的废墟。

说话间，几对青年男女从身边走过。小伙子们一身黑色礼服，姑娘们一身拖地白纱。他们一改平时的欢跃，迈着稳重的步子，一步步踏上台阶，走进那圆圆的围墙，走进那荧荧的 900 火炬光里。薇拉告诉我，这个城市青年男女结婚，照例都到革命圣地、烈士纪念碑前，去接受那900火炬的洗礼，让那圣洁的光点燃他们心中青春的火焰。

我目送那几对青年，直到身影消失，真想随他们再一次走进那圆圆的围墙，再一次沐浴那900火炬之光。我也是第二次世界大战的一个烈士遗孤。我和国内许多与我同时代的人也是从围困中走出来的。所以，对900火炬的感情是一触即发。但是，我的孩子和他们的同代人呢？他们的心灵对900火炬究竟能产生多大程度的感应呢……

1987.9

啊，涅瓦河

列宁格勒，短短4天时间，我已经深深地爱上它了。崇拜、赞赏，甚至是带着一种朝圣者的心情。

我住在列宁格勒饭店的8层楼上，常常站在窗前如醉如痴地欣赏着这座城市的景色，回味着一次次美好的访问。望着，久久地望着。

涅瓦河就在窗下流过，“阿芙乐尔号”就在眼前停泊。河水静静地流，静静地没有波浪，像一页书，叫人读得入迷。读着读着，它开始跃动起来，直立起来，扑打窗口，冲击着我激动的心。我的心好像变成了一个涡轮，产生了电流，浑身发热，眼睛也明亮起来。

涅瓦河发源于拉多加湖，流入芬兰湾，全长74公里。两岸低平，海拔仅为1.2米。它像一根秸秆，因为矮壮，才分蘖出50条支流，把三角洲分割成100多个小岛，绽开一个锦簇花团。因为河渠纵横、岛屿错落、风光旖旎，素有北方威尼斯之称。

这座城市的历史也和涅瓦河一样，短促而壮阔。17世纪时，瑞典人占领这一地区，筑堡驻守。1703年彼得大帝把它夺回来，建立要塞，扩建为城，称圣彼得堡。9年后把首都迁来，打开了“对欧洲的窗户”，从此发展很快。从18世纪初到20世纪初，人口从5万猛增到250万。1914年改称彼得格勒，1917年爆发了震惊世界的十月革命，1924年列宁逝世，又改名列宁格勒。

列宁格勒的全部历史都陈列在涅瓦河岸上。

从近海的兔子岛开始，那长长的围墙、高高的钟楼，就是古老的彼得堡罗要塞。后来改为镇压本国人民的监狱，陀思妥耶夫斯基、车尔尼雪夫斯基、列宁的哥哥乌里扬诺夫，都曾被监禁在里面。

靠这边的皇家广场，也称舰广场，因为形状像个军舰。甲板样的地面上矗立着三根凯旋柱，像三根桅杆，代表涅瓦河、第聂伯河、伏尔加河，所以三桅船便也成为这个城市的城徽。

以广场为中心，西南面有著名的“青铜骑士”雕像，是1782年叶卡捷琳娜二世为她的祖父兴建的。彼得大帝跃马扬鞭于山岩之上，威武异常。那骏马前蹄腾空，后蹄踩住一条大蛇。青铜骑士是民族威严的象征，被它踩住的大蛇呢，我看有19世纪的拿破仑，也有20世纪的希特勒。青铜骑士的后边是伊萨基辅大教堂，纵览全市，有数不清的教堂金顶闪闪发光，大有“南朝四百八十寺”之感。其中最辉煌的就是那伊萨基辅大教堂，它与梵蒂冈圣彼得大教堂、伦敦圣保罗大教堂、佛罗伦萨花之圣母大教堂并称世界“四大教堂”。高102米，可容1.4万人，于1818年动工，44万人修建了40年，动用黄金400公斤修饰，至今依然光彩夺目。但是金灿灿的外观掩盖着另一个血淋淋的事实，剧毒的汞蒸气夺去了无数工匠的生命。

广场西边，那个三层巴洛克式建筑就是冬宫。浅绿的外墙，雪白的列柱和古铜色的檐顶雕像，映着涅瓦河的碧波，庄严而高雅。它目睹了沙皇200年的残暴荒淫，也目睹了临时政府的大臣们在无产者枪口下举手投降的下场。革命后它改为艾尔米塔什博物馆的一部分。从叶卡捷琳娜二世花重金自法国购得255幅名贵油画时起，至今共收藏有1.8万幅作品。我生平第一次走进那丰富多彩的艺术宝库，惊奇地看到了达·芬奇、拉斐尔、米开朗基罗、伦布朗、鲁本斯、罗丹、毕加索等许多艺术大师的真迹。列宁格勒也是一座荟萃了欧洲文化珍宝的城市。冬宫的对面，是著名的斯莫尔尼宫，十月革命的指挥部。我走在它那220米的长廊上，仿佛听到了列宁急促的脚步声，听到了他洪亮的演讲，看到了他斩钉截铁的手势。在三楼67号办公室、二楼86号寝室，我屏住呼吸，蹑手蹑脚，生怕耽误了他的工作，打扰了他的休息。翻译说，列宁在这里住了124天，起草了200多份重要的文件。

涅瓦河向东南流去，远处岸边耸立着一把亮闪闪的刺刀，那是列宁格勒保卫战的纪念碑。那里亮着900支火炬，记述着被围困的900个日日夜夜。那是历史授予这个城市的一枚勋章。

那是列宁形容过的“笔直的涅瓦大街”，那是我参观过的涅瓦机械厂。列宁格勒有500个那样的大型企业，产值占全国4%。我辨认着我走过的所有街道、工厂、居民区，它们都正在粉刷、修饰，迎接十月革命70周年。不少花坛和草地上，人们用鲜花和青草组成“70”图案，列宁格勒即将修饰一新。

在涅瓦河边一条街上，一家“合作社社员小店”开张不久。这是一家由7户居民集资10万卢布办起来的一个副食店，经理是年轻的佳丽娜·阿娜托力也夫娜·卡拉诺娃。货架上琳琅满目，连市场上非常紧俏的莫斯科红肠、鱼子酱也有。尽管价格略高些，人们还是喜欢光顾，门前熙熙攘攘，顾客络绎不绝。这是全市第一家个体商店，在这呆板一律的街上，打开了一个奇妙的窗口，人们争先恐后地赶来张望。

明天，即将离去。我一再贪婪地望呀望呀，把这一座美丽的城市尽收胸中，把这一条美丽的河带回家去。

1987.10

普希金的皇村

到皇村去，我真有点儿迫不及待。普希金是我读到的第一个外国诗人,《皇村回忆》又是我读到的普希金的第一首诗。

出列宁格勒市区，顺山丘蜿蜒西南，过一条铁路，大约 10 公里处，绿树丛中金碧辉煌，这就是沙皇的夏宫。宫殿是白色的 4 层楼房，加上 5 个闪闪发光的金顶，更显得富丽堂皇。宫门的另一侧，乳白与土黄相间的楼房，是著名的皇村学校，学校之前是叶卡捷琳娜孙女们的“新厢房”。这是亚历山大一世建立的一所贵族子弟学校。它之所以出名，不是为王室培养了一批大臣、大使、省长，而是因为从这里升起了俄国诗歌的太阳。

普希金生在一个桀骜不驯的名门望族，后来又加上了非洲汉尼拔的血统，他的曾外祖父是阿比西尼亚人，在俄国官至大都督。到了他父亲这一辈仕途冷落，兴趣转向文学，他的伯父是诗人兼理论家，人称“诗歌教授”。他的父亲有丰富的藏书，家中有文艺沙龙。外婆教他俄语，奶娘和仆人给他讲民间故事。莫斯科郊区五彩缤纷，绚丽如画，湖光水色，绿树浓荫。普希金是在文学圈子和美丽的自然环境里长大的。据家人说，他的诗歌意识萌生于刚刚懂事的幼年与童年之交。仆人说他儿时才思“就像火石打出的火花似的”。诗人自己也说“幼时缪斯便爱上了我”“在襁褓之中赠我以芦笛”。

普希金从13岁来到这里求学，攻读6年不曾回家。我们来到了当年的教室，房间很大，一架钢琴，30个座位扇形摆开，窗口敞亮，天花板上有星座图。沙皇亚历山大一世亲自参与了开学典礼，学校的设置和教学都反映了他的个性和基本特征，一面灌输“神的启示”，加强专制；一面允许自由思想，炫耀最新的进步观点。他用政见相反的人做顾问，在两个极端之间搞平衡。普希金送给他一个外号：小丑——身穿布头彩衣的丑角。普希金是思想活跃的学生之一，他敏感、暴躁，人称“老虎与猴子的结合”，文学、外语名列前茅，百科知识、政治经济学、统计学分数最低。

学生宿舍在四楼，都住单间，14号是普希金，一张桌子，一张床。隔壁13号是他的好友普辛，夜间他俩经常隔墙交谈，议论当天发生的事情。深夜的寂静引起他的怀疑和苦恼，谈话常常充满忏悔的倾诉和痛苦的自白，伴随着辛酸的眼泪。他们策划学潮驱走了反动的副校长，事后有人向教育大臣告密，说普希金等三人企图举行秘密酒会，把某同学灌醉。大臣和校方宣布，两周内全体祈祷时对他们罚跪，吃饭时坐在最后一排，并把名字记入黑册。普希金说满岁时奶娘抱着他与沙皇一世相遇，因来不及摘帽施礼，受到沙皇的警告，这也许是他一生与沙皇不睦的预兆。

开学不久，学校举行了一次文学竞赛，公布题目后，普希金转眼之间就吟出两节四行诗，成为竞赛的优胜者。第二年，拿破仑发动侵略战争，学生们在门口欢送近卫军队伍。卫国战争照亮了皇村学校，也给少年的普希金带来了灵感，他写了大量宣扬爱国主义的政治抒情诗。在语文考试时，他当场朗诵自己的新作，令诗坛泰斗杰尔查文折服，禁不住从沙发上站起来向少年诗人俯下苍白的头，想去拥抱他，可是调皮的普希金已经不见了。17岁时他发表了《皇村回忆》，两首诗入选《俄语范文选集》，被列为“全国经典作家”。在皇村，普希金诗的风格已经初步形成，这就是忠于客观世界，同时对客观世界的反映又具有一种令人倾倒的魅力，实质在于对生活的真实反映同经过提炼和纯化的感受相结合。当时俄国大诗人巴丘什科夫、茹科夫斯基都专程来皇村拜访他。杰尔查文弥留之际对人说："世上就要出现第二个杰尔查文，这人就是普希金，他还在皇村读书，可是已经胜过所有作家。"俄罗斯诗歌的太阳一下子跳出了海平面。

从皇村学校旧址出来，穿过大门进入夏宫。意大利建筑大师拉斯特雷利建造了叶卡捷琳娜二世公园。经过大片森林来到湖边，湖边映出蓝色大理石的方尖碑，少年普希金常常一个人来到这里，北国的秋色令他着迷，风景虽然有点凄凉，然而经过严整的古典艺术品的点缀，倒显得颇有生气。正是在这里，缪斯第一次出现在他的眼前，大自然的美传染给这个翩翩少年。列夫·托尔斯泰说普希金的作品"一切都是美的"。日常生活最平凡的景物到他笔下也会变成幽雅的图画，令人陶醉。离湖水不远有个塑像，一位少女在泉边打水，旁边有个摔破了的陶罐，少女面部充满难言的苦恼，泪水从眼里扑簌簌流下。普希金在这里写了不少有关泉水的诗，表达受骗少女的怨诉。后来这眼泉被称为诗泉，冬天也不结冰。我们大家争着掬而饮之，希望这智慧之泉能为自己增加一点儿灵气。

皇村是属于普希金的，他一生都怀念着它，33 岁时还迁居这里住过半年。诗歌的太阳从这儿升起，又陨落在这儿。黑河决斗以后，他的尸体被运回这里的圣山安葬。诗人仙逝了，可是死不瞑目。这明亮的湖水就是他的眼睛，永不疲倦地望着俄罗斯的天空，岸边的树是长长的睫毛，掩映着碧蓝的瞳孔。慢慢走近它时，它是那么明媚动人。可是乌云袭来时，它会变成愤怒的海洋，波涛汹涌。1941 年纳粹进攻苏联，围困列宁格勒 900 天，他们占领了皇村，把它改为军营和马术学校，树林里布下了炮阵，连普希金的纪念碑也变成了碉堡，野兽的铁蹄肆意践踏着美丽的风景和诗人的名字。但是，列宁格勒军民高呼着普希金的名字投入战斗，普希金的诗句变成了威力无比的战斗武器。人们最终看到了希特勒比拿破仑更惨的下场。战后，皇村改名普希金市。

离开时，我又回头看一眼那湖水。它不像刚才那么深沉平静了，变得脉脉多情，甚至有点激动。不知什么东西落入水中，生起一圈圈涟漪，为我们送行。那波纹在我们心中久久地扩展着、激荡着。

1987.10

陀思妥耶夫斯基故居

今天去参观陀思妥耶夫斯基故居，大家颇感兴趣。

陀思妥耶夫斯基在我心目中是个十分复杂的作家，他的形象一直被蒙上一种神秘的色彩。十月革命后列宁提议为民族精英立碑，他名列第二。可是十几年后他的塑像从莫斯科的闹市被流放到偏僻的角落。高尔基称他是“凶恶的天才”。鲁迅说：“对于这位先生，我是崇敬、佩服的，但我又恨他残酷到冷静的文章。”评论界争论不休，有的对他推崇备至，有的对他责难不已，有的俄国文学史干脆采取回避的态度。可是全世界的陀思妥耶夫斯基研究仍持续升温，反过来又波及国内。这一切如何理解呢？

故居在陀思妥耶夫斯基大街与铁匠胡同的拐角楼上。楼角朝着教堂，两条街的人流在他眼前汇成一个汉语的“人”。还是在他少年时期寄给大哥的一封信中就说道：“人是个秘密，必须识破它。我专门研究这个秘密，因为我要成为一个人。”

拐角楼像一个多棱镜，陀思妥耶夫斯基站在这个特殊的角度观察俄国社会。他犀利的目光穿透浓重的雾和漆黑的夜色，穿透社会和人的表面，穿透贵族的甲胄，穿透穷人的褴褛，直至内心，毫不留情地进行深入采掘、心理分析、残酷的审问、甚至首先把解剖刀伸向他的家族成员。《白痴》里风度翩翩的加兹有他曾祖父的影子，《卡拉马佐夫兄弟》中放荡不羁的费多尔取材于他的父亲，《赌徒》中泼辣达观的老奶奶以他大姨为原型，《罪与罚》中神经质的女主人公与他的第一个妻子酷似，《穷人》中的瓦尔瓦拉·多布罗谢洛娃以他姐姐为原型。

陀思妥耶夫斯基1821年生于莫斯科一个医生家庭，从彼得堡军事工程学校毕业后开始文学活动。早期受空想社会主义影响，参加秘密进步团体彼得堡拉舍夫斯基小组，和该小组成员一起被捕并判处死刑，后改为流放西伯利亚服苦役4年、军役6年。流放期间对革命失去信心，想从宗教中寻找出路。坎坷的经历磨砺他的思想，也滋生了消极因素。他果敢又胆怯，否定一切又信奉上帝，冷眼阅世又带几分恶意。高尔基说他“病态的思想构成作品的主要内容”。他自己也宣称：“我是个卑鄙又狂妄的人。”

但是饱经忧患之后，他对自己的妻子儿女又是一个感情十分丰富、充满人情味儿的人。陀思妥耶夫斯基是个屡教不改的赌徒，第一个妻子病死时欠债2.5万卢布，他估计到死也还不清了，自称“无产者作家”。45岁时与19岁的速记员安娜结婚，年轻的妻子勤俭贤惠，一边工作，一边为他读书、管账，终于在他生前把欠账还清。他非常感激妻子，至今写字台上还留着一个条子：“送给我善良的安娜。”死后妻子为他筹资出版了30卷全集，人民称她为“俄罗斯最优秀的妻子。”

陀思妥耶夫斯基有两个孩子，女儿柳波芙和儿子费多尔。他非常喜欢他们，买了各种玩具，法国布娃娃。陀氏习惯夜里写作上午休息，孩子们从不打搅。孩子想爸爸时就从门缝里塞进一个纸条：“爸爸给我吃的。”陀氏自己卷烟抽，50支一夜抽光。至今写字台上除了钢笔、钱包、药之外，还有11岁的柳波芙用烟纸写的几个条子“亲爱的爸爸，我非常想你。”“今天我爸爸去世了。”闹钟的指针停在1878年1月28日8时38分。这一天他正准备次日纪念普希金逝世41周年的演说。陀氏的家搬到哪里都有普希金的画像，那是他终生的崇拜对象。早在少年时期，诗人决斗身亡时，如果不是母亲病逝，他就要在自己家里为诗人举行追悼会。后来莫斯科普希金纪念碑落成时，他出席了揭幕式，并发表了激动人心的演说，代表们向他献了一顶桂冠。当天夜里，他又悄悄地把它放在普希金的脚下。

苏联著名文学理论家米·巴赫金于30年代初开始对陀思妥耶夫斯基的创作进行研究，终于出版了《陀思妥耶夫斯基诗学问题》一书。他认为陀氏的小说是一种“多声部性”“全面对话”的复调小说。这种小说没有作者统一的意识，而是由不相混合的独立意识、各具完整价值的声音组成的对话小说。主人公不仅仅是作者所表现的客体，而且也是直抒己见的主体。因此这类小说不在于展开情节、故事、人物命运、人物性格，而更着重展现那些与作者意识有着同等价值的不同的独立意识。巴赫金认为陀氏有三大发现：一是创造了独立于自己之外的人物，他们处于平等的地位上；二是作家使独立的思想观念成了艺术描写的主要成分；三是小说具有全面对话的特征。

所谓全面对话，在陀氏看来，世界是多元的，人与人之间应是一种相互独立又相互影响的对话关系，两个声音才是生活的基础。人们生活意味着相互交往，进行思想交流的对话。陀氏的主人公多为“思想者”式的人物，重要的不是主人公在世界上是什么，而首先是世界在主人公心目中是什么，他在自己心目中是什么。陀氏强调主人公的自我意识的独立性，同时也指出它的矛盾的两重性。人的个性是极其复杂的，只有在其自我意识的充分表现中，才能见其真相不被歪曲。

巴赫金的复调小说理论越来越被人接受，它抓住了陀氏艺术视觉转换的特征，预感到了它在 20 世纪文学发展中的重要性。

参观回来，我不断回首那个神秘的拐角楼，似乎看到玻璃窗后有一个人影，佝偻着身子，拖地的长袍，忧郁的眼神。一个批判现实主义作家的标本。

1987.10

屠格涅夫故园

自莫斯科经图拉，东南奔奥廖尔州，喧哗的奥卡河既是旅伴又是向导，一路少了寂寞，半天就到达屠格涅夫故乡斯巴斯科耶—卢托维诺沃庄园。从路标上看，南距州府奥廖尔市 60 公里。

正如屠格涅夫书中描绘的那样，柔和的空气中弥漫着秋天的葡萄酒样的香味，远处黄澄澄的田野上笼罩着一层薄雾。顺着林荫路向前面的青堂瓦舍走去，不由嘴里念起那首《树林和草原》：“回到幽暗的花园里，回到村子上，那里的菩提树高大而阴凉，铃兰花发出贞洁的芬芳，那里有团团的杨柳成行，从堤畔垂垂地挂在水上，那里有繁茂的橡树生长在膏腴的田野上，那里的大麻和荨麻发出馨香……”念着念着，好像我自己变成了屠格涅夫，回到久违的故乡。似曾相识，这森林里的花园，花园里的别墅，别墅旁的小木屋。屋前屋后的红樱桃，飞来飞去的松鸡、山鹬，都曾在屠格涅夫作品里反复出现过。今天身临其境，走着走着又好像走进他的著作里。

庄园主宅是一组欧式别墅，今天看上去也够豪华，大门高窗，雅致的雕塑，旁出的烟囱。厅内高大的壁炉，精美的吊灯，都说明着主人高贵的出身。斯巴斯科耶—卢托维诺沃，是屠格涅夫母亲家族的世袭领地，拥有60户农奴。他父亲是没落贵族出身的退役军官，婚后住在这里。屠格涅夫1818年生于奥廖尔市，童年和少年在这里度过。15岁进莫斯科大学学文学，一年后转入彼得堡大学读哲学，毕业后赴柏林大学攻读哲学、历史和希腊与拉丁文，每逢假期都回到庄园来。庄园给屠格涅夫留下的记忆是冷酷的，母亲暴戾专横，经常打罚农奴，“到处是耳光、拳脚和巴掌”，连他自己也“几乎每天为小事挨鞭子”。所以，“我很早就仇恨奴隶制和农奴制，我的仇恨是通过观察周围罪恶的环境产生的”。

屠格涅夫从小喜欢森林，7岁就能辨别鸟的声音。他喜欢跟农奴的孩子们一起玩耍，喜欢听老农奴给他背诵赫拉斯科夫的《俄罗斯颂》。稍大，他知道了普希金。在屠格涅夫的书房和寝室里，到处是普希金的画像，那轮“俄罗斯的太阳”照耀着他成长。他反复读过的普希金著作，几乎每页都有眉批和圈点，普希金的浪漫和莱蒙托夫的哲理，早早融化在他的血液里。屠格涅夫自称“容易感受诗的人”，大学期间就创作了诗剧《斯杰诺》，柏林归来出版了长诗《帕拉莎》，引起别林斯基的注意，称赞“整个长诗充溢着严整而统一的思想、格律和色调，文体精炼。不仅揭示了作者的写作才能，而且表现了善于支配对象才能的成熟和它的力量”。后来又写了长诗《地主》和《交谈》，却受到别林斯基的否定。并非诗人江郎才尽，而是生不逢时。俄罗斯诗歌的黄金时代，已随着普希金和莱蒙托夫的早逝而大势已去，文坛主流已经让位于小说了。

庄园至今还保留着小木屋，圆木罗列成墙，前有门廊，上有阁楼，墙角放圣像，烤炉宽得可以睡下一个孩子。屠格涅夫喜欢打猎，1846年夏秋两季常常牵狗擎枪，套上竞走马车，走遍奥廖尔和相邻几州，出入森林洼地，夜宿守林人木屋，一年打下304只猎物。他把这种经历，用优美的散文笔调写成小说，寄给涅可拉索夫和帕纳耶夫主持的《现代人》杂志。编辑看着新奇，又不伦不类，把第一篇《霍尔与卡里内奇》加上“猎人笔记”的副题发表，5 年共计 22 篇，以《猎人笔记》的书名出版。这系列作品没有主角，没有连贯故事，真实地展示农奴制下俄罗斯广阔的生活背景，表现了农民的悲惨命运。他把浓郁的散文性和诗情画意结合起来，色彩斑斓、细腻委婉，使人耳目一新。被后来的福楼拜、都德、龚古尔、莫泊桑推崇备至，英国唯美主义作家王尔德称赞他为“最精致的作家”，美国作家廖姆斯称他为“世界小说家中的小说家”。

屠格涅夫终身未娶，没有给庄园留下继承人，因为一个异国丽人夺走了他的心。1843 年秋，巴黎的意大利歌剧院在圣彼得堡演出，25 岁的屠格涅夫迷上 22 岁的女演员波丽娜，明知名花有主而痴心不改，从而成为倾国倾城崇拜者中的首选。一年多后剧院回国，诗人失魂落魄的尾追至巴黎，租房与波丽娜毗邻而居，白天写作，晚上登门拜访。普法战争时波丽娜举家迁居德国巴登，屠格涅夫又紧挨她家建起自己的住宅。战后随波丽娜一家重回巴黎，在郊区小镇布日瓦尔合买了一套房子，取名“苓树别墅”。屠格涅夫生活在热烈相思之中，同时也生活在对斯巴斯科耶—卢托维诺沃的回忆和想象之中，爱情激励了他的创作，先后写了《罗亭》《贵族之家》《前夜》《父与子》等 6 部长篇小说，主要表现农奴制解体前夕俄国知识分子的命运。他对农奴制深恶痛绝，说“在我眼中这个敌人有一定形象，冠以众人皆知的名字，这个敌人就是农奴制，在这个名字周围，我准备了一切，决意同它斗争到底，发誓永不同敌人和解。”屠格涅夫属于自由主义者，与革命民主主义倾向还有一定距离。但是关注和忠实生活，使他的作品具有鲜明的现实主义和民主主义倾向。而多年的庄园生活正是他的思想基础，《初恋》中的父母形象有不少取材于双亲，《贵族之家》中的拉夫列茨基身上有他自己的影子，老仆安东、法籍女教师莫萝连名字都没有改动。

屠格涅夫晚景凄凉，远离故乡，孤独忧郁，病魔缠身。这个以诗起步的作家又返回诗神怀抱，尝试用散文形式写诗，并创造了散文诗这一简洁明快的文学形式。他把诗的抒情与散文的叙事结合起来，使诗的感染力和散文的说服力相得益彰。文章是写给自己的，无意公布于世，但是艺术是没有私有财产的，散文诗成为他对世界文学的最后贡献。1883 年 9 月 23 日屠格涅夫逝世于“苓树别墅”，瞑目前写了 83 首散文诗中的最后一首《我的树》。念念不忘“我千年的古树，一棵高大的老树，枝繁叶茂，浓荫如盖”。

1987.10

在玛雅·波里索娃家中

在列宁格勒作协会晤之后，我们接到两位作家的邀请。白羽和钱钢同志去访问革拉宁，峻青、小梅和我去女诗人波里索娃家里做客。

玛雅·波里索娃的家离我们居住的列宁格勒饭店不远，晚饭后没有坐车，溜溜达达走到涅瓦河边，跨过一个大铁桥，沿河不远就到了宫殿河岸街 10 号，波里索娃住 49 室。

主人笑嘻嘻地开门迎接，领我们参观她的宿舍。现在苏联人均住房 15 平方米，家庭之间差别不大，国家首脑也只住 4 间。波里索娃的一套可能是最小的，也就是 20 多平方米。一个不足两米宽的夹道里，放一张桌子，两个书橱，这是她的写作间。寝室大一些，一张单人床，墙角落里堆着简单的衣箱之类。房间不算宽绰，可是家具很讲究，推窗就是涅瓦河，河风夹着涛声迎面扑来，颇具诗意。

看房间布置，好像一个独身女人卧室。我们不便多问，苏联离婚率为40%，是世界最高的。尤拉才30多岁，已经离婚一次了。他说苏联人尊重感情，没有东方那么多条条框框，合不来离异是正常的，感情破裂勉强维持的婚姻，反而是不正常的。可能是女主人也估计到我们的思维方式，事先请来两个人作陪。是一对恋人，男的叫尤里，40多岁了，风度翩翩，曾经在远东工作过，当过搬运工人、话剧演员，现在是英语翻译，有一本诗集即将出版。女的叫娜达莎，看样子20多岁，很漂亮，中学教师。两人都是文学爱好者，对他们而言，中国作家有一种浓厚的神秘感。

我们是吃过饭来的，主人从金灿灿的茶炊里给每人倒了一杯茶，又拿来了一瓶威士忌，没有备菜，用奶酪和面包下酒。呷一口酒闻闻袖子，称之为纤维菜。酒是感情的催化剂，原来都还拘谨，酒瓶一打开，空气立刻活跃起来。

波里索娃与我同庚，可是显得年轻，亚麻色的头发，碧灰色的眼睛流露出诗人的纯真。她脸色红润，不像是化妆的，也许是兴奋所致。

她说自己是在中苏热恋的气氛下长大的，从小就向往那个文明古国，地大物博，人民勤劳勇敢，拥有独特的文学艺术，早年形成的印象很难改变。后来不知怎么兄弟吵架就闹翻了，她很不理解。在符拉迪沃斯托克工作时，常常站在国境线上，举起望远镜望啊望啊，不知道那边究竟发生了什么事情。我说今天老中青三代人，半个世纪的中国坐在你面前，再也用不着望远镜了，一下子就可以看到心里。

她说很多作家对中国抱有好感，骂过中国的是极少数。这个我们很清楚，在莫斯科，在基辅，许多作家在战争和建设年代到过中国，连苏联作协主席马尔科夫1945年也到过赤峰。马尔科夫是西伯利亚人，他说战争年代那里红军部队中有许多中国同志，在困难时期帮助过苏联。我不止一次地看见白羽同志与苏联老一辈作家拥抱时，双方都热泪盈眶，这种感情也深深感染我们。叶夫图申科骂过中国，已经幡然悔悟，今年访问中国时做了公开检查。

波里索娃说，那时候也真莫名其妙，她一个朋友伊万比萨诺写了一篇作品，其中一个情节是苏联水兵救了两名中国儿童，出版后一看，两名中国儿童被换成了两个哥萨克，让人哭笑不得。现在，这样的编辑一个也没有了。

我们说，中国近来有一句常用的话：不纠缠历史旧账，一切向前看。把过去交给历史，由历史去负责；现实是我们的，由我们来创造，现实变好了，未来会更美好。

是啊，打我们进门那一分钟开始，波里索娃总是目不转睛地看我们，看得那么深情，那么仔细，从头到脚，从表到里，像读一本诗，从封面到内容，读得津津有味，看得那么眼馋。那目光大概积攒了二三十年，落在我们身上，有一种灼热感，而且温度越来越高，熔化了多少疑问，把断裂多年的记忆往一处焊接。看着看着那目光炽热到极点，液化成亮晶晶的泪水。

尤里和娜达莎大概觉着气氛太严肃了，扭转了话题，让我们谈诗，两国诗人聚会怎能不谈诗呢？由于语言文字的阻隔，他们看中国诗是那么遥远而神秘。不像中国大量翻译苏联作品，他们翻译中国作品很少，新时期文学只翻译过冯骥才等人的一本合集，诗歌就更少。尤里他们认为中国诗就是李白、王维。对李白的想象力崇拜得不得了，至于王维，大概是人民普遍厌恶战争，对王维那种怡然自得的田园生活和佛教禅理容易产生共鸣。他们让我们吟诵唐诗，听得那么认真，像听古典音乐那样出神入化。

我们问及苏联诗歌现状。他们说，马雅可夫斯基不再拥有那么多热心的读者了，不少人热衷于叶赛宁和阿赫玛托娃。他们都是苏联早期唯美主义诗歌的代表，曾经受过尖锐的批判。日丹诺夫曾批评阿赫玛托娃的作品是“奔跑在闺房和礼拜堂之间的发狂的贵妇人的诗歌”。后来她被恢复了名誉。

我们也谈到了中国传统诗与新潮诗，询问苏联有没有类似中国的朦胧诗，受西方现代主义影响如何？他们说西方现代主义各种派别在苏联都可以见到，但是都成不了气候。多数人包括青年人都是习惯于传统手法，写明白、押韵的诗。可能是苏联人自高自大，总觉着自己民族传统好。

尤里他们说的是真话。我们到苏联以后，有一个强烈的感觉，就是苏联文学有一种民族自豪感。一方面俄国和苏联文学也确实值得自豪，另一方面也不能不承认这是一种精神状态。不像我国诗歌界有一种盲目崇洋的风气，甚至是一种民族自卑感。在某种意义上这是一种非我现象，他们对西方现代主义未必了解，往往是把假想的美好贴金在西方脸上；也正像西方有人盲目迷信东方古典主义，把假想的美好加在东方头上一样。

不知不觉谈到了很晚，不得不站起来告辞。由衷地希望波里索娃和她的朋友能到中国访问，亲眼看看中国的现实，届时到家中做客。

1987.10

在乌克兰作家协会

来到乌克兰作家协会，就像走进一座小巧玲珑的艺术宫殿，使人眼花缭乱。紫红色的穹顶，白瓷砖的壁炉，雕刻和图案都十分精致。琳琅满目的花瓶，茶具古香古色。当中长桌上铺着深绿色的呢绒，与房间的摆设很协调，整个布局给人以华丽、典雅的美感。我心中暗暗称道，俄罗斯文学的发祥地，《伊戈尔远征记》的诞生地，就该是这个样子。

乌克兰作协书记弗·瓦·卡尼维茨致欢迎词，并按照我们的期望介绍了他们的情况。

乌克兰加盟共和国时共有5000万人口，与我们河北省差不多，但是拥有3000名作家，1100名会员，按照章程，乌克兰作协会员也就是苏联作协会员。这个数目是河北省没法相比的。会员大都有大学学历，出版过两三本书。作协办了10种杂志，4家出版社，每年出书近200种，发行都在5万到10万册。作协还有自己的基金会、书店、医院、疗养院，25个州的分会经费也由他们拨给。作家职业化，不领工资，靠稿费生活。体验生活时，经费由基金会补助。稿酬较高，散文（包括小说）每个印张400卢布。乌克兰文是拼音的，一个词儿老长，一页没有多少句话。诗歌每行10至15卢布。这是基本稿酬，印数稿酬更多。这种制度促使作家们写长篇，中篇、短篇不太发达。我们羡慕他们的高稿酬，他们羡慕中国作家还有一份固定工资，可以不为生活所迫，从容地写质量高的作品。我们告诉他们，中国作家是低工资低稿酬，大锅饭养懒汉，也正在改革。

汉学家切尔克特别活跃。他翻译过24部中国小说，鲁迅、老舍、赵树理的，正在印刷的还有柳青的《创业史》和茅盾的《虹》。去年他到上海参加了中国现代文学讨论会，回来发表了访华观感。他说乌克兰人民非常喜欢中国作家的作品《暴风骤雨》《骆驼祥子》，发行量都在10万册左右。对中国古典文学更是着迷，《西游记》《聊斋志异》都畅销。他还想为他的同胞们介绍《红楼梦》，这是一项伟大的工程，他预言苏联会出现红学热。之后，他不无抱歉地说，中国翻译苏联文学比苏联翻译中国文学多，几乎每部有社会反响的书在中国都有译本，乌克兰作家冈察尔一个人的中译本就有22种之多。

一位白发苍苍的老人迫不及待地站起来讲话，表情很激动。老人叫尤·奥·兹巴纳茨基，卫国战争中荣获“苏联英雄”称号。他说对中国一往情深，战争年代亲眼看到许多中国同志帮我们打仗，不少人牺牲在苏联国土上，有的中国烈士的面目至今还记在他心上。他的三本书，《悦耳的钟声》《索可尔松林的秘密》《刘胡兰的故事》都译成中文了。他到过中国山西云周西村，刘胡兰烈士的故乡，对那个地方很怀念。中苏之间发生过不愉快的事情，他当时就断言不会长久。果然今天在自己的家乡见到中国同志了。生活是美好的，改变了我们和你们的错误。希望你们不止一次地来，我们也不止一次地去。他今年75岁了，还想到勤劳的中国人民中间去。话说完了，噙在眼角里的大颗泪珠也终于滚落下来。

接着站起来的是波·阿夫托马诺夫，个头不高，充满老战士的粗犷和真诚，清瘦的脸上突出着两颗大眼睛，炯炯有神。他是一个老侦察兵，曾经三次空降到敌后，给斯大林提供过一个重要情报。最后一次在敌后，胜利了他还不知道。30年前，他出版过一本自传体的长篇小说《在库良吉亚包围圈中》，在中国也有译本。

刘白羽同志也站起来说：“我很激动，与乌克兰的老作家、老战士会晤，你们的热诚使我不能不像火一样燃烧，因为我也是一个老兵。我今年71岁，十几岁就向往乌克兰，从果戈理《五月之夜》知道乌克兰是那样美、那样芬芳的地方。有红樱桃，长眉大眼的姑娘，第聂伯河上空飘荡着歌声。1931年我前往贝尔格莱德，飞过这里，痴痴地凝望着它。在那反法西斯的年代啊，我们虽然相隔万里，但我们的战壕却紧紧相连。”何等美妙的诗的语言，使我很自然地想起英国人王尔德的话：“诗是强烈感情的自然迸发，其源泉是静静的回想的感动。”

傍晚，主人们在离我们住处十月革命宾馆不远的一家饭店里设宴招待我们。我们的长桌在大厅一角。中间正举行舞会，乐声优雅，伴唱也是美声唱法。下场的老年人不比青年人少，他们身穿晚礼服，舞步轻盈，颇有绅士风度。宴会的气氛十分热烈，碰杯声、欢笑声压过了那边的舞会。饭菜的标准要比布拉格饭店高出不少，我第一次品尝到了地道的乌克兰红菜汤，有点儿像中国北京的羊汤。碗底有不少精瘦肉，上边漂着血红的菜丝儿，整碗汤是血红色的。

第二天，在第聂伯河的游艇上我又了解到，一直照顾我们生活陪同我们参观的作协外委会秘书亚·格·奥克休塔也是一名老兵。这个秃顶、消瘦、褐色眼睛、褐色胡子的同志，穿着简朴，腿脚勤快，诚实得像个农民，却有着极不平凡的经历。1943 年 10 月解放基辅战斗中，他坐一只洗衣盆在狂风恶浪中渡过第聂伯河，突破了德军防线。他所在的师只剩下 41 人。奥克休塔当时是连长，他所在的连队只有 3 人活下来，之后他又随朱可夫元帅直捣柏林，复员时是一位陆军中校。

据悉，卫国战争中，苏联共有 800 多名作家上前线，有 300 名荣获战斗勋章，253 名牺牲在战场。一代又一代征服世界的苏联军事文学是作家们血染的风采。作为第二次世界大战中一名烈士的儿子，这几天我也激动不已，悄悄地站在旁边，跟着他们流泪，跟着他们欢笑。那欢笑装进我的胸腔，那泪水一直流进我的血液里。

1987.11

基辅印象

难怪大使馆的同志说，能到基辅访问是难得的待遇。中国作家包括苏联文学界的老朋友白羽同志也是第一次，因为他带队，代表团规格提高了。

没到基辅，抱着一种美好的想象，来到基辅，比想象更美好。

基辅是古老的，编年史上称它为“罗斯众城之母”。相传由基伊、塞克和霍里夫三兄弟于公元6世纪末建城，为纪念其长兄才命名为基辅。它位于第聂伯河中游，而第聂伯河是连接黑海与波罗的海的重要航道，所以成为古代俄罗斯政治、经济中心，是东斯拉夫人早期建立的封建国家基辅罗斯的首都。一度十分繁荣昌盛，可与拜占庭抗衡。

从“金门”遗址走进古城，远远望见举世闻名的圣索菲亚大教堂的金顶。索菲亚是智慧的意思，1037年智者雅罗斯拉夫大公在他击溃突厥族佩切涅格人的地方，建起这座高29米的教堂。原为1个大金顶12个小金顶，象征大公把12个小公国联合起来。至今经过6次地震23次火灾多次战争，建筑主体依然健在，只是后来小金顶合并成了4个。

整个教堂由一名希腊工匠负责，他带来8名画家，结合本地工人精心设计施工。在唱诗厅的墙壁里垒进3000只空瓶，加强共鸣，使大厅成为一个超大型音箱，音响效果非常好。

教堂内部保存着11、12世纪珍贵的镶嵌画。人物、图案都是用五六毫米见方的彩色镶片组成的。镶品颜色多达117种，仅蓝色就有23种，所有图画共有150万个镶片。中间6米高的圣母像至今色彩鲜艳，神韵如初。

我沉醉于艺术享受里，一会儿闭上眼睛专用耳听，一会儿堵上耳朵专用眼睛看。索菲亚，这摄人魂魄的智慧之门，大概无论谁来到这里都会迷恋它的艺术，而忽略了它的内容。

基辅是美丽的，素有“花园城市”的雅号，整个城市坐落在别切尔斯克山的7座山头上。登上“美丽的斜坡”北望，第聂伯河浩浩荡荡向西北流去，对岸是达尔尼察工业区，高楼成群，烟囱林立。1500 米宽的河面上横跨着伯顿大桥、第聂伯河大桥。

山上古老的市区掩映在森林之中。勃罗瓦勒森林覆盖其东，戈洛西耶夫森林和康察—扎斯帕森林横贯东南，博亚尔森林和斯维雅托森林逶迤西南，普沙—沃季察森林位于正南。7 条林带 22 万公顷，占市区面积的 60% 以上。生活在这里，感到空气是绿的，阳光是绿的。一阵风吹过，云也是绿的，雨也是绿的。

我们住宿的十月革命宾馆，位于瓦杜丁森林边缘，出门就是米黄色的马林斯基宫，它是 18 世纪沙皇的行宫。沿着整齐的石板小路，穿行在绿色的“胡同”里，隔不远就会碰见一个塑像，熟悉的有诗人谢甫琴科、乌克兰英卡，就走过去打个招呼。

终于找到了市中心克列夏季克大街。两侧是隆起的绿色丘陵，街道仿佛是峡谷中的一道河流。临街大楼的墙壁上布满绿色的藤蔓，瀑布似的垂落下来。来到市中心十月广场已是黄昏，一组巨大的喷泉在红色的霓虹灯下纵情飞腾，珍珠四溅，好像我国南方的杏园、梅林。红男绿女，浓妆艳抹，更是花枝招展。好一个迷人的基辅之夜，我们流连忘返。回来的路上，一向沉默寡言的女诗人梅绍静说，真好玩，这里的夜色也是绿的。

常说红颜薄命，美丽的城市也往往多灾多难。乌克兰乃膏腴之地，基辅是“帝王之城”，一向为兵家必争之地。1812 年拿破仑扬言：“占领基辅就等于抓住俄国的双脚。”希特勒发动侵苏战争，也想以它做桥头堡进攻莫斯科。夺取乌克兰就夺取了苏联最大的工业基地，夺取了粮仓。

在别切尔斯克山的西北麓一个名叫巴比沟的地方，有一个特别的纪念碑，由 11 个青铜人像组成。1943 年的一天，敌人屠杀了 10 万居民，集中埋在这里，尸体填平了一条深沟。传说一个星期内大地倾斜，震动不止。如今过去 40 多年，地面长起了森林。我发现这片森林与众不同，树冠紧凑，枝丫拧劲，似冲冠怒发、抗议的拳头。我毫不犹豫地与“鬼魂”们站在一起照了相。如同在祖国的南京，在故乡的潘家峪，血泊中的父亲，烈火中的舅父，也都直挺挺站在这里，站成了一座火山，岩浆塑造的躯体永远不会冷却！

我走进别切尔斯克山的一个豁口，它曾是苏沃洛夫将军的要塞，现在是卫国战争的纪念馆。圆洞式的室内，一组塑像再现着基辅战斗的历程。所有的塑像都是铁水浇铸的，真是铁的事实。参观时听到一阵低沉而浑厚的歌声，是在播放战争时期一支流行的歌曲。歌词是："我活着，许多战士都没有回来；我活着，你们都牺牲了。尽管我活着没罪，但是心里难过。欠下你们沉重的债，我要活下去，完成你们未竟的事业。"我感觉那不是录音，而是从这些钢铁战士肺腑中迸发出来的，是从他们的心里喷涌出来的。

我迈着沉重的脚步走出洞室，抬头看到一个巨大的女性塑像站在蓝天白云里，一手持盾，一手举剑，双唇微闭，二目凝视，神态慈祥，性格刚毅。阳光照耀全身，长风吹动披肩，形象十分动人。这就是著名的祖国母亲塑像，高 67 米，与基辅最高的拉乌尔教堂一样的身高。我总觉着她还要高些，顶天立地，因为她就是古老美丽的乌克兰呀！

离开基辅那天，我依依不舍。一个人徘徊在瓦杜丁将军森林边缘，看退休的老人和孩子们在花坛和池塘边嬉戏，尽享天伦之乐，心情颇受传染。

我信步向瓦杜丁将军的铜像走去。对于这位将军，早年读朱可夫元帅《回忆与思考》时略知一二。他曾是苏军第一副总参谋长，后来派任乌克兰第一方面军司令员，于 1943 年 11 月 6 日率军强渡第聂伯河，解放了基辅。但在乘胜追击、彻底围歼敌人科尔松集团时，却被命令交出正面进击指挥权，改打外围。将军很委屈，但是服从了命令。不久遭受匪徒伏击，光荣牺牲。将军被安葬于基辅，莫斯科放了 20 响礼炮，哀悼祖国忠实的儿子和富有才能的统帅。

至今我心中还为这件事不平。我默默鞠躬，献上一个中国公民的敬意，可是他早已尽释前嫌，风尘仆仆，投入一个新的战役。风儿吹起征衣，像一面绿色的大纛，身后百万绿营，枝丫如枪，林涛似鼓，要把干燥和荒凉赶尽杀绝，向风沙夺回一切失地，制造大量氧气，保护生态环境。解放者！这才是真正的解放，不是只让人民喘一口气，而是给予他们永远自由的呼吸！

1987.11

谢甫琴科博物馆

谢甫琴科博物馆在以诗人的名字命名的大街西侧。一座很别致的小院，中间一座二层小楼，从台阶到屋顶都是木制的。乍一看好似黄铜铸就，在夕阳下熠熠发光。

穿一身红布拉吉的安娜姑娘，微笑着在门口迎接我们。博物馆共有房屋 8 间，我们随着安娜沉稳的脚步，踏上了诗人一生坎坷而悲壮的历程。

最先看到的是诗人早年穿过的麻布衣服、用过的粗织面巾和一件老式乐器科布扎，这是谢甫琴科农奴生活的见证。塔拉斯·格里戈里耶维奇·谢甫琴科 1814 年 3 月 9 日生于基辅省兹维尼格罗德莫林采村一个农奴家里，祖父是皮鞋匠，乌克兰语谢甫琴科与皮鞋匠是谐音。9 岁时母亲去世，为残暴的继母所不容，流浪社会，做过地主的牧童、教堂的僮仆。小谢甫琴科从小疾恶如仇，教堂执事整天烂醉如泥，一次醉酒后被他剥光了裤子，揍了个痛快。

安娜领我们步入一个画室。从前只知道谢甫琴科是著名诗人，不了解他还是个大画家。展室保存了他大量绘画，多数是表现乌克兰风光和哥萨克人物的，它们都浸透了谢甫琴科的血泪。他从小喜欢绘画，从教堂出来时只带了一本有图画的小书。15 岁时当了地主的小厮，用从账房先生那里偷来的铅笔偷偷临摹各种人物画像。一天夜里地主出去参加舞会，他就点起蜡烛作画，因而遭到一顿痛打。17 岁随地主到彼得堡，当了 4 年油漆装裱学徒，有幸结识了著名画家布留洛夫、大诗人茹科夫斯基。大家要把他从农奴身份赎出来，地主要 2500 卢布身价。最后布留洛夫为茹科夫斯基画了一幅油画像，拍卖出去做了赎金，农奴谢甫琴科才成为自由人。我站在这幅画像前沉思良久，世界文学艺术史上无与伦比的一段佳话，让人心酸的佳话。之后，谢甫琴科进了美术学院，成为布留洛夫心爱的学生，杰出的肖像画家和水彩画家，先后获得三块银质奖牌和“自由艺术家”的称号。

谢甫琴科是人类历史上罕见的多才多艺者，当他进入美术圣殿时，诗神也常来访问。获得自由的第二年，他的第一本诗集《科布扎歌手》出版，在乌克兰和俄罗斯引起强烈反响，别林斯基按捺不住地给予很高的评价。谢甫琴科犀利的目光已经透过画面进入生活的深层，他两次回故乡探亲，乌克兰人民水深火热的生活深深地刺痛了他的心。在基辅他参加了秘密政治团体“基里尔—梅福迪兄弟会”，主张用暴力推翻封建农奴主的统治，号召“把斧头磨得更加锋利”。由于有人告密，谢甫琴科和他的许多成员被捕，被判处徒刑，流放到乌拉尔的兵营。沙皇尼古拉一世亲自批示：“严加监视，禁止写作和绘画。”从此，他第二次丧失自由。十年流放生活，“受尽折磨，吃尽苦头，但我决不后悔认错”这句话，成为他逆境中的座右铭。他偷偷地用纸头订成一个小本子，藏在自己的皮靴筒里，先后写成一百多首诗，篇篇充满了对自由的渴望，对故乡的眷恋，对人民的热爱，对沙皇的仇视，这就是著名的《靴筒诗抄》。

展室墙上有诗人逝世前的最后一幅自画像，沉思的脑门前一支闪光的蜡烛。这是诗人的人格宣言，生命的象征。正像他的一位同时代人所说：“谢甫琴科的揭发，成为不可遏止的力量；他打击着和鞭笞着；他整个人像被某种狂热的和要焚毁一切的火焰所燃烧着。”站在它面前，我感觉那烛光透过我的瞳孔，投射在我心上，一阵灼热感。安娜也很带感情，眼里含着泪花。蜡烛的火焰也照亮了她，以至于我看她一身打扮也像一支红蜡烛。

流放回来，谢甫琴科惊奇地发现，他的诗虽被禁止，可是在人民当中特别是乌克兰民间广泛流传着。他是乌克兰大地之子，深深留恋着故乡的泥土，生前在第聂伯河湾为自己选择了墓地，写了遗嘱，号召人民“把我埋葬以后，大家要一致奋起，把奴役的锁链粉碎得精光，并且用敌人的污血，来浇灌自由的花朵，在伟大的新家庭里，在自由的新家庭里，愿大家不要把我遗忘，常用亲切温暖的话语将我回想”。

1861 年 6 月 26 日诗人逝世，前一天刚刚过罢他 47 岁诞辰。他的一生是十分悲惨的，47 年中有 24 年做农奴，10 年被流放，其余 13 年也是在沙皇监视下度过的。谢甫琴科的逝世引起全国人民的悲恸，涅克拉索夫、屠格涅夫、陀思妥耶夫斯基都来吊唁。遗体运回乌克兰时，沿途城乡夹道迎送，基辅市更是万人空巷。他的遗体被安葬在第聂伯河边康涅夫修道僧山岗上，从此长眠在故乡的泥土里。一个农奴，成为人类的巨人；一个自学成才的人，成为光明和自由的指路人，命运把一切苦难都加在他头上，最后又把最美好的荣誉还给了他。

从小楼出来，安娜领我们来到一株老桑树下边，感慨地说：“现在只有它是见过谢甫琴科的了。”灰白的树干，饱经风霜。稀疏的枝叶，微风吹过，似科布扎浅吟低唱，这不就是谢甫琴科老年的形象吗！由这株老桑，我又想起中国那棵老杜。杜甫，谢甫，连名字都相近。

1987.11

风车慢慢旋转

乌克兰作协邀请我们参观民俗博物馆。沿戈拉西耶夫斯基森林东南行，路过赛马场，眼前出现农田。八月底，苏联已经进入收获季节，到处是收土豆的人群。一个拖拉机在前边耕，几十个人在后边拾，有点像中国人民公社时的生产方式。

农业一直是苏联领导人最头疼的事，强制性农业集体化，挫伤了农民的积极性，直到 1953 年粮食生产还没有恢复到十月革命前的水平。50 年代采取了垦荒等一些措施，情况有些好转，但生产力水平还是比较低。一个美国农业劳动力可以养活 56 人，而一个苏联农业劳动力只能养活 10 人，农业仍然严重地拖着苏联国民经济的后腿。这几年，中国农业改革的成功强烈地震撼了苏联人民，但是苏联改革首先看重政治改革和舆论宣传，经济改革慢条斯理，不慌不忙，未免有一点儿雷声大雨点小。这也许是因为苏联集体化历史长，机械化程度高，更需要慎重的缘故吧。

汽车在几个风车下停住。风车很高，彩色叶轮在微风下似动非动。两根水泥柱标志着大门，进去是一面凸凹不平的坡地，坡地上长满绿草，点缀着金黄的向日葵和火红的卡丽娜，像一幅列宾或者凡・高的油画。草地上零星分布着一些草房，是按 1890 年以前乌克兰农村建筑样式复制的。房子都不高，墙是泥土打的，房顶铺着厚厚的干草，草房都起脊，远远望去像漂浮在碧波上的小船。

房屋分富农、中农、贫农三种类型，样式和质地差别不大，区分在屋内摆设上。有钱人家富丽堂皇，穷困人家空空如也。我仔细参观了果戈理的故乡波尔塔瓦的一所农房，门墩下压着马蹄铁，象征着幸福。进门一明两暗，一边住人一边放东西。住人的一边主体建筑是一个高大的火炉。从前读俄国小说，常常看到小孩子睡在火炉上的情节，很难想象。原来炉子上侧有个大大的“耳朵”，足可以塞个半大小子。这一带冬天常常零下三四十摄氏度，火炉子是家庭生活的中心。“耳朵”实际上是个小小的暖炕。女孩子从生下来那天起，父母就给准备一个大木箱，底下还装着轮子，平时为女儿积攒嫁妆。女儿长大了，求婚者手托彩色绣巾上门。波尔塔瓦女人的裙子很漂亮，已婚的挽起右角，未婚的挽起左角。

波尔塔瓦东边是一片森林，多是粗粗的椴树、栗树。好多养蜂的大木箱，有的放在地上，有的固定在树杈上。看到这些，让人想起果戈理小说中养蜂人的故事。波尔塔瓦北边是喀尔巴特山，农家窗台上、房梁上放满野草，草已晒干，满屋弥漫着清香。这些草都是采来做药用的。吃黑色的日拉夫面包，也放上一点儿。

乌克兰农民多数信奉东正教，草房里家具衣物比较简单，可是家家屏风都很讲究，上面装饰着精美的雕刻和鲜艳的油画。油画主要是圣像，一家有几个人画几个圣像。搬家的时候还要请神父钉十字架。我们看了一个农村教堂，远不如城市的教堂高大辉煌，不见一块砖，全都是用圆木横着摞起来钉成的。教堂内的桌椅板凳都是木制的，颜色陈旧，可是祭台后面一幅画《最后的晚餐》，色彩还鲜艳如初，艺术手法也并不比大城市教堂圣画差多少。

我们在乌克兰的大地上漫游，古朴的异国情调感觉很新鲜，但是它的愚昧落后又不禁使人伤感。虽然在光天化日之下，眼前和心上都投下一种莫可名状的凄凉和阴影。忽然，一声喇叭，把我们从忧郁的梦境中唤醒。原来我们转了一圈儿，又回到风车下，伏尔加就停在面前。

真是一步迈出一个世纪。那一刹那感觉非常复杂，说不上是留恋还是惋惜，道不明轻松还是沉重，上车以后还不住地回头。告别那发锈的镰刀，告别那疲劳的风车，告别那忧郁的果戈理，告别愤怒的谢甫琴科，告别了阵阵苦涩，草原的风还在心上打着漩涡。出了大门，上了大路，跑出去好远，我的心好不容易走出那个地方，走出发霉的草房，走出木制的教堂，走出阴暗的波尔塔瓦，走出穷困的喀尔巴特山，走出那一片沉重的大地。走出那一片阴影，眼睛和心才回到了阳光下面。

从黑暗里出来，眼前特别明亮。森林是那么葱绿，草地是那么芳香，花朵是那么鲜艳，楼房是那么漂亮。比起似动非动的风车，伏尔加风驰电掣。这是苏维埃的，而那一些是俄国的，历史的。

1987.11

切尔诺贝利

到达基辅的第三天，忽报有人来访，大堂角落里萎缩着一位面黄肌瘦的老婆婆，只有那深情的眼神显示她就是我思念已久的瓦卡莲娜老师。我急忙扶她回到房间，发现老师已腰背佝偻、骨瘦如柴，摘掉帽子，头发已经完全脱落。我的心和手一起抖动不止，这哪里会是大家心目中的女神、我们的瓦卡莲娜教师呢？

20 多年前在中国，她是我大学公共外语的俄语教师，两条金黄的长辫牵动全校的目光，动人的歌喉倾倒满院白杨林，花格布拉吉搅乱了西湖水，整个学校都跟着她唱《红莓花儿开》，跳《小白桦》。正是她让我认识了普希金、莱蒙托夫、谢甫琴科，认识了第聂伯河和果戈理笔下长着红樱桃的乌克兰。在她的指导下我的俄语水平迅速提高，用俄语写的短诗被介绍到苏联报刊发表。60年代初，她随大批苏联专家撤走的前一晚上，和我们大家唱了一整宵苏联和中国的歌曲，从此20年杳无音讯。两年前接到她从切尔诺贝利的一封来信，万里之外送来了深切的祝福。核泄漏消息传来之后，我心急如焚，一连去了几封信都不见回音，我甚至从坏处想她已不在人世了。今天意外相见，她说是看了报纸上中国作家代表团的名单找上门来的。

劫后逢生，老师如泣如诉地讲述一个骇人听闻的故事。

切尔诺贝利是乌克兰首都基辅以北130公里的一个小镇，那里森林环抱，濒临第聂伯河水库。森林里有许多蜂箱和蜂箱一样多的小木屋，小木屋周围都有红樱桃。夏天到水库垂钓，秋天到森林里采蘑菇，冬天到郊外滑雪，慢慢招来许多大城市人来这里度假。人们毫不介意身旁的核电站，相信那厚厚的钢筋水泥堡垒万无一失，岂不知大家正安睡在定时核炸弹身边，坐在火山口上。

1986年4月26日是一个黑色的星期六。头天晚上电视上刚刚播放戈尔巴乔夫激动人心的和平畅想，老师一家人还沉浸在美好的梦中，忽然两声惊天动地的巨响。开始还以为是地震，抱着孙子跑到院子里，只见核电站烈火冲天，火苗烧红了半边天。向外打电话线路不通，街上警笛长鸣、车队急驰，军事消防队赶去救火。核电站站长还对事故严格保密，逐级向下传达州委负责人指示，维持城市正常秩序，学校照常上课，商店照常营业，青年人照常举行婚礼。她的孙子还把头一天的民防训练、防毒面具当成好玩的游戏，蹦蹦跳跳地上学去了。

瓦卡莲娜教师照常赶往办公室。大门已经上锁，门外三三两两议论小道消息。传说4号机组3个反应堆同时爆炸，5×10^7居里放射物质散布空中，相当于1945年美国在广岛和长崎投放原子弹放射物质的50倍，30平方公里内辐射强度达到每小时200伦琴，是人体允许量的2万倍。作为一个有十几年厂龄的知识分子，迎着纷纷扬扬的石墨粉末，踏着遍地横流的冷却水，她知道这意味着什么，踉踉跄跄回家路上绊了一脚，晕倒在马路边上。

而此时此刻，面对腾空而起的滚滚浓烟和2000℃高温，装备不足的红军战士正架起云梯、爬上房顶向正在熊熊燃烧的反应堆喷洒灭火剂。而看不见的核辐射比当年希特勒的火力不知厉害多少倍，6名战士像马特洛索夫一样当场牺牲了，血肉之躯挡不住无形的杀伤力。第二天从各地调来了大批空军，机翼像当年斯大林格勒保卫战一样遮天蔽日，一连倾泻下1000多吨沙土、铅块，给反应堆压上一个厚厚的石棺。这次事故直接死亡31人，残废13人，重伤数百人，损失30亿美元。大火扑灭了，石棺封死了，但是死亡的幽灵还在空中游荡，污染物飘浮在空气里，渗透在植物上，溶化在水中，有人说农民用柴草做饭，每个灶膛都是一个小核反应堆。

等啊等啊等到第7天，苏联部长会议主席雷日科夫和苏共中央书记处书记利加乔夫终于来到切尔诺贝利，并做了决议，全部人口迁往波利斯克和伊万诺沃。市政当局依然隐瞒事实真相，让大家只带身份证和3天的食品。一声令下十几万人大迁徙，像卫国战争中疏散西伯利亚一样，扶老携幼，蹒跚在料峭的春风里。疲惫的队伍前不见头后不见尾，人不出声，车不鸣笛，默默地走着。

老师说，当时不知道上班的丈夫和儿子媳妇的下落，她一手牵着孙子仓皇出逃。对于生活了十几年的美丽温馨的小镇没能来得及回头看一眼，万万没想到竟成永别，苦心经营多年的家庭所有、电器衣物全部丢弃在那里。特别可惜的是一些珍贵的书籍、资料，包括在中国5年的照片、《红楼梦》和《王维诗选》，至今提起来还和失魂落魄一样。

她说，如今的切尔诺贝利，已经像《圣经》上所说天火烧毁索多玛和蛾摩拉二城一样，整个地区成为生命的死海，半径 100 公里的圆圈内癌症患者骤增，婴儿畸形，牲畜怪胎。她自己也染上了不治之症，今天这个样子实在不想来见你，说着泪如雨下，泣不成声。

最后说起事故原因，老师说切尔诺贝利是 50 年代的产物，和平利用原子能的早期成果，RBMK 反应堆设计上有隐患。以往也发生过事故苗头，官僚主义者没有重视，终于酿成大祸。我们是核受害者，但是毕竟与广岛、冲绳的受害者不同，人类会从我们身上吸取经验教训，牺牲也是值得的。她说不赞成意大利等国的做法，因噎废食，取消了一切核电站。

下午，送瓦卡莲娜老师回去，在瓦杜丁将军森林里走了很远。老师又恢复了天真烂漫的本性，像在中国的白杨林一样唱起《红霉花儿开》《喀秋莎》，跳起《小白桦》。唱和跳的时候腰板也挺直了，夕阳透过树叶照在衣服上，染成橘红色的花布，她又成为我心目中的女神。最后走到卫国战争时期女英雄乌克兰英卡塑像前，师生照了个合影才分手。目送老师身影渐渐消失，泪水在我心中已经把那底片冲洗出来。

1987.11

美利坚之旅

洛杉矶印象

东京时间下午5时起飞，11个小时抵洛杉矶，加上5个小时时差，已是当地次日上午9时。洛杉矶机场比成田机场大八九倍，全美排名第四，天空中同时有几架飞机起落。比起日本的严谨和效率来，显得杂乱无章、散漫不羁，对此来自中国的旅客反而感到习惯和适应。

中美交流团的程豪先生正等在出口，怀里横着一大抱新雨伞。他说洛杉矶是沙漠性气候，一年四季风光明媚，难得一场大雨为祖国朋友洗尘。厚厚的嘴唇，善良的目光，一看就是个诚实可信的青年。

在机场附近的假日宾馆住下以后，程豪先生劝说大家忍住困意熬到晚饭后再睡，时差就可以一次性度过，否则睡睡醒醒，三五天也过不来。这样他就开起中巴，带领我们乘兴游览洛杉矶市容。

洛杉矶西临太平洋，位于加利福尼亚州南部。加州是美国首富，产值占全国1/6。洛杉矶是加州的经济中心，美国飞机、宇航、电子、石油的重要基地，是仅次于纽约的美国第二大城市。这样世界最现代化的城市，在我的想象中一定是高楼摩天，大厦如山，想不到竟是如此普通。除了市中心几十座30层左右的楼房外，几乎是一片零散、低平建筑，实际上这个特大城市由72个卫星城镇组成，这些城镇建筑风格和质量差别很大。有的如比弗利山庄，住宅拥山为苑，松柏掩映，庭院深锁，世外桃源，是亿万富翁的特区，据说里根就住在这里。宁静里掩藏着杀机，误入警戒范围就会有枪林弹雨飞来。有的如圣玛力诺市，一座座独立的洋房，坐落在草坪、花丛之间，如高级别墅，居民多是有钱的白人。黑人聚集区往往建筑拥挤，房舍简陋。

洛杉矶市容远不如北京、深圳，居民衣食水平也不比中国城市高。那么它的现代化表现在哪里？主要是交通、通讯。除了航空和海运以外，市区有700公里高速公路把卫星城镇连在一起，纵横交错，密如蛛网。路面宽阔，8至10条车道，每道宽3.5米，以至路面竟占全市面积30%。立交桥比比皆是，多是直接交叉，不少是3层相交，很少有转盘式的让司机转迷糊的，而且结构轻巧，不显得笨重。

美国人称汽车是他们的“鞋子”，没有它寸步难行。汽车成了人民的生活必需品，工商企业和政府机关的就业申请必须填上有没有汽车和行车执照。全市850万人口拥有700万辆汽车。人们厌烦城市，喜欢住在郊区，上班依赖汽车。政府为了控制污染，减少车辆，两人车可以优先上路。在这低矮的城市看见一座楼房，往往是停车场，地上地下状如鸡笼。有无停车场成为申报建筑公共场所和私人住宅的首要条件。

市面上很少见到行人，人都坐在车子里。即便是繁华闹市车子也开七八十迈，让人看着眼晕。夜晚身边总有两条急湍的河流，驶来的车辆前灯是黄的，黄色的河；驶去的车辆尾灯是红的，红色的河。白天高峰期，常常因为一点事故，造成阻塞停滞，变成一条死水，一条长长的僵龙，这也是人们最头疼的事情。

由于私人汽车太多，公共汽车和出租车几乎看不到，外来人工作很不方便。旅游没有问题，到处是旅游公司豪华的大巴士。白天也看不见卡车、货车，有一种集装箱汽车，只能在夜间行驶，司机被称作“当代牛仔”。

美国交通规则是“行人先走，汽车让人”。穿越马路前按一下路边的电钮，大小车辆便停下来。唯一例外的是接送中小学生的黄色校车，一切都为它让路。交通警察不站在马路上，而潜行在车的河流里，发现违章者追上叫停，先行礼，再递上违章单。违章者限期到法院，经过 8 小时交通规则学习，发给证书，撤销违章单。第二次违章就要罚款，罚款不交电脑上有纪录，违章五次要进监狱。

来到洛杉矶并无身在异邦的感觉，吃中国饭，说中国话。全市有 70 万华人，两个唐人街。老唐人街在市中心，始建于 19 世纪“淘金热”时期，在铁路老站附近。新唐人街在蒙特利尔花园市，是 20 世纪中期由台湾移民兴建的，号称“小台北”。华人多经商，汉字招牌中国货，连建筑风格都是中国的。超级市场从东北人参、貂皮、迁西板栗、沧州小枣到广东酱油、山西老陈醋，一应俱全。中国餐馆从满汉全席到豆腐脑、八宝粥，八大菜系应有尽有。有一家“丁胖子饭馆”，豆浆上一层油皮，白菜粉丝包子，地道的河北风味。

“小台北”新建的一个商业中心叫三和皇宫，雕梁画栋，飞檐起脊，金碧辉煌，古色古香。克林顿竞选时曾特意在此就餐，可见华人在洛杉矶的地位。中国人聪明肯干，生存能力为世人景仰，同时也把窝里斗的恶习带之遥远。前些年台湾去的、大陆去的、香港去的各自抱团，明争暗斗。近年来随着大陆经济形势变化，中国货占据美国市场，两岸移民一起扬眉吐气，隔阂逐渐消失。在近期市长竞选中，华人胡绍基一直保持领先地位，剩下的一名对手罗依登是一位白人亿万富商。

洛杉矶多民族聚居，共有 98 种语言，本身就是一个联合国。据 1990 年人口普查统计，非洲裔占 14%，亚洲裔占 10%，拉美裔占 40%，少数族裔人口总和已达到全市人口的 65%，白人反倒成为少数民族。这与它的历史有关。

洛杉矶是西班牙语的音译，意为“天使之城”。1781 年西班牙殖民者初到时，只是一个住有 315 名印第安人的牧牛区，1821 年归属墨西哥，1846 年美墨战争后割让给美国，1850 年成为美国第 31 个州，当时也只有 1600 人。随着“淘金热”和 20 世纪初铁路通车，石油的发现和好莱坞影业的发展，各国移民增多，城市迅速发展。从某种意义上说，洛杉矶也是世界各族人民共同开发的结果，“天使”的羽毛染着各种颜色。人口多元化是洛杉矶人口演变的趋势，胡绍基的选民多是非白人、年轻人和中产阶级。如果竞选成功，他就代表洛杉矶的未来，而白人则代表它的历史。

1993.7

加州大学

考察加利福尼亚经济，首先求教于加州大学，我们要来这里听课，与教授、研究员们座谈。程豪先生格外热心，这是他的母校，在这里他攻读过 4 年数学本科，3 年管理硕士，提起来自豪之情溢于言表。从一踏进校园他就脚步轻快，蹦蹦颠颠，仿佛又回到天真烂漫的学子年代。

加利福尼亚大学创建于 1868 年，总部在伯克利，下设 9 处分校各自独立，洛杉矶分校是规模最大的一个。现有教工 5000 人，本科生 2.5 万人，研究生 2 万人。华裔学生占 3/10，仅博士生就有六七百人。他们以高智商好成绩著称学界，不仅感觉不到受歧视，反而往往被当作资本炫耀。

加州大学洛杉矶分校建校不早，但是后来居上，以卓然风采挺拔于全美高校之林，已经进入超级名牌之列。其教学质量、科研水平和学风的综合声望，几乎进入全国十佳。以学科而论在全国高校名次：电影系第一，电子系第四，数学系第十一。历届师生中有 4 人获得诺贝尔奖金。1986 年全国选出的 10 名杰出青年，竟然清一色是该校的高足。

这个特大型高等学府没有围墙，被纵横穿越的高速公路分割成若干小区。漫步在林荫大道和绿色草坪上，仿佛走进公园，到处奇花异草、古木参天，不同风格的建筑群掩映其中。在巨型画廊、电影艺术宫、科研馆和社会科学馆之间，有一个 5 英亩（0.02 平方千米）大的公园，随意安放着 59 件 19 世纪晚期至 20 世纪以来的现代雕塑珍品，其中大卫・波莱特夫妇的作品 14 件。

占据最显著位置的是现代雕塑的鼻祖罗丹大师的《行走者》，这尊无头铜像运用有力的姿态和强健的肌肉表现运动，让人感到它在精神方面的强烈程度甚于在具体形态或姿态方面的适应性。

在现代主义《行走者》的带动下，一部分是立体主义的人和动物的铜雕，不论仰卧的妇人还是站立的企鹅，都均衡和简化得十分清晰而有力，把扭曲姿态和平面曲面综合起来，去寻求一种完美的三维空间的体验。另一部分是全抽象的结构主义作品，根本上抛弃了传统雕塑艺术，用木头和金属构件组合的三维立体主义怪物，我看不大懂。用这种方法创造的头像，似乎成为与形状、线条和容积有点关系的面具，尚可依稀猜度。在这个雕塑公园里唯一的一件现实主义作品，是电影馆前的柱式木雕，堆积着许多脸谱，喜怒哀乐各不相同，仿佛一群活跃的电影明星一下子都在上面定格。

这个开放的动态的绿色空间，很好地体现了前名誉校长富兰克林・大卫・墨菲和杰出的风景画家若夫・肯奈尔的匠心，是人和自然合作的产物。他们主张把艺术自然地引入青年人的生活，把人的意志引入雕像之中，让自然美萦绕在人的心上。在这里精神被美的创造力滋养着，艺术和生活的隔膜好像不存在了。怪不得在这艺术氛围里站起来著名导演科波拉和他的《教父》，诞生了好莱坞的一个重要流派。怪不得它像磁石一样吸引来了张瑜、邬君梅，令陈冲朝思暮想。

加州大学洛杉矶分校的另一个强项是体育。它拥有现代化的足球场和体育场馆。在著名教练鲍勃·克西培养下，历届学生中的体育明星灿若星河。有女子 100 米、200 米和 7 项全能世界冠军乔伊娜（鲍勃·克西的妻子），有男子 10 项全能世界冠军、亚军约翰逊和杨传广，女子百米栏名将德弗斯。它的校队 16 次争得全美大学生篮球赛冠军，国家男排的一半队员来自这里。尤其令人瞠目的是，1984 年奥运会上他们摘取了 16 块金牌，超过了当时的中国代表团。

正是课外活动时间，校园里到处龙腾虎跃，橄榄球场上起落着山岳般的潮水，绿茵场上来回奔跑着两色旋风，起跑线上射出一个个离弦的箭头……我们来到一个学生健身房里，几十种说不出名字的器械，数百名一样可爱的少男少女。手臂不停地伸缩，腿脚不停地屈直，肌肉与钢铁的对峙，毅力与时间的较量，一个个汗流浃背，龇牙咧嘴，真让人心疼。可是一个个不肯罢休，让筋腱无限地疲劳，让能量无限地流失，让希望绝处逢生，光脊梁上汗水的珠串曲里拐弯，像英文字母书写着：冠军是这样诞生的。

洛杉矶承办 1984 年第 23 届奥运会，加州大学是主要赛场之一，曾接待了中国代表团的食宿。程豪先生拿出当时与李富荣、李宁、许海峰的合影，至今还激动不已。那时他为中国代表团当翻译，也成为中国代表团的“广播电台”。中国运动员每一则喜讯都是通过他在校园里、在华人中迅速传开，引起轰动，甚至集会庆祝。在健身房门口草坪上有一块一米见方的铜板，上面篆刻着每一位取得名次的中国运动员的名字。他说中国男子体操队本来应该取得冠军，可是屈居第二，至今他还颇为遗憾，对有些体操裁判不满。

啊，洛杉矶加州大学，还没有来得及参观你的高科技和现代化管理，仅仅一个公园，一项体育，力与美和谐的两支笔就已经勾勒出你的无限风光，令人着迷，令人倾倒。甚至，还没有听课，我就已经成为你的一名学生。

1993.7

汉庭顿公园

美利坚有36所国家公园，如黄石、红杉，优胜美地，面积都很大，最大的8000平方公里。而洛杉矶一家仅仅300英亩（1.21平方千米）的私营公园，无论从名声地位、观赏价值和游客人数，都可与之等量齐观，毫不逊色，这就是汉庭顿。如是说者，是在中国和美国知名度都很高的画家陈华先生。而艺术家的眼光总是无可置疑的。

此园在市中心东北12英里（19.3千米）的圣玛利诺市奥克斯福特路1151号。参观者一律不收门票，这还是进入美国以来第一次免费参观。美国公园票价很高，一般二三十美元，不收门票这一项就很打动人心。

从中国式大门进入，迎面便是占地207英亩（0.84平方千米）的植物园。来自全球各地的花草树木依类分为12个小园，一年四季五彩缤纷、花团锦簇，不断变幻的色彩，永远给人们带来欢乐。

时下正值春浓，莺飞草长，北菲斯道曲径通幽。路边绿油油的草地上点缀着一尊尊白莹莹的17世纪意大利雕像。千株茶花争奇斗艳，1200种玫瑰依形成的历史排列着长幼，莎士比亚花园则按时令安排出场。日本花园在5英亩（0.02平方千米）峡谷之中，小桥流水、古刹钟声，配以古屋禅院，堪称匠心独运，鬼斧神工。穿过热带丛林、巨石大瀑，进入本园面积最大的沙漠公园，这是世界首屈一指的沙漠花草收集地，特别是各国的仙人掌应有尽有。扁者如蒲扇、如铜锣、如车轮；圆者如苹果、如篮球、如宫灯；柱形的高如华表、如山峰；块状者如礁石、如假山。除了通常的绿色以外，还有粉红、杏黄、绛紫、墨黑。排列组合，如舞台造型、艺术宫殿，让大家无比爱怜，依依不舍。有位风流男子竟然以手相抱，忘记是带刺的仙女，少不了出血留念。

从植物园来到艺术馆，从绮丽的自然风光走进人文世界。这里收藏的众多艺术品按各自的特征和背景分三处陈列，汉庭顿艺廊藏有 18、19 世纪英国的艺术珍品：庚斯博罗的《蓝衣少年》、劳伦斯的《粉红》、雷诺兹的《扮成悲剧缪斯的西登斯夫人》、康央特伯的《央杜尔风光》等，其博大精深在世界上仅次于伦敦。欧洲大陆的艺术以法国绘画、雕塑、古董、家具最为出名，此外与之齐名的还有文艺复兴时期的铜像等。二楼"奎恩厅"陈列着中国明代瓷器，数量不多却都是精品。维吉尼亚艺廊专精于本国艺术品的收集，从 1730 年到 1930 年的美国名画以时序展出，印象深的有帕萨德纳、查尔斯和亨利·格林的作品。阿拉贝拉·汉庭顿纪念品收藏室有文艺复兴时期的绘画，18 世纪法国的雕塑、绣帷等。

公园里还有一处规模很大的图书馆，拥有 60 万册图书及上百万件手稿、图片，供来访学者研究之用，是全国最完备的研究图书馆之一，尤其在英、美史料及文学的收集上更是独步全美。对普通读者来说，它陈列着一些关于英裔美国人的文明的珍本和文物。我们看到的 200 件珍品中有精制犊皮纸的古腾堡圣经，莎士比亚戏剧的早期版本，艾丽斯麦尔手抄本，乔叟的《坎特伯雷故事集》，奥杜邦的《美洲鸟类》以及富兰克林·罗斯福总统的自传等。对于搞文学工作的我，不禁频拭双目，大饱眼福，赞叹不已，恨不得坐下来把它们一一过目为快。

这里的一切都归功于亨利·汉庭顿，他辛苦一生积聚了世界一流图书精髓，完成了壮观的艺术收藏，营造了独具特色的植物园。更为难能可贵的是，他本人不是凭借职权的总统或州长，而是掏自己腰包的一位企业家、商人。

亨利·艾德华·汉庭顿 1850 年出生于纽约万欧塔，22 岁开始为叔叔柯林斯·汉庭顿的公司工作。1892 年奉命赴旧金山途中，路过德伯斯·肖伯庄园圣玛利诺，花钱买下这块风水宝地。叔叔柯林斯·汉庭顿 1900 年去世，两年后亨利·汉庭顿将自己的公司移至洛杉矶。

亨利·汉庭顿是一位出色的企业家，他利用时机大大地扩展已有的铁路，建立起广泛的城市交通网，为洛杉矶经济起飞起了巨大的促进作用，城市人口 10 年内增长了 2 倍。汉庭顿的经济实力也随之发展，在水力、电力、地产等领域广有建树，形成了美国西部的一个庞大的金融帝国，曾经为全美 60 个财团提供服务。

汉庭顿不是一个普通的富商，脑袋没有随钱包膨胀，没有花天酒地，没有声色犬马，没有“一杯酒一桶油，一顿饭一头牛，屁股坐着一座楼”。他富有远见，不仅使他个人发财，而且使他理解了人生的价值，使他对文化艺术产生了浓厚的兴趣。60 岁退休后，他把全部时间和精力注入他的书籍、收藏和 600 英亩（2.43 平方千米）农场的美化工作上。他把这个农场当作自己的企业一样经营了几年，后来把土地卖掉了一半，聘请著名的设计师迈伦·亨特为他工作。1910 年巨大的博克斯艺术大厦落成，就是现在的艺术馆。

汉庭顿叔叔的遗孀艾瑞贝拉·达沃·汉庭顿也是美国杰出的艺术收藏家。他们同岁，共同的志趣使他们感情融合在一起，1913 正式结婚。老之将至，使他们感到不应把这些人类的文明视为私人财产，而应该还给全社会发挥作用。1919 年汉庭顿夫妇签署了一项托管契约，把圣玛利诺的地产以及价值连城的艺术收藏转让给一个不以盈利为目的的民间机构，每年接待 1800 位学者、

2.5 万名学生和 50 万名观众。

洛杉矶的市民特别是华裔，十分理解汉庭顿先生的遗愿。为了维修和发展汉庭顿公园，自动组织了一个民间基金会，有时进行募捐，每人不超过 2 美元。尽管我囊中羞涩，也乐于付给，投入一位中国诗人的敬意。

1993.7

好 莱 坞

好莱坞，在我这个影迷心目中已经神秘了几十年，向往了几十年，今天终于如愿以偿，真是个闪光的日子。

驱车往洛杉矶市西北 10 英里（16 千米），山坡上郁郁葱葱，建筑错落有致，这就是拥有 25 万人口的影城。远远望见一个高高的 H 形立柱，是好莱坞的第一个字母，也是它的标志。

原来这里只是一个荒凉的山村，1887 年由早期城市开发者的妻子威尔考克斯夫人取名“好莱坞”，意思是“长青树林”，1903 年当地居民自动投票决定建立影城。美国电影起源于东海岸纽约一带，制片商苦于专利权的干涉，意欲西移，发现这里天晴日丽，气候宜人，地形复杂，可以作为各种剧本的场景。1911 年尼斯托公司建立起第一家制片厂，逐渐形成环球、米高梅、联合艺术家、20 世纪福克斯、哥伦比亚 · 派拉蒙和华纳兄弟等多家著名电影公司，每年制作数以百计的影片，吸引数以亿计的观众，成为名副其实的“世界影都”。

影城占地 420 英亩（1.7 平方千米），山峦起伏，沟塘纵横。游览车像一叶轻舟，回溯在好莱坞百年历程的河流里，两岸随意剪接着人类历史，胡乱排列着各民族的分镜头，一个又一个似曾相识的蒙太奇。这儿是1927年世界第一部有声影片《爵士歌王》，走廊里还回荡着杰基动人的旋律；这儿是1935年世界第一部彩色影片《名利场》，大厅里还保留着丽贝卡的劣迹。从《巴黎圣母院》喧闹的广场到《罗密欧与朱丽叶》幽会的花园；从《居里夫人》潜心钻研的实验室到《斯巴达克斯》慷慨就义的刑场;《蝴蝶梦》《翠堤春晓》《乱世佳人》，每一个绣房里都藏过婀娜粉黛；《执行者》《野战排》《巴顿将军》，每一条甬道上都走过赳赳武夫。《大独裁者》出世轰动全国，纽约连续上映15个星期，卓别林的尖皮鞋、八字脚从这里走向世界，美国喜剧成为世界电影的一大流派。

在这里看破了银幕背后的许多秘密。滔天瀑布只不过几米斜坡，一按电钮“洪水”奔泻而下；8级地震，只限于小小石洞，天崩地裂全从音响中来。在故乡，我曾带女儿看过《大白鲨》，那万顷碧波才不过半亩水池。池边上一小块蓝色画板，银幕上就变作浩瀚大洋。说话间，一支甲壳虫乐队像一群歪歪斜斜的醉汉，招摇过市；又一支摇滚乐队像一团狂舞乱转的旋风，甚嚣尘上引逗得走动的人和不动的树木都摇头晃脑起来，大家都好像变成了好莱坞的明星。

曾几何时，电影取代文学、戏剧，占据文艺霸主的地位。哪想到好景不长，便被新的重量级“拳王”电视击倒一蹶不振。从20世纪50年代起，好莱坞开始走下坡路，虽然市区繁华不减当年，但是已经改作旅游景区，把布景现场开放展览，像破落户靠兜售家底度日。此外还大拍裸体、武打、鬼神之类刺激性影片、广告片、唱片。近年来拍摄了《太空人》《星球大战》《火灾》等，以维持生计。

在西部惊险特技表演场，刀光剑影，枪弹交织，“牛仔”们在声声惨叫中完成一系列高难动作，让人心惊肉跳，惨不忍睹，又禁不住鼓掌喝彩。在《火灾》摄影棚内，横梁起火，油桶爆炸，洪水一样的火蛇，让人感到神经像导火索一样毕剥燃烧，大脑随时将会爆炸，在千度高温的威慑下仍然吓出一身冷汗。在《太空人》制作室，我们乘上越野车，在茫茫宇宙里风驰电掣，感到耳边生风，头晕目眩，双手死死攥住车把，稍不小心就会坠入万丈深渊。经过罡风里雷鸣电闪，经过银河里惊涛骇浪，终于在ET灯照耀下，看到花朵般的星座，享受到温馨的阳光。突然电灯亮了，才发现自己原地没动，开了一个十足的玩笑，受了一次十足的愚弄。

百年来，好莱坞的明星灿如银河，像查理·卓别林、奥黛丽·赫本、克拉克·盖博、加利·盖兰特、玛丽莲·梦露、伊丽莎白·泰勒等。走红的影星年收入数千万美元，成为巨富。但是正像楼房越高阴影越长一样，长期以来好莱坞有着一个黑社会，生产影片的同时也生产着丑闻，通常是由新闻媒体编导、传播，产生大大小小的轰动效应。

比如20世纪20年代的男电影偶像鲁道夫·瓦伦蒂诺生活奢侈，珠光宝气，拔眉毛涂唇膏戴手镯，报纸说他浴后喷粉红色爽身粉，死后有5万妇女为他穿丧服，几个女人为他自杀。20世纪30年代曾风靡一时的红发女郎克拉拉·鲍在赌城雷诺一掷千金，秘书向一家报纸高价出售了她的色情回忆录。玛丽·阿斯托尔的一本蓝皮日记被报纸公布，曝光了她与影评家考夫曼的暧昧关系，大肆渲染其中每一细节。1944年女演员琼·布理抱着女婴到法庭控告卓别林不认自己的私生子，影迷们联合起来拒绝看卓别林的影片，迫使这位名冠全球的大师离国去瑞士定居。1948年罗伯特·密切姆因吸毒被判监禁，释放后又被迫在新片中扮演吸毒者，以增加票房收入。1949年闻名遐迩的英格丽·褒曼抛夫弃子追求意大利导演罗伯托·罗西里尼，到处遭受非难，去教堂做礼拜牧师谴责她，走到街上妇人们挤眉弄眼挖苦嘲讽，影院外影迷组成一道人墙不让她看电影，最后她只好含恨远走高飞。1970年简·索伯格因为反对越战和种族主义支持黑豹党，被联邦调查局监视，《新闻周刊》对她的私生活加以诽谤，使她患上心理疾病，从此事业凋谢。自从女演员佩格·恩特维斯1932年9月因为生活坎坷，爬上高高的好莱坞招牌跳下自杀以后，这个白色的H便成了影星们的死亡跳台，经常有幻想破灭者追随她的脚步，在同一地点向好莱坞道声永别。

从好莱坞回来那天晚上，正好是第65届奥斯卡金像奖在洛杉矶的多罗西·德勒音乐厅举行颁奖大会。我们在距会场最近的宾馆与全球10亿观众一起观看盛况。虽然每个令全世界影人梦寐以求的奥斯卡金像仅值100美元，而负责转播的美国广播公司电视台在这黄金时间的广告收费每分钟高达100万美元，正好是1万个金像。

奥斯卡金像奖原名“美国电影艺术与科学学院奖”。1927年好莱坞36位头面人物聚会，成立了这个非营利机构，决定每年授奖，选定24岁的雕刻家斯坦利创作的镀金塑像为奖品。1929年5月16日为首届。在第4届颁奖时，该学院图书管理员玛格丽特·赫里奇看到金像后，惊讶地说：“它看上去真像我舅舅奥斯卡呀。”这就是奥斯卡金像奖名称的由来。

舞台上竖立着4个金光灿灿的奥斯卡金像，台上台下群星闪耀，一眼就可以认出的比利·克里斯托第四次主持大会，他不断用机智幽默的语言和富有喜剧效果的歌唱把一位位明星请到台上。而大厅门口，全副武装的防暴警察正虎视眈眈地盯着上千名围观的影迷。与此同时，一批基督教原旨主义者正在一旁游行，手中标语牌上写着：“好莱坞，悔悟吧。”连我住所门外走廊上也有人吵吵嚷嚷，原来是个黑人服务员，程豪翻译出他的意思是“好个逑，好莱坞都卖给日本人了。”我吃惊地问：“是真的吗？”程答：“不是全部，是大部分股票出卖了。”可悲，美国的好莱坞。

1993.7

迪斯尼

河里无鱼市上看。偌大的洛杉矶，街道上商店里看不见人，迪斯尼却人山人海。1.1万个位置的停车场“座无虚席”，行列整齐的车身密麻麻、亮闪闪，从高处看去，像铺开的珠帘，展示着迪斯尼的价值，像巨大的算盘计算着参观的人数和可观的收入。每张门票一日游28.75美元，二日游53美元，三日游72美元，尽管如此昂贵，几个售票口前还都排着长长的队。

迎门特大号的米老鼠是此园的设计者、好莱坞著名的动画片制作家沃尔特·迪斯尼的标志，游乐园也以他的名字命名。他创作的米老鼠形象自1928年在《汽船威利号》一片问世以来名噪全球，几乎代替了山姆大叔成为美国的象征。沃尔特·迪斯尼以丰富的想象力设计了这个人间幻境，于1955年落成开放。全园分美国主街、冒险园地、狂想乐园等7大部分，设置了50多个电气自动化游乐场；因地制宜地分布着亭台、楼阁、古堡、溪流以及芦苇夹岸的河汊和藤萝交织的丛林。交通工具从原始的木筏、吊车、画舫、马车到现代化的火车、汽车、飞机应有尽有。各个景点人满为患，聪明的管理人员用一行行铁栏杆把人流梳理成队，折叠起来，像儿童游戏般挪动。唯有残疾人例外，可以直接把轮椅推到入口，径直抬上车辆船只，使他们不感缺憾。园内到处有出租的儿童车，为母亲们提供方便。有一棵巨大的榕树，树杈间的木屋门窗洞开，甩下长长的木梯，妈妈们怀抱手牵着宝贝在大树枝叶间开心玩耍，从下往上看，好像老树绽开的花朵。

迪斯尼好大好大，从头至尾要看三天，我们只有一天时间，只能有选择地浏览一遍。

首先是外星遨游。守门的金色机器人比手画脚，警告上年纪的和高血压、心脏病、神经衰弱者勿进。一行 13 人有 9 人却步，我一向蔫大胆儿，自恃健壮，和 3 条壮年汉子慷慨而入。坐好位置，抓紧把手。飞船像“挑战者号”“哥伦比亚号”一样，一点火就不正常，在轨道上剧烈抖动，在风暴中不停翻滚，稍一松手就会被甩出机船，一身骨肉化为宇宙的尘埃。一忽儿碰上强大气流，心脏随机身大幅颠簸；一忽儿机器故障，身体和机体骤然跌落，好像头脑失重，神经断线。下船之后，个个一身冷汗、四肢发软，好像一场空难幸免，鬼门关里复出。可是见了他们却摆出一副英雄姿态来。

第二个项目是乘木筏进入“加勒比海海道”，在“大、小安第列斯群岛”之间穿行。沿岸棕榈成林，剑麻丛生，石径木屋，风光旖旎。棕人、黑人种蔗制糖，结网打鱼，安居乐业。渔人崇拜篝火，醉鬼追逐女人。忽然海盗袭来，打家劫舍，杀人越货，凶恶的嘴脸和狰狞的笑声打破海湾的宁静。茫茫大海，黑道狭窄，匪盗之间分赃不均，发生火并，刀枪相见。团伙之间争夺地盘，炮火对阵。匪首加冕不久人头落地，珠宝箱笼盛了白骨。下船上岸，耳朵里还残留着恐怖声，衣服上还沾染着“血腥”。

本来要接着看“鬼屋”，因为里边电路发生故障，暂停开放。程豪说这是美国人的发明，不看太遗憾。搞得大家反而不忍舍弃。幸好午餐后故障排除，不虚此行。从外边看一幢普通楼房，内部却是一处十足的鬼楼。以死时状态有吊死鬼、淹死鬼、冻死鬼、饿死鬼、冤死鬼；以外形特征有长发鬼、长舌鬼、长脸鬼、小面鬼、长颈鬼、尖头鬼；以性格特征有小气鬼、贪心鬼、机灵鬼；以做坏事为特征有烟鬼、酒鬼、赌鬼、色鬼等。不像中国寺庙里的鬼极度夸张脸谱化，不像《聊斋》里的鬼可以化为善人美女，美国的鬼都是人的模样，唯其真实，才更为恐怖。技师们利用光电作用，使鬼们时隐时现，甚至慢慢向你走来，与你擦肩而过，令人不寒而栗，毛骨悚然。不像中国的鬼可以作艺术欣赏，让人思考回味，美国的鬼只是一次性刺激，让人只想尽快逃离现场。

最能代表迪斯尼水平的还是“小小世界”。一座像积木构成的花花绿绿的古堡，城头的英文字母在音乐声中舞蹈，曲终门开，走出一支活泼的卡通乐队。我们在欢快的乐声中登船环球航行，每到一处就有身着民族服装的小朋友唱歌跳舞。中美洲的孩子结实如棕榈树，俄罗斯的孩子清秀如白桦林，西欧的孩子美丽如郁金香，东南亚的孩子活泼如凤尾竹。有关中国的不仅有载歌载舞的汉族儿童，还有弹冬不拉的蒙古族少年，长辫子的维吾尔族姑娘，跳锅庄的藏族孩子，吹芦笙的苗族儿童，花筒裙的傣族孩子，花头饰的白族孩子等，在这童话般美好的儿童世界里，天真超越了国界，童心包容了世界，连我们这些一把年纪的人都像变成了孩子，又唱又跳，几乎把船弄翻。

最后乘单轨火车游览全景，80 平方公里够上一个中等城市规模。这个“现代游乐奇迹”“儿童心中的天堂”，每年游客逾千万，总数达 3.5 亿人次。继迪斯尼乐园之后，他们又投资 7.66 亿美元于 1971 年在东海岸奥兰多建成占地 109 平方公里的迪斯尼世界。根据迪斯尼大师的构思建造的埃布克特中心，“未来世界” 6 个馆，能源馆顶部的 8 万个阻挡层光电池是世界私人企业建造的最大的日光收集器，农业馆中有一座模拟外层空间条件的农作物实验室。由他们提供设备和技术，在东京和巴黎也建立了迪斯尼游乐园。迪斯尼的创造不亚于一项重大科学发明，迅速在全世界普及。最近，正准备投资 20 亿美元在洛杉矶建设“海上迪斯尼”，他们的胃口永远是世界最大的。

1993.7

莫哈维——死亡谷

在洛杉矶逗留几天后，离开西海岸，开始深入美国内陆。汽车沿 60 号公路向东驶去，美利坚国道标号，偶数东西，奇数南北，呈方格状，基本上没有斜线，拐弯都是直角。

公路两旁是散乱的居民住宅。有钱人厌恶闹市在远郊定居，上下班离不开公路，这也是小汽车普及的结果。随之而来的是“道旁企业”的兴起，汽车旅馆、汽车饭店、汽车银行、汽车教堂、汽车影院等。汽车旅馆通常由带洗澡间的卧室和停车场组成。汽车影院大多是一个大停车场，四面围墙，院内竖起银幕，立若干装有耳机接头的柱子，司机开车进来，坐在车内戴上耳机就可以看电影了。隔不多远就有个购物中心，一般都是一层的自选市场。车行两小时，在荒野上有个叫夏宾森的购物中心，各种名牌服装鞋帽应有尽有，价格比城市便宜许多，招徕很多游客，常常车辐集辏，人如潮涌。车去人散后，静如孤岛。

过去夏宾森，地势渐高，沙丘连绵不断，是大风吹积而成。谁说狂风无形，沙丘就是它的定格。地貌有些像中国西部戈壁，草滩稀疏，丘阜半裸，稍高的背阴处依稀有白雪残存。这就是美国著名的高原沙漠莫哈维。莫哈维沙漠占地 6.5 万平方公里，海拔 6000 英尺（1828.8 米），大部分在南加州的圣贝纳迪诺县，小部分伸进内华达州。气候干燥少雨，年降雨量不到 130 毫米。眼下三月底四月初，正是沙漠的黄金季节。杜松树抽出嫩枝，仙人掌泛起新绿，金罂粟炫耀着华丽，约书亚矜持着淡雅。约书亚是美洲沙漠稀有树种，百合科，高 20—30 英尺（6—9 米），蜡质的碎花白里稍带微绿。留神看时，灌木林中常有蜥蜴穿行、木鼠出没、土狼探头。野猫的眼瞳在阳光下闭作细线，状似打盹，大角羊被沉重头盔压得呆头呆脑。环境保护政策庇荫下的这些动物目中无人，大模大样，反衬得沙漠越发寂静。

大轿车在一抹土黄里前行，迎面很少车来，旁边没有标志，尽管车速不低，但仍像土蚕蠕动。乘客昏昏欲睡，偶尔鼾声断续。忽然向导咳嗽一声，提起精神，指着窗外地平线上的阴影说，那就是电视新闻常常提到的爱德华兹空军基地。加利福尼亚州是全美航天中心，宇航飞机常在这里起落，附近还有一个规模很大的飞机拆卖场。

莫哈维的气候与中东近似，美国海军陆战队在这里有一个训练中心。据说 1991 年进驻科威特的部队就是在这里训练的。他们在这里经受酷暑，烈日烤得身上冒油，热沙烙得身上起泡，口焦唇裂，鼻孔滴血，眼睛红肿。所以飞到中东不过像换了一次防，在自己的国土上作战。我瞪大眼睛在视野里寻觅迷彩服，好久没有发现。忽然眼前一片绿色，忙问那是否是海军陆战队。导游说那是麦苗，是附近一处太阳能发电站抽水浇灌的，绿绿的麦苗给沙漠带来了春意，看了觉得眼睛湿润，心里凉爽。美国科技水平高，多养些麦苗岂不比迷彩服好。

据说莫哈维南部有个索尔顿湖，湖面比太平洋洋面还低，是洛杉矶人游泳、划船、划水常去的地方。湖东有个西博拉国家野生动物保护区，湖南的卡利帕特里镇是西半球最低的城市。可惜因为时间不多，只得省略，目的是东边的死亡谷国家公园。

内华达山脉坡度平缓，不知不觉越过了主峰山脊。而自东面下去坡陡落差大，就像小孩坐滑梯一样，有一头栽下去的感觉。司机全神贯注，左盘右旋，好似腾空飞下。两边风光看不大清楚，苍白的枯枝败草，如稀发、如疏须、如断眉，在风里飘摇。褐黄的巉岩怪石，如驼峰、如黄羊、如土狼，纷纷往后退去。飘呀飘呀，当人们神经快要崩断，耐心即将耗尽时，才安然着陆。

这是一条由西北向东南延伸的断层地沟，长 225 公里，宽 626 公里，低于海平面的面积达 1408 平方公里，最低处低于海平面 85 米，是西半球最低的陆地。站在地上如坠入海底，向上望去有坐井观天的感觉，好像天色浅了，云彩淡了，太阳小了。觉得气压大了，耳膜沉重，眼珠紧缩，衣服贴在身上。

据地质考证，在冰河时期，谷底原有一个很大的湖泊，因为气候变化，年降雨量不足 100 毫米，湖水干涸成为沙漠。夏季炎热，平均气温 52℃，1913 年曾有过 57℃的纪录。1749 年有一队寻找金矿的人冒险而来，饥渴难耐，几乎死亡，因而起名死亡谷。1873 年发现硼砂，不久又找到铜、金、银矿，淘金者纷纷赶来，兴建了许多采矿村镇，亿万年的死亡谷突然有了生气。随着矿源的枯竭，人们纷纷迁走，剩下一片荒凉的瓦砾，死亡谷又死了。1937 年建立了死亡谷国家公园，不少人冬季过来休养。

我想死亡谷的沙漠气候，大概跟赤道线上的非洲差不多，不知道最近在索马里执行联合国任务的美军，是否是从这里训练出来的。感谢上帝赋予美国这么大又这么复杂的气候和地形，可以训练到世界各国执行联合国任务的部队，“替天行道”，像在它的 50 个州一样。

1993.7

鬼　镇

莫哈维平淡无奇，连丘陵的线条和色彩都与戈壁相差无几，让人视觉疲倦，昏昏欲睡。车过巴斯头沿以后，左边车窗突然闯进一座山头，山势峥嵘，棱角分明，令人耳目一新。黄褐色山岩上大大一串醒目的白色字母 calico，导游说那就是著名的鬼镇卡利科。原来叫垢死，是一个废弃的矿山。几十年前一队郊游的学生在此宿营，夜里听谷内锤钎敲击和阵阵哭泣声，魂惊色变，奔走相告，于是鬼镇的名字不翼而飞，最后反而成为沙漠上一个旅游景点。

从巴斯头沿前行 10 英里（16 千米）左转 10 分钟，车子开到山脚下。抬头一面山坡，约有二三十度倾斜。顺山一条街，长一公里，从下往上看，似乎街道缩短，房屋密布。街口一座木杆吊桥，越过去就进了镇内。街两边的铺面有木板房，也有三合土建筑。由近而远，右边是皮匠店、菜馆、射击场、酒吧、仓库、玻璃店、陶器店、香料店、筐篮店；左边是镇公所、工艺品店、照相馆、印刷作坊、剧院、石器店、咖啡冰淇淋店。两边建筑距离越来越近，最后汇合一处，也就是街的尽头，几棵棕榈和约书亚树长得异常粗壮。旁边一座尖顶房子，是教堂兼学校，前面的小坪上有升旗的旗杆和秋千。教堂是全镇的制高点，从上往下望去，似乎街道拉长，房屋铺开，井然有序，错落有致。这个深山小镇就是目前也够规模，可以想象当年是何等热闹。

卡利科兴起于 1881 年，正是美国西部淘金热高潮时期。开始仅有 2 人，很快发展成为 4000 人的矿山，拥有白银大王、奥迪莎、东方、卑斯麦克、美姬 5 大矿产，以生产白银和硼砂著名。经过掠夺式开采，至 1907 年，27 年共生产价值 2000 万美元的白银和 900 万美元的硼砂。矿源枯竭后，脑满肠肥的矿主把金银珠宝和卡利科的繁华打进包裹带回城市去了。把荒凉、死亡和绝望遗弃在这里。矿坑、竖井、斜井、选场是墓坑，小铁路、矿车、运水车是尸体。

毕竟不过百年历史，小铁路虽然有些锈蚀，铁质的矿车、运水车虽然锈蚀，但是石质的矿坑、矿井还没有风化，人们的记忆还没有风化，100 年还可以说记忆犹新。这个沙漠里的小镇不是世外桃源，不是历史的例外。它曾经是资本家的天堂，市面上的酒吧、菜馆、剧院、射击场只属于少数矿主、工头，沙漠里也有他们的花天酒地。华丽的市面背后是工人的地狱，近代文明背后是想象不到的野蛮和恐怖。矿工的栖身处，狭窄的小木屋四壁透风，状似木笼。更差的是天然石洞，简直像猿人穴居。矿井的铁门独特，一根铁柱上斜生若干铁棍，像立起一根狼牙棒。为了防止掖藏，矿工们只能依次赤身出入，似一架形象的绞肉机。当年的矿山寸草不生，远看山脊上矿警密如栅栏，圈住了众人的自由和求生的欲望。街头的绞刑架上有吊死矿工的塑像，当时为了杀一儆百，防止矿工逃跑。今天它成为历史的见证，被吊起示众的还有那一段残忍的近代史。

在美姬矿坑旁边临街处，还有一座神秘的木屋。外边看方方正正，进去以后大屋里套着一个小屋，倾斜约 30°，地板、天花板都是斜的。进去后感到小房子方方正正，人反倒倾斜起来，俯身进去仰身出来，很有趣，不知当年的设计者出于什么目的如此戏弄人生？走出神秘的木屋，站在路边看卡利科街，因为是一条坡道，行人上坡前俯下坡后仰，无一能与街面垂直者。这才恍然大悟，神秘木屋的地板与卡利科大街都大约是 30°倾斜，小木屋与大社会呈几何相似。也许就是说，卡利科镇上乃至当时社会貌似公正，实为邪恶，恶人横行，正直人无法立足。

正当我出神地浮想联翩时，一阵吵嚷由远而近。为首的一个大人装扮成当年警长模样，吹胡子瞪眼，挥舞着警棍，口中念念有词。身后一群孩子像看耍猴的一样尾随其后，呜哇喊叫。有点像中国的迷信活动，装神弄鬼的和围观看热闹的都很开心。唯独街旁长椅上一位白发老人怒目而视，眉毛胡子都在发抖。他说他父亲曾是这里的矿工，在他出生前 3 个月被矿主逼死。他长大以后每年来这里祭奠，总像听到父亲痛苦的喊叫和呻吟。他说他曾经用手杖打过那个矿警，即使明明知道他是假的，因为他没法排解一生没有父亲的痛苦，说着嘤嘤哭泣起来，伤心得像一个孩子。我挨近老人坐下劝慰时自己也禁不住落下泪来。同病相怜，我几乎与他有着同样的命运。同行人拍摄下这一难忘又难逢的镜头，从此卡利科也属于我了。

离开卡利科，没有游览一般景点的那种愉悦，相反心上增加了几分沉重，默默无言。诚然晴天丽日，没有当年学生们听到的锤钎敲击和阵阵哭泣，但是我相信不是天真少年们的编造，是确有其声的。昔日为矿主淌金流银的矿井，也是苦难矿工的喉咙，是封不住哑不了的，是大山惊醒后的梦呓，是历史颤抖的回声。听了足以让后来人沉思，让现代美国文明忏悔。

1993.7

美国的伦敦桥

在美国西部旅行与中国大西北的感觉几乎是一样的。茫茫戈壁，天空无飞鸟，路上行人少，一切都是昏黄，昏黄即是一切。尽管大巴士座无虚席，依然感到孤独于寂寞之中。无边无沿的沙漠上仿佛只存在两条平行的直线，一条是公路，一条是铁路。偶尔从后边赶上来一列长长的货车，数一数50多节，几百米长。同样寂寞难耐的火车司机拉响汽笛，送来一声问候，立时感到空气活跃起来。但是这唯一碰上的旅伴不讲友情径向前去，一会儿不见了踪影，甩下来的是更加难耐的寂寞。

忽然有谁尖叫一声，前方出现绿汪汪一片水波，是不是海市蜃楼？朋友说美国人讲求实际，缺乏想象，所以幻境很少降临。

那汪水确实是一个小湖，名叫哈瓦苏，是沙漠里的神奇。更为稀罕的是，湖上一座伦敦桥，货真价实的英国产品，跨过几千海里大西洋，整个地从英国本土搬家过来的。

说话间那座桥出现在眼前，一座三拱石桥横卧水上。车停以后，我们迫不及待地跑过去。站在桥下仰望，桥造型优美，结构谨严，落落大方。石料方方正正，磨边对缝，从石质和色泽上看确乎是原装资历，不是仿制伪造的。从桥头石阶爬上去，桥面平整如镜，栏杆整齐如画。宽 63 英尺（19.2 米），长 928 英尺（282.8 米），想象它在当年也是颇具大英帝国绅士风度的。桥上车辆很少，多是旅游观光之人，指指点点，好像都在议论。作为一个诗人，我是不乏想象力的。但是如此一具庞然大物，如何漂洋过海移居到异国土地，实在百思不得其解。这个谜不经导游说穿，神仙也不会知道。

美国一位商人罗伯特一生精明，大脑足有计算机的功率。20 世纪 60 年代，他 60 岁退休时，在这沙漠里购买下 5 万英亩（202.3 平方千米）空军荒废的土地，包括这哈瓦苏湖，计划修建度假村。有一天他突然看到一则新闻，英国政府要拍卖哈德逊河上一座旧石桥，于 1831 年建成，取名伦敦桥，在英伦三岛还颇有名气。随着现代化的进程，车辆越来越多，吨位越来越大，石桥苦于支撑，桥面多处凹陷，桥墩有些倾斜。当地有童谣曰:“小木船摇呀摇，摇到前边看热闹，今日断了哈德逊，明天坍了伦敦桥……”英国政府无意翻修，标价 120 万美元出卖，吆喝多时无人问津，远在美国加利福尼亚州的罗伯特先生却动了心。

山姆大叔胃口大，钱袋满了什么都敢买。当年从西班牙人手里买了加利福尼亚，从俄国人手里买了阿拉斯加。比较起来，小小一座石桥不过古董玉器一样，罗伯特先生飞抵英伦拍板，原价 120 万美元，拆桥和运费再出 120 万美元，为了防止别人竞争又主动多付 6 万美元，总共 246 万美元成交。当年购买佛罗里达花了

500万美元，比这个数目才多一倍，这座桥也可以说是价值连城了。罗伯特先生轻而易举地买到手，小心翼翼地拆迁，现在每块石料上还都有原来的编号。拆完包装以后，通过海路运抵洛杉矶，再用拖车运到哈瓦苏。施工时，先拦断湖水，然后采用中国古老的建筑方法，树桥墩堆沙子，依照石料编号铺放桥板，撤掉沙堆，大桥就凌空出现了。这一套活计从1968年10月破土到1971年竣工，共历时3年零1个月，美国人的劳动效率比英国人高了几乎一倍。

罗伯特先生又一次发挥他经商的才能，围绕落成的伦敦桥营造了一座英式公园，旅馆、餐馆、商店、邮亭，也是一色英国风格。万事俱备之后，亲自到洛杉矶等地游说。罗伯特巧舌如簧，哈瓦苏明明夏天酷热，高温曾达125℉，他说这里是避寒胜地，冬天是黄金季节。美国有不少人有盎格鲁—撒克逊血统，花不多钱就可以认祖归宗一次。于是这沙漠腹地的穷乡僻壤一下子繁华起来，很快形成一个万人小镇，成为美国西部地区一个著名的旅游热点。

大消息传到英伦三岛，舆论哗然，英国再穷也不至于穷到拆卖祖业的地步吧！一向骄横傲慢的英国绅士们感到难堪了，很想挽回面子。5年之后，有人提出高价赎回伦敦桥。狡黠的罗伯特奇货可居，不但不予理睬，反而把这副英国的脸面无偿捐献给州政府，断了英国人的念头。此事轰动了整个美利坚，人们奔走相告，啧啧称赞，评价英雄罗伯特先生无异于为美国购买到第51个州。英国人万般无奈，这个黑锅要永远地背下去了。

再从哈瓦苏回到干燥的沙漠，车厢里多了个湿漉漉的话题。刚才眼前那座完整美丽的桥在我脑海中扯来扭去，已经成了一座断桥。

1993.7

科罗拉多大峡谷

中国人到美国急于看到大峡谷的心情，大概和美国人到中国对长江三峡或者黄河壶口瀑布的渴望差不多。不同的是长江、黄河是东方文明的摇篮，文字记载也有四五千年之久了，而人类对大峡谷相见恨晚，直到公元1540年它才被西班牙总督科罗纳多派去寻找黄金的远征军发现，1907年西奥多·罗斯福总统立下了第一块石碑，1919年威尔逊总将大峡谷地区辟为“大峡谷国家公园”。闻名于世尚不足百年，故而它对于世界更具有神秘感，据说每天不远万里赶来参观者不下三四万人，我们来到时差一点挤不进停车场。

大峡谷全称是科罗拉多峡谷。科罗拉多河源出落基山西坡，横贯美国西南，全长2000多公里，是美国第四大河。每年春天山上积雪消融，山洪滚滚，洪水受到科罗拉多高原的阻挡，愤怒地胡冲乱撞，终于在亚利桑那州西北部杀出一条血路，年长日久，留下这悬崖、峭壁、高峰、小丘组成的世界奇观。最精彩的峡谷地带面积67.3万英亩（2723.5平方千米），最宽处29公里，最窄处6公里，可是从南缘到北缘乘车要绕行344公里。

大峡谷位于亚利桑那州西北部，南缘景区海拔2130米，气候变化异常。在洛杉矶如同初夏，穿一件汗衫满可以，进入大峡谷大门，好像进入初冬，加上毛衣风衣还冻得瑟瑟发抖。站在南缘俯瞰，峡谷不时被一层薄雾笼罩，好像蒙上一层面纱，时而朦胧时而清晰。两岸褐色巨岩断层，重峦叠嶂，峡谷蜿蜒曲折。巨岩断面，层层叠叠，从山顶到谷底，像亿万卷书罗列着。峡谷边缘自然形成的曲线，曲曲弯弯，迂回盘旋，仿佛一条婉转飘动的绸带，显示着清晰的纹理。雾纱下面怪石嶙峋，影影幢幢，千姿百态。有的尖尖石林，像春笋出土；有的圆圆丘头，像蘑菇丛生。大片石柱，如战士列阵，好像世界又出土了一个兵马俑群。孤立的山岬，像古老的烽火台，最突出的那个美德岬又名帝王展望台，好像一身铠甲的统帅，站立在点将台上发号施令。

也许因为我们指指点点，对之不恭；也许我们胡言乱语，道破天机，只觉一阵冷风刮过，眼前薄雾变厚，雪片纷纷扬扬漫天而来。白茫茫一幅雪幛封住了峡谷，任什么也看不清了。又一次体会到大峡谷气候异常，一天里能碰上春夏秋冬。一般夏季温度为 31℃到 −1℃，冬季为 −1℃到 −18℃。南缘北缘相距 10 公里，气温相差 10℃，谷底比谷上低 10℃。

正当我们非常遗憾地要离开时，奇迹出现了。强烈的阳光刺破云层，照彻山谷，满天雪花踪影皆无。可能是上帝念我们远道而来，又给了我们一次机会，一睹峡谷风采。开始山色一抹玫瑰红，像北京秋天的红叶满山。壁立的山岩像垂天大红幕布，大片石林燃起红蜡烛，美德岬将军和他的士兵们都披上了红色战袍。天空云彩飘过，它的投影和幽深的山谷呈湖蓝色，整个峡谷好像一块红底蓝花的印花布。更为惊异的是，阳光下峡谷颜色变幻无穷，时而深蓝，时而淡紫，时而乳白，时而棕黄，将军和士兵的征衣也随之更换。所以这些色彩又随着光线的强弱而浓淡。好个大峡谷异彩纷呈，苍茫迷幻，宛若仙境。谷底的科罗拉多河，不是想象中的巨浪排空，涛声呼啸，惊险万状，而是细若游丝，缠缠绵绵，委婉多情。面对这扑朔迷离、变幻无穷的彩色舞台，它像木偶师手中牵动的那根魔线。感谢上帝开恩，使我们看到了这世界一大奇迹，它的色彩、结构，它的鬼斧神工和万千气象，是人世间任何伟大的画家、雕刻家都无法比拟的。

大家都被大峡谷的景色迷住了，提出最好深入谷底看个明白。

朋友说谈何容易，交通不便，1900 年修了一条铁路，1950 年作废了。1989 年才开通一条汽车线路，离这儿很远。坐直升机常常出事，最安全的是骑骡子，也要一天才能达到谷底，转一圈要 7 天时间，每天 70 美元，可是要提前一年登记才能拿到骡子票。如果实在要看，作为此行参观的补充，可以到博物馆看看电视录像。

在特大的宽银幕上，摄影师把谷底拉到我们的眼前，科罗拉多河波澜壮阔、惊涛骇浪，浪尖上颠簸着小木船，小木船上坐着粗壮的印第安人。光光的石壁上，原来也有流泉飞瀑，棕红色河岸上，疯长着绿草红花。天空中苍鹰追捕鹞子和野鸽，溪沟里仙人掌、野罂粟自由开花。已发现的动物有 90 多种，鸟类 180 多种，植物多不胜数。说不上世外桃源，只是一个蛮荒的世界。云杉和冷杉下有几处泥墙小屋的废墟，说明殖民者西班牙人到来之前，印第安人早在 13 世纪就成为大峡谷的最早开发者了。

1993.7

胡佛大坝

听说今天去参观胡佛大坝，我愣怔了一下，美国人也搞个人崇拜？何况胡佛其人在我的印象中还有劣迹，1932 年他命令军警镇压向白宫请愿的失业工人和退伍军人，造成有名的“星期四血腥大屠杀”。美国朋友讲，情况很复杂，也很难用好人或者坏人概括一个人的一生。提起大坝的名字还有一番曲折，工程落成时共和党领袖胡佛正在总统任上，遂以他的名字命名。为此民主党人耿耿于怀，一俟胡佛下台，民主党人就改名为鲍德水坝，鲍德是附近一个城市。后来，共和党人重新得势，又恢复了胡佛的名字，美国的两党政治有时也像小孩子怄气一样。不过多数美国人对胡佛还是尊敬的，他也有许多政绩。

汽车在黄褐色丘陵中蜿蜒行驶，视野中全无植被，感觉很干燥。人们正昏昏欲睡时，忽然闻到了一股湿漉漉的空气，眼前跳出一片蓝莹莹的水面，朋友说汽车轮子下面就是胡佛大坝了。

下车望去，好大气魄！亮闪闪一条拱门式重力大坝，像一把宝剑，拦腰截断布来克峡谷。这条混凝土大坝从基石到顶端高 726 英尺（221.3 米），坝基宽 660 英尺（201.2 米），坝顶宽 45 英尺（13.7 米），长 1244 英尺（379.2 米），至今仍是西半球水库大坝之最。坝后是全美最大的人工湖，纵深 110 英里（177 千米），容量为 350 亿立方米，是科罗拉多河两年的流量，高峡平湖，烟波浩渺，水天一色，分不清是天上的云朵还是湖里的帆船，是天上的飞鸟还是湖里的游鱼。

大坝内侧，有 4 个水泥建筑，像 4 个柱形碉堡镇压波浪，朋友说塔内是发电机组。犹他州和亚利桑那州的边界线也横穿大坝，一州管辖两个碉堡，咫尺之间时差一小时。朋友帮我摆好一个位置照相，神秘地说，你现在是一步跨两州，前脚是 16 时，后脚是 17 时。大坝一端的山崖前，国旗旗杆的基底上镶一块铜牌，上刻："1955 年美国土木工程师协会评选为美国近代土木工程七大奇迹之一。"旗杆两旁各有一个半身铜像，高高举起的双手变形为振臂欲飞的翅膀，呼唤着一个响亮的名字：胡佛。

赫伯特·克拉克·胡佛（1874—1964 年）生于爱荷华州西布兰奇市，1895 年毕业于斯坦福大学地质系，两年后任伦敦比尤伊克—莫林采矿公司工程师，被派任澳大利亚分公司经理，因为发现一座价值 5500 万美元的金矿，一跃而成为百万富翁。1899 年到中国开滦煤矿担任工程师兼美国驻华商务专员，回国后 1908 年在旧金山自己组织公司，生意兴隆，财源茂盛。从政后，在国会当了两年联邦粮食总署署长，8 年后任商务部长，青云直上，1928

年当选为美国第31届总统。

尽管飞黄腾达，位极人寰，胡佛作为科学家的良知还没有泯灭。作为一个环境保护主义者，他强烈呼吁保护自然资源、土地不被破坏。作为一名工程师，为在科罗拉多河上修建大坝，控制河水，发展水利，他到处奔波。多半生以来，科罗拉多河时刻在冲击着他的心。这条河号称“美国的小黄河”，从落基山到加利福尼亚湾全长1400英里（2253千米）。每年从春天到初夏，山上积雪融化，河水泛滥，一片汪洋。不用说它历史上任性切割高原，就是1905年特大洪水河流改道也还形成了帝国峡谷，涌入萨尔敦湖，使湖面由57平方千米一下子膨胀到6475平方千米。可是夏末秋初，雨量锐减，大河变成细流，甚至枯竭。这个周期提供了河水的利用价值。1922年身为商业部长的胡佛主持了科罗拉多河流域7州代表会，达成了科罗拉多协议，分享水利资源，修建道路，为全面利用河水做了准备。1928年他力主议会通过巨石峡谷保护法，决议修建大坝和向加利福尼亚、亚利桑那干旱地区调水的全美运河系统，通过出售未来的发电融资。他亲自选定坝址，进行可行性辩论。计划胜利了，大坝于1931年开始动工，可是，胡佛大选失败了。1935年9月30日罗斯福总统主持了竣工典礼，1936年10月总机发电，比计划提前了一年，成本总计为1.75亿美元，到1988年9月30日已经回收6.3亿美元。

胡佛大坝产生了巨大经济效益，发电量40亿千瓦时，可供50万户人家民用。灌溉面积150万英亩（6070平方千米），其中包括墨西哥50万英亩（2023平方千米），保证了1400万人的生活和工业用水。驯服了狂放不羁的科罗拉多河，使河水由浑变清，从一条害河变成宝贵的资源。促进了美国西南部的经济发展，加速了美国最现代化的城市洛杉矶和最美的城市圣迭戈的形成。库区水面成为著名的风景区、淡水养殖和野生动物的栖息地，每年接待

1000 万国内外观光者。当地人把这个水库爱称为密得湖，是美国现代化的一面镜子。

1993.7

拉斯维加斯之夜

车抵拉斯维加斯已是黄昏，大家一路人困马乏，需要补充养料和水分，便一头扎进一家旅馆。拉斯维加斯是世界第一赌城，近百家旅馆都是赌场。赌场没有窗户，密封在恒温里，日光灯永远不灭，好让人忘记时间，赌饿了吃，吃饱了赌，赌累了睡，爬起来又赌。赌场集食宿、娱乐、商店、银行、当铺于一身，是个小社会。据说有人进去，几个月也不出来。

去餐厅要穿过赌场。赌场像个大商场，摆列着几十种赌具，有站着赌的，坐着赌的，躺在沙发上赌的。最普通的是吃角子老虎机，有些老人手边放着钱筒，慢条斯理地拉掣，好像只为消磨时光。年轻人多围在 21 点长条桌前，脸上忽阴忽晴，肌肉不停抽搐，贪婪的目光绞杀在一起。而发牌者倒显得很平静，机械地动作，反正输赢都是老板的事。她们多是大陆和韩国的硕士生、博士生，毕业之后找不到职业，来这儿打工的，朋友还和一位认识的上海姑娘搭讪了几句。

餐厅里自助餐极为丰盛，螃蟹、对虾、烤肉、牛排、水果、饮料应有尽有，每人才收 5 美元。我们饱餐了一顿，可赌徒们大都食欲不振，多少营养也补不了战场般的消耗。

吃了饭去剧院，一家巴黎歌舞团正在演出，舞台布景豪华到奢侈程度，各种彩灯的几何图形明明灭灭，人在框子里动作。女演员们几乎全裸，滑稽演员用英语讲故事，台下呜哇乱叫，可能很刺激，我们却感到莫名其妙。台下大小包厢供应酒水，观众多是旅游观光者，情绪放浪。任多大刺激也醒不了瞌睡的，大概是困乏极了的赌徒。

惨不忍睹，我们从剧院溜出来，去看拉斯维加斯夜景，据说这是赌城之游最精彩所在。一出门便惊呆了，眼前一片辉煌、瑰丽，简直无法形容，只觉得光线比白天还亮，五颜六色的霓虹灯流光溢彩，千奇百怪的图案光怪陆离，仿佛所有的阳光都凝聚在这里，所有的珠宝都堆积在这里。一片辉煌，满眼璀璨，简直是炫耀财富和智慧的一顶王冠。可以毫不犹豫地说，这是世界上最漂亮的夜景了。

我们走在大街上，朋友指指点点，像讲神话故事。哥德纳根，又名金砖大酒店，内藏一块重 61 磅 11 盎司的金砖。马蹄形的候修酒店，保存着世界上面值最大的一万美元的一张钞票。那个金字塔酒店，有 2500 间客房，电梯可以把人送到酒店的任何部位。那个希尔顿酒店有 3147 间客房，13 家国际餐厅，一个 2.47 公顷（2.47 万平方米）的康乐天台，一间 4460 平方米的无柱舞厅和 1623 平方米的会议场所。那个山峰一般的埃斯得伯，是目前最大的赌场，共有 4032 间客房，每天一个房间换住，可以 13 年不重复。正建的米高梅，是明年的冠军，有 5009 间客房，每天换一个房间，可以住上 13 年零 8 个多月。

怀着好奇的心情，我们走进万象酒店，钟亭、假山、瀑布、棕榈树，笼子里有一只稀世之物——全白色的老虎，门口的人造火山，每 20 分钟喷发一次，泼红了半边天色。从万象酒店来到罗马广场的“凯撒皇宫”，从火红走进了湖蓝，蓝莹莹的灯光仿佛一汪湖水泡着整个建筑，给人一身清爽。中厅的恺撒大帝塑像会说话，每小时的正点开金口，嘴眼下巴都在动弹。乍一走进它的购物中心，好像一个露天市场，幽幽夜空，星月闪光，白云浮游，仔细看才知道是拱形屋顶的天幕。一家商店门口有一个印第安人坐像，明知是假，我也凑上去拍了个合影。来前看了冯英子一篇文章《两千年的大移民》，考证印第安人是中国殷商人的后裔。

回到住处已是午夜，朋友拿起一点筹码，25 美分的硬币，来表演玩“老虎”。他坐下来一手投币一手拉掣，硬币叮咚落下，响声或长或短，似动人的音乐。忽然拉出 3 个 777，100 枚硬币春节鞭炮似的着实响了一阵。大家都来凑热闹，朋友不由分说站起来就走，说见好就收。机器是老板设计的程序，往下就该输了。如果不相信，赢了还想赢，输了急着往回捞，直到把老本输光为止，这大概就是所谓的赌徒心理。

第二天醒来，再到街上一看，又是大吃一惊。昨夜的繁华、漂亮、光亮、色彩一切都不见了，拉斯维加斯不过一个 5 万人的沙漠小城，少见树木，满街广告和垃圾。一切都好像是虚幻，好像一个高级戏法，大有被捉弄之感。多么遗憾，现代化高科技被当作蛊惑的灯光，诱人的色彩，编制美丽的诱惑。像是《西游记》里妖魔的宫殿，华丽的西洋景下掩盖着愚昧、荒唐和罪恶。听说有许多骇人听闻的赌注，一注就输去半个国库。当然多数人还是把拉斯维加斯当作娱乐场所，想来碰运气发财，星期五兴致勃勃而来，星期日垂头丧气而去。

美国并非处处开赌，各州法律不同，富裕地方是禁赌的。拉斯维加斯所处的内华达州，一片沙漠，不毛之地，民不聊生，曾经有人建议把它当作徒刑犯人劳改地。偶然有人异想天开，提议建立一个赌城，可以收税致富，联邦政府居然同意了。于是一发而不可收，许多豪门巨富，甚至外国王公贵族纷纷投资，一个名贯全球的赌城一哄而起。赌徒们除了美国人外还来自世界四面八方。西距洛杉矶 250 英里（402.3 千米）的四号公路天天车水马龙，像输血管一样往沙漠注入财富，使这个毒瘤、怪物日益长大。

回程路上，大家叽叽喳喳，议论赌城，笑谈朋友昨晚的手气，还有人编了顺口溜:“老虎机，响嗒嗒，小弟弟，笑哈哈。”他说正是哈哈一笑，使一向走背运的他碰上好事。这一次所以得手，还是靠大家的运气。

1993.7

优胜美地

从洛杉矶北上旧金山，左眼是海岸山，右眼是内华达山，中间的高速公路像鼻梁一样周正。走出莫哈维沙漠，偏向内华达山西缘，山势渐高，看到了森林。最多的是红杉，美国名字叫塞夸亚或威灵顿尼亚或西部黄松。树叶蓝绿色，树皮玫瑰红。成树下部枝叶脱落，上面形成华盖，亭亭玉立，好像身穿短裙的美人。在一个名叫哨兵圆丘的山坡上，有一棵称作“杰弗来”的孤松，虬枝潇洒，形体典雅，正展开双臂欢迎上山的人们。这是美国的迎客松。

再前行，看到了著名的蝶蝶丛林，这是红杉林中的老人国，一般也都高达一二百英尺（30–60 米），树龄数百甚至逾千年。其中一棵灰色巨松树干直径 38 英尺（11.6 米），可是它在世界树王中只名列第五。距此不远的金斯峡谷，有个大树丛林区，那里的圣树“格兰特将军树”高 267 英尺（81.4 米），树干底部周长 107.6 英尺（32.8 米），在世界排名第二。“李将军树”位居第三，“哈特树”名列第四，王中之王“谢尔曼将军树”也在附近的红杉国家公园，高 27.4 英尺（8.4 米），树干周长 101.6 英尺（31 米），底部直径 36.5 英尺（11.1 米），树龄 3500 年，与埃及金字塔同龄，被称作“青铜时代的产物”。再往北，旧金山北部直到俄勒冈州，还有个绵亘 640 公里的浩瀚林海，那是更为壮观的“红杉帝国”。

车前方有一条小河，像野孩子一样蹦蹦跳跳，碰上个山头不见了，一拐弯又在前方等着，一直把我们带到优胜美地河谷。这河谷和它的名字一样漂亮，是美国景色最美的国家公园之一。由特纳雅、伊利洛特和优胜美地三条支流汇成的默塞德河横贯谷底。这里是世界上瀑布最密集的地方，优胜美地瀑布从山谷北壁上倾泻下来，长达 2425 英尺（739 米），是北美最大的瀑布；新娘面纱瀑布从山谷南壁飘落下来，落差 620 英尺（189 米），枯水季节时似一层蝉翼样的轻纱，随风抖动，因而得名；费纳尔瀑布长 317 英尺（96.6 米），落地溅起的烟雾在阳光下形成道道彩虹。

这里同时也是巨岩荟萃的地方。半圆丘岩像个亮光光的和尚头；落箭岩拔地而起，高 2800 英尺（853.4 米），像一只大天鹅引颈高歌；艾欧凯特岩横空壁立 3600 英尺（1097.3 米），超过直布罗陀岩，是世界上最大的花岗岩块。艾欧凯特又名“船长岩”，在蓝天白云下像一面鼓满风的帆，山顶和半腰还有积雪，这“船长”是一位须发皆白，历尽沧桑的老人。他腰板挺直，头颅高扬，群山臣服在脚下，变成驯服的波涛。

四年前艾欧凯特发生了一件感天动地的新闻。有两个很要好的登山运动员，其中一位在上次登山时不慎摔伤致残，运动员伤了腿好比雄鹰折断翅膀，他时常为理想的破灭伤心落泪。他的朋友为了满足他的愿望，把他背在身上登山，花了双倍的力气用了 12 个小时终于爬到山顶。山下的人感觉落了一场雨，那是他们俩人的汗水和泪水。一向冷峻无情的“船长”也感动得流泪了，艾欧凯特山壁上突然增加了一条小瀑布。去年这两位朋友又来到山下，受伤的运动员再也不忍朋友冒险受累，发誓不上山了，从此那条小瀑布也不见了。

我们在公园管理处逗留了两个小时。这个国家公园是 1892 年西奥多·罗斯福总统批准建立的，辖地 7.5 万英亩（303.5 平方千米），每年来旅游观光的人很多。身边不少身着结婚礼服的青年男女，是专程来新娘面纱瀑布前举行婚礼的，任瀑布的飞沫淋个痛快，使爱情接受一次大自然的洗礼，增加一种浪漫色彩。

公园管理处的一切建筑都是全木结构，木头回廊、木头房间、木头餐厅、木头搭成的露天舞台，台下一排排木头凳子。我在木头邮亭发了一封家信，邮筒也都是木头的。乘一种森林旅游车，车头拖着 11 节车厢，实际上是 11 排木头座椅。木头列车穿行在森林里，枝头画眉、冬鸥鷓啁啾，树上松鸡、栗鼠欢跳，地上黑尾鹿、罗斯福麋追逐，野花灿烂，山泉叮咚，一曲天籁。给人的感觉好像不是身在美国，而是一个什么原始部落。

说实在的，美国山水风光不如中国千姿百态、奇特秀丽，可是他们自然保护做得好。林区禁伐禁猎，连一个小松塔也不许拿走，陈年积累的腐殖质层很厚，走上去好像踩在弹簧垫上。美国人没有乱扔垃圾的习惯，地上看不见果皮、废纸、啤酒瓶和易拉罐什么的，到处有存放垃圾的黑色塑料包，清洁工人定时取走。没有人敢把打火机和易燃品带进林区，森林的敌人只有天火。加州气候干燥，焚风来时，也常常引起火灾，公路旁边有时可以看到火烧迹象。

返回露天剧场，一位林业专家正给学生们讲课。孩子们一身绿色服装，一个个坐得笔直，横竖成行，像一片幼林。植树节快到了，美国的植树节是由内布拉斯加州发起的。19 世纪之前，那里是一片荒原，树木稀少，黄沙满天。1872 年，著名农学家朱利叶斯·斯特林·莫尔顿提议设立植树节，有计划地人工造林。州政府采纳了他的意见，州长发布命令，每年 4 月份第三个星期三为植树节。当年植树上百万株，此后 16 年共栽树 6 亿株，10 万亩荒原变为茂密森林。为了表彰他的功绩，1885 年州议会正式规定以他的生日 4 月 22 日为世界上第一个植树节，放假一天。今日美国树木成行，林荫遮道，1/3 国土为森林覆盖，是和莫尔顿的名字分不开的。

1993.8

旧金山游记

穿过长长的海湾大桥，进入旧金山市区。

旧金山是中国人习惯的称呼，以区别澳大利亚的新金山。美国人叫作圣弗朗西斯科，是 1847 年墨西哥人以西班牙语命名的，先辈华侨用广东话译作三藩市。

从市中心乘铛铛车（Cable Car），一种豪华型有轨电车，古典装饰，司乘人员都身穿骑士服装，彬彬有礼。城市坐落在海湾与太平洋之间的半岛上，42 座高低不等的山峦，房屋倚山而建，街道波折起伏。经过东部金融区，高楼林立，如人群摩肩接踵。可以看到富丽堂皇的联合大厦，1945 年于此通过联合国宪章，直到 1952 年新址落成迁往纽约前一直是联合国总部，以它为背景拍摄过影片《大饭店》。毗邻的一座高楼似曾相识，在影片《火烧摩天楼》曾一睹其风采，现在是美国最大银行美洲银行总部。金字塔大厦 48 层，是埃及金字塔的相似形，比真正的金字塔还高些。又经过西城的“诺博高地”，是富人居住区，多是三层白楼房，装修华丽，街上寂静无人。

旧金山冬无严寒，夏无酷暑，四季夜凉昼暖，宜于草木生长。今天难得好天气，晴天朗日，山城愈加妩媚。我们索性跳下铛铛车，以步代车，沿着著名的九曲花街跳跃而下。坡陡约三四十度，高数百米，汽车蜿蜒蛇行，两边是行人台阶。街心春花正盛，放眼望去如铺开一张波斯地毯。细看有玫瑰、杜鹃、芍药、山茶、曼陀罗、一品红、鸡蛋花、夹竹桃等，姹紫嫣红，美不胜收。在别处视为珍奇的君子兰、巴黎玫瑰、台湾相思，这里成方连片，随意栽种在草坪中、屋檐下。旧金山人爱花，大街小巷、院内门外，花朵比比皆是。不知谁因为花粉过敏打了一个喷嚏，迅速传染开来，形成一曲参差不齐的小合唱。我频频回首，恋恋不舍，欣赏着这一幅百看不厌的图画。

山坡下的艺术宫颇为别致，门庭、走廊和大厅没有墙壁，只有根根高耸的圆柱群，不是厅堂而有厅堂的感觉。主体建筑 8 根立柱，上有拱顶，站在地面的圆心击掌或呼叫有清晰的回声。艺术宫建成于 1915 年，正是现代主义发展阶段，也许旨在打破传统的框框，让艺术与想象力结合，追求无限深远的境界。旁边一个小湖，碧波涟涟，岸柳依依，湖畔嫩草新绿，春花含苞。游人如织，多为黄皮肤的同胞，如同回到祖国江南。

从商业中心甫士街进入唐人街，唐人街又称华埠、中国城。北至渔人码头，东邻金融中心，西连“诺博高地”，一个矩形地带。这是美国国土里的“中国”，我们仿佛一脚踏进故乡，怦然心动、热泪盈眶。入口处一座庄严美丽的牌楼，红柱碧瓦，过街横额是孙中山先生“天下为公”四个大字。亭台楼阁，街门铺面，都有汉字楹联，诸如“中流砥柱，华国文章”“生意兴隆通四海，财源茂盛达三江”之类。

最让人感到亲切的还是琳琅满目、五光十色的地道国货，古董瓷器、绫罗绸缎、国画雕刻、药材土产；八大名酒、八大菜系，几乎所有中国茶座、菜馆都门庭若市，耐心排队的不仅仅华人，还有许多白人、黑人。

旧金山约有二三十万华人，老的唐人街已经容纳不下，扩展到西城的日落区、金门公园以北的列支文。长期以来我们的同胞以聪明智慧、勤劳勇敢为旧金山的建立和开发作出了巨大贡献，因而赢得了声誉，特别在政府财政收入中，具有举足轻重的地位。

唐人街华人青少年神采飞扬，兴致勃勃，他们代表华人的未来。而老年华人饱经沧桑，满脸皱褶，则代表华人的过去。在渔人码头见到一位白发老人，在长条椅上从早起坐到傍晚，一双呆滞的老眼怔怔地盯着海湾对面的小岛，陷入往事回忆之中。他感慨地说，60 年前从唐山漂流到那个小岛，距此不过两三千米，两三千米对华人却是苦海无边啊！

那个小岛叫天使岛，草木稀疏，岩石裸露，据说是因为淌遍了华人先辈的血泪。当年华工被当作“猪仔”贩运登岸之后，先羁留于此“检疫”，进行负重、晒太阳、爬楼梯等试验，发现有人气喘就以肺痨为名遣返或迫害致死。

19 世纪中叶，美国西部淘金热兴起，资本家为了利用廉价劳动力，以欺骗方式输入劳工，从 1848 年至 1854 年，6 年间大约有 4.5 万名华工被拐骗到旧金山，还有 1 万名华人被雇佣来修筑铁路，到了 60 年代筑路华工多达 10 万人。不久金矿枯竭，竞争激化，排外风潮也随之日益加剧。为阻止华人来美，1854 年加州最高法院最先宣布华人无权就白人犯罪与否作证，就是说华人不得状告白人。3 年后又公布不准华人在太平洋沿岸登陆，否则船主受罚 400 至 600 美元。1878 年又宣布华人没有选举权。美国国会也于 1870 年通过“归化法案”，明令禁止华人入籍，1882 年法定拒绝华人入境，1902 年这项法律被定为“永久性”条律。1882 至 1902 年间，连续制定了 13 项移民归化法，对华人移民实行了空前苛刻的制裁，这就是历史上臭名昭著的“排华法案”，尤其恶毒的是竟以“禁娼”为借口，不准华人妇女移居美国，妄图使在美华人断子绝孙。

在美取得居住权的华人，在生存、就业方面也受到种种歧视。19 世纪 50 年代华人在加州矿工中占了半数，州法院强令交执照税，迫使大批华人矿工失业；矿工改行渔业，在加州渔业中占据优势，州法院又公布“渔业税法”，导致华人破产，转向白人不屑干的洗衣行业；政府穷追不舍，又公布了“洗衣店招牌法”，不许华人洗衣店持招牌在街上行走；不久又通过《洗衣业税法》规定3个月每月一辆马车交税1美元，不用马车则交税15美元，因为华人勤俭大都不用马车；1879年又规定华人不准从事公共事业，次年又规定公共事业不得雇用华人。华人在美简直无路可走了。

华人一向奉公守法，温顺善良，但是被逼到忍无可忍时自然也会反抗斗争。一位广东人在受尽摧残凌辱之后，愤然壁上题诗：“留笔除剑到美洲，谁知到此泪双流，倘若得志成功日，定斩胡人草不留。”（见《埃仑诗集》）华人李益在旧金山开了“益和洗衣店”，被《洗衣业税法》压得喘不过气来，铤而走险，层层上告至最高法院，终于全面胜诉，这就是轰动一时的“益和诉霍普金斯案”，在案例法律的美国，这一榜样对千万劳苦大众起到了不可估量的保护作用，因而李益被华人敬若神明。

写到这里我不禁为一向标榜民主自由的美国国会害羞，既然他们对待华人有如此100多年的“人权纪录”，而今天有什么脸面谈论中国的人权问题？作为一个中国人我不禁骄傲，我们的同胞忍辱负重为旧金山乃至美国的经济、文化乃至法律作出了如此巨大的贡献！

从渔人码头上船，进入迷人的金山海湾，说不出从哪儿冒出来一群海鸥翩翩而来，像大海的主人热情地欢迎大家，扇动着欢快的翅膀，激动得嗷嗷乱叫，好像在说：“OK，朋友们。”一对日本情人十分好奇，女的说美国人讲文明，连鸟儿也好客；男的摇摇头说，哪里，它们目中无人，只看中人手中的食物。果然有经验的游客举起事先准备好的面包、薯条，那些海鸥们瞄准之后，就像飞机一样俯冲下来，准确地把食物叼走，一个个凶狠得像海盗。我也从同伴手中要来薯条，不等举手招摇，就有一个家伙猛扑过来，几乎把我的手指头也掠走。因为近在眼前，它们的模样看得一清二楚，浑身雪白，背灰翅黑，黄喙红爪，一副绅士打扮。等到把人们手里的食物吃光了，它们还尾随船后穷追不舍，像一群不顾脸面的乞儿。

面前一座小岛，在东面的屋仑大桥和西面的金门大桥之间，说它小，远看像海上漂浮的一只船。走近，也不过弹丸之地，像一座古堡。1903 至 1933 年它是一座陆军监狱，由囚禁的犯人们自建自住，以为深海茫茫无路可逃，想不到竟有一批判了无期徒刑的要犯越狱潜逃，至今杳无踪影，仍在“通缉”之中。后来监狱易地，犯人撤走，只剩一具森严的空壳。当局有意把它保留下来，开辟为一个旅游景点，每天班船往来，卖下不少门票。

靠船上岸，哪里有什么风景可言？悬崖耸立一座警楼，铁丝网密布，探照灯搜寻，令人毛骨悚然。一位民警装束的女郎取代导游，正颜厉色，面无表情，好像教训一帮犯人。岛上树木很少，房舍依山而建，分为三级，密匝匝像个鸟笼。每个厅里有两三排监房，分上下两层。每间不过四五平方米，一张床，一个脸盆，一个放牙具的台板，一个抽水马桶。走廊的顶部和铁窗透光，有暖气设备。女警指着一间 10 平方米的黑房说，这是专门关押触犯狱规的犯人的，有愿意尝尝“铁窗”滋味的可以一试。那个日本小伙子好奇，自告奋勇，女警一按电钮，闸门戛然而落，里面呜哇嚎叫。出来之后说，里面是一个黑暗可怕的世界，女的吓得流出了眼泪，两只手紧握不放，好像久别重逢一样。

整个岛上戒备森严，杀气腾腾，连鸟儿也飞不出去，这些囚犯有何神通，是从哪儿逃出去的？女警神秘地把大家带到出事的牢房，指着抽水马桶旁边的一个洞说，犯人策划得很周密。当时他们正在一家泥塑工地干活儿，每天偷回一点材料，捏成一个人头，摆在床上假装入睡，瞒过巡警的眼睛。利用偷进来的工具凿通走廊墙壁，然后爬出天窗。等到狱警发现，已经逃之夭夭了。那女警讲到这件事情，眉飞色舞，流露赞许口吻，好像站到犯人的立场上了。后来有人根据这个带有传奇色彩的真实故事写成一部电影，引起巨大轰动，也给这个旅游景点做了广告，于是来旧金山不可不到恶魔岛了。

从恶魔岛下来，进入海湾中心。金山海湾是太平洋伸入大陆的一部分，从地图上看酷似一张钉起来的狐狸皮，拖着粗长的尾巴。屋仑大桥在颈部，东西连着市区和奥克兰镇；金门大桥在嘴部，南北沟通两个半岛，恶魔岛正在狐狸眼睛的位置。海湾风平浪静，四面环山，没有海的感觉，仿佛置身风景秀丽的内陆湖泊。

身后的屋仑大桥是从洛杉矶经奥克兰进入旧金山市时经过的，那 20 公里的跨度是一段长长的回忆。东段的 1/3 是拱式，分上下两层，1989 年地震时上层坍落，修葺过的。旧金山位于圣安德烈亚斯断层，1906 年地震大火三天三夜，几乎把全市烧光。西边的 2/3 是吊式，在世界建桥史上从拱式到吊式是一次革新，所以由东向西好像度过了漫长的岁月。

前面的金门大桥是一道虹，一道永不消失的虹。大桥是橘黄色的，涂了防火漆，旧金山多雾，也起个醒目的作用。走近看是个脚踏实地的庞然大物。两端两座高塔，塔旁是更高的钢柱，两个钢柱中间是巨型单拱吊桥。柱和塔用粗钢索相连，钢索在吊桥中点下垂，几乎接近桥身，钢索和桥身用一根根钢绳连接起来。它不是用桥墩支撑桥身，而是利用两侧弧形吊带产生的巨大拉力，把沉重的桥身吊起。有人统计，桥索是用 28750 根钢丝拧成的。

金门大桥是海湾之门，黄金之门，也是世界桥梁史上一座凯旋门。大桥南端广场上有设计者约瑟夫·斯特劳斯的铜像。据说开始建桥很不顺利，因为旧金山是国际大港，海运繁忙，杜伦公司害怕影响业务，说服工作用了 7 年时间。大桥从 1933 年 1 月 5 日破土，到 1937 年 5 月 27 日落成，整整花费了 4 年工夫，耗资 3550 万美元，竣工典礼有 20 万人兴高采烈地走过大桥。今天它已成为世界上最繁忙的大桥之一，每天有 10 万辆汽车隆隆驶过。大桥两边便道上行人络绎不绝，白天多是外来游览的，晚上多是当地散步的。每天晚上 9 时 30 分关闭人行道，据说因为选择在这里跳海自杀的人太多了。金门大桥成为全美著名的死亡跳台，这是约瑟夫・斯特劳斯始料未及的。

站在金门桥上四下眺望，蓝天碧海，翠岛高楼，如诗如画，难怪 1992 年《世界旅游》杂志把它选作世界上最受欢迎的城市之首。令人大惑不解的是，丑陋的恶魔岛上的犯人，绝望之中如此渴望自由，而美丽的旧金山人，自由之中竟还有人那么绝望。想必那美丽的自由之中也有无形的铁窗，阳光之下也有可怕的精神牢笼。

1993.8

赫氏古堡

刚烈的太平洋季风绝不趋炎附势，任谁千呼万唤也不肯沾美国的边儿。尽管大洋近在咫尺，岸上还是大陆性气候，燥热的沙滩连着干枯的丘陵。

汽车沿 1 号公路至圣西门，奇迹出现了。东北方向突现一座山头，郁郁葱葱的树林仿佛一片绿云，云头浮起一座白色城堡，城堡上并峙一对教堂式尖塔。夕阳下那绿云白塔镶着金边，反衬碧海蓝天美丽如画。导游说这就是有“迷人的山岭”之称的赫斯特古堡，还有一个更迷人的传说，说这座古堡是近代美国报业大王威廉・伦道夫・赫斯特花费数百万美元为他的情妇玛丽昂・黛维斯所建金屋藏娇的别墅。爬上山坡，走进汉白玉大门，拾级而上，经过雅致的花园到达山顶。山顶平阔如另一个天地，在花卉和棕榈树丛中坐落着一个西班牙—摩尔式建筑群，计有 31 个房间和 17 个厕所。主体建筑三层白色木石结构塔楼，门柱和阳台雕栏玉砌，塔顶圆形柱廊中吊着教堂的钟，拱顶上插着十字架。从门廊进入长方形大厅，中间一张大桌子对着壁炉，四面墙上 6 块巨幅地毯、4 幅油画，还有 6 尊汉白玉雕像，都是宗教故事里的人物，据说这些高级艺术品都是高价从英国、法国、西班牙、意大利的旧建筑上拆下来的，价值连城。

从大厅一个角门进入宴会厅，更加富丽堂皇，天花板上的木雕圣像栩栩如生，悬着的 4 个吊灯光彩夺目，北墙上双面彩旗五颜六色。中间一张桌子很长，22 把椅子古色古香，靠墙还有一排橡木条长凳，屋角立着几根一米多高的蜡签儿。当年这里常常高朋满座，从丘吉尔到爱因斯坦、萧伯纳，卓别林和好莱坞的影星们更是常客。每逢这样的场面，好客的主人常常得意忘形，眉飞色舞，跳来跳去，他很随便，从来不坐主人的位置。从旁边乘小电梯，可到二楼主人哥特式书房和图书馆，桌子上摆着各种报纸，壁橱里存放着精装书籍。作为一个报业竞争的常胜将军，这是他运筹帷幄的中军帐。

与宴会厅相连的休息室也很高雅，除油画、壁毯外还有四个高档沙发，两张台球案子，球杆非常考究。从休息室后门出来，有一个电影放映室，二十几排座椅，从 6 分钟的黑白纪录片上，可以一睹主人的风采，他风度翩翩，笑容可掬，但是已近迟暮之年，不见多少灵气。主人热爱体育活动，也许是社交需要，旁边一个网球场，两幅网子，球场底下是室内游泳池，池底铺着蓝色的马赛克，屋顶镶着金叶，金碧辉煌。山腰还有个动物园遗址，当年养过许多动物，包括老虎和熊。

游览之后，感觉这个山庄从总体到局部风格明显，搭配和谐，错落有致，主人颇有审美眼光和营造心计，倾毕生心血完成了这样一件园林艺术。当然这灿烂多姿的城堡也是用金钱堆砌起来的，据说当年每年管理费数十万美元，那么这个城堡的主人究竟是什么样的人呢？

威廉·伦道夫·赫斯特出生于1863年，他父亲来西部淘金发了大财，在加利福尼亚购买了4万英亩（161.87平方千米）土地建立牧场。赫斯特自幼富于幻想，好出风头。10岁时跟随家人去欧洲旅游，恰逢他的生日，问他要什么礼物，他选择了古希腊盾牌。后来上哈佛大学，不守规矩，牵头驴子去找系主任，驴头上写着老师的名字，事情闹僵了便退学回家。他既不想开矿也看不起农场主，却对办报纸产生了兴趣。20岁时恳求父亲收买了一家濒于破产的小报《旧金山考察家报》，这位浪荡公子竟然十分投入，从此一发而不可收拾，成为美国举足轻重的报业大王。黄金时代经营25家日报，12家电台（包括CBS），24家杂志社，纸张消耗量占全球第一。他肆无忌惮地控制舆论，左右政治，特别爱管好莱坞的事情，成为当时美国炙手可热的无冕之王。

赫斯特勤于事业，忙碌于官场商界，穿梭于东西海岸之间，这并不影响他声色犬马，追逐享受。在圣西门海滨他拥有25万英亩（1011.71平方千米）土地，决心在这个王国上营造自己的宫殿。从1919年开始设计，30年锲而不舍，年年修缮美化，直到1947年他发现了心脏病，才恋恋不舍离开这里，移居洛杉矶。1951年病死时88岁，临终还念念不忘他的圣西门山庄，遗憾它还没有尽善尽美。

赫斯特死后，他的儿子们都没有其父的雅兴，而且于1957年将他父亲视如生命的山庄连同周围的土地一齐赠送加州政府，辟为州立公园，名为赫斯特圣西门州立历史纪念馆。开放以来，人们不远千里，闻名而来，1号公路络绎不绝，小小山庄成为美国西部旅游的大热点。

从山上下来，印象颇好，只有一点疑问久久不能排解。这个圣西门山庄，充其量不过七八十年，怎么可以叫作古堡？称作历史？如果在我的故乡连个村级文物保护单位都不够资格，随便拣一块砖头年龄都比它长几十倍。论历史中美确实不可同日而语，我国已有 5000 年文明，而美国建国不过 200 多年，西部开发不过 100 多年，这样想来，圣西门古它就古吧！

1993.8

圣迭戈水上世界

从洛杉矶到圣迭戈，汽车只有两小时路程。一路丘陵起伏，绿树丛生，花木掩映中的小楼往往是个大公司。美国公司多如牛毛，平均只有十几个人。几个人几部车，一套现代化通信设备，生意就可以做到全世界去。他们群体意识薄弱，喜欢发挥个性，一般不愿与人为伍。中间穿过一个军事基地，尽管戒备森严，还是常有墨西哥人偷越国境，不少人惨死在高速公路的汽车轮子底下。圣迭戈南距边界仅有 25 公里。

圣迭戈是加州南端的太平洋港口城市，海滩绵延 113 公里。我们在一个海湾停车，跳进明媚的春天里。洛杉矶纬度和气温近似上海，这里就如同杭州了。四月天气，杂花生树，莺飞草长。青少年们光着脊梁骑自行车，滑旱冰，老人们懒卧在草地上晒太阳。道旁停着两辆房车，车里配有卧具、厨具，接上水电就可以食宿，是一种新兴的长途旅游用车。

圣迭戈有新旧两城，新城有些高层建筑，老城多是花园式小洋房。市内公园遍布，湖泊相连，拥有 120 处公园，13.8 平方公里内陆水域，整个城市宁静美丽，一点也看不出它会是美国重要的军港和航空母舰基地。圣迭戈公元 1542 年由西班牙人建城，1769 年称市，1846 年被美军占领，1848 年划入美国版图。第一次世界大战期间修建海军军港，二战时发展了航空工业。由于交通方便、气候适宜，城市发展迅速，1950年城市人口33万，迄今已达98万了，成为加州仅次于洛杉矶的第二大城市。历史和地理原因，使得几十种不同肤色的民族聚居一起，以拉丁裔人最多。

此行主要目标是闻名已久的海上世界，这是坐落在海滩上的一个大型水族馆。一墙之隔，外边黄沙遍地，里面草木葱茏。各种海洋动物分馆喂养，以往红极一时的海豚馆门前冷落，领衔主演的地位已被后来居上的鲸鱼取而代之。

鲸鱼馆结构好像一个现代化露天剧场，一圈高高的看台座无虚席，中间一个圆形水池，池缘是一寸厚的玻璃钢，为蓝色镜面镶了一个银边。池中心竖立着一面高大电视屏幕，画面和音响同时进行着。

仿佛是一场正规演出开始，身着红色泳衣的驯鲸人报幕之后，水面一条四五米长的大鲸仰泳一周，向观众行注目礼。正当观众鼓掌欢迎时，冷不防一条调皮的大鲸突然在池边跃出，带起一股潮水，浪花打湿了前边几排观众。接着第三条鲸出其不意一个抢背跃上屏幕下的平台，嘴巴张合，好像对大家说什么话，一副憨态引起哄堂大笑。之后驯鲸人跃身入池，一鲸尾随其后。人转身分腿骑上鲸背，快游起来，尾巴拖起水花。几个节目完成之后，鲸们讨好地凑近平台，驯鲸女郎爱抚地拍拍这个，挠挠那个，大鲸俯首帖耳，摇尾乞怜。女郎开始赏饭，先递上一条尺把长的鱼，鲸鱼一口吞下，还不够填牙缝，摇头不满，两条、三条，鲸鱼再二再三摇头。女郎干脆提起满满一桶鱼倒入大鲸嘴中，那鲸满意了，摇头摆尾而去……

几轮节目之后，开始高难动作。一人脚踩鲸头飞驰，几乎离开水面，继而鲸在人脚下转体翻身，复又水中垂立，人踏在鲸唇上表演各种动作。突然，那鲸蹿出水面几米高，露出全部的肚皮来，同时把人抛向高空，人在空中伸臂燕飞，又稳稳落回原地。

压轴戏是双鲸双人联手并驰，绕场几周，最后同时跳上平台，点头谢幕。这一切好像哈萨克斯坦的大马戏，又好像中国吴桥杂技，让人看得眼花缭乱、目瞪口呆。过去人称海豚是水族智者，现在鲸鱼这庞然大物超乎其上了。表演结束，观众久久不肯离去，报之以经久不息的掌声。

圣迭戈除了拥有各种鱼馆外，斯科利普斯海洋研究所是全世界著名的学府。此外，还有各种动物 5500 种，热带植物 40 万平方米。在这里动物是人类的朋友，友好相处。我们在露天餐厅吃饭，松鼠大模大样走来走去，有时还站起来向人作揖；吃饱了的鹭鸟趾高气扬，自由徜徉，一派绅士风度；迟来的海鸥落在餐桌上与人争食，老人们挑些好东西让它们解馋，孩子们把它们抱起来以脸亲昵；还有的鸟儿吃饱喝足站在那儿打瞌睡，这一切给我留下极为深刻的印象。

至此，美国西部之行画上了一个句号，第二天该飞往东部去了，西部是美国的今天，东部是美国的昨天。

1993.8

拉 霍 亚

美国风水在加州，加州风光在南部，圣迭戈被称作“南加州天堂”。100 公里海岸沙滩，炫耀着久负盛名的加州阳光。一连串的九大名滩又以拉霍亚为最。在西班牙语中，拉霍亚就是海滨明珠的意思。

久闻拉霍亚房价位列全美最贵之列，普通独栋中间价 150 万美元，海景房动辄数千万美元，豪宅过亿。可是走在小镇街上，两厢餐厅、酒吧、茶座、服装店多为两三层小楼，并不起眼。据说都是夜明珠，电灯一亮便大放异彩。就像拉斯维加斯，白天是沙漠城市，夜晚就戏法一样变成灿烂的皇冠。拉霍亚又有不同，夜色褪去，海滩景象比夜生活更加刺激。

街道右侧的酒店，后身就是断崖，有电梯直下海边。出门一片偌大绿地，其上多有奇花异草，边缘一排 18 棵细长的棕榈，钻天样高，树冠像飘在空中的风筝，一阵风就能吹断的样子，摄影师把它们移植在宣传画上，成为拉霍亚旅游的标志。草地游人如织，相依相拥的情侣、手牵宝宝的小夫妻，尽情地欢闹。美国人不怕冷，我还是冬装裹身，他们却早已背心短裤，裸露着不同颜色的皮肤，海上风暖人先知了。更有人特意赤裸上身，秀着小麦色肌肉，那是白嫩的底色镀上一层太阳的光泽。房子、车子和旅游，是美国人生活的三大追求。拉霍亚位于美国西海岸南端，气候却是地中海式的，冬暖夏凉，四季如春，特别吸引人，尤其是被暴雪和飓风吓怕的东部人，趋之若鹜。

绿地边缘一道木栏，凭栏远望，大洋尽头就是祖国，春节将临，游子的一颗心还在这儿悬着。俯瞰曲折海岸，都是大自然雕成的奇石怪岩，前方突出的一个山头，被海浪长年累月掏出一个圆圆的洞口，潮水穿来穿去，像喉咙一样发出动听的涛声，不绝于耳。

眼前太平洋的一角，并非“蔚蓝的大海”，主色调是黑，黑亮的海水、黑亮的礁石，连水下的藻类也是黑色的，恰巧岸边的沙滩给它镶了个银边。与之显明对比，海面的浪花是白色的，远远一条白线，缓缓向岸边移动，白线越来越粗，几十米长，两三米高，整齐的队列，白盔白甲白旗号，呼啸而来，简直是一面白墙压过来，刹那间倾倒下来，粉身碎骨，万斛银珠在礁石和沙滩上乱滚。没被这阵势吓倒的冲浪者，赤身裸体或者脚踩尖板，迎头而上，跳跃在波峰浪谷，个个都是浪里白条。

在潮水喧嚣尘上时，礁石摇摇欲坠又岿然屹立，保持着平衡、稳重与静默，成为一道凝固的风景，上面还横七竖八懒睡着一群海豹，一阵阵涛声如鼓也唤不醒。它们的皮肤也是黑色的，像一伙懒洋洋的猪猡，尽情地享受着廉价的加州阳光。也有个别的海豹并不安分，时而溜进水里摇鳍游泳，那个轻巧；时而爬上礁石以鳍当足，摇摇晃晃，憨态可掬。有的还能站起来向游人乞食，或等人照相。与海豹的领地为邻，还有一块礁石是鸟类的地盘，领主是鹈鹕，枉有硕大翅羽却不想飞，缩脖蹲着。黑羽毛白肚皮，积蓄了过多的脂肪，好像受了海豹们的传染，拄着长剑似的红嘴，昏昏欲睡。

海豹与鹈鹕隔水相望，互不侵犯，与岸上的人类却有纷争。80 年前当地一位慈善家，看中这一带水域，水浅适合孩子们玩耍，花钱在海上修了一条防波堤，给孩子们圈了一处海上乐园，命名为“儿童浴场”。30 年前突然来了几个不速之客，是海豹，它们爬上礁石，感觉良好，住下不走了，而且得寸进尺，进而进驻沙滩，安家落户，竟然生出了一批小宝宝。渐渐它们越聚越多，数以千计，成为拉霍亚一景，此地声名鹊起。美国人爱动物，建议设立特区，禁止人们游泳，防止干扰海豹们的安宁。另有一部分人认为这里是拉霍亚镇的属地，外来的海豹干扰了当地居民的生活，应该把它们赶走，把海滩还给孩子。双方互不相让，官司打到市法院，2005 到 2010 年的 6 年间，圣迭戈法院多次下判决，判决又互相矛盾。有位法官判定每年在海豹生育季节的一月份，在海滩拉起一道绳子，禁止人类入内。另一个法官又说设立禁区违法，推翻了原判。

其实这是一场糊涂官司，杞人忧天。事实证明，海豹和孩子可以和平相处，共享大海，一条绳子多余，从来没有发生海豹伤人或者人伤海豹的案例。纵观拉霍亚海域，远处不见一只渔船，近处不见一个钓者，海水清澈透明，一尘不染。人与海洋、人与动物和谐相处，其乐融融。此时看海，海浪也似温柔的手，轻拍礁石与沙滩，唱着有节奏的动听的摇篮曲。

2015.3

中途岛号航母

圣迭戈是美国海军之城，太平洋舰队、海军陆战队、海岸防卫队三总部皆驻扎于此。还是航母“文森号”“里根号”和建造中的“福特号”的母港，大批军舰和核潜艇整装待命。这个城市原来译作圣地亚哥，不知何时改称圣迭戈，更加贴切和传神，戈者兵器也。

圣迭戈有座航母博物馆，就是退役的航母“中途岛号”，这个名字有彩头。中途岛是北美到东亚太平洋航线中点的一个小岛，与旧金山和横滨距离都是 2800 海里（5185.6 千米）。1942 年 6 月初，美国海军在这里击溃山本五十六率领的日本联合舰队，报了半年前日军偷袭珍珠港一箭之仇，成为太平洋战争的转折点。可是眼前这座航母与中途岛之战并不沾边儿，它 1943 年动工，1945 年下水，二战已经画上句号。也许可以有另一种解释，二战中的既定航向，至此中途生变，朋友不再是朋友，敌人也不再是敌人，曾经的冤家日本被放在卵翼之下。“中途岛号”先后参加了韩战、越战、海湾战争，仅对越南就起飞战机 1.2 万架次，7 次受海军嘉奖，5 次获美国战斗之星奖。美国人把它当作战神供奉，还因为它拥有 3 个世界第一，第一个拥有装甲飞行甲板，第一次起降喷气式飞机，第一个发射导弹。

这艘二战留存下来的巨无霸，满载排水量 6.52 万吨，时速 56

公里，可承载4700名将士，先后有22.5万人服役。这个庞然大物停泊圣迭戈湾口，20层楼高，像浮在海上的一座小岛，一座钢铁的山。踏着羊肠小道似的阶梯可以摸进大小300多个房间，从上将到士兵等级森严。士兵仅有侧卧之地，海军上将拥有会客厅、作战室和单人卧室，不过床铺短小，伸不开腿，战争年代谁也没有安睡的权力。这个海上城市功能齐全，教堂、邮局、医院、饭馆、咖啡屋，还有一座监狱，设在主机旁边，四组发动机昼夜不停，噪声也是一种残酷的刑罚。

航母有两层甲板，第二层甲板宽绰得像一个地下街市，是机库，可容75架飞机。顶层甲板长660米，宽38米，3个足球场那么大。展览着许多退役的战机，它们的名字早有耳闻，空中勇士、海上骑士、北海海盗、入侵者、天袭者、海王、鬼怪，不同年代举世闻名的杀手。有的名字更吓人，美洲豹、美洲狮、黄蜂、雄猫、海妖、猎犬、海蝠、海鹰、鹰眼。这些战争的鹰犬，脱离特定环境，面目也不再狰狞，平静得像学生们的航模、儿童玩具，任游人这儿拍拍，那儿摸摸，爬上去照相。

不少讲解员由退役老兵担任，他们热情、亲切，常用词是“我们的船”。还看到一位老者，沿着舰的边缘，迈着正步，嘴里念着数字，好像丈量什么。凑近一问，原来也是一位老兵，曾经随着这座钢铁的堡垒走遍世界。人说航母是游动的国土，他不认同，离乡背井，没有老婆孩子，没有家的感觉。等它退役了，回到祖国，停泊在海边，是国家的一块新大陆，面积2.6万平方米。前年甲板上举办了NCAA（美国大学篮球联赛），它还盼望在“我们的船”上看到NBA。

航母南广场有两座雕像，一是海军上将克利夫顿·斯普拉格，1944年指挥美国第七舰队三大队，摧毁了日本最后的海军力量，歼灭1万人，击沉4艘航母、3艘战列舰、8艘巡洋舰、12艘驱逐舰，立下赫赫战功，是一位名垂青史的人物。可是一般老百姓，尤其青年人更喜爱另一座胜利之吻雕像，好像艺术家也有偏见，将军雕像不足两米，而两个名不见经传的青年人的雕像高达 7.6 米。胜利之吻的灵感来自一张照片，1945 年 8 月 15 日，日本宣布无条件投降，纽约群众纷纷涌上街头，庆祝反法西斯战争胜利。一位水兵在时代广场亲吻一位女护士，这一瞬间被《生活杂志》摄影师抓拍下来，不仅轰动一时，还成为传世经典。水兵白贝雷帽绿军服，护士白衣白鞋，一个狂吻着，一个陶醉着，色彩和造型自然而完美。当时没有拍到脸，二人的身份从来没有确认过，从来也没人怀疑他们的真实性。从此每年 8 月 15 日总有无数男女青年，在时代广场重现“胜利之吻”。后来这张照片就被制成雕像，这个典型的姿势被成千上万人模仿着。

2015.3

自由女神

清晨 6 时从新泽西返回纽约，来到华尔街这个名字很早就熟悉的地方，它是美国亿万富翁的代名词。西起三一教堂，东至东河码头，不到 1000 米，宽仅 11 米，两旁耸立着摩天大楼，弯曲的街道狭窄灰暗，它似一条峡谷，抬头一线天，让人不寒而栗。尖顶的帝国大厦直插云霄，有一年飞机撞上第 70 层，死亡 5 人。世界贸易大厦 110 层，刚刚发生爆炸事件，炸出一个 6 米宽的大洞，目前正雇用 2.7 万人修补，预计得花费 10 亿美元。华尔街在英文中是墙的意思，1653 年荷兰人花 24 美元从印第安人手里买下这块土地，筑起一道栅栏做墙，称新阿姆斯特丹，英国人又从荷兰人手中买过来，称纽斯约克，即新约克。

从1817年纽约证券交易所总部成立，到现在已成为世界上最大的股票和证券交易市场，为美国1500多家大公司经营股票，成交额为全美的80%。发行外国股票153种，交易额2170亿美元。华尔街市场资本总额为4.5万亿美元，美国10家最大银行中的6家包括大通和花旗以及联邦储备银行都设在这里。

从华尔街来到哈德逊河边，首先映入眼帘的是对面白得勒岛上那座高高耸立在水天之间的自由女神像。她一身洁白，左臂抱着一本"独立宣言"，右臂高擎火炬指向云端，神态刚毅，气宇轩昂，被视为美国的象征。据说，夜里火炬放射橘黄色火焰，基座探照灯对空投射，景色更加绚丽多彩。乘轮渡过河上岛，仰视女神，确实高大。基座高150英尺（47米），像高152英尺（46米），全身铜铸，重225吨，仅眼睛就宽2.6英尺（79厘米）。

自由女神像是法国为纪念独立战争时期的美法联盟送来的礼物，左臂怀抱的书本刻着《独立宣言》发表的日期1776年7月4日，脚上残留着挣断了的锁链。它的设计者是法国著名艺术家奥古斯特·巴托尔蒂，像内铁架设计出自巴黎铁塔的设计者埃菲尔之手。据说，塑像的模特是艺术家自己的妻子，面容是自己母亲的脸型。巴托尔蒂从1874年开始造像工程，历经10年到1884年5月竣工，6月分装216箱，用轮船拖运到这里，1886年10月由当时美国总统克利夫兰主持揭幕仪式。

像内分22层，电梯可以开到10层，再爬12层螺旋阶梯可以达到女神的皇冠处。四面开有窗口，俯视纽约，水天一色，市区与海水浸淫在一起。女神像的基座上刻着犹太裔女诗人爱玛·拉扎露丝的一首诗："送给我，你那些/疲劳和贫穷的/挤在一起渴望自由呼吸的大众，你那些熙熙攘攘的岸上被遗弃的/可怜的人群/把那些无家可归的饱经风波的人们/一齐送给我/我站在金门/高举起自由的灯火。"这是一首反映当时欧洲移民对新世界的向往，希望获得美好生活的短诗，用英语念起来激昂而铿锵。

买了纪念品，乘船回来，频频回首，告别自由女神。200 年来，人们一直认为，如果由于信仰不同而遭到迫害，或者在本国找不到工作，无法生存，那就寻机会到美国去找自由女神。这是近代人造的一个神话，如今这神话已经破灭了。看那女神像已不那么洁白了，久经酸雨污染，半边脸上灰暗起来，面带羞愧，阴雨天气，还淌着泪水。她愁苦的身影一直伴随着我整个下午的旅游。

重返 29 公里长的百老汇大街，看缓缓人流，肤色从白到深黑各种人都有，难怪纽约有“世界民族博览所”之称。曼哈顿南北 12 条大道，东西 100 多条街。我们顺着第五大道找到了一条“三八线”，之南为高级住宅区，24 小时有人警卫；之北是黑人居住区，一线之隔，天壤之别。“三八线”北原来也是富人区，后来时兴住郊区别墅，有的楼房空下来，黑人发现后住了进去，白人像害怕传染病一样撤出来。黑人居住的楼房，往往没有门窗，用木板或水泥封死，房子破了就拆，出现了一些空地，在这寸土寸金的地方，白人宁愿搬走也不愿与黑人为邻。

纽约还有大批无家可归者，每天晚上有 2.4 万人住进临时收容所。有人统计，5 年来纽约有 243 万人住过收容所，占全市人口的 33%。警方顾及不到，栖身地铁、公园长椅的人不计其数。全美国每年有 950 万人无家可归，其中黑人最多，黑人儿童更容易成为无家可归者，他们当中有一半人在收容所待过。

美国的历史浸透着黑人的血泪。1619 年第一艘荷兰船贩运 20 名黑人来到弗吉尼亚，1661 年殖民地当局首先规定黑人终身为奴，同年英国战胜荷兰取代贩卖黑奴专利权。贩奴船拥挤不堪，绳捆索绑，脚镣手铐，许多人特别是儿童闷饿而死，死亡率高达 30%。贩奴利润在 1 倍以上，从欧洲经非洲到美洲的三角贸易以纽约为中心，1809 年华尔街出现大规模拍卖黑奴市场。据美国黑人学者杜波依斯估计，300 年来从非洲贩到美国的黑人共约 6000 万人。由于种种原因，现在美国黑人只有 2650 万人。17、18 世纪黑人占世界人口的 1/5，到现在只有 1/13 了。

一方面是华尔街高耸入云的楼群；一方面到处是无家可归的穷人，这也是纽约。从第一眼我就感觉到那自由女神首先是面对美国本土的，美国与自由是不能相提并论的。20 世纪一个突出的现象是文化堕落和民族传统的沦丧，这种现象的发源地和中心恰恰就在美国。就连美国商业大王格特也把自己的同胞称为“有文化的野蛮人”。有着如此不光彩的历史和现实的美国，还把人权当作口头禅，比任何国家都热衷于对外扩散自己的生活方式，的确不给自由女神做脸，让她怪不好意思的。

1993.9

纽约唐人街

在纽约有半天分散活动，言明集合地点为唐人街孔子像前，这是华人的旗帜。我因人地两生，又没探亲访友任务，提前到达了。

唐人街又称中国城或者华埠，在曼哈顿南部，规模与旧金山的中国城不相上下，30 万纽约华人有半数生活在这里。街头有个方圆一二百米的广场，一眼就看见位于中心的孔老夫子的青铜雕像。像高 6 米，和颜悦色，宽阔的脑门闪烁着智慧。孔子 2000 多年前周游列国，转了个小圈儿，到过我的家乡，过泜河湿了书箱，在孔岗晒过书。老人家什么时候周游世界，转大圈儿，来到此地？朋友说 100 多年了，随着一批华人漂洋过海，凡是华人足迹所至，都会有他老人家的身影。

广场上人山人海，老人家前呼后拥，无意之中华人天天在此聚会。炎黄子孙一扫过去的晦气，谈笑风生，扬眉吐气。听说随着世界经济形势的变化，孔老夫子身价百倍了。日本凤凰再生式的奇迹，亚洲四小龙的发展，特别是中国巨龙的腾飞，使难以解释这些现象的西方经济学家、社会学家处于困境，几百年形成的道德标准和经济法则受到挑战，利用传播福音而取得的政治和商业的优势出现逆转。他们之中的有识之士慢慢省悟到，中国文化是东亚经济发展的基石，儒学的复兴即将成为经济管理的新课题，领导21世纪世界经济新潮流。透过两千多年的云雾，孔老夫子头上的光环像雨后彩虹，让全世界眼花缭乱。

儒学的吃香，首先惠及中国餐馆的生意。70年代基辛格、尼克松先后访华，拜倒在中国饮食文化面前，两人的回忆录中都有品尝中国菜点，大饱口福的情节。他们称赞中国菜举世无双，美国人竞相效尤，一时出现了中国菜点热。据说全美已有中国餐馆1.6万多家，遍及大中城市，纽约就有5000多家，唐人街上更是比比皆是。从八大菜系到地方风味，从满汉全席、猴头燕窝、龙虾鼋鱼到大饼、油条、春卷、锅贴，甚至较为冷僻的北京炒肝、南京干丝、上海鳝糊、内蒙古手扒羊肉，应有尽有。不仅华人顾客盈门，老外也吃上瘾头，趋之若鹜。许多座席被政府部门或者公司、财团长期包下，临时顾客需要耐心地排长队。外国人学会了用汉语点菜，左撇子们筷子使得得心应手。尽管辣得咂嘴，麻得卷舌，芥末呛得鼻涕眼泪齐流，白酒噎得面红耳赤，他们依然越吃越带劲，吃得津津有味、啧啧称赞，中国餐馆培养了一批又一批外籍美食家。

当然，美国食品也开始向亚洲反攻，肯德基的分店在东亚有600多家，在日本有上千家，北京前门快餐厅是最大的一家，日销售额达1000万元。加州牛肉面在洛杉矶不过两间小门脸，而近几年竟能挤进中国城市大街小巷。麦当劳在全球10大销售店中，有

8 家在亚洲，王府井街口那家分店，一下子吊起了中国“小皇帝”们的胃口。这一切说明随着日益加速的经济文化交流，中美城市人民的口味都在变，不过中国引进的是快餐，输出的是大菜，得分还在中国一边。

唐人街给人的第一印象是一派繁荣景象。中式铺面，汉字招牌，中国货色琳琅满目，华文报刊五光十色，在这乱糟糟的大纽约好像一块世外桃源。朋友说远非如此，整个纽约乌烟瘴气，哪会有一片净土。唐人街上高楼大厦、豪华公寓，只属于少数有钱人，多数华人依然住在 19 世纪建造的亭子间、鸽子笼里。为了省钱，一二十人只租一个房间，月租也要 1000 多美元。

在孔子广场边上碰见一个卖菜的广东人，来纽约十几年了还不会讲英文，因而也找不到一份像样的工作。美国法律禁止街头叫卖，小贩瞧见警察来了溜之大吉，整天打游击。据说每月约有 2500 名华人进入纽约，有的是交 2 万美元非法入境，有的是利用合法签证非法打工，打工者多在饮食、服装行业。按美国劳动法规定，每小时报酬不得少于 4.5 美元，而这些华人每周工作六七天，一天工作 14 小时，每周工资仅 200 美元，仅为法定的一半。

20 世纪 80 年代以来，纽约华人猛增，华埠由 4 条街扩展为 7 条街。这些人来自亚洲各地，成分复杂，帮派丛生，山头林立，在美国黑社会的影响下，也干些勒索、抢劫、走蛇等勾当。走蛇就是地下拐卖人口，领头的叫蛇头，被骗的叫人蛇。蛇头制造淘金梦幻，到东亚各地行骗，人蛇每人交 3 万美元。偷运成功者，去干黑工活，每小时工资不到 2 美元，20 年也还不清蛇头费，失败者葬身鱼腹。报载，1993 年 6 月 6 日 1 时 50 分，298 名来自福建的人蛇，乘坐悬挂洪都拉斯国旗的“黄金探险号”货船，在纽约市郊洛克维海滩搁浅，他们不顾夜色茫茫、风急浪高，纷纷纵身跳海向海岸游去。海岸防卫队出动 5 艘汽艇、7 只救生船、3 架直升机，历经3小时打捞，263人获救，其余失踪，又破灭了一个美国梦。

1993.9

在大西洋城

16公里长、1.2公里宽的阿布色肯沙洲，是一段难得的黄金海岸。大西洋城坐落其上，一字排开，所有的门窗都向着大海，呼吸着蔚蓝和清爽。最富特色的木板大道，宽18米，长11公里，是大洋与大陆的分界线，踏上它有一种登上甲板的动感。中央码头有个名叫“针”的瞭望台，仿佛是一个高高的桅杆，整个城市像一座超级轮船驶向大海。

碧海黄沙，蓝天绿树，多彩多姿的楼群，大西洋城美极了。难怪每年1600万游客蜂拥而至，难怪自1925年起一年一度的“美国小姐”选美活动在这里举行。它的旅游收入占新泽西州的半数，成为州政府的聚宝盆。1978年州议会又批准它成为美国第二个赌城，于是这座美丽的城市变成新兴的赌窟，招徕众多的赌徒来这儿竞丑。

早晨我在木板大道上漫步，店铺都还闭着困乏的眼睛，人们不过刚刚进入梦乡。大道很静，连海风的脚步都能听得见。依稀前面薄雾之中一个人影走来，脚步滞重像个老年人。走近了才看清是位中年女士，原来是昨晚赌场发牌的那个说北京话的吴小姐。

吴小姐疲惫不堪，眼睛红肿，昨晚又被老板罚款了。赌场天花板上安装着录像设备，一面监视顾客作弊，一面盯着雇员工作效率。21点发牌每小时少于75盘，洗6副牌时间超过80秒，就要扣发奖金，次数多了还要解雇。赌场内时间就是金钱，发牌越快，顾客玩的时间越长，赌场就赚得越多，这是数学道理。老板为此绞尽脑汁想绝招儿，有的输送一种特殊气味，刺激赌欲，延长时间；有的在环境布置和灯光方面下功夫，搞得环境舒适一些，换币方式简便些，促使赌徒瘾头增加，以便获取更多的利润。在新中国阳光下长大的人对这种乌烟瘴气、歪门邪道很不适应，感觉这里不是人待的地方，而是鬼蜮横行。

我同情地问她，不能换一个地方打工吗？吴小姐长叹一声，泪水夺眶而出，哽咽着吐出心中的块垒。她是北京的“老三届”，到晋东南插队，在广阔天地吃尽了苦头，也练就一身胆子，回城不久又像大串连一样涌进美国“洋插队”，接着就是受“二茬罪”，吃“二遍苦”。叔叔的“经济担保”只不过一纸空文，一切还得靠自己的“工分”生活，过语言关，没完没了地考试，打工挣钱，疲于奔命，好不容易争来个硕士学位，也是个空名。像当年知青选调一样，有门子的先走了，没关系的傻等着，一连几百封求职信石沉大海，只得继续刷盘子、当保姆。因为受雇主的调戏，一气之下跑到了这里。天下乌鸦一般黑，打工就意味着受剥削，给美国老板干受资本主义剥削，给华人老板干往往受封建主义剥削。打工者头上好像插着一根无形的草棍儿，随时随地都在出卖自己。男的混不下去行乞，女的混不下去嫁人，中国人习惯忍辱负重。

问及中国留学生情况，她说除了少数人以外都是靠打工维持。每年除了成千上万美元学费以外，平时花费很大，住学生宿舍每月房租四五百美元，单间八九百美元。汽车是美国人的鞋，离开它没法生活，学生也不例外，买个旧汽车每月烧油、交停车费也得一二百美元。医疗保险百八十元。打工收入每小时 4 至 6 美元，一个月收入在一两千美元之间，除去上述花销所剩无几，顾不上衣食，所以不少学生终日以方便面充饥。这些人在国内是天之骄子，到了这里是人下人，受洋罪。

她说中国中小学教育基础扎实，中国学生智商高，又有吃苦精神，所以美国名牌大学里华人学生比例很大，优等生很多，但也有许多不适应的地方。“学而优则仕”是中国人根深蒂固的思想，美国是个人奋斗，“金钱万能，读书无用”也很流行，有了博士学位也很难找到工作，一名教授后面有300人排队候补。相反失业却很容易，经济不景气，裁员时博士首当其冲，因为一个博士的工资等于7个工人的工资。有个北大物理系高材生来美国读博士，平时学习成绩最好，毕业时导师给了个二等奖，比他差的反而给了头等奖，二等奖只能找到二等工作。这个学生失去理智，开枪打死了7个人，包括副校长、系主任，然后自杀。一时空气很紧张，华人学生人人自危，还是那位副校长的弟弟出来说了公道话，风波才平静下去。还有一个湖南农村的学生，靠亲戚朋友凑钱来美国读自费，精神负担过重，精神失常去抢银行，又是一个悲剧。

那么他们为什么不回国呢？她说这类学生有几种情况：一是英文不过关，还徘徊在校门之外；二是进了大学，忙于打工，课业还没读完；三是读完了，还没找到好位置或者还没有赚到多少钱。总之是还没混出个样儿来，无颜回去见江东父老。国内亲戚朋友期望值过高，他们自己的奋斗目标也不切合实际。华人学子在美国出人头地者凤毛麟角，而国内将凤毛麟角大加宣扬使他们下不来台。归去来兮，头无冠，手无钱。

我与吴小姐谈话很长，但是没有木板大道长，还没有走出大西洋城。她和那些学生一样还不想早些回去，我说这样下去，你不是很像赌博吗？她苦笑着说，我自己也常这么想，我在赌场发牌时也常常听到别的中国学生这么讲。每逢节假日，涌来的潮水般的赌徒中也不乏中国学生，用小小赌注戏耍人生或者排解苦闷。

大概是生物钟起作用，吴小姐准时地看看手表，匆匆上班去了，佝偻着身子像个大大的问号。

1993.9

美国的起点

从华盛顿驱车东南约100公里，来到大西洋岸边的詹姆斯敦，朋友说它是美国历史的起点。1607年三艘英国帆船载着105名男子，在船长约翰·史密斯率领下，由泰晤士河起航，经过两个月的风浪颠簸，在詹姆斯河口靠岸。它比另一艘著名的“五月花号”早13年到达北美海岸。

如今，史密斯船长登陆的原址已被海水淹没，三艘帆船的影子也早已荡然无存，我们看到的只是一个复制的露天博物馆。按原样子复制的三艘帆船，“苏珊·康斯坦特号”最大，排水量为100吨；“幸运号”次之，排水量为40吨；“发现号”最小，排水量只有20吨。它们静静地停泊在那里，显得很疲惫，完全失去了当年征服海洋的威风。当年这三艘小船曾经征服无数惊涛骇浪，有着比大西洋还要大的胸怀和胆量。博物馆有一份经过历史学家考证的第一批船员名单，105人中多数是没落地主、越狱罪犯和契约奴，由于疾病和饥饿，他们之中仅有32人幸存下来，今天他们的后裔分布在美国各地。

詹姆斯敦的前身是詹姆斯堡，这个三角形的城堡好像是一处农家小院，周围是木棍扎成的栅栏，中间几座低矮小屋，黄土打墙，茅草搭顶。英王詹姆斯设立的弗吉尼亚公司，曾经宣称这里遍地黄金。移民们上岸之后，只见到处坑坑洼洼，蚊虫疟疾，一片不毛之地。正当这些冒险家痛不欲生时，是当地土著印第安人帮助了他们，使他们得以落地生根，以种植玉米和烟草为生。第二年纽波特船长带来8名技术工人，在这里建立一个玻璃作坊。

在复制的玻璃作坊里，一位现在的美国人用17世纪的工艺吹制器皿，吸引了好多人围观。很难想象世界第一的美国工业就是这样吹出来的。

在那十分艰苦的年代，宗教成为人们的精神支柱。用詹姆斯敦原有茅屋作教堂，约翰·史密斯称之为“家用的谷仓”，后来毁于大火。1617年建成一座砖石结构的教堂，它的部分材料保存在玻璃罩里，成为历史文物。现在保存下来的教堂塔楼是1639年建的，高46英尺（14米），分三层，塔顶有6个窗户，以便钟声传播。它最为引人注意的价值，是1619年7月30日至8月4日接纳了北美大陆第一次代议制会议，比《五月花号公约》的签订还早一年。教堂东边有约翰·史密斯船长的塑像，他一手圣经一手利剑，恩威并用，开辟了英国的弗吉尼亚殖民地。他神态威武，趾高气扬，一个十足的占领者形象。教堂南面有一座印第安巾帼波卡洪塔斯的塑像，她是酋长波哈坦的女儿，传说是她救了史密斯船长，好心地帮助他们摆脱了困境。她万万没有想到，殖民者们恩将仇报，利剑之下出现了那么多她的同胞们的带发头盖皮。

1699年弗吉尼亚首府从詹姆斯敦迁往威廉斯堡，这个城市和华盛顿、杰斐逊、哈里森、麦迪逊等光辉的名字紧紧联系在一起，到目前为止，弗吉尼亚总共产生了9位美国总统。威廉斯堡距詹姆斯敦30多公里，不过是个万人小镇，还包括威廉·玛丽学院。这个学院1693年建立，三四百名学生，但是在美国高校之林中，它的名声足以与哈佛、斯坦福齐名，是研究殖民地时代美国的中心。

我们漫步在威廉斯堡街上，如同回到200年前的美国，500多幢建筑，大小街道，从总统府、议会到私人住宅、花园，一色18世纪城市格局和建筑风格。所到之处，都有今人扮演的古人为你表演或者服务。锦衣绣冠、仪态威严的总督；拖地长裙、举止典雅的贵妇；头戴假发、身着长袍的法官；黑色帆帽、棕色坎肩的狱卒。他们个个彬彬有礼，侃侃而谈。仿佛让人走进摄影棚，走进美国的“唐城、宋城。”

我们来到一座监狱，它从1704年开始一直使用到1910年。殖民地时期的监狱主要监禁对象是印第安人、黑人、契约奴和海盗。里边摆列着各种刑具：皮鞭、烙铁、绞架等。有一种木枷，用刑时把犯人的双臂、颌部卡住，双腿跪在木墩上。独立战争时期，这个监狱也关押过英国官兵、效忠派、间谍、叛徒，包括英国西北领地总督亨利·汉弥尔顿。整个威廉斯堡渗透着美国早期的“民主”和“法治”精神。

修复威廉斯堡的主意最早是一位牧师古德温想出来的，他求助于石油大王约翰·洛克菲勒二世，洛克菲勒欣然答应。1928年动工，修复重建18世纪威廉斯堡的原貌，之后的现代建筑统统拆毁，修复88栋，重建341栋。从哈佛等地请来的专家翻阅了大量文献，包括1782年法国军人绘制的一张驻防地图，一个刻有总督府、议会会堂等建筑的铜盘子，一张杰斐逊任州长时亲手画的总督府平面图。勘测时洛克菲勒手执皮尺亲自丈量，发现一座竣工的建筑偏离原址6英尺（1.82米），立即命令拆掉重来，他的标准是：不让任何一名学者挑出毛病来。

我们参观了总督府，建筑格局类似英国贵族乡村别墅，楼房是乔治式的，屋顶有栏杆和灯塔，略带荷兰味道，前面的小花园则有点意大利风格。化了妆的“总管”要求大家对“总督”行大礼，男子左臂拦腰右臂后抬，妇女手提裙子下蹲。我们没有理会，谈笑风生，大摇大摆地走过去，记得看电影洋人使节都不肯向中国官吏下跪的。

1993.9

美国的基石

美国朋友带领我们来费城，仿佛有一种朝圣般的虔诚。过了特拉华河他就正襟危坐，一脸庄重，带动得大家也都严肃起来。

4 月的费城市容整洁，人少树多，春花烂漫。阳光给市政厅上的潘恩塑像镀了一层金，那 37 英尺（11 米）高的塑像仿佛一支巨笔插在架上，它书写了美利坚历史的前言。拓荒者威廉·潘恩 1682 年规划、创建了这个城市，他是公谊会教徒，主张人人可以按自己喜欢的方式做礼拜。

这个 1790 至 1800 年间的美利坚首都处处是全国第一。第三街上一座希腊式建筑是 1795 年第一任财政部部长亚历山大·汉弥尔顿创建的美国第一家银行，第 19 街和公园街相交的拐角楼是 1812 年竣工的美国第一座博物馆……第一家日报社，第一个图书馆，第一所医院，第一所医学院，第一所女子医学院，第一家铸币厂，第一家股票交易所，第一个废（黑）奴协会，第一所接纳黑人儿童的公立学校……我的目光在众多的建筑物中寻觅，寻觅那不一定是美国第一，然而却一定是世界第一流的大名鼎鼎的费城交响乐团。多年来它是我心目中的艺术偶像，1973 年有幸在北京欣赏到乐团的演出，那磅礴的气势、高超的艺术给了我终生的震撼，至今那闪光的指挥棒还在我眼前闪烁，那美妙的音符还在我神经上跳跃。出国前，我的一位企业家朋友蒋玉林出资赞助中央乐团参加温哥华的世界合唱节，嘱咐我到费城一定替他看看费城交响乐团，50 年代他当钳工的时候，曾经是北京业余合唱团的团长。

浏览市容以后，我们来到特拉华河西岸的国家独立历史公园，它是 1948 年美国国会决定建立的，为了永久地纪念开国之初那段伟大艰苦的岁月。在这长方形的公园里，挺立在绿草地上的 13 株大树特别显眼，象征第一批参加联邦签署《独立宣言》的 13 个州。右手的一所建筑其貌不扬，可它就是决定过美国命运的独立大厅。它始建于 1732 至 1753 年，曾经是宾夕法尼亚州议会楼，1774、1775 年第一、二次美洲大陆会议在这里举行，1776 年 7 月 4 日托马斯·杰斐逊执笔的《独立宣言》在这里通过。独立战争期间，它是美国军队指挥所和联邦政府筹备处。1787 年富兰克林领导的制宪会议在这里通过了美国第一部宪法。

记得中学时期我就对美利坚开国元勋们十分敬佩，他们书写了世界历史精彩的一页。今天我几乎是屏住呼吸、小心翼翼地走进大厅，仿佛会议还正在进行，生怕影响了他们的工作。厅内依然保持着当年的模样，13 张会议桌铺着绿丝绒台布，羽毛笔、蜡烛台仿佛刚刚用过。还有些指示说明，第二届总统亚当斯在这里发表过就职演说，林肯总统在这里参加过升旗典礼，与法国关系紧张时，美国海军在这里诞生。这时我才领会到为什么宾夕法尼亚州叫作“基石州”。

大厅外面还有第一届总统华盛顿 1793 至 1798 年的故居，大陆会议主席和宾夕法尼亚州州长富兰克林的故居，7 位《独立宣言》签署者的墓地，独立战争中的无名英雄墓。“伊丽莎白·罗丝之屋”是一座普通的两层小楼，红砖墙白门窗。1776 年女裁缝罗丝夫人在这里赶制了第一面美国国旗，星区之外的 13 条红白相间的条纹，代表最初 13 块殖民地。据华盛顿说，红色条纹象征英国，白色条纹象征脱离英国获得自由。华盛顿亲自登门，将星条旗设计图案交给罗丝夫人，女裁缝建议将原设计的六角星改为五角星。仅仅 200 多年，罗丝小屋成为美国的古迹，夫人成为家喻户晓的人物。

公园中心绿草坪上，有一座亮瓦瓦的玻璃屋，屋内陈列着美国的国宝——自由钟，钟高1米，周长3.66米，重约1000公斤，上刻“向世界所有的人们宣告自由”。它是1751年为庆祝威廉·潘恩发起的民主宪章50周年，在英国铸成的。这钟刚面世，试敲时就出现裂纹，经过两次重铸，原来悬挂在宾夕法尼亚州议会楼顶。美洲大陆会议第一次公布《独立宣言》，宣言和钟声同时震撼了北美大地。独立战争中，英军包围费城，美国人用火车把它运到阿克伦镇隐藏起来，敌人败退后，又把它运回费城。以后每逢7月4日《独立宣言》周年和全国重大事件，都鸣钟致敬，如1789年华盛顿当选总统，1801年杰斐逊当选总统。1835年美国首席法官约翰·马歌尔逝世，举行葬礼时鸣钟致哀，此钟再次出现裂纹，以后也就不行此礼了。1944年6月6日，盟军诺曼底登陆时，钟声破例又响起来，并通过电台向全国播放。后来这件美国最珍贵的历史文物由州议会钟楼移至独立大厅，1976年美国独立200周年时单独建馆展出。

自由钟声不仅是美国的福音，也曾经给世界带来了希望。继美国之后，一批又一批殖民地国家从老牌帝国主义的桎梏下独立出来获得了自由。可惜自由钟破裂了，缄默了，供奉在历史博物馆的玻璃屋里，让人瞻仰，失去了声音也就失去了它的灵魂。

1993.9

华盛顿

美国首都为什么不选在纽约或者费城，而偏偏要新建一个华盛顿？只有身临其境才更加钦佩华盛顿总统的眼光。

1789年美国联邦政府成立，在纽约召开第一次国会，在都城问题上发生激烈争执。13个州南北双方都想把国都定在自己境内，好不容易达成一个妥协方案，把它建在南北天然分界线波托马克河边。华盛顿选中了波托马克河与阿纳卡斯蒂亚河汇流处，也正是弗吉尼亚州与马里兰州的边界。这块26平方公里的土地不属于任何一州，称作华盛顿哥伦比亚特区。

用中国的风水学观点看，这里确实是一块福地，背靠阿巴拉契亚山脉的高阜岗峦，面向大西洋沿岸平原的开阔阡陌，潺潺河水半绕，这叫虎踞龙盘之势，气脉国运必然兴旺。1800年首都从费城迁来时，这里一片泥泞，杂草丛生，人烟稀少，仅有3000名居民。总统府建成不久，竟有一名醉汉摸进去，在沙发上美美地睡了一夜。

今天走向这无名醉汉睡过的白宫，导游说首先看楼顶升没升国旗，国旗在说明总统在，今日不见国旗，说明克林顿总统外出视察去了。总统府1792年动工，因为外墙采用弗吉尼亚白砂岩，故称白宫。华盛顿没有住过，第二届总统约翰·亚当斯是第一位白宫主人。1814年英军侵占时火烧总统府，白宫烧成了黑宫，后来又粉刷一新。现在看白宫十分简朴，两层楼房，英国乡间别墅风格。从正门走进大理石门厅、内厅，可通以三种颜色命名的休息厅。绿厅不大，用来举行酒会；蓝厅椭圆形，常常举办国宴；红厅小巧玲珑，通常供第一夫人举行小型宴会。主楼大厅前面是著名的南草坪，是总统欢迎国宾的地方，电视上常常见到它。

走出白宫，一眼看到的是高耸入云的华盛顿纪念碑。远看像一柄银光闪闪的宝剑，近看像一枚整装待发的火箭。碑高169米，通体白色大理石。尖顶金字塔形，高17米，用铝铸成。白天碑身是银白色，据说夜间灯光照成橙黄色，更加诱人。碑身中空，可以爬898阶到达尖顶。内壁镶嵌188块刻石，是许多个人、城市、州政府和世界各国赠送的纪念品，其中还有清朝政府的一块。

此纪念碑受到华盛顿本人生前极力反对，死后由民间集资筹建，1848 年动工，奠基所用的瓦刀是 1793 年华盛顿为国会大厦破土的那把，1884 年竣工时已经历时 36 年。碑座四周排列 50 面州旗，日夜游人如织，美国人把华盛顿称作国父，这纪念碑是国民的一根精神支柱。

以华盛顿纪念碑为中心，东西铺展着一块长方形公园，草坪和林荫交替出现。4 月正是华盛顿最为美丽动人的季节，3000 株樱花盛开，艳色灼灼，莺啼燕啾，令人心旷神怡。公园的西端一座古希腊巴特农神庙式的大理石建筑，是著名的林肯纪念堂。南北 188 英尺（57.3 米），东西 118 英尺（36 米），高 80 英尺（24.4 米），36 根廊柱象征林肯在位时的 36 州，横眉上有州名。大厅正中是高 19 英尺（5.8 米）的林肯坐像，一脸愁容，处心积虑，好像还在面对当时百孔千疮的国家和水深火热的人民。左边墙壁上刻有他当选第二任总统时的就职演说，右边墙壁上刻有著名的葛底斯堡演说和“民有、民治、民享政府”的口号。比起华盛顿纪念碑的崇高来，林肯纪念堂显得沉重。

与上述两个纪念物呈鼎足之势的，还有一个杰斐逊纪念馆，位于波托马克河北岸的潮汐湖畔。杰斐逊是美国第三届总统，《独立宣言》的主要起草人，自由民主政治的设计者。他生前喜欢罗马万神殿式建筑，因而纪念馆是穹顶环状廊柱的庙堂形式。门厅上方的雕像，是正在起草《独立宣言》的情景。穹形厅堂一座高 19 英尺（5.8 米）的立像，基座是墨青色花岗岩，墙壁上 4 块青铜镶板，镌刻着他的传世之作。杰斐逊面目清秀，神采飞扬，是一个智慧的化身。这座建筑有别于华盛顿的崇高，林肯的沉重，风格灵透。

林荫大道的另一端是国会大厦，它建筑在一处 83 英尺（25.3 米）的高地上，故而又叫国会山。在四周草坪树荫的衬托下，这个白色大理石圆形建筑像绿绒布上的一顶银盔或者王冠，大厦尖顶的自由女神青铜像是盔上的簪缨。自由女神一身长袍，左手花圈、盾牌，右手一柄长剑，头戴鹰冠，冠下一排五角星。国会大厦形成华盛顿的制高点，市内一切建筑不许超越这个高度。大厦中心圆形大厅金碧辉煌，墙壁和天花板的油画表现着独立战争以来美国的重大事件。导游说大厅中心下边是空的，准备应急逃遁，有一个小洞可下窥，让大家试试。轮到我们看时警察过来干涉，加拿大籍的导游火了："为什么刚才白人可以看，我们就不行，国会的人权哪里去了？难道也和地板下面一样是空的？"中央大厅两侧，一边是参议院，一边是众议院，中间长廊两旁是意大利名画家绘制的美国花木鸟兽图案。再过去是雕塑厅，有各州历任议员中代表人物的雕像。国会大厦每星期二至星期五对外开放，如有会议可以旁听。

国会大厦是市中心，主要街道从这里辐射伸展，东西向是1、2、3、4街，南北向是A、B、C、D道。这个300万人口的全国第七大城市看不到摩天大楼，楼房都在8层以下。没有其他城市工厂林立、公司多如牛毛的情景，举目四望尽是办公楼、学校、图书馆、博物馆。就业人员中，工业占3%，商业占12%，服务业占32%，政府机关人员占53%，一个十足的官僚的城市。因为政治生活的特点，还形成若干"城中之城"，比如"政治和院外活动的华盛顿""政府女郎的华盛顿""新闻世界的华盛顿"。以致中午在街上找不到吃饭的地方，座位都被政府人员工作午餐包了。街上行人匆匆，衣冠整齐，不苟言笑。给人总的印象这个城市热情不足，严肃有余，在世界城市之林中冷漠而孤独，少一点人情味。

1993.9

航空航天博物馆

华盛顿是美国政治、文化中心，环绕着国家林荫道分布着一系列文化科学设施：国家档案馆、国家艺术馆、历史博物馆、自然历史博物馆、弗里尔美术馆、史密森学会、艺术与工业展览大厅、雕塑公园等。从飞机上俯瞰，如果说林荫道是一块长方形绿色地毯，那么它们就是镶嵌在地毯边缘上的珠宝。这些让人眼花缭乱的珠宝哪一颗价值最高呢？我以为是美国国家航空航天博物馆。众所周知，在世界民族之林中，美国还那么年轻，而它的航空和航天技术是非常值得炫耀的。

国家航空航天博物馆原名国家航空博物馆，是1946年国会通过建立的，1966年改为现名，1976年举行竣工典礼，福特总统剪彩。它位于独立路和第7街十字路口的东北方向。一座白色平顶长方形大楼，全部用白色大理石和玻璃组成，在春日阳光下银光闪闪，像神话中神秘的宝贝匣子，参观的人排着长长的队，仿佛宝贝匣子的一条彩色飘带。

上台阶进大门是飞行里程碑大厅，收藏并展览着历史上许多著名的飞机，展示着航空航天事业90年丰富多彩的历史。悬挂在大厅天花板上的飞行器，是1903年发明家莱特兄弟设计的第一架飞机。铁丝和木板绑成的支架，保持平衡的双翼，没有机舱，好像一只没有肚子的大蜻蜓。当时奥维尔·莱特驾着它腾空而起，在空中飞翔了12秒，飞行距离36.5米，从此人类插上了翅膀。另外一架具有历史意义的“圣路易斯精神号”，1927年航空家查尔斯·林德伯格驾着它用33个小时39分飞越大西洋，从纽约一下子落到巴黎。还有架红色单翼飞机，是洛克希德公司早期产品，1932年女飞行家阿梅莉亚·埃尔哈特操纵着它，用14小时52分从纽芬兰飞到爱尔兰。朋友领我到一架黄色双翼飞机前说，几十年前加尔布雷斯用它飞越美洲大陆，从纽约到洛杉矶分70次用了84天，中间发生5次事故，摔得遍体鳞伤。而三天前我们从洛杉矶飞到纽约仅用了5个小时。至于展厅内看到的查尔斯·耶格尔驾驶的第一架超音速飞机，创造飞行高度纪录的X-15型飞机，就更不能同日而语了。

自从飞机这个精灵出现以后，我们的地球迅速缩小，偌大世界变成了小小寰球。而且人类的野心越来越大，征服目标直指茫茫宇宙。在113号展厅，有1926年3月16日第一次发射火箭的火箭架，有美国火箭之父罗伯特·戈达德操纵发射时的珍贵图片，那支火箭长3.4米，重4.6公斤，以汽油作燃料，它在2.5秒内飞出56米。十几年后，德国制造的火箭体积更大了，长14米，重12吨，以酒精为燃料。希特勒去世之前，气急败坏地向英国孤注一掷，把世界吓了一大跳。

其实火箭的故乡是中国，史前时期就有后羿射日、嫦娥奔月的幻想。火药问世之后，又出现了“起火”“二踢脚”之类火箭的雏形，甚至明代还有载人“起火”的试验。只是到了最近几十年，美苏两国才把现代科技用于中国的火箭原理，把“嫦娥奔月”的神话变为现实。最引人注目的“阿波罗11号”指令舱，像一只金色的海螺。1969年7月20日，“阿波罗11号”把阿姆斯特朗等3名宇航员送上月球轨道，两人乘登月舱在月球着陆，进行了2小时41分钟的勘察，收集标本。他们驾驶的月球巡回车也在这里，四个轮子两个靠椅，没有顶盖，有点像方程式赛车。留在指令舱的宇航员把他们收回后，经过3天返航在太平洋中部安全降落，完成了人类历史的一次壮举。博物馆把“金色海螺”放在飞行里程碑大厅中央，是展示美国宇航事业的威风。因为在此之前，美国在人造地球卫星、载人宇宙飞船方面都落后于苏联，全国上下一片“导弹差距”恐慌。为了扭转被动局面，加速教育改革，把43岁的肯尼迪选进白宫，直到“阿波罗11号”发射成功才算挽回了面子。苏联的“斯普特尼克1号”人造卫星模型也在这里展出，表现了美苏外层空间激烈的竞争。

在美国航空航天博物馆找不到中国展品，他们还不把中国航空航天放在眼里。他们以为中国只会生产茶叶和丝绸，只会开饭馆。他们忽略了这样一个历史事实，正是在莱特兄弟的飞行器上天不久，1909年9月21日中国最早的飞行员冯如在奥克兰驾驶由中国人制造的第一架飞机试飞成功，处于世界自行设计、亲自驾驶升空的先进行列。1985年中国火箭投入国际市场时，西方不屑一顾，某公司对中国长城工业总公司提出的谈判要求，公然采取一种带侮辱性的拒绝方式：如果谈判，先交100万美元教育费，以补偿他们的“技术输出”。想不到话未落地，1986年“挑战者号”出了事故，西方航天出现了灾难年，而那时中国火箭凯歌频传。1987年9月和1988年8月中国先后发射了两颗返回式科学实验卫星，分别为法国和德国提供了搭载服务。1990年4月7日中国“长征三号”发射“亚洲一号”成功，1992年8月14日中国“长征二号E”发射澳星成功，外国公司由吃惊而不安，由不安而不满，运用各种伎俩阻止中国火箭签订合同。但是压力变动力，这几乎是中国航天事业发展的一个公式。

刚刚听到一则消息，中国南京航空航天馆已于近期动工了。

1993.9

将军的摇篮

我想去看西点军校基于两点，一它是美国将军的摇篮；二听说它推崇中国的雷锋，把《雷锋日记》当作教材。

从纽约乘车北行 80 公里，穿过华盛顿大桥，爬上一个山坡，就到了西点军校。静静的哈德逊河从东边流过，河谷是个风景区，分布着几个公园，最著名的是熊山州立公园。西点军校的校舍掩映在绿树丛中，也仿佛一个公园。西点是意译，说它是西岸伸进河里的一个点。原来是古老的要塞，1778 年抗英战争的据点，华盛顿生前曾打算在此创建军校，没有来得及实现。1802 年此地被美国国会列为军事保留地，并在此基础上建立了美国陆军军官学院，简称西点军校，是美国最古老的军事院校。西点军校对外开放，可以自由出入，警卫战士好似例行公事，并不盘查和索要证件，也可以不停车，他们的任务好像就是行注目礼，对人微笑示意，让人觉得十分友好。

操场上列队操练的是一年级新兵，普鲁士军帽，一色灰军装，像抗日战争中八路军那样的服装。本来规定是蓝色军装，1816 年因为仓库没有蓝布，临时改为灰色，从此一直沿袭下来，成为西点的校服。每年 7 月，有 1400 名新兵入学，年龄限制在 17 岁至 22 岁之间，身高 1.68 至 1.98 米，必须是全国各地的优秀生和保送生，其中 85% 是由国会议员或者陆军部军官推荐。比之社会上形形色色的青年，西点学员的素质是高水平的。有时候经过特别手续，西点还接受少数外国学员，比如前尼加拉瓜总统安纳斯塔西奥 · 索摩查就是西点的毕业生。新生入学时必须宣誓：不骗人、不作弊、不偷窃，并监督他人，违者处罚。

操场对面一座山，山上挂着瀑布似的几条小路，那是多少年来西点学员们用脚踩出来的。学员们过着准军事化生活。每天早6时，3000多名学员整队集合，接受毕业班学员点名。有时要爬山，再从山上跑下，冬天还需滑雪下来。每年两个月军训，专门选在炎热的夏天，锻炼意志。

学员宿舍相当简朴，青灰砖石结构，旧式门窗。每人一张床、一个衣柜、一个床头柜、一个小书橱。每天半小时整理内务，军毯整整齐齐，床单干干净净。每人床下摆着三双鞋，其中一双是本校特制老式皮鞋，显得粗笨。每个学生床头一台电子计算机，以便经常练习操作。

穿过整齐的草坪，走进教学楼。教室不大，每间容纳15名学生。专业课分理科、文科、工程和军事科学，学制4年。语言课选修，从建校初期就取消了社会课和政治课。文理并重，除培养军官外，还造就文职人员。校长由总统任命，教师多数来自哈佛、斯坦福、耶鲁等名牌大学，有的是兼职教授，有的是客座教授，因而教学质量是一流的。毕业生授予学士学位和陆军少尉军衔。

中午，我们赶到一个学生食堂就餐，顺便看看学员们的伙食情况。12时15分，学员们列队而来，每桌10个人，坐好等待口令。饭菜比较单调，面包、香肠、西红柿片。用餐时上身保持笔直，头可以前倾，不准大声喧哗和交头接耳。学员论资排辈，一年级新生寡言少语，主动为高年级学生送茶水或咖啡，经过请求得到允许才可以攀谈几句。

据说西点学风很好而娱乐活动很少，经过早6时到晚6时一整天学习、训练，晚饭之后才可以稍松口气，晚自习后可以翻阅报纸、聊聊天、整理个人卫生。公共场合不准抽烟，休息时可以在宿舍解解馋。每星期举办一次舞会，一般安排在周末。克林顿允许同性恋入伍，可是西点军校绝不允许染指，比起乌烟瘴气的外部社会，西点保留着较为纯净的空气。

下午沿杰斐逊路，来到华盛顿大厅。大厅内展览着西点校史和美国历史上 20 次著名战例的巨幅壁画。西点军校人才辈出，一连串光辉灿烂的将星。它的毕业生中，有南北战争中南方同盟军总司令罗伯特·李，北方联邦政府陆军总司令、第 18 任总统尤利西斯·格兰特，第一次世界大战美国远征军司令约翰·潘兴，默兹—阿尔贡战役指挥官马歇尔，第二次世界大战盟军北非司令巴顿将军，太平洋美军总司令道格拉斯·麦克阿瑟，欧洲盟军最高指挥官、第 34 任总统德怀特·艾森豪威尔等。1915 届 164 名学员中，就有 59 名成为将军，包括 3 名四星上将、2 名五星上将。美国现役陆军军官有 1 万名先后就读于西点军校，所以它是名副其实的美国将军的摇篮。他们之中有许多是正义之师的统帅，但是也不乏侵略战争的鹰犬。

问及几位学员，是否知道雷锋。他们都伸出拇指，说校方推崇，个人也崇拜，可就是和平时期雷锋平凡中的伟大之举，他们实际上做不到，不知道症结所在。我说这问题很好理解，美国人信奉个人主义，以服从上级命令为天职。中国人信奉集体主义，为人民服务是出发点。年轻的美国人目瞪口呆，好像听到了一则真理。

1993.9

康宁玻璃博物馆

从华盛顿去尼亚加拉大瀑布，要穿过狭小的马里兰和广阔的宾夕法尼亚，在阿巴拉契亚山脉中行进。低矮的丘陵好像还没有从一个月前席卷北美的暴风雪中恢复过来，山洼里的白杨树皮呈淡紫色，树叶皱皱巴巴。坡田上去年的玉米秸秆一片狼藉，在风里发抖。

3 月 13 日一场多年罕见的暴风雪覆盖了美国的 1/3，东北部地区风暴时速 160 公里，积雪 1.3 米，气温骤然降至 −40℃，公路封锁，机场关闭，天空中救人的直升机忙作一团，3 天内至少有 128 人丧生。司机和导游提起来依然惊魂未定，心有余悸。一个月过去了，气温恢复正常，公路上的司机和路边的农民穿上了衬衣或者背心，可原野上积雪还没化尽，而且白得纯净，美国空气里灰尘和污染少。

清晨出发，中午在康宁小憩。这是刚走出宾夕法尼亚进入纽约州的一个地方。荒凉的田野，路边一片矮矮建筑，没有楼房，也没有居民，因而连村庄也称不上，可它竟是世界上最大的玻璃博物馆。

玻璃这司空见惯之物，想不到还是一个华丽的家族，而且有着悠久的历史。在陶器出现之后，玻璃也相继问世了。展橱内有一件公元前 1400 年埃及法老的护身符，有点像中国的玉佩，可它不是天然的，是人工制造的，透明度比较差，更像瓷器。还有 2000 年前一个玻璃香水瓶，比同时代的陶器小巧、精致。这两件珍品都出自古埃及，那里的沙漠缺少陶土而不乏石英，后者是玻璃的主要原料，这是埃及这个文明古国成为玻璃故乡的条件之一。展品中也有古罗马的玻璃，生产年代和工艺都还赶不上埃及。

古代的玻璃还被用来制作乐器。不同口径的玻璃瓶装上水，摩擦起来可以发出不同频率的声音。大小不同的空瓶，成套地排列起来，可以敲打出动人的乐曲，有点像中国的编钟。青铜冶炼中国领先，玻璃制造埃及最早，音乐是伴随劳动产生的，原始的乐器自然会就地取材。

工业革命赋予玻璃以千姿百态和万紫千红。一组四扇屏内彩色玻璃组成的花草，形象逼真，颜色鲜艳，其效果超过了绘画和摄影。玻璃吹塑的鸟兽虫鱼，不仅惟妙惟肖，还有一种灵透的感觉。玻璃制成的桌椅盒柜，玲珑剔透，金碧辉煌，显得很华贵。展室特别显眼的地方有一个中国乾隆年间的雕花玻璃高瓶，颈长胎圆，红地白花，云朵和花卉的图案非常典雅，有景泰蓝的光泽，又有象牙雕刻的精细，围观的人赞叹不已。讲解员说是清朝政府赠送的，导游悄悄说是八国联军抢来的。

展室里还有一条水晶船，无色透明，似有似无，好像神话里的月亮，或者英国电影里的水晶鞋放大了摆在这里，从某个角度看晶光四射。讲解员说，玻璃与水晶，可以看作 K 金与纯金的关系。上好的水晶如凝固的空气、纯粹的冰体，没有一点杂质。她拿一根两米长的水晶棒让我们竖看对面的报纸，仿佛距离消失了，只隔一层薄薄的镜片，两米外的蝇头小字清晰可辨，如在眼前。

现代科技又开发出玻璃许多特殊的性能。玻璃纤维用于光纤通讯，其弹性、韧性不亚于丝和棉；玻璃钢制成的航天部件，硬度可以超过钢铁和合金；用于太空船的特殊玻璃钢，可以把大气的摩擦减小到最低限度。

展览的最后部分，是一位老年技师表演古老的玻璃吹制艺术。他的嘴上好似叼着一支无形的彩笔，可以描摹世间万物的形象；他的嘴里好似含着一只神奇的口哨，可以吹奏出一支支无声的动人歌曲。当他眯缝着眼睛，神秘地展开美好的想象时，让人感到他就是无所不能的上帝。与之明显对照的是一个现代化的玻璃制造车间，比起我熟悉的国内耀华玻璃厂庞大的设备，它袖珍多了，也听不到巨大的噪音，感受不到强烈的热辐射。

离别康宁，在礼品部我买了两条 K 金的项链，带给我远在国内的妻子和女儿。美国 K 金光灿灿固然好看，难得那镶嵌钻石的位置上是世界玻璃宫殿康宁的精品，熠熠荧光好似宝石胜似宝石，有一种特殊的效果。对我来说，它凝结了美国之行罕见的暴风雪的雪光，微化着一颗透明的心。

1993.9

尼亚加拉大瀑布

经过一整天长途跋涉，19 时才抵达尼亚加拉宾馆，匆匆吃过晚饭，夜幕已经降临。心静下来便听到隆隆雷声，可天上分明月朗星稀没有变天的征兆，朋友说那正是大瀑布的声音。经不住诱惑，大家迫不及待地循声而去。出宾馆后门，穿过一个小公园，来到一排铁栏杆面前，脚下一条大河，对面就是瀑布。

河岸上人山人海，人人都在瞧着手表，等待彩色瀑布开始。21 时探照灯霍地四面八方亮了，我来不及思索便一下子目瞪口呆起来。声音消失了，只剩下色彩，仿佛眼前不是大瀑布而是一座彩色舞台，许多绚丽的幕帷，礁石草木是它的图案。随着灯光变换，幕帷和图案也在变化。说个红，红纱红帐，红山茶红玫瑰；说个黄，黄纱黄帐，迎春花油菜田；说个绿，绿纱绿帐，塘中荷岸上柳。有风吹来，彩雨直往岸上洒，轻纱都向脸上拂，撩拨得人人心旌摇荡，回去都做了一个彩色的梦。

第二天，我们早早来到岸边，看那大瀑布，梦幻般的色彩褪去了，本色的水帘更加壮丽。令人惊疑的是，那大瀑布并非从高山峭壁飘来，而是自平坦河面跌下。尼亚加拉河由南而北，连接着伊利湖和安大略湖，两湖水位相差 100 米，河道形成了天然的倒虹吸。河水从半岛平原浩浩荡荡而来，至此河床突然断陷，出现 50 多米落差，形成巨大的水帘。河水流量每秒 6000 立方米，是黄河的 3 倍。

瀑布总宽1240米，被一个小岛一分为二，我们已经看过的在美国境内的叫亚美利加瀑布，宽300多米。穿过山羊岛看到加拿大一边的宽800多米，半环形，称马蹄瀑布。远望如一片雪原冰川，让人不寒而栗。我们来到一个叫“风岩”的地方，就在瀑布脚下，仰面望去，只感觉天河倒倾，铺天盖地，万千匹白马奔来。“尼亚加拉”在印第安语中就是雷神之水的意思。冷静下来看那瀑布，雄壮之外还有温柔的一面，轻纱薄雾，浪花飞溅似雪片纷纷，水沫喷洒似烟雨茫茫。在阳光照耀下，出现一道道彩虹，风吹来时彩虹绞在一起，像一条条彩龙戏耍。

尼亚加拉大瀑布是大自然的杰作，是力与美的极致。人站在它面前显得如此渺小，小到不过一朵浪花、一滴水珠，稍纵即逝。而它却源远流长，无始无终，永远年轻，永远蓬勃。沐浴着它，只觉得一股激流，一阵清风，一阵凉气，自上而下，透彻全身，直到神经末梢，把平日积存的私心杂念、骄娇二气、牢骚不满、淤尘积垢，乃至超标多年的胆固醇、脂蛋白、血糖统统冲刷而去，荡涤一新，变成一个水样清澈透明的人，一个纯粹的人。如果条件允许，我真愿意永远地站在这里，站成一块河里的礁石，永远地承受它的洗礼。

尼亚加拉河上还真有一座彩虹桥，站在桥上可以看到大瀑布的全景，在桥上散步5分钟便可走到加拿大。当年拿破仑的弟弟结婚时，曾偕新娘来这里度蜜月，后来人们竞相效仿，每年来看大瀑布的游客成千上万，其中不少是新婚燕尔者，因此这座彩虹桥享有“蜜月小径”的美誉。

关于美加边界的五大湖和大瀑布，当地印第安人有许多传说。其一说这一带原来并没有湖水，而是赤地千里，十年九旱，人畜和庄稼一起旱死，向上帝求雨的人纷纷倒毙而剩下来的人毫不动摇，坚持乞求。上帝被感动了，伸出一只手向大地挖去，五个手指挖出了五个大湖，尼亚加拉河就在无名指和小指之间。其二说古代有个美丽的少女，父母收受彩礼把她许配给一个老而丑的男人。少女誓死不从，逃出家门，沿尼亚加拉河出走，老而丑的男人在后面穷追不舍。走到这里河床陷落，老男人眼看就到，少女绝不回头，舍身跳崖，她身上穿的白裙就化作瀑布和烟雾。后来少女被尊为神，至今尼亚加拉河上还有一条游船叫作“少女之雾号”。

文字记载，大瀑布是1678年法国传教士路易斯·亨尼平（Louis Hennepin）最早发现的。后来传扬出去，名声大震，并且成为冒险家的跳台。1863年一个名叫台勃的女士，把自己装在啤酒桶内，从崖头顺瀑布滚下去。被人救出以后，台勃精神恍惚，她随身带去的一只黑猫变成了白猫。还有一名7岁的男孩，穿一身救生衣，像坐滑梯一样跳进瀑布，瀑布激流生成的风把他吹出来，在十几米以外落下，一点油皮也没有伤。前不久还有一位青年想出名，也要在崖头完成一次舍身跳瀑的壮举，警察过来干涉并罚款500美元以诫后人，那小伙子洋洋得意，说只当是付了广告费。

如今，尼亚加拉大瀑布名冠全球，美国一边开辟了尼亚加拉公园，加拿大一边建立了维多利亚女王公园。同时它巨大的能源也被开发利用，美加都在大瀑布上修建了一系列水电站，总发电能力达400万千瓦。

离开宾馆到水牛城登飞机，从舷窗久久凝望尼亚加拉河和一片白帆一样的大瀑布，它久久地挂在我眼睫上不曾消失，久久地冲击着我心上的轮机。

1993.9

海明威故居

海明威是美国人，可是那辽阔的土地上，并没有留下他多少闪光的足迹。他一生钟情狭小的古巴——这个“美丽而不幸的长岛”，喜欢岛国北部海洋的环境、气氛和奇闻轶事，以之为对象创作了《海湾的岛屿》《有的和没有的》《丧钟为谁而鸣》，直到传世之作《老人与海》。他生命的后半程，多数时间居住在哈瓦那郊外，吉尔特斯特一个庄园里。他不幸逝世后，马尔克斯曾专程赶来，参观他的故居后惊叹：“这是一个多么少有的图书馆！”

通往吉尔特斯特的路，像当年寻找海明威一样艰难曲折。从佛罗里达启程的跨海大道，在星罗棋布的群岛上跳来跳去，好不容易到达终点。吉尔特斯特在当地就是最西边的意思。小岛好像万顷波涛上一叶小舟，站在岸上仍有颠簸的感觉。碧海、蓝天、阳光、沙滩，两行椰树把我引向一个颇有规模的度假村镇，西班牙式别墅错落有致。海明威故居是一座白色的二层小楼，院子里花木茂盛像个小花园，芭蕉、棕榈、美人蕉、凤尾竹，随风摇曳，绿影婆娑，充分显示着与大自然的和谐、融洽。当年海明威之所以选择在这里定居，图的就是远离红尘、自在安闲，抬头可见大海，枕边可闻涛声。想不到一部荣获诺贝尔文学奖的《老人与海》把这儿炒成旅游热点，每年都有大批文学爱好者跑来朝圣，这个二层小楼一下子变成了艺术宫殿。

小镇以海明威命名的书店、礼品店很多，一些酒吧门前还大字标明“海明威最常光临的酒吧”。与毗邻的豪华建筑相比，小楼显得土里土气，甚至有些简陋。好像当年的海明威一样，不修边幅，不拘小节，只在乎内心的充实。室内装饰简约，使得一只小船模型更为突出，一下子便把参观者带进《老人与海》惊心动魄的情节里。一位名叫圣地亚哥的老人在惊涛骇浪里打鱼，一连 84 天两手空空。好不容易捕到一条大马林鱼，拖在船后，被尾追而来的鲨鱼一口口撕咬，最后仅剩下一架骨头。

这位老人确有原型，古巴人格雷戈里奥·富恩特斯，墙上有他与海明威的合影。那老人正像海明威说的那样，“人很瘦，额上有很深的皱纹。”两人亲密无间，气质有些相似，精神矍铄，浓眉大眼，棱角分明，线条粗犷。这位老人几天前刚刚去世，活了 104 岁，墙壁上有他 98 岁时的照片，脸上的皱纹像太平洋上的层层波浪，每一条浪谷里都埋着动人的故事。可惜海明威先他而去，无人续写。另一件引人注目的文物，是海明威生前惯用的一支双筒猎枪。海明威曾用它打死一只金钱豹，威风凛凛，活像中国的打虎武松。从其他图片资料看，他还有打死野牛、狮子的记录。

海明威 1899 年生于芝加哥，父亲是医生，爱好体育，母亲是音乐教员。海明威继承了他们浪漫的基因，一生追求冒险。中学毕业后，他只身游历欧洲。第一次世界大战时，他志愿赴意大利做战地救护车司机，被炮弹炸成重伤，全身嵌进许多弹片，一条腿的膝盖骨被打碎，回国后站着写了《太阳照样升起》，以减轻受伤部位的痛苦，并成为终生写作习惯。30 年代独闯非洲，写了《乞力马扎罗的雪》。第二次世界大战时，海明威三赴西班牙，写了剧本《第五纵队》。1941 年来到中国，向世界报道抗日战争。他还参加了从德国人手中收复巴黎的战斗，不惜驾驶一艘快艇，引蛇出洞。在海明威身上，冒险精神、正义感和人道主义结合在一起，并且作为主线表现在他所有的作品里。

在社会上，海明威是一位富有使命感的大作家。可是在家庭中，却是一位不负责任的丈夫。1918 年他在米兰医院，与护士艾格尼丝一见钟情，信誓旦旦，可是一转眼那女人便投入别人怀抱。

为此海明威一直耿耿于怀，难以弥补心里的创伤，导致他后来在婚姻中，总是吃着碗里，看着锅里，以防妻子不忠时陷于寂寞和痛苦。

1921年海明威与音乐家哈德莉结婚，生下一子。4年后与女记者宝琳·费孚拍拖，1927年第二次结婚。宝琳善良温柔，自己花8000美元买下这幢别墅，供海明威写作。在这里生下两个儿子，都是剖腹产。可是难以拴住海明威心猿意马，他先后勾引了两个女人。宝琳一忍再忍，才使他们的婚姻维持了14年。1941年宝琳终于忍无可忍，办了离婚手续，判决书上写明男方遗弃女方，每月付给两个儿子500美元抚养费。1944年，海明威与女作家玛莎结婚，战争中匆匆分手。1948年与女记者玛丽结婚，还是放荡不羁，到处寻花问柳，垂涎一个个贵妇人和名演员。后来他病魔缠身，高血压、糖尿病、皮肤癌、精神抑郁症，健康每况愈下，再没有精力投入一生热爱的打猎、捕鱼中去了。他开始大量喝酒，时常吵闹，脾气变得异常烦躁，尝到了自我怜悯的痛苦。终于在1961年7月2日，将这只陪他走遍世界的双筒猎枪伸进嘴里，扳动了扳机……这个一手持笔，一手持枪，闯荡天下，四处冒险，打死过无数狼虫虎豹，塑造出许多硬汉子形象的魁梧的大胡子砰然倒下。顷刻间，五大洲的唁电，潮水般涌来。其中一份是约翰·肯尼迪总统从白宫发来的，说“几乎没有哪个美国人比欧内斯特·海明威对美国人民的感情和态度产生过更大的影响”，称他为“本世纪最伟大的作家”之一。墓碑上没有墓志铭，下部仅有几行小字：“欧内斯特·米勒尔·海明威。生于1899年7月21日，死于1961年7月2日。”上半部大片空白，留给后人评说。

2015.5

美国墙

地球上有几堵墙特别惹人注目，一再成为社会焦点、舆论把柄。第一是中国长城，建于公元前2世纪，横亘万里。第二是柏林墙，从1961年兴建到1989年拆毁，仅存在28年。美国第40任总统里根曾在现场，发表推倒柏林墙的讲演，不少人还记忆犹新。第三是美国现任总统特朗普决心兴建的美国墨西哥隔离墙，还声言要墨方埋单。此言一出世界震惊，引发不少批评。反映最强烈的当然是墨西哥，总统涅托表示绝不接受这个有辱国家的方案，当即取消了两国总统会面计划。边城蒂华纳举行了声势浩大的“拥抱而非隔离”抗议活动，华瑞兹市数千人涌向边界，手挽手连成3里长人墙，国会议员格拉愤怒地爬上10米高墙，坐在上面大叫:“进入美国轻而易举，可见这堵墙是多么无聊。”连柏林市长米勒也打抱不平:“不要建什么墙，不要重走隔离的道路，造成奴役和痛苦，摧毁数百万人的日常生活。”

其实这堵墙的发明者并非特朗普。

美墨边界从太平洋到墨西哥湾，长达3000多公里，在东部是格兰德河，中部在沙漠，西部在山地和河谷。格兰德河经常泛滥，河床移位便引起边界纠纷。后来洪水不再是主要问题了，洪水般的偷渡和难民潮成为两国中西部边界的主要矛盾。美洲大陆经济发展不平衡，美国成为世界首富，肥得流油。邻居墨西哥依然贫穷，边界变为一条经济鸿沟。墨西哥的GDP只有美国的1/15，普通劳动者两天的收入不及美国两小时。两国山水相连，抬腿就到，越境打工习以为常，当保姆、做园丁、农场种草、饭店刷盘子、工厂干粗活。一般都与当地人相处得不错，美国人亲切地称之为“老墨”。有个笑话，记者采访，美国一边都是干干净净，而墨西哥到处脏兮兮，问为什么，回答都到那边搞卫生去了。

导致大量非法移民涌入，还因为美国社会有巨大需求，倒虹吸。美国劳动力缺乏，脏活累活要有人干。有些单位为了低价雇人，不问来路，睁一只眼闭一只眼。全美现有无证移民 1100 万人，52% 来自墨西哥边界。少数人持旅游签证，逾期不归，多数人非法入境。不光墨西哥人，还夹杂了不少中南美洲人，海地地震难民。他们漂洋过海，穿越丛林，跋涉沙漠，都来美国找生活。圣迭戈对面的蒂华纳，由于难民滞留，棚户堆积，收容所扩大，人口膨胀到 164 万，成为墨西哥第三大城市。靠近边界一个足球场大的地方，天天聚集千余人，等待夜幕降临，集体越境。圣迭戈东边的帝国县，载满偷渡人员的大篷车成队成行，横冲直撞，一般都有“土狼”牵线引路。边境巡逻队劝阻无效就逮人，1986 年圣迭戈警方抓到 629566 人，超过了拉斯维加斯人口。强大的美国被这些“游击队”搞得防不胜防，手忙脚乱。忍无可忍，1989 年就在圣迭戈建起了第一段隔离墙，并向东延伸 46 公里。

从此社会争议不断，克林顿、小布什到奥巴马，都睁一只眼闭一只眼，建建停停，原计划 2011 公里的工程，30 年才完成了一半，而且质量不高。轮到特朗普一反常态，要坚决夺回边界控制权，竞选时大声疾呼，上任后雷厉风行，三年为期，投资 216 亿美元，强势建墙。要求墨西哥埋单，不答应就提高 20% 关税。还扬言截留汇款，墨西哥每年侨汇收入 269 亿美元，96% 来自美国。“老墨”们害怕了，当月向家乡汇款达 20 亿美元。

圣迭戈是特朗普修边墙的试点，从市中心开车南行，十几分钟就到边界。这里有美国西南边防的“三关口”：圣伊西德罗、奥德梅萨、特卡特。圣伊西德罗是世界最繁忙的口岸，一年 365 天，一天 24 小时，车水马龙，每年通过行人 690 万，车 1390 万辆。

奥德梅萨每年行人350万，车760万辆。特卡特每年行人70万，车100万辆。两岸道路畅通，秩序井然，人们手持签证，兴高采烈地从5号公馆进入加利福尼亚，去好莱坞，去迪斯尼，分享美国的繁华。“三关口”再往西，就是美国长城的起点，一直伸入太平洋中，形势与山海关老龙头相似。这里的长城不是实心墙，是一道铁栅栏。黑压压、阴森森，与蔚蓝的大海、金色的阳光相比有些煞风景。墙高6米，条状钢板，间隙不过10厘米，可以清楚地看到对面蒂华纳的楼房。

不可思议，这段长城还是复线，两道铁栅栏，相距二三十米。边警解释说，这堵墙从建起那天就永无宁日，屡遭破坏，平均每年500次。通常两人作案，一人用斧头劈开铁栅，一人用电锯扩大豁口，用的是蓄电池。他们干得麻利，边警赶到，人已经钻过去，逃之夭夭了，打时间差。亡羊补牢也需一组两人，一人焊接，一人防卫。后来道高一尺魔高一丈，他们不拆墙了，有的翻墙而过，有的地下挖洞，于是有了二道墙、三道墙。在东部边界还发现了一条商务通道，长219米，有照明和通风设备，用来运送毒品，每年有200亿美元交易。墨西哥大毒枭两次被擒，被关进美国监狱，都能逃回老巢。偷越过境者以打工者为多，也混杂了不少奸商、毒贩、恐怖分子，贩卖毒品、武器、药物、农产品，干扰了美国正常生活，对边警来说，边境就是一条重要战线。

这样就不难理解，特朗普为什么要“高筑墙”，而且高标准了。墙体要求实心钢筋水泥，深入地下2米，高6至9米，最宽7到15米，经得住大锤、电锯、起重机的破坏。形体还要美观，与周围自然景色相匹配，目前已有数百家公司竞标，并征求艺术家共襄此事，研究大墙的形式乃至细节问题。

面对铁墙，左看右看，想来想去，我这个普通的百姓也难于选边站。美国一方，出于国家利益，已经是被动防守，无奈之举了。墨西哥一方，确实也出现了一些人道主义问题。国际移民组织说，十多年来已有6000人直接或间接因墙而死。就在几天之前，还有一名墨西哥男子，被美国三次驱逐后，从这里一座桥上跳河自尽，西边海滩上发现了两具偷渡者的尸体。美国长墙像一把剑，造成了多少骨肉分离，出现了多少美洲的“孟姜女”。

尽管被称之为一道铁幕，也还开了一个光明的口子，铁栅上有一扇大门，周末开放，允许分离的家人见面。站在美国的友谊公园向南看，寂静的铁栅上有一排母亲的身影，翘首以待，伸着手臂，一动不动，像一幅剪纸。铁墙这边是她们的孩子，打工时生在这边，便有了美国国籍。上午10时铁门打开，孩子们通过一道栅栏，走向另一道铁栅那边的母亲。无法拥抱、亲吻，彼此伸手，十指相触，连通血脉，顿时哭声大作，铁墙变成了一道哭墙。

离开边界，铁栅的影子还久久地留在脑里，展现在眼前，挥之不去。我想象不出，未来的美国长城会是什么样子？美到哪里？是像中国长城一样永远地存在下去，还是像柏林墙那样有一天被推倒。但有一点是肯定的，它已经成为人类历史上一堵难以磨灭的墙。

2016.5

南加记事

一、包子、比萨、烧卖

2017年1月27日特朗普发布“七国令”，令所有美国大地上的人精神失常。有的欢呼，有的哀伤，有的愤怒，纷纷走出来游行示威。我身边的华人倒坐得住，静观其变。这一天恰逢中国除夕，原定次日的春节聚会雷打不动。应了家乡一句古话:“腊月三十拾了一只兔子，有它过年，没它也过年。”

这次派对由老肖做东，正好他买了海滨新居，装饰一新，灯笼、对联、福字、窗花，一色鲜亮的中国红。大家按原籍风俗，起五更赶来拜年加暖房。路途远近不同，近者几十公里，远则一二百公里，不像故乡石家庄，叫个庄字却是个大城市，低头不见抬头见。洛杉矶名曰城市，实际是个大乡村，人们逐公路而居，星星点点，少有村落，邻居都相距几百米。

各家带来自己的年货，入席共享，刘伶醉、十八酒坊、板城烧、御河春、滴溜、泥坑，凑起来就是一个河北品酒会。棋子烧饼、驴肉火烧、煎饼果子、绿豆饹馇、豆馅馍馍、枣花年糕，摆在一块就是一个燕赵美食节。浓浓的年味、浓浓的乡情，敞开肚皮吃啊，吃饱了不想家。

“独在异乡为异客，每逢佳节倍思亲。”大家不约而同选择向西的位置，站起来，踮起脚，望啊，望啊！大洋那边就是祖国，仿佛看到了烟花，听到了鞭炮，听到了亲人的呼唤，相继拿出手机，拨通微信电话，父亲母亲、兄弟姐妹一下子跳到了眼前，隔海团聚了，感谢中国科学家这项发明，好像专门为海外游子研制的。

边吃美食，边议“春晚”，话题自然转移到中美文化的差别和融合上了，老马说在国内他就是个包子，深藏不露，因为吃过亏。一次厂里开总结大会，厂长讲究，问谁有什么补充，他站起来说了一二三，第二天就被下放到车间，从此不敢说话了。来美国学成了比萨，什么都摆在明面。企业开总结大会，总经理讲完问有什么补充，他站出来说了一二三，第二天就升为首席工程师。老朱说他是烧卖，半藏半露。老杨说他女儿是鸡蛋，外边是白的，里边是黄的，班上同学弹劾任课教授，只有她不签名，讲师道尊严。老马说他小儿子是香蕉，皮是黄的瓤是白的，美国幼儿园长大，不大会说中国话，他不会说英语，妻子当翻译。夫妻俩去大华超市，想把儿子留在家里，小家伙拿起电话就要报警，说把12岁以下的儿童单独留在家里，违反了监护法。

二、无移民日

洛杉矶访友，正碰上大规模游行示威，抗议新总统的“七国令”。人流如潮，滚滚而来，开车如逆水行舟，干脆停泊路边“观潮”。游行队伍中有老人、年轻人，黑人、白人，棕皮肤、黄皮肤，随着声声口号，人们挥动拳头，举起标语，打着横幅，波浪起伏。人潮声浪摇撼着路边的棕榈树，羽状叶片像旗帜逆风招展，为游行队伍助威。游行足足进行了三个半小时，声浪渐远，我还愣在那里，任激动的镜头在脑海里回放。

朋友赶来相接，日已过午，该吃饭了，找了几条街，饭馆、咖啡店都关门，连食品店、杂货铺都关门上锁。家家门上贴着同一内容的告示：“无移民日停业一天，支持移民员工和客人。”消息传来，加州从北到南，全美从东到西，各大城市统一行动，相互支援。首都华盛顿，游行人流从普莱森特一直涌向白宫，口号“我们都是移民”“没有人类是非法的”，市长鲍泽站出来发表脸书支持。活动发起人之一汉娜声明，活动要传达的信息是移民是这个国家的支柱和引擎，通过“无移民日”让大家知道，没有移民会是什么样子。加州民主党议员罗伊·阿说：“由于总统令，美国无证移民都可能被逮捕并遭遣返。”

社会传言，国安部调动10万民兵执法，纽约在7号地铁上搜查，加州已经抓捕160人，一时风声鹤唳，许多人如惊弓之鸟，不敢出门，不敢乘地铁，孩子不敢上学，不敢去图书馆，躲在家中，用床单堵住窗户，听到敲门不敢应答。

实际上也并非空穴来风，尽管执法对象是无证移民中有犯罪前科者，但是足以牵动美国人的神经，目前全美有500万人逾期滞留，600万偷渡者，这1100万人中有800万人已经非法打工，洛杉矶无证者占了总人口的1/5，这些人的第一份工作往往在餐馆，洗碗、跑堂、掌勺，害怕得之不易的美国梦就要破灭了。

美国是个移民国家，原住民印第安人几乎被殖民者斩草除根了，现在的美国人无非先来后到而已。奥巴马是非洲裔，特朗普的父亲是德裔。总统发布行政命令是宪法授予的权利，审时度势发号施令历来如此，罗斯福为珍珠港的原因，下令将美籍日本人送到集中营，艾森豪威尔下令阿肯色军队护送黑人孩子上白人学校，奥巴马下令不准遣返非法移民子女。现在特朗普惹恼了一部分人，可他当初也是大家一票票选举上来的。

三、雨中奇遇

加州狭长，西临太平洋，东部边界是一条直线，像一刀肉，一刀肥肉，位居美国首富，GDP超过法国，可排世界第六。气候只分雨季和旱季，雨量分布不均，北部一两千毫米，南部仅有350毫米，依赖雪水灌溉。去年此时我还在南加州，雨季无雨，连云彩都少见。持续数年的干旱，连路边的棕榈树叶子都枯黄了，像一根根鸡毛掸子。州政府一再下达节水令，庭院花草一周限浇一次，超额用水价增3倍。

今年天道大变，雨多而大，不再淅沥沥，而是哗啦啦了，好像专门为大选之年过度的政治热情泼冷水。2月16日“无移民日”，17日暴雨大作。我去洛杉矶国际机场接人，333个航班延误或取消，悻悻而归。雨越下越大，瀑布一样倾泻。眼前没了路，只有飞溅的水花，街道成河，小车如舟。不时有大风刮倒的树木横断马路，警察严阵以待，告诫司机小心，已有一人遇难。

大路不通走小路，左拐右拐误进影城，走过木桥街、月桂大道，前面有一妇女摆手，示意脚下一个大坑，一间房子大小，深不可测。一辆箱车倒挂坑边，一辆轿车四轮朝天。她就是轿车的主人，一不小心连车带人落进坑里，窗外车轮还在旋转，水位不断上升。她用尽力气爬出来呼叫，阻止后来的车辆。这情景近在咫尺的好莱坞应该抢拍下来，省得满世界猎奇了。

无奈路边投宿，电话在雨中损坏，住了一夜“黑店”。天明出发，沿途惨不忍睹，许多民房泡在水中，露台成水盆，庭院变泳池，杜瓦迪市一处山体滑坡，宽 300 米，长 1000 米，3 个足球场一样大。山下 200 户居民已经疏散，留下黑洞洞的窗户，可怜巴巴地望着路人。有心人拍下视频，连日下雨，山体泡酥，开始小块松动，后来大块滑坡，夹着岩石、沙土、草木，轰隆隆垮塌下来，势不可挡。

偏偏州气象台发布更大威胁，北部奥洛维尔和安德森水库爆满，岌岌可危。加上这两座水库年久失修，溢洪道老化，下边河床又被树林和民居堵塞，随时会有灭顶之灾，20 万人需要疏散，2000 万人受影响。

所幸大雨适可而止，两天降水 200 毫米，刷新 22 年记录，也解了长达 6 年的旱情。大雨也冲刷出美国社会一个弱点，基础设施陈旧，5% 的公路桥存在结构缺陷。一号公路一度中断，一个主要景点毕索尔成为孤岛。初步统计，全州公路维修费 500 亿美元。

四、蜗牛、出租车

拥有属于个人的一套住房，是洛杉矶人的美国梦。之所以称梦是因为难以实现，当地房价较高，135 平方米的新房起价 40 万美元，390 平方米的起价 90 万美元。官方统计，一个四口之家，年收入要 10 万美元才买得起房，这个门槛把半数居民拒之门外。美国中东部购房门槛相对低些，圣路易斯 3.8 万美元，芝加哥 5.7

万美元，迈阿密 6.6 万美元，华盛顿 8 万美元，纽约 9.2 万美元，最高的是旧金山 16 万美元。

加州与中国相反，穷人住在大城市里，洛杉矶有几条街，马路两边挤满了破旧帐篷，他们不是临时的乞丐，而是正儿八经的永久居民。富人住在海滨和乡间别墅，广大中产阶级逐公路而居，开车上班，汽车是美国人的腿。隔百把公里有个“帽儿”，有几家超市、邮局、药店，二三百户的村房就称得上市或县城了。

中产阶级年收入 4 万美元到十几万美元，每月住房开销平均 2294 美元，包括首付房价 20%、房贷利息 4%、房产税，一般占家庭债务的 3/4，扣除各种税费、伙食费、汽油钱，所剩的零用钱不过三五百元，买下房子，好比蜗牛上背个大壳，艰难地爬呀爬呀，所以不少家庭为了房子不要孩子，只管及时行乐，戏称生孩的女人是傻子。

国内方兴未艾的学区房，大概也是从美国传来的，学校有九年制学校（包括小学和初中）、四年制高中、社区大学或重点大学。年轻人成家立业，在学校周围买房或租房，越是名校吸引力越大。孩子大了，卖掉学区房再买养老房，美国人平均 7 到 10 年搬一次家。我认识的人多与学校有关，有的上大学，有的读高中，家长陪读。衡水中学稳产高产，根本原因是种子好，到全省各地挖初中生尖子。美国是世界上的衡水中学，挖各国的尖子学生，中国例外，不少是送上门来的，目前全美有 32 万在读大学生，南加州就有 5 万，占在校学生的 15.63%。

几位学生家长，见面就诉苦。儿女是前世冤家，今生来讨债的，填不了的无底洞，买不起房就租房住，每月一两千美元的租金，还有名目繁多的税费，连捉老鼠的、治白蚁的都上门要钱，坐在屋里就像坐在出租车里，不知道人家如何绕道、跳表。尤其是那个厨房，外国人不炒菜，烧烤在室外，灶台只加工半成品，抽油烟机安得老高。中国人以食为天，厨房是地，离不开煎炒烹炸，平时讲口福，期满退房就噘嘴了，稍微发现一点烟熏火燎的痕迹，就必须粉刷一新，不满意就罚款，多交半年到一年的租金。所以不少中国人，从租房那一天就改口吃西餐了。

五、卡拜斯花田

加州有最好的阳光，却又有个费解的风俗，不准晒被子、晾衣服，一切靠烘干机。机器哪比得上太阳，费工费电，效果也不好。衣物经太阳一晒，干爽绵软，还有一种特殊的味道。儿时在老家，天天钻进经母亲晒过的被窝，香甜入睡。

朋友笑而不答，带我出门。从他家向西，芳草如茵，绿荫蔽日，很快上了五号公路。今年雨水多，路旁野花烂漫，我要下车观花，他却加大油门，颇为遗憾。不久驶入一个小镇，英语标牌写着：卡拜斯花田。朋友神秘地停车路边，说让你看个够。

路边有长长石栏，俯身望去，好大一片花的海洋，万紫千红，好像一块巨幅鲜艳的地毯，又像一道美丽的彩虹，不见首尾。微风吹过，涌动着彩色的波浪，散发着幽幽的花香，把风也染得香喷喷的，撩人心醉。

走下台阶，寻到彩带的开端，是一面鲜花组成的美国国旗，蓝蓝的方块、白白的星星、红红的彩条，每一条都有几百米长。今天是周末，游人如织，排队进门，迫不及待扑向花田。先爬上一辆绿色拖拉机，像乘一条画舫在花海畅游，层层彩浪扑面，让人大饱眼福，美得淋漓尽致。花田面积四五千亩，转一圈足足50分钟。不能尽兴，我又步行深入画面之中，看它的细部。一条条垄沟，花棵长在垄背上，一两尺高。花是同一品种，毛茛科草本，类似玫瑰、蔷薇，花朵开在顶部，集合成球状，如小孩的拳头，还有更小的花蕾、骨朵。一块地一种颜色，几十米宽，红、橙、黄、绿、青、蓝、紫，所以就形成了彩带，展示着太阳光谱，让人触摸，让人品味，甚至“听”到花开的声音，一朵花一个嘴巴，组成了美丽动人的和声。

游人中多半是少年儿童，父母抱着儿女，老人牵着孙孙，走进花海，融入花海。对于任何国家和民族，花朵和儿童都是同一个概念。他们活蹦乱跳，欢歌笑语，各种拍照，临走再买一束鲜花带回家去，把加州的阳光带在身边，长久保存。

不用朋友解释，我明白了，这里为什么不晒被子，不晾衣服。因为这里的自然环境太美了，美到不容许一点杂物，谁也不想去破坏它。朋友说得更实际一些，你晾晒衣物，挂“万国旗”，邻居就会投诉，你破坏了一方环境美，他的房子就会贬值。

六、绿卡、白卡、红蓝卡

特朗普上任后第二次碰壁，是废除奥巴马健保法案流产。先是遭最高法院5∶4否决，接着共和党占多数的众议院未予通过，连本党的个别议员也不给面子。“奥记健保”又称平价医保，要求人人参保，50人以上的公司为员工缴保，否则处罚。社会对立面是低收入者和健康人群，以为强制医保剥夺了公民“选择的自由”。但是废除“奥记健保”也把许多人吓了一跳，因为卡了奥巴马，殃及各种卡，绿卡、白卡、红蓝卡，与民众息息相关。

绿卡地球人都知道，不多说了。红蓝卡是联邦政府为老人、伤残人设的医疗保险，享受免费医疗，条件是本国公民及持有绿卡五年。白卡是加州政府为低收入、低资产者提供的医疗补助，享受免费医疗。申请人除了身份、居住期还有资产限制，只有一栋房子一辆汽车，个人资产不超过2000美元，月收入不足1200美元。交一定保险费，有了白卡自动获得红蓝卡。

美国实行“信誉系统”，政府相信个人的申报材料，审查宽松，给了一些人“沾光”的机会。移民研究中心统计，2015年移民家庭（包括非法移民）平均获得联邦福利 6234 美元，高出本土居民 4431 美元的 41%。有个典型人物，晚上公园睡长凳，白天到处领福利，包括现金，一年攒下 7 万美元，回国带老婆偷渡过来，过上幸福的日子。

有的人自以为精明，随子女移民过来，国内退休金和美国福利两头吃，“不拿白不拿”。国内房产过户到子女名下，在这里每月领几百美元补贴。儿子住豪宅、开好车，来老年公寓看望。这回要秋后算账了，撒个小谎找了大麻烦。一旦查出来，申请人和担保人都要承担刑事责任，罚款 25 万美元或 20 年监禁。

特朗普商人出身，精于算计，要清理经济欺诈，有些精人就傻眼了。有位老先生三年前出车祸，有律师找上门来，帮他打官司。现在官司赢了，通知他去领数万美元赔偿。老人不敢去领，有这么多钱，白卡没了，红蓝卡也没了。往年生病住院不花钱，没卡就一切都完了。

在美国住医院，动辄几十万美元，普通人就得倾家荡产，不说开刀、抢救，叫一次救护车 1400 美元，化验一次血 1200 美元，加一个病房护理，白天 1800 美元，晚上 4580 美元。难怪许多人有了绿卡，体检、看病都得往国内跑，大包小包往回带药。本土人下班就去健身房，周末跑步骑自行车，一半为锻炼身体，一半怕花钱治病。

2016.5

探秘南美洲

闯 世 界

应邀参加第七届麦德林国际诗歌节，中国作协外联部小江同志递给吉狄马加和我机票，每人 8 张，北京—新加坡—巴黎—波哥大—麦德林；麦德林—波哥大—巴黎—法兰克福—北京。并附有各个航班起落时刻表和当地中国大使馆电话号码。接过厚厚一沓花花绿绿的机票我有点眼晕，小江鼓励说，环球旅行，浏览几个世界级的机场，机会难得，你们两个彪形大汉去闯世界吧！闯世界倒不发怵，只是换乘时间逼人，只有 1 到 3 个小时，害怕人地两生、语言不通误了航班。商定马加的手表随时拨改为当地时间，我的手表保持北京时间，确保万无一失。

6 月 11 日 16 时 40 分乘新加坡航空公司航班离开北京。新航的服务果然名不虚传，漂亮的空姐浅施粉黛，圆领紧身上衣，前开褉裙子，丝绸布料金线碎花，个个娉娉婷婷，如严格挑选的舞蹈演员。一双双玉手不停地分发报刊、递茶倒水，永不消失的微笑，永远地彬彬有礼。我们沉浸在温馨之中，不知不觉 6 个小时过去，窗外早已是灯火烂漫。驾驶员技术高超，着陆竟毫无感觉。

据说新加坡樟宜机场规模为世界之最，可惜夜色笼罩难见全貌。踏上传送带，又步入大厅，向前又向左，约莫 20 分钟才走到巴黎班机口。一路草绿、淡紫的地毯，两旁货柜琳琅满目，如同置身春园花径，只此一隅可见整个机场的繁华兴盛。

12 日零时 20 分起飞，仍是新航班机，“波音 747” 换成了“空中客车 340”。舱内设备更为先进，每个座位前面有个小电视屏幕，安装在前排座椅靠背后面，遥控器则在自己座椅扶手上，可以选择 15 个频道的节目，还有中文字幕。有一个频道全是文字和数字，随时报告飞机的位置、里程、高度、风速，以及起飞地、目的地和当地 3 个时间。因为已是午夜，灯光暗淡下来，便于大家入睡。我的生物钟一向准时，北京时间 7 时睁开眼，舷窗还一片漆黑，便插上耳机看电视，空姐摸黑递来热毛巾和一杯白水。我们的飞机自东向西飞，地球也由东向西自转，加上时差这个黑夜显得特别漫长。飞过黑海时才见晨曦，结束 13 个小时航程到达巴黎才是当地上午 8 时。

戴高乐机场排名欧洲第二、世界第五，大草原般一望无际，平均每分钟一架飞机起落。偌大的 1 号航站楼，看不到一个方块字一个黄皮肤，我俩立刻变成了聋哑人。我有点紧张，马加从容不迫，手持机票见人就问波哥大，终于碰到个好心的蓝眼睛，你来我往打手势。那人在机票上写个 B2，又听出一个单词巴士，马加领悟到要下楼出门乘巴士找 B2。巴士是机场的班车，司机点头允许上车，我们挨近他坐下，不时地出示机票相问。1 号航站楼是一座城市一样大的圆形建筑，行驶 20 多分钟下车。B 区很大，99 个登机口，两层楼上来下去若干次才找到 B2，领了登机牌又确认了行李，心里才一块石头落了地，第一关顺利地过去了。

3 小时后乘法航班机飞往波哥大，同样的“空中客车 340”，内装修简化了许多，服务水平相差甚远，空姐换成了空姨、空叔，有位空姨颇为富态，中间走道几乎过不去。递过来的不是热腾腾的毛巾，而是巴掌大一块湿纸。饭菜也很乏味，大概是法国经济不太景气的表现。飞机穿越大西洋一直向西，超长的黑夜之后又是一个超长的白天。抵达哥伦比亚首都波哥大，改乘国内航班，需要取出行李重新托运，马加的行李到了我的没到，他安慰我可能直达麦德林了。1 小时后飞抵麦德林机场，仍然未到。

奇怪，马加高档大皮箱健在，我极普通的尼龙包却丢了，让人胡思乱想。我包里带有治胃病的摩罗粥粉，莫非是当毒品查禁了？麦德林是世界最大的贩毒巢穴。机场答应查询，第一天没结果，第二天仍然没结果，我有点沉不住气了。箱子里的东西不值仨瓜俩枣，只是第三天晚上有我的诗朗诵，衣服好办，马加帮我买了件当地产的花衬衣，可是中文和西班牙文的诗稿都在里面。一二十年前自己的作品背不过来，当地刊物上有我的诗，可是从西班牙文再译成中文驴唇不对马嘴，让人哭笑不得。可巧在离上场半小时前行李从巴黎追回来了，我取出诗稿匆匆赶往会场，并即席创作一首关于行李的诗，赢得最热烈的掌声。

21 日返航，飞抵巴黎已是 22 日当地时间 11 时 30 分。戴高乐 2 号航站楼规模略小于 1 号，整个造型像一张嘴，上下两唇分 ABCD 四区，下飞机不见人接，进 B 区也没人接，我们摸到去法兰克福的登机口。马加把机票和电脑记录递给一位年纪较大的女士，女士看了耸肩摇头，马加一手比画打电话一手指指上方，让她请示上级，电话打通了，而且很快有了结果。女士把电话交给马加，传来一口广东话，让我们 18 时改飞伦敦，19 时到达，20 时直飞北京。女士当即开了机票、行李转运票、外加一顿免费午餐券。我们稍稍松了一口气，想不到难题轻而易举地解决了，我俩相视一笑，丢了一个法兰克福捡了一个伦敦。

起飞前半小时，广播喇叭呼唤起伦敦，我们不慌不忙乐滋滋地走向检票口。小姐验过机票、护照正要放行，走过来一位年纪稍大带有绅士风度的先生，要过来机票、护照复查，少顷伸出手做了个暂停的手势，召集几位工作人员叽里咕噜地研究起来。马加脸色变了，担心要出问题。我说按航空惯例行李随人走，对不上号不能起飞。70 年代有位恐怖分子，行李裹着炸弹，中途加油时溜了，飞机再起飞不久空中爆炸了，机上人员全部遇难，从此对人与行李核对很严，我拉过马加的手看看表，现在我们的行李已经上机了。

我的判断很快被否定了。绅士说了声 Sorry，领我们曲里拐弯走好长一段路到C区机场总部，让我们止步他独自进去，后来又要去我们的身份证。肯定遇到了棘手难题，人员进进出出，时时传来大声争吵。马加分析，机场是法国的，只要按国际惯例到伦敦不出机场就可以转机；绅士是代表英国的，强调没有英国签证不得入境。过了一会儿，室内沉寂下来，大概最后达成了什么协议。绅士出来说拜拜。我的庄稼火上来了，上前抓住他，问题不解决你别走。总部找来一位会说汉语的马来小姐，说决定让你们改乘明天19时法航班机直飞北京。马加说我们的行李怎么办？小姐说我们负责追回。说着开出机票、行李转运票和两顿餐券，让我们在候机室过夜，我积攒的愤怒爆发了，攥着拳头怒吼："这一切都是法航造成的，你们必须负责任，我要到国际法院控告你们！"马来小姐看我态度强硬她就软下来，改变方案，请我们到机场外边一家五星级宾馆去住，她负责给办签证。

大摇大摆走出机场海关，忍不住笑起来，这些法国佬平时对中国人何等严厉，在北京办个签证少说也得半月二十天，这回可好，不到5分钟就送货上门了。真是因祸得福，丢了个伦敦又捡了个巴黎，刚才想都不敢想的事转眼就要变成现实了。到了宾馆与大使馆联系，回答说全体人员都忙于香港回归，执行所仅有的一部车被山东代表团包用了，你们雇个出租车来市区吧！我们洗漱一番，酣然入睡，做了一个长长的巴黎梦。不想一觉醒来，已经上午10时多了，耽误了大事懊恼不已，真是乐极生悲。还是马加当机立断，这种机会今生今世不会多的，赶快抢时间，宾馆出租车少就折回机场，截个出租车一边出示机票一边打手势。正好昨天买的巴黎画册派上用场，按图索骥指挥语言不通的司机直奔巴黎市区，沿着香榭丽舍大街，沿着塞纳河走走停停，浏览了凯旋门、埃菲尔铁塔、卢浮宫、巴黎圣母院、凡尔赛宫、巴士底歌剧院、王宫、先贤祠、圣雅克塔、红磨坊、圣心院等仰慕已久的名胜古迹，像乘快艇穿越法兰西湍急的历史河流，获取无与伦比的艺术享受，灵感和照相机频频闪光。呵，巴黎，一天等于二十年。

气喘吁吁回到机场，在候机室碰到一个中国代表团。十几天来第一次用汉语交流，特别亲切，话也特别多。当说到机场遭遇时，他们也有同样经历。只是他们带有翻译，较早地打听到这次事故的原因是机场法兰克福一线工人罢工，这个老大帝国出于面子不好说明。航站楼几天来支吾搪塞、出尔反尔、打了多少哑语，谜底原来如此。说破了，一笑了之。憋在心中的窝囊气消了一大半。

23 日 19 时飞机缓缓离开地面，告别了令人啼笑皆非的戴高乐机场，告别了度日如年的异国生活，回到了黄皮肤和悦耳的汉语之中。因为飞机逆地球自转一直自西向东，好像顺应我们急于回家的心情，这一个黑夜是那么短促，巴黎 22 时天还大亮着，北京时间次日 2 时舷窗早已染透早霞。回到北京屈指一算，往返 14 天，越过三大洋三大洲，行程 6 万公里，比地球周长还多 1/3。下飞机行李还没到，马加查询，电脑显示它们已经单独到伦敦旅行去了，比我们还多出 2000 公里。

外联部的小江专程到机场迎接，像迎接天外归来的宇航员一样看着我们，两个不懂外语的人终于完成了一次闯世界的任务，马加苦笑着说，这次我可下决心学外语了。

1997.7

盛匪波哥大

赤道线上的陆地，不是寸草不生的沙漠就是蚊虫肆虐的沼泽，唯独哥伦比亚山清水秀、瀑布如画。当地有这样一个传说，上帝创造世界时一个天使抗议，如此偏爱一个国家是不公平的。

首都圣菲波哥大位于北纬4度，6月中旬白天地面才20℃左右，因为它位于东科迪勒拉山西侧的苏马帕斯高原谷地，海拔2600米。这里的气温不是由纬度而是由高度决定的。同一座山脉，上下之间有春夏秋冬风景；同一座城市，街头巷尾有四季鲜花。花市像饭馆、商店一样多，普通的春兰秋菊，珍贵的奇花异草，应有尽有，水灵灵顶着露珠，浓郁郁吐着馨香。这一切都来自郊区大规模的花田，专业化分类，成批生产着各种花卉。远远望去，杜鹃一抹朝霞，雪兰一方蓝天，银菊一片白云，一车车包装整齐的花束准备运往机场，哥伦比亚是世界第二花卉出口国。

市中心广场，花丛中活动着各种肤色的人们，白人、黑人、棕色的印第安人、白人和印第安人混血的梅斯蒂索人、白人和黑人混血的穆拉托人、黑人和印第安人混血的扎木博人，真是一个民族的大花园。这些花朵和花树一样的彩色喷泉，都朝向广场中心一座骑着骏马的高大英武塑像，共和国的缔造者、拉丁美洲的解放者——玻利瓦尔。

西班牙殖民者尾随探险家哥伦布踏上这被聂鲁达称之为飘着花香的土地，于是有了哥伦比亚。公元1538年刽子手贡查洛·希梅内兹建立了波哥大城，开始了200多年的殖民统治。在用血、火和酷刑镇压了印第安人的反抗之后，殖民者和当地出生的欧裔克里奥尔人成为主要矛盾。被称作“拉美华盛顿”的玻利瓦尔出身于陆军上校之家，受启蒙主义思想家的影响，漫游欧洲寻求真理，献身于独立战争。1810年在加拉加斯起义，三次失败又三次崛起，1819年像当年汉尼拔翻越阿尔卑斯山一样，率领衣衫褴褛的士兵爬过5000米的安第斯山绕到敌人背后，在波亚卡一举击溃殖民军4000多人，并乘胜追击解放了多半个拉丁美洲，成立了大哥伦比亚共和国。

中心广场熙熙攘攘的人群有不少是失业者。官方公布的失业率为12.7%，波哥大600万人口中就有一支76万人的失业大军。哥伦比亚人比较乐观，失了业也不愁眉苦脸，有的围在一起打扑克，有的横卧长椅蒙头睡觉，饥肠辘辘时，他们就想起了玻利瓦尔。

遍地鲜花掩盖不了种种丑恶，圣菲波哥大盛行土匪和暴力，被称作“拉美最危险的城市”。市长安塔纳斯·莫库斯承认凶杀率为0.76‰，平均每天有10人死于暴力。抵达波哥大当天晚上，我就从电视屏幕上看到一起汽车爆炸案，当场伤亡12人。第二天又看到总统和国际部长为与歹徒搏斗而死难的警察扶棺送葬的场面。朋友一再叮嘱不可单独上街，要结伴而行，晚出早归，处处小心。走在街上不时有一队队武装巡警擦肩而过，大小铺面门口都有荷枪实弹的保卫人员，朋友说那是专门对付抢匪的。波哥大几乎人人被抢劫过，所有华人饭馆无一幸免。新华社3名记者原来不信，时日不多一个个都有了受害的经历。前不久一名辽宁人来这里做手表生意，突然被枪杀于寓所。去年有个德国人无端被杀，家人报案，警方习以为常未有结果，最后德国政府出面抗议，很快便抓住“凶手”枪毙了，当地人都知道是替死鬼。

哥伦比亚还盛行绑票，据说全世界1/3的绑票事件发生在这里。控制大部分农村地区的游击队竟然把它当作生财之道，1990年以来全国1万起绑票案中有半数是他们干的。赎金从数百美元到数百万美元不等，被绑票者有1/10被撕票。绑票的对象多是自卫能力不足的中等家庭，外国人占一成。有个名叫弗里达·斯波瓦克的犹太女人，交出50万美元赎金后急忙移民走了。她当过心理咨询医生，说再没有比长期绑架造成的心灵创伤深重的了。

面对如此猖獗的暴力，举国上下群情激愤。去年12月，全国50万人游行示威，抗议绑架活动。官方扬言取消私人拥有武器的法律，但是收效甚微。几乎明码标价花20美元就可以雇一个杀手，平民百姓接受了一种崇尚暴力和把暴力理想化的文化。游击队出现已经半个世纪，全国1000个市政地区有500个地区常有游击队出没。最大的一支1.3万人，首领是传奇式人物曼努埃尔·马鲁兰达，号称“神枪手”，在中科迪勒拉山占山为王。

造成暴力的另一个原因是贫富不均、两极分化。占农村人口0.7%的大庄园主拥有土地的40.9%，占农村人口3.6%的大农场主拥有土地的26.6%，而占农村人口73%的小农只有土地的7.2%，还有500万人根本没有土地。占全国人口5%的富人拥有国民收入的40%，占全国人口60%的普通人只有国民收入的15.9%。城市里有数百万15岁以下的童工，根本没有劳动保障。

莎士比亚说过：“没有德性的美转瞬即逝。”号称花都和“拉美雅典”的波哥大因为这些丑行光彩黯淡了，满街花儿似乎也开得有些做作了。

1997.7

毒巢麦德林

麦德林位于中科迪勒拉山北端的阿布拉山谷，青山环绕，碧水中流，是哥伦比亚园中的花、花中的蕊。可是若干年来鹊巢鸠占，被贩毒集团搞得乌烟瘴气、声名狼藉。尽管臭名昭著的“可卡因大王”巴勃罗·埃斯科巴已经毙命3年了，可是当地人谈论起来依然讳莫如深，觉得是地方的耻辱。越是如此，越是激发我的好奇心，最后找到一位开饭馆的华侨林先生。

林先生说大毒枭是个神秘人物，没见过他本人，见过他不少爪牙，常常来饭馆搞名堂，大把大把地甩美元，要牛鞭、鹿茸、海狗肾。每次接钱时他手都发抖，说不定哪会儿警察摸来，一阵枪战砸了他的饭碗。

埃斯科巴在麦德林建立了“国中之国”。他拥有100亿美元不义之财，拥有飞机、轮船、车队和最现代化的通信工具。他用一只手掌握专业武装，专门与军警对抗，采取种种手段杀害缉毒人员，总统候选人、国家总检察长、司法部部长、大法官都曾惨死于他黑手之下。他曾经指使人爆炸国家安全部，死伤500人，曾经在空中引爆一架飞机，机上107人全部遇难；他另一只手大把大把地掷买路钱，为罪恶行径开绿灯，受贿的上至前国家元首、政府首脑，下到普通军警。就是这样一个十恶不赦的恶魔，竟然凭着钱能通神，在麦德林称王称霸，还当选了市众议院候补议员。埃斯科巴的肆无忌惮惹恼了白宫，声言要捕获他并引渡到美国去。大毒枭权衡利害，1991年6月到麦德林市政府自首。

林先生指着远处一座山头说，埃斯科巴曾经“关押”在那座山后，名义上是监狱，实际上是他自己设计的宫殿。里边有音乐厅、游泳池、保龄球室，奢侈豪华不亚于五星级宾馆，看守人员都是仆人。他照样花天酒地，照样坐镇指挥全球毒品交易。一年后事情败露，埃斯科巴“越狱”潜逃，与警方捉起了迷藏，明明就在眼皮底下，警察们却处处扑空，因为处处有他的耳目。美国人气急败坏，抓不到埃斯科巴誓不罢休。大毒枭慑于美国的威力，派人与政府谈判，他可以出来就范，条件是允许他老婆孩子去波恩定居。政府答应了，可是他老婆孩子登上飞机后他自己没有行动。这个混世魔王毕竟没有多少知识，政府可以收回许诺，德国也可以拒绝入境。他老婆被遣返波哥大后，迫不及待地打电话给他。监听的军警顺藤摸瓜，包围了他在麦德林体育场附近的窝点。埃斯科巴爬到楼顶上哀号:“我身上有6000万美元，能否买一条命？”话音没落，这个恶贯满盈的罪魁祸首便倒在密集的枪声里，传说那血是黑锈色的，至今还在。

林先生说埃斯科巴死时，天空半阴半晴。多数人拍手称快，也有人低头叹息。在麦德林郊外他的家乡思给加多举行了隆重的葬礼，成千上万人加入送葬的行列，此起彼伏地呼叫“巴勃罗”。大盗亦有“道”，这个伤天害理的魔鬼害怕上帝的惩罚，为了把大量非法收入合法化，拿出一小部分钱修桥铺路、修缮教堂、请医义诊，盖一批房子分给穷人。大部分钱用来投资，据说麦德林市40%的财产、思给加多50%的投资属于他和他的贩毒集团。这种伪善的面目，短视的人不愿意看破，色盲的人黑白不分，当地报刊甚至荒唐地称之为“当代罗宾汉”。

美国人为什么“替天行道”，充当反毒的急先锋呢？林先生说基本上是出于本国利益。去年哥伦比亚外长估计，最近世界每年毒品消费约800吨，相当于5000亿美元。根据20世纪80年代末统计结果，消费2000亿美元时，美国占世界毒品消费总额的60%，高达1200亿美元，占国内生产总值的3%，有瘾君子4000万，占美国总人口的1/6。白宫官员吸毒屡禁不止，海军陆战队也参与毒品贩运。再者美国缉捕毒枭意在收获美元，一位美国秘密特工人员披露，他们已找到了成千上万亿美元的下落。如果把毒枭抓到美国处理，罪犯可以同检察官达成交易，以换取减刑和其他好处。这样一来没收他们的财产顺理成章，将给美国国库带来成千上万亿美元。这个数字可以同美国的公共赤字相比。

世界毒品生产和贩运中心在拉美玻利维亚、秘鲁、哥伦比亚三国。可卡因的生产原料是古柯叶，上述三国古柯叶产量占世界的99%，可卡因产量占世界的75%，贩运到美国的可卡因占美国消费量的90%。种1亩古柯的收入是同样面积咖啡的10倍，稻米的20倍，1万平方米收入可达7000美元。每公斤可卡因在原产地标价1200美元，贩到芝加哥批发价6万美元，零售价15万美元，利润高达125倍，巨大的利润空间引诱农民弃农种毒，不法分子铤而走险。

20世纪80年代以来，拉美国家扫毒加大了力度，抓获大批毒贩，包括古巴的将军、玻利维亚总统，埃斯科巴之外世界最大的卡利贩毒集团7个头子全部归案。在安第斯山区摧毁了大片古柯、大麻、罂粟种植园，捣毁了一批毒品加工厂。1990年2月，拉美三国与美国签订了《卡塔赫纳声明》，布什答应4年提供22亿美元扫毒援助。克林顿上台后，这项援助从每年5亿美元减少到1亿美元，引起拉美普遍不满，拉美与美国互相指责。去年7月，美国国务院宣布："鉴于桑佩尔总统在对哥贩毒集团的斗争中采取不同美国合作的态度，美国政府决定吊销其入美签证，禁止他今后以任何身份踏入美国国境，也将不允许他参加联合国大会。"哥伦比亚政府表示极大愤慨，重申不会屈服于外部压力，即使在没有外援的情况下，也将继续对贩毒集团进行坚决斗争。

但是，麦德林这个曾经吸毒的"美女"，痛改前非、彻底戒毒，也是要经历一番刻骨铭心的痛苦的。

1999.7

绿宝石王国

有则法国谚语说，对于良妻要待如国宾、惜如宝石，而我以往对贤惠的太太只知役使不懂爱惜。这次来到哥伦比亚，听说这里的绿宝石是世界珍品，决心买一件回去，以弥补30年的怠慢。

朋友领我到波哥大市中心希门尼斯大街宝石市场，这里既有鳞次栉比的珠宝商店，又有首尾相连的街头摊贩。慕名而来的珠宝商人和礼品选购者人山人海，据说每日成交额以千万美元计。

走进任何一家珠宝店都会让你眼界大开，像宝石陈列馆一样，各种形状各种规格的宝石琳琅满目，让人眼花缭乱。比起同属一族的水蓝宝石、玫瑰宝石来，纯绿宝石格外醒目。它通体透明，从里向外放射着璀璨光泽，又带着颜色，浑然一体非常匀称的绿色。像盛夏早晨草丛上摇摇欲坠的露珠，像中秋午夜天空上闪闪发光的星星，而露珠和星星只能形容其形态，决然表达不出其神韵，在这里任何语言文字都显得无能和乏味。绿宝石一般不独立存在，而是镶嵌在精雕细刻的戒指、耳环、项链、项坠、手镯上，精细的黄金、白金、钻石只能做它的铺垫陪衬。面对这些珍奇，可以说颗颗让你心动，决定取舍的只有兜里的美元。绿宝石的价值，与体积、大小固然有关，但更主要的是色泽和亮度。少则一二百美元，多则数百数千万美元。我用 4 个月的工资选中一个戒指，据说带回国内会 4 倍地升值。上边有两颗绿宝石和一簇钻石，象征夫妻二人的爱情和儿孙满堂。商店开具了质量和等级证明，据说国营商店绝无假冒。

出于好奇心和求知欲，我请求朋友带我到一家宝石雕琢作坊参观，据说波哥大有 2000 多名工匠专营此道。这家作坊已有 100 多年历史，一个老师傅带着两个徒弟。按工序先看玻璃柜里的生料，像海盐粒一样的大块晶体。老工匠拿到生料，经过反复研究后制定切割方案，以取得最大利用价值和光泽为标准。之后根据形状、色彩和纹路确定雕琢手法。首先用金刚石锯刻出毛坯，然后用砂轮磨出棱角和球面，砂轮是用金刚石和铅制成的。绿宝石的硬度为 7.5 至 8，金刚石的硬度为 10，硬碰硬就要花费很多工夫。磨到一定程度再用铅锡合金制成的砂轮和研磨粉研光，然后用一种酸剂把附着在宝石上面的金刚石、磨料和锡粉清洗干净，最后把成品放在雪松油和加拿大香脂中浸泡起来，直到一尘不染。取出时绿宝石如贵妃出浴，光彩照人，上帝的手赋予了它生命。

打破砂锅问到底，这些绿宝石的生料来自何处？老师傅看我心诚，津津有味地谈起来。哥伦比亚绿宝石产地有二，一是以“特肯达马”为代表的木佐矿区，规模最大历史最久，位于伊托科河谷，在波哥大正北105公里处；二是以“公牛”为代表的契沃尔矿区，位于谷哈以南两河交汇处，在波哥大东北75公里，两处都属于东科迪勒拉山区。一般是露天开采，依山顺势如同修水平梯田，自下而上层层推进，像过筛子一样把山坡翻捡一遍，从中发现矿石。如果有矿苗，开始往往是石英般的小块颗粒，慢慢出现大块晶体，最后是矿床。绿宝石往往与大理石、方解石共生，需要一点点分离出来，运到河里冲洗干净。如果矿体巨大坚硬则要挖槽开巷步步掘进。哥伦比亚绿宝石藏量很大，据说可采面积80万公顷，截至目前仅仅采了1‰，产量占世界的55%。

70多岁的老工匠说，哥伦比亚绿宝石业发展史是厚厚的一本血泪账。哥伦布二次航海发现了哥伦比亚，几十年后皮萨达的远征军来到这片土地上寻找“埃尔·多拉多”（即黄金国），给哥伦比亚带来了深重的灾难。1555年，一位名叫德佩纳戈斯的西班牙军人在马掌里取出一块绿色发光的石头，断定他经过的木佐一带有绿宝石，成批的征服者涌来探查。其实印第安人开采绿宝石已经有500年历史了，西班牙入侵后他们封了矿坑，坚壁清野，使西班牙人一无所获。15年后他们垂头丧气准备撤退，杀鸡祭神时，从鸡嗉囊中发现了几颗绿宝石，蓝眼睛立刻亮起来，他们终于找到了矿脉。因为印第安人不肯出力，纷纷外逃，也没有成了气候。玻利瓦尔领导的独立战争胜利之后，1828年当地人伊格纳西奥与大哥伦比亚国政府签订了合同，聘请英国工程师利用先进方法开采矿石，哥伦比亚绿宝石才大放光芒。高品位绿宝石拿到巴黎，轰动了整个珠宝市场，这里的绿宝石被公认为是绿宝石中的极品。木佐矿区得到发展，并出资赞助了玻利瓦尔的革命事业。1896年契沃尔旧矿在丛林中被发现，从此哥伦比亚绿宝石业比翼齐飞。

从波哥大飞往麦德林，俯瞰安第斯山一片葱茏，整个一块美妙的绿宝石，拍摄下来一并带给我的妻子。

1997.7

在南美庄园

大会志愿者莉丽阿娜听说我和吉狄马加想见识一下南美庄园，便主动开来她的汽车，邀请我们到她父亲的庄园做客，同行的还有巴西青年诗人韦德松。

出城的路上车水马龙，莉丽阿娜说今天正好是周末，有钱的人都回到自己的庄园度假，把麦德林甩给了中产阶级和穷人。市外的公路比较简朴，对比之下两旁的山坡是那么豪华，绿荫之中不时冒出彩色的屋顶。整齐的森林像士兵的方阵接受检阅，伟岸的松、杉，修长的桉、柳，拔地参天的巨人树耶基多瓦，亭亭玉立的“美女”棕榈，其中还隐藏着名贵的经济树种，金鸡纳霜、檀香木、花梨木，可以制漆的柯巴树，可以染色的云实，还有新发现的一种苦贝巴树，竟然能够炼出石油来。

走出两个小时来到莉丽阿娜家的庄园，顺岔路爬30度的陡坡到一座铁门前。按门铃后，一个40多岁的仆人出来开门，然后汽车一直开到庭院。门口一座白塔，塑像是一位神父抱着婴孩，莉丽阿娜说安托尼奥神父是她家的保护神。铁栅栏里边是一幢T形的木结构住宅，向阳的横排是主人的卧室和客厅，背后的竖排是仆人的住房和厨房、餐厅。房顶是起脊的灰瓦，墙面是白色的，房檐廊柱和门窗都是红色的，大概远远望着很醒目。阴面外墙上钉着一个风干了的白色的水牛头，两眼大睁，双角弯弯。廊檐下吊着几个“古埃诺”，状似吊兰，茂密的叶子抱成球形。门前一棵名叫安托尼奥的灌木，有点儿像中国的凤尾草，叶子是紫红色的；还有一棵乔木叫嘎道，叶子是金黄色的；介于中间的一棵叫加杜，枝丫是淡青色的条状物，如同中国画上的松针。院子周围的果树有橙子、芒果、香蕉，都有了果实。从整个景观看，主人颇具美学修养，可惜平时少来，把它留给了仆人们享受。

坐在院内小憩，眼前几团晃动的翅影，发出嗡嗡的叫声。我说这里山大蜜蜂个头也大，莉丽阿娜说那不是昆虫而是一种鸟，世界上最小的鸟，形状像蜂名叫蜂鸟。它以花蜜和苍蝇、蚊子之类小虫为食，有的嘴短，有的嘴长而弯曲，可以伸进花蕊中吸食。蜂鸟有一种特殊的本领，可以倒退着飞。在花丛中飞行，忽而向前忽而退后，灵活自如。此物体态娇美，有的还拖着美丽的尾巴，像飘扬着一面彩旗。蜂鸟个小胆大，敢与鹰鹞搏斗，围绕着它们迅速进退，嗡嗡叫骂，直把它们搞得头昏脑涨落荒而逃。

在莉丽阿娜家的庄园里还可以看到南美洲另一种世界珍奇动物骆马，头似鹿，背如马，四肢像骆驼，淡褐色皮毛，个头和小鹿、川马差不多，两趾反刍。它以青草和树叶为食，习惯生活在海拔三四千米的高寒地带，可以负载百斤长途跋涉，几天不吃不喝，被称作“高原之舟”。被古代印第安人视为“神兽”，无人敢捕杀。后来因为生存条件逐渐变坏，濒临灭种的危险。

面前的小山名叫高乐尔地也拉，莉丽阿娜家的庄园 70 多公顷，足足占了一面山坡。山上以牧草为主，间或有三五成群的树木，在阳光下因山势而色彩浓浓淡淡，好像一幅油画，晚霞为它镶了一个金边。莉丽阿娜拉来三匹马，建议我们到山上领略一下自然风光。韦德松生在亚马孙河平原，第一次来到海拔 2000 多米的山上，高山反应强烈，心慌头昏，卧在地上不肯动弹，眼睛也懒得睁一睁。我生在华北平原，从未骑过马，望而却步。只有吉狄马加家住四川小凉山彝族地区，从小受过马术训练，不甘示弱地纵身上鞍，跟在莉丽阿娜后面。开始吉狄马加腰板有些僵硬，经过几次俯仰很快找到了感觉，潇洒自如起来，转眼两匹马跃上山巅，安第斯山上又立起一座小凉山，我真为吉狄马加骄傲。

我跟在仆人身后，趟着齐腰深的草浪去山腰看牛。山上土壤肥沃，雨量充沛，一路黑色泥泞。那牛们早吃饱了肚子，眯缝着眼睛，摇着尾巴，悠闲自得地慢慢倒嚼，享受着夕阳。我问仆人水草这般丰富，为何不多养几只？他说六七只足够了，专供主人一家的鲜奶和奶制品，这样可以保护自然风光。看那山峦草木依然安详如初，仿佛停滞在原始时代，让人不知秦汉，何言魏晋。偶有几只鸟儿不甘寂寞，叫喊几声，呼唤风和活力。这一番景象让我悟出了，拉美人为什么喜欢中国诗人王维，为什么那么多纳粹分子藏匿在这里。

吉狄马加和莉丽阿娜肩并肩地放马下山，夜幕也尾随进院。马加身体较重，坐骑出了一身大汗。仆人的儿子接过缰绳为马梳鬃洗澡，吉狄马加滔滔不绝地描绘山上风光，讲得韦德松流出了口水。仆人的妻子乘机插话，请大家进餐。

庄园的晚餐和景色一样动人。开始上开胃饮料，橙汁和巴巴亚—— 一种甜味的番木瓜汁。接着是奶味的瓜嘎德威（油梨）和阿巴乔可（嫩玉米），点心是夹馅的白玉米和黄玉米小饼以及烤香蕉，这里的香蕉当粮食吃。主食是葡萄干米饭，烤猪肉和椰子油煎鲱鱼片。主人津津乐道地讲玉米是古印第安文明之花，很早很早以前，印第安人就在这里生活，青铜肤色人的艰辛感动了太阳神，赐给他们一把金犁和一袋金色的种子，不久大地上就长出了叶挺秆壮的庄稼，结出了籽粒饱满的金色果实。考古证明，印第安人在公元前 3500 年就已经种植和食用玉米了，玉米奠定了印第安古文明的基础。1492 年哥伦布发现新大陆，也把玉米种子带到欧洲，明代传入中国。

离开庄园天已经很黑了，一路寂静得有些恐怖，害怕夜幕里突然跳起来几名游击队人，因为莉丽阿娜说过，哥伦比亚有一半农村控制在他们手里。

1997.7

咖啡园记

在哥伦比亚喝咖啡是一种享受，不仅一日三餐必不可少，大街小巷还布满了咖啡馆，像中国广州、成都的茶馆一样，从早到晚顾客盈门、座无虚席。咖啡馆绝无速溶之说，现煮现卖，小姐用精致的瓷碗斟上，恭恭敬敬地送到面前，自己随意加糖。室内香气弥漫，碗里香甜可口，慢慢品来余味无穷。难怪当地人个个嗜之成癖，连我这在国内从不沾唇的人也是才来三两日便亲密得难以割舍了。世界咖啡分两大系列：以巴西为代表的“硬”咖啡，味道浓烈；以哥伦比亚为代表的“软”咖啡，其味淡香。区别在于产地的海拔高度和种植方法，巴西种在丘陵红壤比较粗放，哥伦比亚产在山地黑土精耕细作。全世界咖啡生产国约50多个，国际贸易额仅次于石油，占世界第二，从纽约市场价格上看，哥伦比亚咖啡是中美洲的1.4倍、巴西的1.5倍、非洲的2.4倍。

饮水思源，喝惯了咖啡就想去看看它的种植园是什么样子。哥伦比亚咖啡产量的85%来自中西部5省，卡尔达斯省最多，麦德林所在的安提奥基亚省次之。出麦德林市向南不久便进入考卡河谷，谷底茂密的热带植物生长迅速，伸进来的道路很快便被挤占，像年轻人的伤口很快愈合一样，因而公路都是在山腰盘旋。种植园一般都在海拔600至2000米的山坡上，咖啡树纵横成行，排列整齐，连树冠形状都像一个模子印出来的。远看如同巨幅地毯铺向天边，近看那咖啡树五六米高，对生叶子呈鸭蛋形。正是开花季节，一树碎琼乱玉，白色小花生在叶腋，分 5 瓣，5 个雄蕊 1 个雌蕊，雌蕊柱头分为两片。传粉靠风和蜂蝶，花季风少时也辅之以人工授粉。我们就碰见了两位印第安血统的姑娘，棕色皮肤在青枝绿叶间像硕大的花朵。姑娘说，授粉之后花蕾就慢慢变成浆果，颜色越来越红，一树珍珠玛瑙，那时的咖啡园更加漂亮。

在我们的请求下，印第安姑娘简要介绍了咖啡的生产程序：把选好的种子种在间隔 1 英寸（2.54 厘米）遮光的苗床上，长到 5 个月左右移植一次，18 个月左右再移植一次，3 年便大量结实，10 至 12 年产量达到顶峰，之后产量逐渐减少，寿命一般 40 年，偶尔也有高寿百岁者。咖啡树的管理第一是锄草，防止草与树争肥，草又不得根除，土壤裸露易遭侵蚀，所以贴地皮割去。第二是修剪，每年一次，把旺枝枯枝去掉，不使小树疯长。每隔 4 年又做一次大手术，在地面 1 英尺（30.48 厘米）高处拦腰斩断，切口斜向地面，不久再生新枝，更加粗壮。第三是收摘，每年两次，必须是手工，一次摘一点点，轻轻地不要碰掉树叶，保证咖啡的质量。

印第安姑娘又领我们到一处场地，介绍咖啡豆加工过程。摘下来的咖啡豆在水池浸泡 3 天后用手摇机脱去果肉，机械的两个轮子之间的距离正好把果肉的外层挤碎，脱离内壳。再发酵一天，将果肉与内壳的黏液溶解，洗过的咖啡豆在水泥地上晒 10 天左右，按色泽、大小、重量分等级。上等呈淡棕黄色，劣等的黑灰色，采取两级重力分类法，先使咖啡豆通过水泥夹道，放水冲洗，优质豆沉底，劣豆漂在水面。干燥以后，把咖啡豆放在一只细高箱子顶部，从下往上吹风，分量轻的劣质豆被风吹掉，分量重的优质豆落入箱底。

如今满山遍野的咖啡种植园，但是在 200 多年前，哥伦比亚 114 万平方千米土地上没有一棵咖啡树。咖啡原产于非洲埃塞俄比亚，1720 年一个名叫狄克鲁的法国军人前往加勒比海法属马提尼克岛时，带了 3 棵咖啡树苗。船在大西洋上遇到风暴耽搁很久，船上淡水匮乏，他把分给自己的一份饮用水匀给树苗，最后只剩下一棵带到目的地，成为拉丁美洲咖啡的始祖。18 世纪末咖啡树才被引进哥伦比亚，因为气候和土壤适宜迅速蔓延开来。如今全国种植面积 100 万英亩（4046.86 平方千米），年产 1800 万袋（每袋 60 公斤），仅比巴西少 200 万袋，但是哥伦比亚面积只有巴西的 12.2%。哥伦比亚咖啡的 90% 供出口，占全国外汇收入的 70%。对哥伦比亚来说，纽约咖啡价格每变动 1 美分，意味着收入增减 1000 万美元。

从某种意义上说，哥伦比亚经济是咖啡经济，20 多万个种植园主被称为“咖啡人”。1927 年成立了全国咖啡业主联合会，各省有分会。这个委员会是连接小农与巨大输出网的链条，负责限制生产、平衡计划、控制出口、技术培训等，目的是保持哥伦比亚咖啡在世界市场上的声誉，保护会员的利益。印第安姑娘说，她们的主人是省分会的委员，两只眼睛盯着纽约，而她们的眼睛却只盯着咖啡树。

1997.7

眼　睛

诗会志愿者卡罗丽娜是个 17 岁的中学生，受大会委托带我们浏览麦德林市容。小卡罗丽娜有着西班牙血统，大眼睛蓝眼瞳，长长的睫毛，美丽动人。出宾馆她蓝眼珠一转，先去布埃布里托。

布埃布里托是位于市中心突兀而立的一座小山。汽车在林荫道上盘旋上行，一直开到山顶。下车处有印第安人战神墨西特里的塑像，一个太极拳转身搬拦锤招式，把一头金钱豹打死在脚下，好像中国的武松打虎。我们爬上一个小坡，发现是一座平顶山，方圆十几亩大。平台上有个印第安民俗村，一座方方正正的大院，院中一个喷水池，外围几盏铜柱玻璃风灯。东面有座白色的教堂和神父的起居室，门前有哥伦比亚人民喜爱的作家托马斯·卡拉斯基利亚的胸像。南北两排二层阁楼，白墙壁红门窗，依次是学校、饭馆、理发店和几家商店。每个房间格局差不多，进门就看到一个木制雕花供台。

商店展售的都是富有民族色彩的日用品。男人常戴的宽边草帽，女人绚丽的短衫、窄裙，男女必备的“篷乔”类似中国的斗篷，一块正方形棉布或粗呢，中间挖一个钻头的圆孔。冬天挡风御寒，晚上席地铺盖，如今成为一种装饰品了。女式篷乔还点缀有别针、珍珠什么的。厨房的饰品是麻编的辫子，把玉米、稻米等谷物和刀、叉等餐具的木制或塑料模型夹杂进去，特别是红艳艳的咖啡豆必不可少。典型的工艺品是金属彩盘，铜胎上镶了金丝银线组成的图案，类似中国的景泰蓝。印第安人爱喝酒，用带毛的兽皮为酒瓶做成皮套，底部镶上蹄角，平时挂在身上，回家挂在墙上。这些工艺品我每种选购一件，作为哥伦比亚之行的纪念。

从布埃布里托俯瞰麦德林，莽苍苍一片，是楼群和房屋组成的海洋，脚下的小山是一座孤岛，甚至错觉波撼浪推的晃动。而卡罗丽娜有个更形象的比喻，她说麦德林所在的阿布拉山谷是个杏核形的眼睛，布埃布里托是眼中的瞳仁，它反映着哥伦比亚的历史，也把现实看得清清楚楚。贩毒集团不过是眯在眼里的砂子，容易除去，而真正的疾病是贫富不均、两极分化，产生了结膜炎甚至是眼底的问题。她的小手指点麦德林，告诉我们哪里是富人区，哪里是穷人区，并带我们亲自去感受一番。

典型的富人区是法尔马一带，位于山谷西部边缘的山坡上，地形地貌酷似洛杉矶的比弗利山庄。一座座独立不群的高级别墅掩映在绿荫丛中，哥特式、罗马式或者说不出名字的样式，每座都有独特的风格和个性。价值从数百万美元到数以亿计，最便宜的一个小单元的一半也要50万美元。路上多见巡警、保镖，少见行人。来往的汽车全是奔驰、宝马、丰田、林肯之类，那是财富的标志。专为富人开设的一家商场像一处花园，小桥流水，亭台楼阁，奇花异草，夹在中间的门市金碧辉煌，琳琅满目，全是世界各国的名牌产品，价格要比市区高出几倍。商场后面的高尔夫球场和赛马俱乐部，一张券几十万美元。商场通往市中心的交通要道旁边有一家华人开的五洲大酒店，宫灯高悬，雕梁画栋。天花板上彩色藻井，屏风上苏州刺绣，连八仙桌都是贝壳镶嵌的图案，跑堂伙计在广东音乐声中来往穿梭。卡罗丽娜说，这里被公认为麦德林档次最高的一家餐馆，不久前妈妈为她在这儿过生日，吃中国菜是一种无与伦比的享受。

从富人区法尔马到穷人区圣塔格鲁斯要穿越整个市区，路线与地铁平行。麦德林的地铁不在地下，实际上是一段高架铁路。地铁拐弯了，甩下一片拥挤不堪的居民区就是圣塔格鲁斯。这里比起法尔马真有天壤之别，低矮的平房，建筑材料多是旧砖和木板，有的连窗户都没有。街道坑坑洼洼，不见公共汽车的影子。市区的公共汽车很有特色，大鼻子车头，车厢涂着花花绿绿的图案，边走边响着铃铛，叮叮当当地吆喝乘客。它们不来这儿吆喝，穷人连买公共汽车票的钱都没有。偶尔见一家商店，货架上落满灰尘，地上的蔬菜打蔫发皱，据说都是大商店的处理品。青壮年人都出去打工了，留下衣服褴褛的老人畏缩在墙角晒太阳。蓬头垢面的孩子们不知愁滋味，在街上赤着脚踢足球。哥伦比亚人对足球的狂热不亚于巴西、阿根廷，一连三次打进世界杯的决赛圈。1994年世界杯赛时球员埃斯科巴不小心把球踢进自家大门，回去就被本国球迷打了黑枪，此事就发生在麦德林。

看到这些，小卡罗丽娜大眼睛里涌现了惆怅，蓝眼瞳渐渐发暗，有时垂下长长的睫毛，给稚嫩的脸上加上一层阴影。在我们的追问下她谈起身世，妈妈是位有名的牙科医生，薪水相当高，在法尔马有一套房子。哥伦比亚人受西班牙文化的影响，家庭观念强，父母、教父母结合很好，外人很难插足进来。后来爸爸去美国进修，那个花花世界引诱了他，他抛弃了她们，听说已离了两次婚。在这个残缺的家庭中她感到孤独，妈妈千方百计照顾她，给她上最好的私立小学、中学。在这里私立学校是昂贵的，每年学费要1万多美元。穷人家的孩子才上公立学校，可是那里气氛好，团结友爱，每次市里开运动会他们都是赢家，是新纪录的创造者。不像富人家孩子比家庭、比汽车，在学习和生活上都是低能儿。大概小卡罗丽娜经常思考这些，宽宽的脑门上过早地出现了一道皱纹，是那一条穷和富的分界线时时刻刻牵扯着她的思绪。

不忍心让还是孩子的卡罗丽娜陷入无边的惆怅，大家把话题转到诗上，小卡罗丽娜高兴了。她说诗能帮助她洞察社会、认识人生。这时那一双大眼睛又恢复了天真烂漫，我发觉那是一双真正诗的眼睛。

1997.7

麦德林诗歌节

第七届麦德林诗歌节隆重开幕了，设有1234个座席的市政府巴拉提亚礼堂爆满，走廊上挤满了诗歌爱好者，吉祥物大袋鼠手舞足蹈。在一阵热烈的掌声中五大洲的诗人代表就座，大会主席费尔南多慷慨致辞，不断地挥舞拳头，呼唤全世界诗人联合起来，让诗的火焰熊熊燃烧。

接着是印第安民间艺人表演。他们来自加勒比海边5000米高的尼也瓦拉雪山，有着青铜色的皮肤和近似东亚人的骨骼。头戴白帽盔，黑发如瀑布从雪山垂泻下来。身穿羊毛织的曼达，腰系白带，人人像站立的一座雪山。他们吸食古柯叶，用一根铜棍在葫芦里不停地研磨古柯叶，然后把黄色叶子的碎末在口中咀嚼，由于长期腐蚀牙齿都变成黑色。他们说古柯叶不同于可卡因，如同葡萄不同于葡萄酒。他们表演时吹一种海螺，发出呜呜的声音，抑扬顿挫，如泣如诉，翻译说那是在讲述民族的苦难史。

当天晚上我们下榻的安巴桑那尔宾馆哥伦比亚大厅灯光辉煌，36个国家70多名诗人济济一堂。有的来自英、法、意等发达国家，有的来自俄罗斯、罗马尼亚、波黑等东欧国家，有的来自埃及、印度、古巴等亚非拉发展中国家，包括了五大洲各种肤色各种语系的代表。莫桑比克的何赛·戈拉斯林哈已经75岁，曾获意大利诗歌大奖。他特别喜欢与我们接近，并说自己有着中国血统。欧洲诗人多与旅游结合，77岁的葡萄牙诗人埃及多·冈撕雷斯须发皆白，带着个年轻漂亮的太太，勾肩搭背形影不离。阿根廷诗人罗尔多夫·阿隆索曾获拉美诗歌大奖，举止斯文颇有绅士风度。哥斯达黎加的何赛·马利亚·松达曾获拉美青年诗人奖，性格活泼，像个大孩子。古巴诗人诺尔贝托·科迪那留着卡斯特罗式大胡子，一脸庄重，不苟言笑。俄罗斯诗人巴维尔·克鲁斯科则显得可怜巴巴，他说苏联解体后作协一分为四，互相打架，作家们树倒猢狲散，从天使沦为乞儿。这次来开会，使尽浑身解数才找到1000美元，不及机票的1/5。说着黯然神伤，低头不语。我急忙扭转话题，向他打听我的朋友罗日杰斯特文斯基，他说好人不长寿，年前已经去世，死后比生前还受爱戴，出了几本书，那是一个真正的社会主义者。

从第二天起，大会组委会将70多名诗人分成若干小组到各处举行诗歌朗诵会。首场在市中心的波达尼科公园的露天剧场，绿树成荫，奇花异草，到处是龟背竹长成的树丛。第一个上场的是哥伦比亚诗人兼出版家基也默，他曾在《北京周报》工作过一年，他说中国最富有诗意，从古老的北京到江南水乡，他选取了许多新奇的视角，语言好像中国的名泉一样自笔底涌出花朵。吉狄马加面对几百双渴望的眼睛，朗诵了他的《致印第安人》，台下许多人激动得流出了泪水。晚上我参加了塞塔剧场的活动，为了容纳更多的听众，舞台搭在剧场门外，广场上点起许多蜡烛，中间燃起了篝火，我即兴创作了一首《致麦德林》，诗句助燃了会场的热烈情绪，一首诗引起 7 次掌声，年轻人像火苗一样跳起来欢呼。

在麦德林的日子里，我们像演员一样赶场。上午文化馆下午音乐厅，今天十字街头明天贫民区。最远的一次到 100 公里以外的圣彼得罗，这是一个以牧业为主的乡村，牛奶产量居全国第一。诗歌朗诵会在学校礼堂进行，牧民们第一次看到中国人，拼命地为吉狄马加鼓掌。年轻的镇长冈撒雷斯设宴招待，品尝了他们自制的红葡萄酒和红烧牛舌头。第二天五星红旗和吉狄马加的黑头发一起飘扬在麦德林日报上。

大会组织者说中国诗人获得的掌声最多。一是现实主义言之有物，积极向上，引起人们的共鸣；二是中国诗特殊的音韵和形式陌生而美妙，让人耳目一新。我发现总有十几个面孔是我热心的听众，有青少年也有老人，我转场到哪里他们就跟到哪里。有个叫古斯曼的小伙子把我全部的朗诵都录下了音，一遍又一遍地放给我听。还有个中学生法古赛手里攥着一枚 1906 年的比索硬币，要把它赠给他最喜欢的诗人，连听了三场后送给了我。其中还有一个小插曲，我有一首短诗《桥》，是写我在反法西斯战争中牺牲的父亲的，一次在比罗托公共图书馆音乐厅的活动中，参会的人中碰巧有位日本人，节目单已出不好更改了。我朗诵时他总是笑眯眯地倾听，每次都是他第一个起来鼓掌。当那个同行听到

“当日本人的刺刀横断了乡亲们的活路”时，他颤抖了一下，从此便垂下眼皮再也不为我鼓掌了，一直沉默到朗诵会结束。后来我专门寻找机会向他表示了友好。

诗人多数天真无邪，一颗心挂在胸膛外面，尽管语言不通，一来二去都成了朋友，对彼此的诗也有了了解。荷兰诗人哈卜·甫隆科差不多有两米高，浓眉大眼，粉白面皮，天生腼腆相，但是一登台就变成了另一个人。他的诗十分现代，仿佛口技表演，学牛叫羊叫，嗑牙咋舌，吹口哨，打哇哇，一连串的咳嗽，老牛大憋气般一口气读完3页打印稿纸，好像要创造吉尼斯世界纪录似的。印尼诗人苏塔尔吉·卡尔松·巴齐利一会儿声嘶力竭地嚎，一会儿装神弄鬼地吟，注重节奏而没有什么内容。比如一首诗听起来是这样的:“两个人打架，他打了他一下，他打了他一下，他又打了他一下，他又打了他一下；他再打了他一下，他再打了他一下，最后两个都住进了医院。”听众对这些诗哄笑之后便是摇头，认为是玩闹而不是诗。

会议期间我们访问了大会主席费尔南多先生。他说诗歌节创建于1991年，初衷一是为了诗，初衷二是为了麦德林。因为贩毒和暴力玷污了它的名声，希望能用圣洁的诗歌来洗刷耻辱，改善麦德林在世界上的形象。他们8个人组织了麦德林艺术诗歌促进会，出版《承诺》诗刊，还办了一个诗歌学校。他们的工作受到社会的拥护，周围有许多志愿者，同时也得到官方的支持，比如这次大会官方就赞助了一半的经费。这八大金刚个个精明干练，大会期间内政、外交、组织、宣传，甚至打字、印刷，都是亲自去干。我们采访的地点是宾馆11楼皇冠厅，8个人集体办公，皇冠上彻夜灯光通明。他们说，诗歌是他们充分燃烧的动力。

1997.7

马尔克斯与加勒比

这是一条美丽的风景线，一边是蓝蓝的加勒比海，一边是绿绿的安第斯山，中间金黄色的海岸像一条长长的项链，上边串联着圣玛尔塔、巴兰基利亚、卡塔赫纳、图尔博等几个璀璨的宝石。

这长长的海滩印着当代世界著名作家加西亚·马尔克斯深深的足迹。1927 年他生在依山傍水的阿拉卡塔卡小镇，在巴兰基利亚读小学，在卡塔赫纳读过大学，业余为《宇宙报》撰稿。辍学后投奔巴兰基利亚《先驱报》，住在“下流大街”妓女出没的旅馆，付不起房费以小说手稿抵押。失业时在瓜希拉半岛当图书推销员，终日奔波在海滩上。

在这些海滨城市中以卡塔赫纳最为著名，它濒临海湾，兴建于 1533 年，曾经是西班牙殖民者掠夺财物的集散地。为防御海盗的袭击，人们修建了坚固的城池和工事，主要工事名叫圣菲利佩·巴拉哈斯城堡。它坐落在一个海拔 40 米的小山头上，1639 年动工，历时 17 年建成。城堡用巨石砌就，据说用公牛血和胶泥填缝，固若金汤。城内还有一条曲折迂回的地道，全长 27 公里。城堡前耸立着“卡塔赫纳保卫者”拉斯·德米索的塑像，他本来是一名普通的水手，1741 年英国海军围城 56 天，西班牙人弃城而逃，他挺身而出，组织人民抵抗，战斗中失去一臂一腿一眼，仍然坚持指挥，直到最后胜利。

另外还有一个重要的塑像在市中心广场，是“拉美解放者”玻利瓦尔。1810 年加拉加斯起义失败后，他来到卡塔赫纳卧薪尝胆，重整旗鼓杀回原地。之后翻越安第斯山，波亚卡一战大获全胜，创建大哥伦比亚共和国。玻利瓦尔当选总统后多次重访卡塔赫纳，称它为“英雄城”。

卡塔赫纳碧海蓝天，城墙环绕，教堂林立。建筑多为西班牙风格，民宅多为二三层小楼，底层落地窗，窗棂构成各种图案，阳台大栏杆精雕细刻。院内绿草如茵，中间有喷水池。与这种幽雅环境不大协调的是马车广场，那是殖民时期专门拍卖黑奴的市场，地面灰暗，仿佛还有许多奴隶们的血迹。距广场不远还有个“宗教裁判所”，巴洛克式建筑，富丽堂皇，其实它曾经是一座监狱，专门用来惩治异教徒的场所。风吹院内树叶，似乎听到阵阵呻吟。

只有来到加勒比南岸我才悟到，这儿为什么会产生加西亚·马尔克斯和他魔幻现实主义的代表作《百年孤独》。

加勒比的自然环境和历史文化充满了魔幻色彩。哥伦布首先发现了这一片土地，因而才有了哥伦比亚这个名称。他在日记中描绘了这里的奇特现象：罕见的滂沱大雨，地动山摇的大风暴，深不可测的热带雨林，能把村庄抛上天空的龙卷风，波澜壮阔的大河，特别是一眼望不到边的亚马孙河。这里司空见惯的事物，在世界其他地方听起来就很夸张。黑奴市场，海盗云集，各色人等带来各国的神话传说、奇闻怪事。当地人热衷发明、炼金、打仗。马尔克斯的外祖父是国内战争时的上校，也是个手艺精湛的金银匠，有很高的权威，又有很多风流传闻。外祖母酷爱占卜算命，她的故事充满了预兆、巫术、迷信，比如说在牛身边念几句经就会从它的耳朵里挖出虫子来。这一切对马尔克斯的文学产生了不可磨灭的影响，正如他自己所说：“加勒比教会我从另一种角度来观察社会，把超自然的现象看作是我们日常生活的一部分。”《百年孤独》是他童年时代全部经验的归宿，他把布恩迪亚家族许多离奇古怪的经历和当地的历史知识、神话传说、民间故事、风俗习惯联系起来，通过布恩迪亚家族7代人的命运表现哥伦比亚的现实生活。他的文学风格和语言都与童年经历有关，像外祖母讲故事一样叙述历史，用轶事趣闻描写现实。

马尔克斯在1945年18岁时就产生了《百年孤独》的创作冲动，但苦于找不到门路，于是去写《枯枝败叶》《没有人给他写信的上校》。1964年突然看到一个老头儿带一个孩子去见识冰块，他一下子获得了灵感，闭门谢客一年半完成书稿。1967年出版引起轰动，销售2000万册，译成了30种文字，1982年获诺贝尔文学奖，引起了魔幻现实主义文学的风靡。

在哥伦比亚，马尔克斯是个家喻户晓的人物，被称为“国宝”，我入境后的第一个愿望就是一睹文豪的风采。朋友说加博（马尔克斯的爱称）不在这里，在“水深火热”之中。我说他著作等身，腰缠万贯，还会有什么困难？原来朋友是卖关子。马尔克斯现在常住墨西哥城，住宅在水街和火街的交叉路口。草木葱茏的大院中有一个小木屋，是他的写作室。书架上堆满书，墙上挂着画，酒柜摆着各种威士忌，花瓶里常插一束黄颜色的鲜花，加勒比人相信黄花会给人带来好运。马尔克斯为了创造一种身在故土的氛围，连雇的仆人也是瓜希拉的印第安人，室内空调模拟加勒比地区的天气，他说这样会带来灵感。

加西亚·马尔克斯永远是加勒比人，哥伦比亚人也深深地怀念他。去年春天波哥大发生了一起绑架案，暴徒的条件是让加西亚·马尔克斯出来担任国家总统。事情看来荒唐，但是明白无误地表达了一种倾向，马尔克斯是哥伦比亚人民的精神领袖、无冕之王。

1997.7

韩国之旅

南山之夜

抵达汉城（今首尔）第一件事就是打电话给许世旭先生——一位我仰慕已久的韩国学者。许先生十分好客，邀我明晚去南山瞭望塔看汉城夜景，那话音似四月的风，热情爽快，在我心里久久地吹拂着。

第二天晚饭后，那风真的扑面而来。第一次见面，与我想象的一样，与他的诗风文风一样，清朗潇洒，有几分仙风道骨。时间不早了，没容寒暄几句就把我塞进车里。

先生的 Granger 是现代系列豪华的一种，在韩国 30 多万元人民币，到中国价格会高出很多，听起来怪吓人的，而对许先生来说不过几个月的工资。先生已经有 30 多年驾龄，技术与车子一样漂亮。只不过路不作美，到处堵塞，汉城已有 300 万辆汽车，超饱和状态。加上第二天 4 月 9 日是国会选举日，竞选拉票者四处串联游说。好在我们是游山逛景，不像那些人心急火燎。

汽车走走停停，经过狎鸥闹市，经过东湖大桥，爬上山坡，不到 10 公里足足用了半个小时，总算把那难耐的拥挤和嘈杂抛在了后面，空气凉爽了许多。山路蜿蜒，两旁丛林仿佛钻进绿色的隧道。车到半山腰一个小广场停下，先生看看手表，惊呼要抓紧时间。面前一面陡坡，先生弓身加速，健步如飞，把我远远甩在后面，根本不像 62 岁的年纪。

矗立在南山之巅的瞭望塔，其实是韩国 KBS、MBC 两家电视台的发射塔。塔高 237 米，比起温哥华的 533 米，莫斯科的 540 米，纽约的 441 米，天津的 415 米，只能算作中等身材，但是在这里已是韩国之最了。乘电梯至130米处，走进一个环形大厅，不同方位标有到世界各大城市的距离，不用说华盛顿、伦敦都在万里之外，距东京也有1221公里，而北京只有959公里，上海865公里，是韩国最近的邻城。

更上一层楼是旋转大厅，转一圈一个小时。许先生要了啤酒小菜，坐下来欣赏汉城夜景。许先生曾登鹅岭看重庆万家灯火，赞美不已。我看这里灯的海洋更加壮阔，满眼璀璨，令人眼花缭乱。仿佛置身华北平原成熟的棉田，万顷星汉，银河泛滥；更像纵览七月坝上草原，万紫千红，火树银花。大汉城无边无沿，无法呈现它的轮廓，只有灯光的线条描绘局部的形象，给弯弯的汉江镶上金边，给12连桥绣上彩线。方方的总统府、圆圆的国会大厦、大哥大样的世贸中心、63层大楼，都生动形象地突显出来，千姿百态，光怪陆离，像巨幅枝茂花繁的波斯地毯，铺天盖地。而游弋其中无数条车灯组成的金丝线还不停地织着织着。

我们脚下的南山正是大汉城的中心，如茫茫灯海的一座灯塔。先生说他到过世界许多国家、城市，而在城市中心有一座高山、一片森林、一个自然风景区，则是绝无仅有的。它给城市安了一匹中央空调，调节气温；它给都会修了一座大型水库，储蓄水分；它给首都戴上一顶崔嵬的云冠，使韩国骤然增色了几分。着实钦佩城市的设计者有此美妙的构思，有此真知灼见。

说起南山，许先生滔滔不绝，喜形于色。南山是他的骄傲，是他的诗和美文，是他心中的安静和悠闲，是他灵魂的浴场。难怪他常常到这里来，常常带朋友到这里来。许先生1934年生于韩国任实，启蒙就读《千字文》，吟《唐诗三百首》，与中国文学结下了不解之缘。1960年从韩国外语大学毕业，留学台湾师范大学，在谢冰莹教授指导下进行中文写作，苦读8年获中国文学博士学位，在台湾出版了诗集《雪花赋》、散文集《城主与草叶》，被称作“唯一能用中文从事创作的外籍学人”。1968年，许先生回国任韩国外语大学及高丽大学教授，创建了“中国现代文学研究会”，撰写了《中国文学史》《中国古代文学史》《中国近代文学史》，致力于中韩文学交流，许先生几天后就要飞往南京参加一个学术讨论会。也许是长期熏陶于中国文学之中，颇具中国文人的气质，有时浪漫豪放、侠肝义胆像李白；有时多愁善感、忧国忧民似杜甫。只要接近他，就被他的精神境界所吸引，就被他的人格魅力所辐射。

下山时看山路上车如流萤，路边零零星星停着一些小汽车，黑灯瞎火的。先生说那都是一些恋人，因为没有单独住处，常来这儿幽会甚至过夜。报载汉城市区膨胀，人满为患，房荒严重，住房不足率为40%。而且苦乐不均，全市有1920户富翁拥有5处以上房产，88900户有钱人占据187500幢住宅，2%的富人占有15%的住房。豪门大户的庄园别墅，拥有花园游泳池，家丁护院，而江北老城不少棚户，一家三代拥挤在简陋破屋里。原来汉城浩瀚灯海之中隐藏着这么多黑暗，高楼大厦背后有长长的阴影。

还有山麓景色幽美的建筑是驻韩美军的兵营，高处刺眼的灯光好像一只只傲慢的眼睛，蔑视一切。连栅栏也像闪着寒光的刺刀，让人不寒而栗。一种恐怖的气氛和宁静的南山那么不协调。积累了半夜的对南山美好的感受，一下子被破坏掉了，真是煞风景！

1995.6

高丽大学

新结识的朋友，中文系讲师李先生陪我参观仰慕已久的高丽大学。这所大学在韩国的知名度很高，与汉城大学、延世大学并驾齐驱，相当于中国的清华、北大。

高丽大学校址在汉城古老的城北区安岩路，古罗马式的石柱铁门建在山坡上，谁来都得仰视其仪容。进门是一个不大的广场，教学区的楼群在更高的山坡上，给报考的学生以高雅、高层次、高不可攀的感觉。从右边慢坡上去，路旁一组石雕，三个男女学子面朝地球，地球上爬着一只虎，人与虎目光交流。虎是古朝鲜檀君建国传说中的神物，高丽大学把它当作自己的图腾。据说，延世大学的象征是一只雄鹰。

主楼前面，肃立着几届校长的塑像。高丽大学的前身是私立普成专门学校，1905年由经济学家李容翊开创，李是内藏院官员，反对日本侵略野心，主张教育救国。1910年因为经营不善，转卖给天道教，孙秉熙接任校长。孙是著名的独立运动领袖，领导了1919年的三一运动，与北京的五四运动遥相呼应。针对帝国主义文化侵略，孙主张把学校办成民族的大学，学生入校要用大碗饮用马格利—— 一种正宗朝鲜酒。1932年著名的教育学家金性洙接任，他出任校长时间最长，建树也最多，包括1946年合并另外三所大学，改名为高丽大学。

主楼建成于1934年，由著名艺术家朴东镇设计。清一色长方形石料砌成，庄严肃穆，古朴大方，至今依旧风采卓然，被列为国家285号文物。以它的中世纪罗马风格为基调，大小楼房依山而建，层次分明，错落有致。楼房之间辟有运动场、绿地和花圃，由花径和林荫小道串联。眼下正是仲春时节，迎春、玉兰、金达莱五颜六色，争奇斗艳。花丛树荫簇拥出青瓦粉墙，平垛尖塔，整个校园诗情画意，仿佛在影片、画册上见过的山庄古堡。难怪李先生夸它是韩国教育宝塔的顶尖，每年高考录取分数为全国之最。

李先生是高丽大学中文系毕业生，对母校感情颇深，赞美之词滔滔不绝，如数家珍。我说美则美矣，雅则雅矣，只是太玲珑了，十来座教学楼，三两座宿舍楼，楼层也都不高，能容纳多少学生，充其量是专科院校的规模。李先生争辩说，哪里，包括12个学院，85个系，两万多名学生呢！原来我忽略了这是一座私立大学，校方一般不管食宿，学生只能走读，每天往返路程要占去四五个小时。外地学生要租房子住，一间普通房每月也要2000元人民币。学生们课余打工，只能领到正式职工1/3的工资。像这样的私立学校，占全国学校的70%。

韩国一向主张教育兴邦，教育水平不亚于发达国家。已经普及小学和初中教育，4000万人口拥有133所本科大学，325所研究生院，高校学生超过百万，教授3万多人。尽管高中毕业生升学率高达40%，但升学考试仍然十分激烈，被称作“考试地狱”。每年高考前后教堂和佛寺里香火骤增，都是父母为儿女们求神祷告。考上大学后又似进入监狱，寒窗苦读，以求“学而优则仕”。学校不管分配，全凭个人奋斗，所以表面幽雅平静的校园，无疑也是激烈的战场。

从南山坡下来，路过一片空地，很大的藤萝架上挂满了标语，还有黑布帐子，是为了纪念前几天游行示威中死难的一名延世大学的学生。李先生说汉城有什么风吹草动，在这里马上反映出来，人称“民主广场”。旁边一块“强制征集者镇魂碑”，是为纪念抗拒征兵而自杀的学生而立，上面刻有一首诗：“民主的火焰/泯去的小灵魂/在此地立了一块石头/宣言你们的复活/我的呐喊/会成为/不可逆转的历史/会证言/解放的新的一天。”韩国法律规定青年服兵役，连围棋神童李昌镐也不能幸免。

高丽大学有着三一运动的光荣传统，每次学生运动都走在前面。1960年春天李承晚作票舞弊第四次当选总统，竞选对手猝死于美国陆军医院，死因不明。马山学生抗议游行，85人死于军警镇压。4月18日高丽大学学生率先上街，到政府门前请愿，学生被军警打伤，当晚立即通报全国。4月19日全国学生起来声援，汉城50万市民在教授团带领下向独裁政府冲击。李承晚政府岌岌可危，李承晚逃往夏威夷，副总统自杀，“四一九革命”取得胜利。民主广场附近又增加了一座“四一九革命”纪念碑，上刻著名诗人李芝薰先生一首诗：“自由 / 你永远的活火山吗？/ 谁说邪恶不可抗拒 / 愤怒的火焰燃烧起来了 / 啊！/1960.4.19，轰天动地的正义呼声，为了记忆那天的喷火口 / 此地，立了诗。”

走出校门，回首望时，山的楼，楼的山，更显得崇高、美丽，名副其实的高丽大学。

1995.6

故宫的阴影

在世界各大都会中，汉城的建设格局是出类拔萃的，城市与自然相互融合，现代建筑与民族风格彼此和谐。其中发挥重要作用的，一是分散在市区里郁郁葱葱的山峦，二是绿荫丛中朱墙碧瓦的故宫。山头数不清，故宫有四座，朋友带我去一一参观。

从民族英雄李舜臣铜像身旁进入宽阔的世宗路，路的尽头是景福宫的正门，名叫光化门。两进的宫苑酷似北京的故宫，只不过大小高矮缩小了一圈，类似北京王府的规模。朝鲜太祖李成桂1392年建国，首都从开城迁至汉城，依照孔夫子的礼制建构自己的宫殿。光化门内有一座古老的石塔，塔身方形，顶部是个圆球，共5层，每层都有佛像。当地人说先有古塔后有宫殿，它比景福宫还早建44年。一进院内横穿一条小河，河上有锦川桥，站在桥上三门相照。二进院四四方方，南北东西四座宫门分别叫兴礼、神武、建春、迎秋。兴礼门以内全是青石铺地，中间一条御路，左右两排石柱，刻有正一品到正八品字样，当年朝臣们按等级列队伺候。勤政殿建在两层汉白玉台基上，四周雕栏望柱。殿面和进深都是5间，重檐庑殿顶，比北京的太和殿简朴许多，也许是“普天之下”王土较小的缘故。出迎秋门，莲花池上一座建筑，飞檐起脊，琉璃金瓦，好像一只古老的楼船。这是庆会楼，当年国王举行公众庆典、接见外宾、摆设国宴的地方。两层木式结构，没有墙板门窗，只有48根木柱。而今人去楼空，再不见王公贵族花天酒地的影子，倒有不少青年男女兴高采烈地拍照。

走出光化门时，朋友指着门前两只石兽说，当年太祖大兴土木，一位风水先生警告说，南面的龙山遮住了汉江，会有一场火灾危及宫殿，补救的办法是门前设置石兽。后来石兽设置了，但是火灾没能防止。整整200年后的1592年，日寇丰臣秀吉入侵，放火烧毁了大部分宫殿，直到1865年才修复了一部分，光化门则是1969年才重建起来的。朋友说到此处怒火中烧，两眼仿佛冒着火光。

昌德宫在景福宫东，隔5条马路，是李朝宫苑保留得最完整的一座，1405年建成后曾是三代国王太宗的离宫。壬辰之乱时也被丰臣秀吉烧毁，1611年重建，太宗把御座从景福宫移到这里，一直延续了300年。从敦化门进去，看到的是更地道的明朝式皇宫建筑，处理朝政的仁政殿更小些，面宽和进深也只有5间，两层石基光秃秃的，连玉石栏杆也省去了。正殿和寝殿设备也较简朴，一副偏安破败的样子。东边的乐善斋是土木结构，黑瓦白墙，典型的朝鲜风格。室内陈列着王冠、王服、墨宝、武器和手工艺品。室外摆放着王室使用过的轿子、马车和末代皇帝用过的早期汽车。所有文物都缺乏光彩，好像还笼罩在长期屈辱的历史阴影里。仁政殿后的秘园是御花园，面积很大，类似承德避暑山庄，亭台楼阁依山而建，坡上林木葱茏，谷里溪水淙淙。一片很大的莲池，池心有芙蓉亭，岸边有鱼水亭、钓鱼台。历代国王尽管内外交困，仍不忘花天酒地，声色犬马。湖中水色发锈，仍带一脸愁容，激不起一丝涟漪。

与昌德宫毗邻的昌庆宫，是四代世宗为父亲太宗逊位后建造的别宫，规模和格局自然更为逊色一些。

世宗路向南延伸是太平路，路西一小片建筑叫德寿宫，与它的名字正好相反，是李朝寿终正寝的地方。明治维新成功的日本，加紧侵略朝鲜。1876 年“江华岛事件”后 34 年中签订了 8 个不平等条约。1896 年皇后被谋杀后，高宗逃至俄国使馆，就在使馆旁边建造了这座别宫。1907 年日军开进汉城，占领景福宫、昌德宫，迫使高宗退位。高宗的儿子把这里修葺了一下，自命德寿宫。二战后曾是美苏委员会总部驻地，如今对外开放。大汉门内，牡丹满园。花草丛中的光华殿规模更小，而且不再是中国风格，带有欧洲文艺复兴特点。宫殿花岗岩建筑，前面一个法国式喷泉，水花从青铜的海豹嘴中喷出。复合建筑中有个高宗皇帝的音乐厅，难以想象这个亡国之君还有欣赏歌曲的雅兴。他没有南唐李后主的才华，可以长歌当哭，却有同时代宣统皇帝一样的命运，浑浑噩噩打发日子。德寿宫是朝鲜民族苦难历史的见证。

看完这四处故宫，朋友又带我重返光化门，来到中央博物馆。这个日本统治时期的总督府，是古罗马风格的石头建筑，正面四根圆柱，里边三层楼房。原来顶部有个球形塔楼，球下一个日字图案，显示了日本妄图永久霸占朝鲜，而且它处于光化门与景福宫之间，意在阻断朝鲜数千年龙脉。它建于 1926 年，如今石头已经发霉变黄，阴森森黑洞洞，俨然一座监狱或者魔窟。当年创氏改名、灭文易俗、奴役人民、拉慰安妇，种种罪行皆出于此。旧总督府是朝鲜民族历史的耻辱，心灵的疮疤，如何处置它有两种意见：一是彻底根除，不留痕迹；二是保留一面历史的镜子，警示后人。金泳三总统上任后，提出“匡正历史”，弘扬民族正气，决心拆除它。去年 8 月 15 日纪念光复 50 周年，已斩去球形顶尖，全部拆除工程将于今年年底完成。

参观了这四座故宫，经历了李朝27代500多年兴亡史，我和朋友一样，心情一直很沉重，到最后才长出了一口气。

1995.6

吃在韩国

原以为韩国是近邻，饮食不会有多大差异，连以往出国必备的热水器也忘记带了。没想到在一衣带水的水字上出了问题，这里也和西方一样喝生水，宾馆概无开水设备。致使有喝开水饮茶习惯的中国人苦不堪言，惶惶然不可终日。后来不知是谁探听到一楼西餐厅煮咖啡时有沸水，求了一杯。从此明晃晃不锈钢老板杯便自然排成了队，出来进去，成为中国人的标志了。

宾馆里西餐不合口味还昂贵，几片面包一杯咖啡100元人民币。我们摸到街上，到处是饭馆，和银行、加油站一样多。吃韩国饭比西餐便宜，而且别有风味。桌椅干干净净，服务员多是女性。入座以后，先送上不锈钢筷子、勺子，再端上一杯玉米茶，黄色，泔水味。然后是几碟小菜，韩语叫“金齐”，一种芹菜、白菜、萝卜、黄瓜加上姜、蒜、洋葱、辣椒和贝壳肉等腌泡而成，酸辣咸甜，刚吃不服，吃惯了还离不了。便饭通常两种，一种是大米饭浇盖粉丝、菜丝、肉丝炒的杂烩菜，一种是大碗汤面，加上少量肉、菜、海鲜，一份五六十元人民币。当地人为了适应快节奏生活，多以方便面、汉堡包、热狗等快餐为主。韩国人不喝粥，认为喝粥是丢脸的事，因为战后多年全民以粥度日，不堪回首。但是韩国人少吃大鱼大肉，鱼、肉价格昂贵，1斤牛肉120元人民币，1斤猪肉八九十元，1斤鱼六七百元，走在街上很少看见胖子。

大概朋友看我们馋了，领我们到一家烤肉馆子。上二楼，装修很讲究，不设雅间，餐桌分若干组，每组一名厨师为中心，客人围他而坐。邻座的一组是个大家庭，看起来每人都文质彬彬、雍容华贵的老太、儿子媳妇、孙男娣女，十几个人正吃得热气腾腾。

我们的厨师推着操作车来了。他浓眉大眼，头戴硬胎大罗帽，身穿紧身箭衣，腰间挂着几把刀，衣帽都是黄色的，整个一个京剧里的黄天霸。他用湿毛巾擦擦面前的钢板，冒起一股白烟，下面炭火正旺。每人先递一杯蘑菇汤，四碟酱：黄、棕、粉、白四色，分别用来蘸生菜、肉、海鲜的。烤肉韩国语叫“布尔高吉”，原来只烤牛肉，如今各种肉类、海鲜都烤。先把泡制好的半成品切成条、块放在钢板上，不断地加上酱油、香油、芝麻、洋葱、姜丝、蒜末、豆芽、奶酪，翻来覆去地烤。手边两个纺锤形的木盒，两头许多小孔，内装胡椒面、花椒面、芝麻盐等佐料，不时撒在上面。烤熟的东西分成等份送到面前，用菜叶卷起蘸着酱吃，色香味俱佳。一个人刺刺拉拉地烤，大家嘻嘻哈哈地吃，还有一种音乐的美。

客人吃得高兴，厨师也很得意，兴之所至，要起了花活，像杂技演员一样，把亮闪闪的刀子、铲子、叉子从屁股后面扔上去，从肩上接过来。你越叫好，他扔得越高接得越快，赢得了阵阵喝彩。一顿饭吃了两个小时，每人都有一两斤美味下肚，我抹抹嘴拍拍朋友的肩膀，说韩国菜也很好，不光“金奇”，还有“布尔高吉”。朋友受到了鼓舞，当即决定隔日“大苑阁”再会——这是更高档的饭店，需要预约。

三日朋友来接，越汉江经南大门，从景福宫侧北去，穿过古城墙，过三清阁，进入山区，空气清爽了许多。山势起伏，公路蜿蜒，郁郁葱葱的林间有不少楼堂瓦舍，是汉城最有钱人的别墅区。约半小时路过一个旧城楼，再向前就是“大苑阁”门楼，碧瓦红柱，飞檐斗拱，彩绘一新。门前两棵不知名的树一齐向右倾斜，好像两个彬彬有礼的礼仪小姐。

进入苑门，里面深宅大院，把许多山头圈了进去。小路两旁零星分布着民族风格的农舍式建筑，石基木柱，木板围墙，屋顶用黑色泥瓦或稻草压成。檐下堆着玉米棒子的黄金塔，不同型号的陶盆陶罐。我们走进一所L形房子，进门脱鞋，木制地板，墙壁用草绳结成，挂着竹篱柳编，苇箔作顶，木格花窗。拐角处是厨房，收拾得干干净净。中国古人讲秀色可餐，单是这幽雅的环境和古朴的风格就已经大大吊起了我们的胃口。

大家席地而坐，面前低桌中间是木炭火耙，每人发一份刀叉、肉料，按前天学到的烧烤工序如法炮制起来，席间多了一道韩国国菜“参汤鸡”，将宰洗干净的仔鸡，腹下挖一小孔，掏出五脏，填进高丽参、糯米、冰糖、红枣、板栗，放入砂罐，密封蒸熟。打开罐盖，清香扑鼻，食肉品汤，鲜美无比。又增加了一瓶韩国国酒，25度镜月牌烧酒，比之中国白酒淡而无味。但是主人善于劝酒，言之不足，歌之吟之，虽听不懂，但可心领神会，再饮那镜月，融进了主人情意，味道醇厚了许多。

韩国人自称“半万年历史”，受一江之隔的中国影响深远，我想它的饮食文化肯定会保留不少中国古代传统。而在半岛南端的釜山海滨有海鲜大排档，100米宽200米长的大棚内，数百家摊贩的榻榻米上卖的都是生鱼片、生虾段，则是受隔海相望的日本饮食习惯的波及了。

1995.6

紫水晶

韩国妇女对春天特别敏感。四月上旬，柳条儿还没泛绿，春花还没开放，她们已经抛弃棉衣毛衣轻装上街了，个个婀娜多姿、花枝招展。她们重仪表、讲衣着，追求时尚，仿佛满街都在搞时装展览，人人都是模特儿。

据说她们天天沐浴洗发，吹风定型，精心化妆之后才款款出门。少女们裙装丝袜，高跟皮鞋，脸上遍涂鹅黄、黛色眼影，好像中国唐代仕女打扮。有的还在额上、脸上画了指甲大小彩色的花草虫鱼，更显得天真烂漫。马路边上、公园门口专门有人手持毛笔油彩，从事这种脸蛋上作画的艺术。中年妇女往往高领风衣或者短式外套，胸前露着鲜艳的羊毛衫。她们喜欢化妆，似无还有，口红颜色较重，愈发显得温文尔雅。老年妇女多穿韩袍，包括长袖短褂，两根丝带，高腰长裙。脑后挽个长髻，髻上插簪。脚穿白棉袜，外着丝线和稻草、橡胶织成的船形鞋，脚步蹒跚。老中青妇女或浓妆淡抹，或华丽朴素，争奇斗艳，千差万别，但有一点倒是共同的，人人都有一件同样的饰品，那就是韩国特产的紫水晶。这是韩国女人装扮的画龙点睛之作，也可以说是韩国女人的重要标志。

这天，我们去专门生产紫水晶工艺品的公司。它在汝矣岛上一座紫红色的楼上，远远望去它就像一颗大块的紫水晶。二楼走廊尽头展览着一块大型水晶矿体，中国农村磨面的笸箩形状的晶洞，高约 1 米，宽 70 厘米。周边是普通的白色花岗岩层，紧挨着的是淡紫色颗粒状和块状的晶体集合体，越往里晶块越大颜色越深。中国古时水晶称水精，莹如水、坚如玉，是石英的一种六方柱晶体，玻璃光泽，无节理，贝壳状断口。有无色透明的，也有带色的。黑色的叫墨晶，褐色的叫烟晶，浅红色的叫蔷薇水晶，紫色的叫紫水晶。紫水晶是世界六大宝石之一，被称作韩国第一物产。虽然比不上祖母绿、镁铝榴、贵蛋白等名玉珍贵，但是比琥珀、玛瑙、孔雀石要高一档，是饰品中的上乘。这块特大的紫水晶矿体产自古城庆州，其体积和质量在韩国也是极为少见的。

展销室面积很大，柜台和橱窗里陈列着各式各样的紫水晶工艺品，方的、圆的、鸡心的坠儿，花生米大的、豆大的、米粒大的珠宝。放射荧光，笼罩紫雾，一片璀璨，令人眼花缭乱，拿在手里晶莹剔透，似有似无。中国唐朝诗人韦应物写过一首题为《咏水精》的诗："映物随颜色，含空无表里。持来向明月，的皪愁成水。"他写的是无色水晶，惟妙惟肖。拿着紫水晶往外看，映物皆曙色，含空无表里，持来向女人，紫薇众仙子。柜台前人头攒动，除了韩国人外，很多中国人，还有日本人，一眼就能分辨出来。中国和日本女人慢慢腾腾，挑来拣去，选择得很仔细。韩国女人和韩国男人一样都是急性子，喜欢爽快，一见钟情，掏钱就买，绝不讨价还价。紫水晶价格蛮贵的，一般玉坠数百到数千美元一个，最贵的高达 1.5 万美元。

展销室连着细工室，是加工制作紫水晶的作坊。原料来自太白山脉南段，据说采石工相当辛苦，唐朝诗人李贺有两句诗，"端州石工巧如神，踏天磨刀割紫云。"拿来形容他们也很贴切。在加工作坊，不必踏天磨刀而只用钳子、镊子、小砂轮、放大镜，操作过程比描凤绣花还要精细。照常理这般活计最适合心灵手巧的女人们干，但是这里从售货员到技工大多数是老爷们，只有几个年轻姑娘。她们见人彬彬有礼，上班不许穿裤子，只许穿裙子，不许烫发，否则就会被耻笑。这样细致的工作由粗手笨脚的男人干，毕竟隔了一层，不如女人更了解自己，更会表现自己。那么紫水晶公司为什么不多一些女工呢？老板笑笑，说这是韩国国情。

在儒教影响深远的韩国，妇女往往被局限在家庭之中，从小养成服从和忍耐的习惯，为将来当贤妻良母做准备。许多妇女不论学历多高，一旦结婚便辞去公职，回归家中。而男人对家事不闻不问，大撒手地过潇洒生活，绝无半点“妻管严”现象。机关学校、工矿企业、包括城区街道都没有托儿所、幼儿园之类的福利机构。

随着韩国现代化进程的深入，妇女地位开始逐渐改善。20 世纪 80 年代之后，政府和有关部门成立了国家妇女政策委员会、第二政务部，各道成立家庭福利署，乡镇成立家庭福利处，负责处理妇女事务。金泳三总统任命了三位女部长，主政健康与社会事务部、第二政务部和环境部，妇女开始进入最高决策层。妇女受到宪法的保护，在升学和就业等方面逐渐获得平等权利。进入 20 世纪 90 年代，全国已有 760 万名女工，占劳动力的 40%，但是进入上层建筑的妇女还是凤毛麟角，妇女还和她们佩戴的紫水晶一样，是社会的装饰品。

1995.6

明　洞

现代文明的雏鸟一睁眼便迅速发育，不消几十年就把 600 年古都汉城撑个粉碎。方方正正的内外城墙，目前仅存的南大门、东大门，成为京城的象征。两门之间一条以“东方朱子”李滉（号退溪）命名的退溪路，是韩国的王府井、南京路。这一带隶属包括故宫、总统府、南山在内的钟路区，更小的范围叫明洞，洞是街道的意思。明洞也是汉城华侨聚集区，中国大使馆就设在这里。

明洞是汉城的商业中心，最有名的几家百货大楼，乐天、新世界、美都波都集中在这里。囊中空空逛商店，不为购物看市场，市场是一个国家经济的晴雨表。

乐天商场十几层大楼外观分外漂亮，是1988年奥运会前夕一家旅日韩侨投资兴建的。我们赶到商场时还没有开始营业，听里边正在做准备工作，一会儿唱歌一会儿做体操。10时30分开门，两队服务员鱼贯而出，统一着装，身披绶带，向每一位顾客鞠躬。大厅内柜台排列整齐，琳琅满目，在太阳灯的照耀下，如水晶宫殿。中间一座高高的假山，山上泻下一条瀑布，瀑布落入池中，池中一座巨石，石上一盏油灯，油灯取自奥运圣火。周围五彩灯笼，随着音乐的旋律变幻色彩，不时喷出高高的水柱，时而琼枝琪叶，时而火树银花。大厅一端还有水上乐园，孩子们坐在车厢里，从高处顺流而下，溅起一簇簇水花和一阵阵水灵灵的笑声。朋友议论商场里为什么这么多的水，我笑着说，易经上讲水兆财运。

大楼的10层、11层是餐饮营业区，大大小小的饭馆组成了一条条街道、胡同。门市鳞次栉比，一律日光灯箱，招牌都是韩国字，我们洋鬼子看戏傻了眼。朋友说这些门店都是各类名牌字号的分店，没有相当身份是挤不进来的。我发现在这里吃饭的比下边购物的多，不单拥挤还要排队。人们生活节奏快，紧张工作之后松弛一下，来享受天伦之乐。扶老携幼的大家庭往往是“李朝烤肉”，洽谈生意的厂家客户多是“高丽参汤鸡”，甜甜蜜蜜的恋人品尝咖啡甜食，哥们义气小伙子们大口烧酒冷面。受冷落的是日本鱼片，因为独岛主权之争。趋之若鹜的是中国“料理”，从八大菜系品尝5000年华夏文明。

新世界百货大楼人不那么拥挤，我开始调查商品和价格。在“身土不二”的口号下，韩国提倡国货，有选择地进口外国商品。

以90韩元兑换1元人民币计算，比较便宜的是机电产品。29英寸韩国产彩电1台14500元人民币（以下同），29英寸三菱彩电1台23300元，国产冰箱1台11160元。服装日用品比较贵，普通西服1套几万元，毛巾1条700元，大众化的“利达斯”牛仔裤1条9450元，比原产地洛杉矶高出1倍多。最让人吃惊的是农副产品，比我们高出很多：玉米1斤25元，面粉1斤35元，大米1斤40元，花生米1斤60元，黄瓜1斤13元，西红柿1斤13元，白菜1斤22元，苹果1斤30元，红枣1斤55元。鱼类、肉类昂贵，猪肉1斤90元，牛肉1斤120元，对虾1斤1000元，两寸长小鱼1条222元，半斤重小鱼1条333元。

我说它价格昂贵是对比国际价格和工资而言的。韩国人均国民收入超过8.5万元，普通职工月工资1万到2万元，高级教授月2.5万元，总统年薪47.31万元，每月近4万元。韩国农业人口只占14%，农副产品供不应求，依靠进口，受世界物价波动影响较大，风吹草动都会带来价格的大幅度升降。针对高通货膨胀，政府正在酝酿冻结总统和政府官员工资。

新世界大楼的背后，有几条低矮窄小的胡同，是集贸市场，类似北京的秀水街，石家庄的南三条。两厢排满坐商门市，中间还加上一行摊贩，多是经营农副产品、日用百货、手工艺品，一天到晚人山人海，十分拥挤。不同于正规商店，这里时兴砍价，漫天要价，就地还钱。本地人贪图便宜，挑来拣去，外国人当作一大景观，游游逛逛，末了选一两件纪念品，领带、头巾之类。韩国的真丝、针织领带做工精细，风靡世界。

与这个集贸市场明显对照的是江边的狎鸥亭：高级公寓、花园洋房、酒吧舞厅，集中了一些游手好闲的纨绔子弟、富家宠儿。老子有钱有势，儿子无才无德，进不了高等学府，进入了高等消费。玩豪华轿车，穿名牌时装，油头粉面，满嘴污秽，醉生梦死，甩着大票子斗富，带着女孩子兜风。不知什么原因，获得了一个

"橘子族"的诨号。由于各种原因，经济快速增长的同时，也快速增长了这些丑事，这些社会的"癌细胞"。

1995.6

汝矣岛

汉江东南来，左龙山右铜雀，过后水面突然开阔起来。靠近永登浦一带原为浸水沙洲，从1968年开发，经过20年建设，已经形成了一个橄榄球状的小岛。眼看着高楼林立，街市纵横，亮起汉江一只"明珠"，人称汉城的曼哈顿——它就是汝矣岛。

小岛的西北角是国会大厦，大理石廊柱顶起一片白云般的顶盖，中间突起淡绿色的穹窿。因为坐落在绿地之上，背靠汉江，周围没有高层建筑，远远望去像草原上的一顶蒙古包，展现于蓝天之下，平静而镇定。

汝矣岛还是广播电视的大本营，官方的韩国广播公司（KBS）、韩国文化广播公司（MBC）和首尔广播公司（SBS），三家电视台呈鼎足之势。所有节目都以彩色播出，平时6时至10时，17时至24时共11个小时，周末18个小时。观众喜爱的节目是连续剧、外国电影、喜剧，也经常出现曝光社会的镜头，针对分配不公、贫富不均、弄虚作假等热点、焦点，为政府的改革制造舆论。

韩国大财团热衷插手新闻媒介，操纵言论。"三星"于《中央日报》，"现代"于《文化日报》《韩国经济新闻》，"韩化"于《京乡新闻》，都是大股东。用它们导引舆论，做耳目口舌，同时也是对付当局、官场的防弹背心，施加无形的压力，让他们不敢轻视。只有电视台目前多数还是国家经营，不让财阀染指，保留了一定的面子和自卫能力。但是金钱的威力什么甲胄不能穿透！听说搞建筑的建荣集团已经申请到一家电视台，想必别的财阀也会不甘落后，朝着南山顶上的高塔虎视眈眈。

小岛的另一端，与圆圆的国会大厦遥相对应的是著名的东方第一塔——大韩生命 63 大厦，一根四四方方的擎天柱，耸立在广场一侧。它太高了，看上去令人眼晕，听说一名美国冒险家从侧面爬上去了，感觉它在空中随风摇晃。它的四面是会变色的玻璃，白天银光四射，夜间蓝绿相间，像一根魔杖。内部是高级公寓和超级市场，大韩生命保险公司本部、韩国证券交易所都设在这里。地下三层有很大的水族馆，人在其间穿行仿佛潜入海底，能看到各种罕见的珍贵鱼种，同时也感觉自己和鱼一样在游动。

大楼高 63 层，7288 级台阶，爬上去需一两个小时，无异于一次登山运动。乘每秒 18 米的电梯只需半分钟，就从一层到了顶上。顶层是一个大厅兼瞭望台，人头攒动，和尘世间一样嘈杂拥挤。从不同角度鸟瞰市容，地下反而清静了些。看那大汉城缩小成一个沙盘，形形色色的建筑像孩子们堆放的积木，大小山头星星点点，汉江弯弯如飘带，江上连桥似纽扣，马路如丝线，车辆如珠串。偶尔片片云彩从眼下飘过，点点黑影投到下面，仿佛飞过一群灰色的鸽子。

这座大厦是韩国著名建筑师朴春鸣设计，从 1976 年动工到 1985 年竣工，用了 9 年。韩国人把它当作经济腾飞的象征、步入高科技的里程碑、赶超西方发达国家的标志，是韩国伸出的一个大拇指，是民族乐观主义精神的集中表现。

摩天大楼最早于 20 世纪初出现在纽约芝加哥，是为了最大限度利用土地，后来成为大公司的标志，欧美争相效尤，全球 60 层以上高楼达到 30 多座。进入六七十年代以来逐渐受到非议，陷入一种身份危机。

20 世纪 80 年代以来，摩天大楼移植到亚洲，座座高楼竞相高耸入云，日本60层的日光大厦高240米，新加坡的73层高227米，韩国的这座249米，之后吉隆坡、上海、重庆的大楼设计越来越高。美国的设计师们穿梭其间，奥因斯—梅里尔公司在亚洲承包业务占总收入的比例从2%上升到63%。东方第一塔一枝独秀，为汉城增加一大景观。如果摩天大楼雨后春笋般丛生起来，会把传统的东方建筑艺术淹没，福兮祸兮？

1995.6

龙驹衙门与世纪审判

汉城南行70公里有个民俗村，走进大门就像步入古代韩国的社会生活，处处是富有民族特色的景物。黑瓦白墙的房舍里铁匠、木匠、手工艺人叮叮当当地干着活，酒旗飘飘的饭馆外跑堂叫卖“金齐”和“布尔高吉”，广场上动人的乐声中跳着夜莺舞和面具舞，白色短衣的小伙子们表演跆拳道和韩式摔跤，身着彩色韩袍的姑娘们在走绳索、荡秋千，书院里的学士们摇头晃脑地念中国线装书……

最热闹的地方是“龙驹衙门”，黑漆大门向南开，“明镜高悬”正堂挂，金匾下面一组与真人一般大小的塑像。座上官吏威风凛凛，两旁衙役怒气冲冲，跪着的百姓战战兢兢，让人想起中国戏剧舞台上的“开封府”。衙门旁边一排牢房，陈列着夹板、火钳、棍棒、绳索、脚镣、手铐等刑具，关押的犯人分杀人放火、贪污盗窃、虐待父母、逃丁抗税、聚众造反几种类型，阴森可怕。但是这些毕竟距离现实生活很遥远了，游人不大去理会，倒是一间女牢招人围观。被囚禁的姑娘叫素娥，她的悲剧故事与中国的

《窦娥冤》大致相同，受到许多人同情。

正说话间，跌跌撞撞走过来一名老年妇女，披头散发，两眼呆滞，在素娥像前燃起蜡烛香纸，口里念叨着："还我女儿，还我女儿。"朋友说他是第三次见到这位可怜的老人了，她的独生女儿在光州惨案中遇害，老人投诉无门，痛不欲生，接近精神失常了。老人听见有人议论，声音更大了，近乎声嘶力竭："多好的女儿呵，在大学读法律，5 月 18 日，差两个月毕业就是女法官了，反倒做了屈死鬼。龙驹大人，你可为小民做主，惩罚凶手呀。"老人鼻涕一把泪一把，引起一片唏嘘。

老人提到的"五一八光州事件"，韩国人民记忆犹新。1979 年 10 月，前总统朴正熙被情报部长枪杀，陆军保安司令全斗焕伙同第 9 师师长卢泰愚等少壮军官 12 月 12 日发动政变篡夺军权。次年 5 月 17 日发布第 10 号戒严令，意在夺取政权。5 月 18 日光州爆发大规模反对军事独裁的游行示威，示威人群与军队发生冲突，造成大量平民和学生死亡受伤的惨案。后来全斗焕、卢泰愚先后登上总统宝座，但是政坛一直争论不休。全斗焕、卢泰愚声称"为克服国家危机而采取的最佳行动"，而人民和死难者家属则坚持视为军事政变和内乱行径，必须受到严厉的审判。

我上前劝慰老妇人说，龙驹大人显灵了，汉城地方法院做出一审判决，全斗焕死刑，卢泰愚 22 年零 6 个月有期徒刑，13 名参与军事叛乱的军官都判了刑。我在电视屏幕上看见了这起罕见的世纪大审判，这两个昔日军校同期同学身穿淡蓝色囚衣，并肩站在被告席上，十几个军官成了一个草串上的蚂蚱。调查记录多达 17 万页，高高摞在桌上，挡住了法官们的脸。判决书长达 9 万字，快速读了两个小时，法庭一片寂静，只听到纸张翻动声。宣读结果时，全斗焕失去镇静，面部剧烈抽搐，卢泰愚呆若木鸡。汉城地方法院 417 号法庭旁听限定 196 人，开庭 35 次，次次座无虚席，旁听总人数达 6 万人次，一张旁听证炒到 600 美元，排队 3

天才能拿到。我告诉老妇人，举国上下都在支持你哪！

老妇人神情木然，目光呆滞，我的话对她没有什么刺激。朋友说，30 多年日本占领，30 多年军人专制，国民对法制还不习惯，不知道当局会不会演“捉放曹”。金泳三做反对党领袖时，1983 年反对全斗焕政治专制，曾经绝食 23 天。10 年后出掌政权，不愿在任内碰这个棘手问题，表示了“等待历史的审判”的立场，据说并没有考虑逮捕和审判。只是因为卢泰愚受贿的情报落入在野党议员手中，才不得不着手审理军事叛乱和秘密政治资金问题。这是政界普遍的看法，何况一个老妇人。

翻阅大韩民国的历史，韩国政府自 1948 年成立以来，李承晚、尹潽善、朴正熙，直到全斗焕、卢泰愚无一善终。这种似曾相识的权力斗争，让人联想到李氏朝鲜绵延 300 年的“士祸党争”。16 世纪初，十代国王燕山君在位，勋旧大臣与士林新派斗争激烈，新派在 11 年中两遭屠杀，凡有牵连者全部被逐出朝廷。16 世纪中期至 17 世纪前期，统治阶级内部分成老论、少论、南人、北人四大宗派，势不两立，你死我活，反反复复作夺权斗争，宫廷主子走马灯一样换了一轮又一轮。一朝天子一朝臣，一大批人头落地，被称作“四色党争”。究其原因，有的说是儒家思想作祟，有的说是民族性格的表现。

从李承晚到金泳三，韩国经过几十年动乱和阵痛，终于从军人专权走向文官政府，从政变换届走向选举制度，从总统终身制走向单届任期。社会在进步，但是付出的代价也是巨大的。政客们的游戏损害了国家的利益和形象，也必然影响了经济自由化的进程。这一点无论是龙驹衙门还是汉城法院，恐怕都是无法审判和量刑的。

1995.6

在 釜 山

我们在釜山住宿的金字宾馆是一座15层楼房，中西合璧大屋顶。我住在顶层，凭栏望去四周皆山，北有荒岭，东曰长山，西边龟峰、九德山，南边太宗台。看不见山的地方楼群补缺。市政府所在的中区正处在锅底位置，所以取名釜山，形象生动。釜山的楼房多数依山而建，出来进去都要爬坡，龙头山公园是一片难得的平地。东边是旧火车站，随着航空、海运、高速公路的发展，铁路处于被淘汰的趋势，所以也没有重修。公园中心高高耸立着一个白色圆柱，顶端是八角瞭望台，柱高120米，晴天时可以看到对马岛。白塔旁边有一爱国名将李舜臣的青铜塑像，左手按剑，怒目圆睁，紧紧盯着南方的大海。近来韩日两国正为一个小小的独岛发生争执，塑像周围常有三五成群的年轻人摩拳擦掌。再旁边还有一座大理石的“四一九革命”纪念碑，是为1960年推翻李承晚的四月人民革命烈士而建，当时180多位遇难青年学生正像含苞待放的花朵。纪念碑前有许多盛开的冬柏花，浓绿的叶子，艳红的花，四瓣黄蕊，像釜山市人民一样热情奔放。空中盘旋的海鸥是釜山的市鸟，浑身雪白，翅端黧黑，让人联想起韩国人的民族服装。

下午釜山大学中文科教授金惠峻先生来访，我们是1995年在庐山散文会议上结识的。好客的金先生了解我的心理，开车带我浏览市容。釜山自1441年开港以来，迄今已建成东亚海运中心之一，韩国每年海上4亿多吨货运的95%从这里起航。城市南面5个半岛像5个手指伸向大海。“拇指”和“食指”之间为东港，排列着一系列现代化的客货码头，帆樯如林，巨轮鱼贯。“食指”和“中指”之间为西港，是著名的渔港。“食指”名叫影岛，有两座大桥与市区相连成为半岛，“指端”是著名的太宗台。李朝太宗武烈王灭高句丽和百济统一三国后，曾到此耀武扬威。如今是国家公园，入口是中式门楼威严高耸，旁边断崖上有一座石堡名叫灯台。进门古木参天，一片森林深不可测。南面是奇岩绝壁的展望台，台上一尊石像，一位慈祥的阿妈妮怀抱男女二童，那是祖国母亲的象征。

从市中心经釜山驿东行，街道两旁多是二三层楼房，没有汉城现代化高层建筑那么气派，但是日用百货丰富多彩，好像市民的日子比首都殷实，行人仪态从容，不像汉城那样人人脚步匆匆为生计奔忙。车过水营江到达的海云台，被称作韩国八景之一。它的格局有点像我国的北戴河，东起松亭西到冬柏岛，背后是一抹青山，山麓有著名的温泉，面前是漫长而广阔的海水浴场。在海滨公路和沙滩之间有个狭长的公园，绿树丛中有许多鲜花开放，鲜花丛中有美人鱼等塑像。据说每年有800万人来此观光度假，可惜暑期未到，豪华的星级宾馆和大商店门前冷落，和面前的大海一样寂寞。金先生带我闲逛一阵后走进一家高级餐厅要了小吃，偌大的空间只有我们两人对坐，也没吃出来什么滋味——吃饭是需要气氛和热闹的。走出餐厅我没话找话，说眼前这四座十几层的高楼像一堵墙挡住了海风，怪煞风景的。金先生说让你说中了，釜山人也这样议论，楼群屹立之后沙滩面积减少了一半。

第二天金先生又邀我去逛釜山的市场，这次他把夫人和两位小千金都带来了。都是庐山老相识，夫人依然落落大方，千金依然活泼可爱。金夫人也是大学中文科毕业，学识颇丰，可是按照韩国的风俗，女人结婚之后就辞去社会工作回家相夫教子了。金先生30多岁就拥有博士、教授头衔，在韩国学术界有一定地位。龙头山西侧的国际市场街道横平竖直犹如棋盘，这个拥有1400家商店的商业区经营鞋帽、时装、电器、皮革等行业，从车窗看门脸鳞次栉比，货架琳琅满目。我们急于下来走走，就是找不到停车场。停车场或在楼上或在楼下，一层层像鸽子笼，花了整整一个小时才找到一个位置。我明白了为什么釜山这弹丸之地竟有400万人口。光复洞市场有点像北京的大栅栏、石家庄的南三条，两厢是坐商，中间是摊贩，商贩们起劲吆喝，电喇叭震耳欲聋，兜售的却都是清一色的中国货。建交才三四年，中国改革开放的成果就潮水般涌来。

最后我们来到南浦洞南港水产市场，这是市区楼群和渔港码头之间的广阔地带，海风带着浓烈的鱼腥。一眼望不到边的低矮门市和席棚里，盆盆罐罐挂着的、摆着的，全是活鱼生虾，大部分见所未见、闻所未闻，更不用说叫出名字，这里每天以1700吨的总量供应全市400万人口。靠渔港一边有许多海鲜大排档，偌大的席棚内纵横排列着小吃地摊，主要是生鱼片。看着血淋淋的就想呕吐，更不用说品尝了。倒是金先生觉得我来一次釜山不吃点风味未免遗憾，在回来的路上买了一串炸干鳍让我吃，形状像中国的糖葫芦，把粉碎的鱼虾加上佐料，在油里炸熟串起来，味道鲜美极了。

金先生说，釜山在半岛南端，与日本隔海相望。受日本影响大，生鱼片、卡拉OK、发式、服装，都得日本流行风气之先。而历史上相当一段时期，中国文化对周边国家影响较大。我有预感，这种风向要回来了。

1995.7

海　路

朝鲜半岛的西南沿海属全罗南道，海上岛屿星罗棋布，人称多岛海。这些岛屿的名字千奇百怪，有以动物、鱼类命名的如鞍马岛、牛耳岛、小鹿岛、金鳌岛、獐岛、猫岛、猬岛；有以禽类、昆虫称呼的如飞禽岛、八禽岛、上鸟岛、鸢岛、蝉岛；有以花草树木为标记的如梅花岛、芦花岛、大茅岛、柿木岛、松耳岛、巽竹岛、莞岛、草岛等。这些岛屿大都风光秀丽、草木葱茏，一部分还划入海上国立公园，是南海观光的一条热线。这条热线上的最热点是珍岛，每年 7 月“海水裂，道路现”，被誉为韩国版的“摩西奇迹”。

从木浦机场下飞机，汽车沿国道经鹤山、海日南、右水营，过跨海大桥便到达珍岛。珍岛是一个古郡，爱国名将李舜臣曾以折冲将军衔任珍岛郡守，操练水师，创建龟船，抵抗倭寇，成为千秋伟人。在珍岛上随便打问一个当地人，都知道“有经天纬地之才，补天浴日之功”的李忠武公，并引以为豪。

珍岛的东南海边有个小村叫回洞，渔民的房子白墙黑顶像乌篷船，伸出的电视天线就是桅杆了。小村与大海之间有一片礁石滩，滩外是平静的海水浴场。我们赶到时海边和礁石上早站满了游人。恰逢暑期，慕名而来的观光者很多，他们穿着鲜艳的短衫，戴着花花绿绿的凉帽，撑着五颜六色的花伞，夹杂其中的还有叫卖食品饮料的摊贩的形形色色的幌子，整个海滩便像一座万紫千红的大花园。

人们已经在阳光下等了很久，不少人是昨天提前赶到的。人们两眼盯着前方大海中的两个小岛，左边的叫金号岛，右边的叫茅岛。据说从昨天起海水水位已经下降，两个小岛在慢慢地升高。

太阳偏西，海风渐弱，浪花渐低，大海越来越平静，颜色越来越淡，不久水平面下隐隐出现一条褐色的线，好像一条鲸鱼背。下午5时“鱼背”完全露出海面，变成一条砂石路，一直通向茅岛，那小岛好像突然跳出一大截。

突然响起了号角和锣鼓，不知从哪里涌出一支文艺队伍，身穿鲜艳的韩袍，吹奏着萨满教和佛教的礼乐、农乐、散调，跳着古老的鹤舞、夜莺舞、面具舞，在太极旗和龙旗的引导下沿海路向茅岛浩浩荡荡走去，整个队伍形成一条长龙，一条彩色的长龙。这时我们也乘兴挤进队伍，成为长龙的一个鳞片。脚下的“鱼背”还在迅速膨胀，宽三四十米，长三公里。走在海路上自己也好像变成了闹海的哪吒，分开海水奔向龙宫。不过茅岛不是龙宫，没有琼楼玉宇，没有金碧辉煌，没有珊瑚珠宝，而只是一片黄色土丘和贫瘠的农田，连树木也不多见，我感到上当受骗，大失所望。

不多时，文艺队伍调头，彩龙洄游，海路上人们兴致转变，有的低头寻觅海水撤退时留下的海贝和水草，有的追逐螃蟹和小虾，有的捕捉章鱼和海蜇，也有的专门盯着脚下的卵石，把色泽和花纹上好的收入囊中。贪玩的人流连忘返，没有听海上警卫队的劝告，没察觉海水开始回升，海潮一浪高过一浪，海路越来越窄。到6时10分大海合龙，“鱼背”迅速沉没，脚下变成茫茫一片。人们开始紧张起来，牵手扯衣试探前进，战兢兢如同走无形的平衡木。不少人为了安全把帽子和花伞扔下海去，变成一片落红。

对于海路奇观，科学家认为是独特的潮汐现象，这一天太阳、地球、月亮正处于一条直线上，造成潮汐最大落差。当地民间传说则是一个感人至深的故事。李氏王朝时珍岛上猛虎为患，回洞村彭某乘船去茅岛避难，人刚上岸小船被狂风吹去，这时才发现慌乱中把老母丢在家中。彭某痛哭不已，只身泅渡过海救母，孝心感动了海底龙王，浮出海面展身为桥，成全母子相见。此后一年一度的海路奇观就是为了再现这一感天动地的场面。

后来，我又去过一个名叫达浦的小岛，与金浦隔海相望，傍晚潮起时成为孤岛，黎明潮落时有海埂与陆地相连。韩国政府在海埂上架起长桥，每天对开班车。达浦岛上风光比茅岛好些，观光者很多，有宾馆饭店，留宿者在火树银花下观赏渔歌篝火，别有一番风味。人们称赞那座桥是一条不再消失的海路。

1995.7

汉字归去来

去韩国没带翻译，以为它属于汉字文化圈，一定和日本一样汉字满天飞，可以见形知义。结果完全出乎意料，汉城街上除了几家饭馆招牌上“中国料理”之外几乎看不见汉字。

从汉城某大学中文系请了位讲师叫郑大范，当我说起此种疑惑时他笑了，他说其实我们韩国人每时每刻都生活在汉字之中。从首都到乡村，道郡街洞都是汉字命名。朝鲜语中汉字词多达 6 万个，占百分之五六十。尽管从字面上汉字消失了，但是 50 多岁以上的人都懂汉语，都可以进行“笔谈”。

为了证实他的看法，郑先生带我们参观国立中央博物馆。成书于公元 12 世纪的《三国史记 · 高句丽本纪》上说“国初始用文字”，郑先生说这是指的汉字。朝鲜原来只有民族语言而没有自己的文字，战国和西汉时汉字传入半岛，成为书面交流工具。学生读四书五经，参加中国的科举考试，知识分子都会写汉诗，其工夫不在中国人之下。从博物馆收藏看来，上自朝廷法令布告、王室记录，下至地契婚约、买卖流水账，都是清一色的汉字。朝鲜人还崇尚书法，欧颜柳赵苏黄米蔡家喻户晓，特别是米南宫广为流传。这也许与他们热衷程朱理学有关，米芾和朱熹是同时代人。

博物馆的典籍也表明，古代朝鲜人在学习汉字过程中已经“中为韩用”，巧妙地借用汉字的音记录民族的话。郑先生领我们看了《三国遗事》和《均如传》中的民歌25首。乍一看是四句体、八句体的汉字歌谣，但是字与字之间风马牛不相及，如同天书。郑先生说这叫乡歌、乡扎，汉字只起标音作用，词汇是朝鲜的，这种形式慢慢发展成“吏读”，行文中实词用汉字，虚词用汉字音记朝鲜语。语法不是汉语的主谓宾，而是朝鲜的主宾谓。

郑先生说“吏读”与汉字并存千年之久，因为言文不一致，仅局限于知识分子中运用，一般人不易掌握。15世纪中叶，李朝世宗李祹聘请一部分学者着手研究汉语、蒙语等字形结构，参考汉语音韵和发声器官的形状以及五行理论，创制了“训民正音”——一种独特的音素文字，包括11个元音17个辅音，就是沿用至今的朝鲜文字“谚文”。虽是音素字母的音节文字，仍属汉字式文字系统。

日本侵占朝鲜30多年，加紧文化侵略，使朝鲜语中掺进了一部分日式汉字借词。二战结束后，朝鲜民族自主意识十分高涨，也表现在语言文字方面。首先是北方废除汉字，把大量汉字词改造成本国语，后来南方也效仿，1948年颁布了《朝鲜文字专用法》，60年代命令出版物一律使用本国文字。70年代开展“韩文运动”，对汉字进行了一次大扫荡，结果广大青少年都成了汉字文盲。

走出中央博物馆，郑先生要了一份朝鲜文的说明书交给我，我看不懂又还给他。郑先生笑了，说刚才这一简单举动正说明一个重要问题。中国人有一个简明哲理，福兮祸兮，正好说明放逐汉字的后果。废除汉字失去了汉字以形表义、达义明快的特点和视觉上的可感知性，造成科学概念理解的困难，使整体语文水平下降，大学生读不懂谚文小说《春香传》，这样必然阻碍民族传统文化的继承和发展，同时也影响了眼前的利益。20 世纪 80 年代中国改革开放，成为各国追逐的大市场，语言文字也是通商贸易的重要工具，他说韩国人落后了。

郑先生举了个例子，1993 年他的哥哥赶到中国石家庄，参加一个贸易洽谈会。隔壁住着个日本人，他们两人都不会说中国话，可是日本的说明书汉字多，中国人能看出大意来；韩国的说明书没有汉字，一点儿也看不懂。结果日本厂家订货多，他哥空手而回。况且还有香港、台湾，整个东南亚到处是华人，几千万海外华人世界是出口贸易的黄金市场，一向以日本为竞争对手的韩国人吃了眼前亏。

郑先生说，1992 年 8 月中韩建交，韩国人亡羊补牢，抓紧汉语学习。金泳三总统访问中国时一笔潇洒的汉字书法“大道无门”无疑是一个讯号，预示着一个时代的到来。各大专学校争先恐后增设中文专业，汉语补习班如雨后春笋，各大公司千方百计网罗汉语人才，汉语“托福”HSK 成了大热门。

郑先生还说，他现在同时给两个公司当翻译，给三个补习学校上课，不仅仅是为了拿比教授还多的薪水，而是为了腹内窝囊了 20 多年的汉字终于跳出来有了用武之地。在他眼里每个汉字都是一朵花，每一页书都满篇锦绣。每年他都动员一批又一批学生到中国留学，在北京语言学院韩国人数占绝对第一，像北京青年干部管理学院一类的大学也有他的学生。他说尽管官方至今还没有明令解冻，但是汉字正像潮水一样通过各种渠道在韩国回流。

1995.7